U0019895

但丁·阿利格耶里 ◎ 著　　黃國彬 ◎ 譯註

III. 天堂篇

神曲

增訂新版

La Divina Commedia:Paradiso by Dante Alighieri

目　錄

天堂結構圖

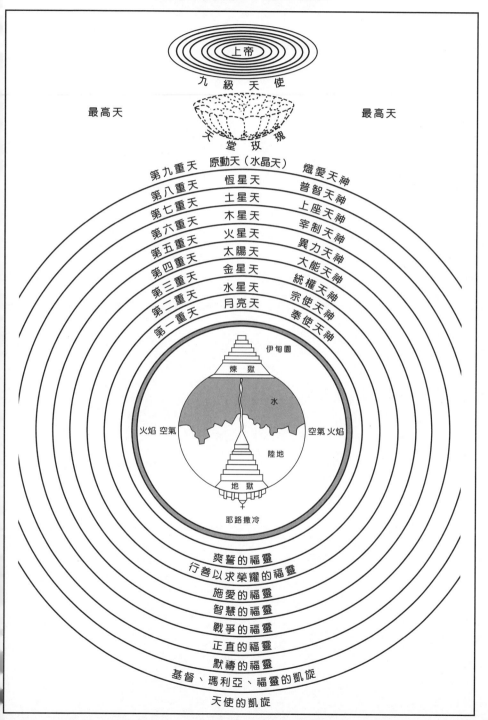

第一章

但丁向阿波羅祈呼，以求取大能去吟詠天堂經驗。然後隨貝緹麗彩
逼視太陽，並在凝望貝緹麗彩的剎那間跟她一起從伊甸園向天堂的
聲籟和大光明飛升，速度之快，閃電也絕難比擬。貝緹麗彩不等但
丁開口發問，就向他解釋統御諸天的法度。

萬物的推動者，其榮耀的光亮
　　照徹宇宙；不過在某一區
　　會比較弱，在另一區比較強。　　　　3
此刻我置身神光最亮的區域，
　　目睹了那裏的景象，再降回凡間，
　　就不能——也不懂得——把經驗重敘。　6
因為，我們的心智朝著欲念
　　靠近時，會潛入極深處行進，
　　使記憶無從追隨而落在後面。　　　　9
儘管如此，能夠在我內心
　　珍藏的天國印象是我的題材，
　　此刻就要讓我在詩中歌吟。　　　　　12
尊貴的阿波羅呀，讓我按尊意承載
　　你的大能，去完成最終的任務，
　　把那株受你鍾愛的月桂贏來。　　　　15
迄今，藉帕那索斯山一峰之助，

我就能勝任；進了最後的競技場，

　　我此刻需要兩座山峰來共輔。　　　　　18

光臨我懷呀，讓你的靈氣翕張，

　　就像你昔日把馬胥阿斯

　　拔離他的肢體，如拔劍於鞘囊。　　　　21

神聖的大能啊，只要你給我賞賜

　　力量的部分，讓我以文字寫出

　　至福國度留在我腦中的影子，　　　　　24

你就會看見我走向你的寵樹，

　　以葉子為冕。你和此詩的題材，

　　會使我受得起那些樹葉的燾覆。　　　　27

父哇，這些葉子很少人攀摘，

　　帝王和詩人都鮮獲此葉的殊榮──

　　是人心歪邪之過；真是可哀。　　　　　30

佩內奧斯之枝把人心鼓動，

　　再叫人馨香求之，桂葉就會

　　使德爾佛伊之神欣悅盈衷。　　　　　　33

星火之後，會有烈焰跟隨；

　　在我後面，也許有別的人祈禱，

　　以更佳的言辭請克拉峰顧垂。　　　　　36

塵世之燈循多處向凡人俯照；

　　但四圈交叉成三個十字的地方，

　　是最佳的途徑。在那裏升高，　　　　　39

可以和較佳的景星輝映發光；

　　調和塵世之蠟，在蠟上戳印時，

　　也更能準確地重現原來的圖章。　　　　42

那盞燈，靠近該處上升，叫白日
　　覆蓋了那邊，而這邊則是夜晚；
　　地球這時是黑白兩半相峙。　　　　45
這時，我看見貝緹麗彩嫻然
　　向左邊轉身，眸子直望太陽；
　　蒼鷹瞵日呀，也不像此刻的凝盼。　48
像反射中第二道光線發亮，
　　從第一道光線再度上凌；
　　或像朝聖的人想重返故鄉；　　　　51
貝緹麗彩的行動，由我的眼睛
　　注入我的心，叫我照樣上瞻，
　　向太陽逼視，乖離常人的反應。　　54
那裏，人類的力量多方面超凡，
　　獲此地得不到的天賦。這種天賦，
　　來自上主給人類創造的地產。　　　57
瞻日的時間雖短，卻夠我目睹
　　它的火花向四周閃耀生輝，
　　如沸騰的熔鐵自烈火湧出；　　　　60
剎那間，彷彿是白晝與白晝暐暐
　　相疊；彷彿具有大能的神靈
　　以第二個太陽把高天點綴。　　　　63
貝緹麗彩靜立著，目不轉睛，
　　仰望著永恆的轉輪；我的視線
　　也從上方移回，在她身上凝定。　　66
注視著她，我的精神陡變，
　　就像格勞科斯，因嘗了仙草

而化為神祇，置身於其他海神間。　　69
超凡的經驗非文字所能宣告，
　　對將來藉神恩登仙的人，就只書
　　實例吧，算暫把經驗向他們傳報。　72
大愛呀，你統御諸天，以光芒來幫扶，
　　使我向上方飛升。飛升的，是最遲
　　獲你創造的部分嗎？只有你清楚。　75
轉輪渴求你，因你而運行不止。
　　你調協和諧的聲籟，並播諸九天。
　　當轉輪以聲籟叫我向它凝視，　　78
一大片天空，彷彿叫太陽的光焰
　　燁燁燃亮，面積之廣，要超過
　　太雨或河流所擴闊的任何湖面。　81
聲籟的新奇和大光明的昭焯，
　　燃起我從未有過的強烈心意，
　　驅我求索聲光的原來處所。　　84
貝緹麗彩了解我，一如我了解自己；
　　為了平息我激動的心境，
　　不等我開口發問，就朱唇柔啟，　87
說：「你本身胡思亂想，靈性
　　變得遲鈍了，結果視線模糊。
　　你不再亂想，真相才看得分明。　90
此刻，你以為自己立足於塵土；
　　其實不然：閃電從居所飛脫，
　　也絕難比擬你此刻歸家的速度。」　93
貝緹麗彩含著笑，向我扼要地解說。

她雖然為我釋除了最初的狐疑，
　　但接著，我就受縛於更大的困惑。　　96
於是我說：「大詫中獲得啟迪，
　　我已經心滿意足。但現在又納罕，
　　我怎能凌越這些輕清的物體。」　　99
她聽後，發出一聲慈憐的嗟嘆，
　　眼睛望著我，樣子就像慈母
　　回望神智昏迷的兒子一般。　　102
然後對我說：「無論任何事物，
　　都有本身的秩序。宇宙大千
　　與神相彷，也全靠這一法度。　　105
在這裏，高等創造物都能親眼
　　看永善之徵；而宇宙這個系統，
　　也為恆善這一目標而創建。　　108
萬物的本性，在我提到的秩序中，
　　因命分不同，乃有不同的傾向：
　　或遠離物源，或靠近物源而聚攏。　　111
因此，物性乃越過生命的大洋，
　　航向不同的港口。每一種物性，
　　都乘著天賦的本能浮過海疆。　　114
這一本能，使火焰向月亮飛凌；
　　這一本能，是凡軀心中的原動力；
　　這一本能，使泥土歸一緊凝。　　117
這張強弓，不僅把無智之裔
　　向目的射出，而且也射出具有
　　悟性、具有仁愛之心的個體。　　120

天道在這樣調節萬物的時候，
　　還以其光芒使天穹永享安詳。
　　天穹內，最快的天體運轉急驟。　　123
此刻，弓弦正以巨大的力量
　　射向欣悅的目標，載著我們，
　　赴約般向著該處高騰飛揚。　　126
由於物質遲鈍，不善於屈伸，
　　物件的形狀與工匠最初的意圖
　　往往彼此相違。實際上，凡人　　129
跟其他生物有時也如此：由勁弩
　　射出後，因為本身有能力拐彎，
　　往往會偏離正軌而走上歧路。　　132
就像我們會看見火焰從雲端
　　下墜，最先的衝動受婾樂誘惑
　　而拐向歪徑，也會墮返塵寰。　　135
此刻，要是我的猜想沒有錯，
　　你無須感到驚奇；你的上升
　　就像高山的溪流向山腳飛墮。　　138
你脫離了羈絆而仍不上騰，
　　反而值得驚詫；就像凡間
　　有烈火靜止，不向上飛迸。」　　141
貝緹麗彩說完，再仰臉朝天。

註　釋：

1.　　**萬物的推動者**：指神。但丁流放於韋羅納時，曾獲該城領主坎・格蘭德・德拉斯卡拉(Can Grande della Scala)照顧，因此把《天堂篇》獻給他。但丁曾致信這位恩公（見 *Epistole*，XIII），談到《天堂篇》第一章。參看 Campi, *Paradiso,* 3-4。

4.　　**神光最亮的區域**：指最高天（一譯「淨火天」），也就是第十重天，是上帝、天使、福靈所居，裏面充盈著上帝的光芒和榮耀，所以說「神光最亮」。其餘的九重天都由最高天包覆。參看 Venturi, Tomo III, 3。所謂「淨火」，並不是物理世界的火，而是燃燒的仁慈和大愛。參看《天堂篇》第三十—三十三章；*Epistole* XIII, 66-68; *Convivio*, II, III, 8。《天堂篇》第三十章第三十九行說最高天是「最大的天體」(“maggior corpo al ciel”)，是「純光的天堂」(“pura luce”)。

5-6.　**目睹了……重敘**：指旅人但丁所見，超乎凡間的一切經驗，非言語所能形容。在《天堂篇》第三十三章，但丁再度強調這點。

7.　　**欲念**：指接近上帝、目睹聖光的欲念。Venturi (Tomo III, 4) 的說法是：“Al suo oggetto il più desiderabile, alla prima verità, al suo fine, a Dio”.（「接近〔心智〕最可欲的對象，接近第一真理，接近其目標，即接近上帝」）。

13-15.　**尊貴的阿波羅呀……贏來**：阿波羅是太陽神和詩歌之神，是詩的靈感所自來。但丁要完成《神曲》，要靠阿波羅的助力。
　　　你鍾愛的月桂：仙女達芙涅（Δάφνη，Daphne，希臘文是「月桂」的意思）為阿波羅所愛，逃避阿波羅時被父親變為月桂，此後成了阿波羅的聖樹。在古希臘，月桂象徵殊榮；以月桂編造的冠冕（桂冠），只頒給詩人和勝利者。但丁在這裏求阿波羅賜他靈感和筆力，讓他獲月桂的殊榮，流露了

十足的信心。達芙涅(Δάφνη, Daphne)，一說是河神之女。《變形記》第一章四五二—五六七行、《希臘道里志》、米爾頓的作品都提到這位仙女。在這裏，但丁祈呼的對象是阿波羅，與《地獄篇》第二章第七行、《煉獄篇》第一章第八行的祈呼對象（繆斯）有別；表示歌吟天堂時，需要更有力的神祇來幫助。

16.　**帕那索斯山**：Παρνασσός (Parnassus)，希臘的一座高山，在福基斯境內，名字來自海神波塞冬和一個仙女所生的兒子。此山是阿波羅、九繆斯、狄奧尼索斯的聖山，是詩歌的泉源。

18.　**兩座山峰**：Venturi (Tomo III, 5)指出，但丁也許以兩座山峰代表「哲學」("filosofia")和「神學」("Teologia")。

20.　**馬胥阿斯**：Μαρσύας(Marsyas)，弗里基亞的一個牧神。有關馬胥阿斯的神話有多個版本。其中之一說雅典娜發明了笛子，聲音美妙；可惜吹奏時面孔扭曲，遭赫拉和愛神訕笑。於是，雅典娜把笛子丟掉，落入了馬胥阿斯手中。馬胥阿斯拾得棄笛，竟敢向阿波羅挑戰，要跟他比試樂音的高下。阿波羅怡然「應戰」，條件是：落敗者要遭勝利者剝皮。在這場比賽中，馬胥阿斯吹笛子，阿波羅奏豎琴，由九繆斯任評判。在第一回合，勝負不分。到了第二回合，阿波羅要跟馬胥阿斯比樂器倒吹或倒彈的本領。由於豎琴可以倒彈，笛子不可以倒吹，結果馬胥阿斯輸了，遭阿波羅活活剝皮。這一故事，見奧維德《變形記》第六卷三八三—九一行。

21.　**拔離……鞘囊**：這行比喻殘忍而生動，寫阿波羅活剝馬胥阿斯的情景。

23.　**力量的部分**：這裏極言阿波羅神通廣大。意為：但丁只要得到阿波羅神力的一部分，即能勝任詩藝的最高挑戰。

24. **至福國度**：指天堂。**影子**：指天堂經驗的萬一。但丁的意思是：只要他能夠複述天堂經驗的萬一，就於願已足。但丁在這裏強調，自己筆下的文字，難盡天堂之美。這一主題，在《天堂篇》結束時再度出現（見第三十三章）。

25. **你的寵樹**：指阿波羅所寵的月桂。

28. **父**：指阿波羅。阿波羅是詩歌之神，但丁是詩人。所以阿波羅是但丁之父。

31. **佩內奧斯之枝**：佩內奧斯（Πηνειός，Peneius 或 Peneus，一譯「珀紐斯」），色薩利（一譯「色薩利亞」）的河神，奧克阿諾斯（’Ωκεανός, Oceanus）和忒提斯(Τηθύς, Tethys)之子，達芙涅之父。為了救女，佩內奧斯把女兒變成月桂，因此月桂又稱「佩內奧斯之枝」。**把人心鼓動**：指月桂使人產生祈求之心。

33. **德爾佛伊之神**：指阿波羅。德爾佛伊(Delphi, Dephoi)，一譯「得爾斐」，位於帕那索斯山腰，名字源出阿波羅之子德爾福斯(Δελφός, Delphus)。在希臘神話中，德爾佛伊是大地的中央，上有阿波羅神廟。

36. **克拉峰**：帕那索斯山有兩座山峰。一座屬阿波羅；一座屬九繆斯。克拉，原為希臘城鎮，在德爾佛伊西南，阿波羅神諭之所由出，因此常指德爾佛伊或阿波羅本身；在這裏則指帕那索斯山二峰之一。

37. **塵世之燈**：指太陽。**多處**：原文"diverse foci"，指太陽在地平線上升的地方。太陽在地平線上升的實際方位，每天都有差別。

38. **四圈交叉成三個十字**：指春分時，赤道圈（意大利文 equatore，英文 equator）、黃道圈（意大利文 eclittica，英文 ecliptic）、分至圈（意大利文 coluro，英文 colure）與地平圈

相交，成為三個十字。這時候，太陽位於白羊宮(Aries)，其上升方位最為吉祥。所以如此，是因為基督教傳統中，春分點是上帝創世和聖母無罪成胎的時刻。詩中所寫的時間雖在春分點之後，但大致仍算春分，因此但丁的說法可以成立。太陽、四圈、三十字，在這裏都有象徵意義：太陽象徵上帝；四圈象徵四樞德；三十字象徵三超德。七德和諧相契，對於待救的凡人最為吉祥，太陽所發的光芒也最明亮。這一刻，太陽正從東方的水平線上升，但丁和貝緹麗彩正置身煉獄山之巔。

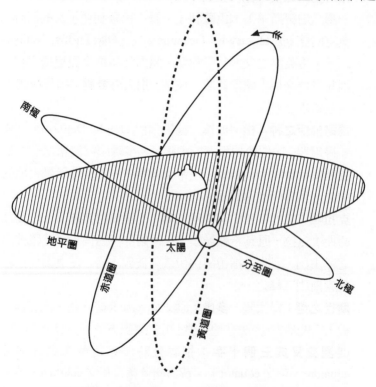

赤道圈、黃道圈、分至圈、地平圈示意圖

40. **較佳的景星**：指白羊座。但丁時期的人相信，白羊座能給人間帶來瑞祥。

41-42. **調和塵世之蠟……圖章**：在這一天，太陽調和凡間的德能，最為有效。太陽在這裏象徵上帝。

43-44. **那盞燈……夜晚**：「那盞燈」，指太陽。意為，太陽「靠近該處上升」時，煉獄（位於南半球）是白天，北半球是黑夜。

45. **地球……相峙**：指南半球是正午；北半球是午夜。旅人但丁進地獄、登煉獄、升天堂的時間，分別是傍晚、黎明、正午。詩人但丁安排旅人但丁在正午（一日之中光芒最盛的時刻）飛升天堂；並讓他飛升前向神力無邊的阿波羅祈呼，都有象徵目的。至於傍晚象徵黑暗，是地獄之始；黎明象徵光明，是煉獄之始；正午象徵聖境，是天堂之始；也不言而喻。

46-47. **貝緹麗彩嫻然／向左邊轉身**：但丁和貝緹麗彩一直面向東方。此刻，貝緹麗彩轉左，望向北邊的太陽。

48. **蒼鷹瞵日……凝盼**：據說眾鳥當中，只有老鷹可以張眼向太陽逼視。在這裏，貝緹麗彩瞵日之舉，遠遠勝過老鷹。

49-54. **像反射中……反應**：但丁受了貝緹麗彩的影響，也望向太陽；而這種做法，大乖凡軀的一般反應，因為一般凡軀，絕不能直視太陽。這裏所用的比喻（光線反射、朝聖者重返故鄉）都與天堂有關：天堂是光芒之源；但丁此刻要重返天堂，瞻望聖光。

55-57. **那裏……地產**：那裏：指伊甸園，也就是第五十七行所說的「上主給人類創造的地產」。在伊甸園裏，人類獲得神恩，能夠做凡人不能做的事。**此地**：指人類始祖墮落後的凡塵。

58-63. **瞻日的時間……點綴**：在這裏，但丁以超拔的想像，讓讀者感受凡目無從得睹的奇景。此刻，旅人但丁的視力仍然有

限，不能長時間凝望太陽。儘管如此，他已看到了太陽的真光。因為此刻，但丁雖未覺察，但已經向太陽高速飛升，快如閃電，剎那間看見炯光陡增。

65.　　**永恆的轉輪**：指旋動的諸天。

68-69.　**格勞科斯……其他海神間**：Γλαῦκος (Glaucus)，是玻奧提亞 (Βοιωτία, Boeotia)的一個漁夫。有一天，看見自己捕來的魚，跌落草地後紛紛返回大海。於是，他知道觸魚的草是仙草。結果拔草咀嚼，不自主地游進了大海，因奧克阿諾斯和忒提斯之力而化為海神。參看《變形記》第十卷八九八—九六八行。

70.　　**超凡**：超越凡人的境界或層次。

73-74.　**以光芒來幫扶，／使我向上方飛升**：上帝的恩寵由貝緹麗彩施佈，幫但丁飛升天宇。

74-75.　**飛升的，是最遲／獲你創造的部分嗎？**：靈魂的創造遲於肉體，是「最遲／獲〔上帝〕創造的部分」。此刻，但丁不知道，飛升天宇的光是自己的靈魂，還是靈魂和肉體一起。在《哥林多後書》第十二章第二—四節，聖保羅有同樣的疑問。

76.　　**轉輪……運行不止**：「轉輪」指旋動的諸天。諸天能夠運行，是因為受了大愛推動。原動天(Primum Mobile)為了接近最高天，乃以極速繞最高天運行，然後把動量以及和諧的天籟傳給其下諸天。

79-81.　**一大片天空……湖面**：此刻，天空被太陽的光芒照亮，面積大增，就像雨後的湖面因河水灌注而擴闊。古人相信，月亮和地球之間有一重火焰天。因此有些論者認為，但丁此刻正高速穿過火焰天，所以眼前的光芒大增。這重火焰天，Chiappelli(345)稱為 "sfera del fuoco"（火天）；Villaroel

(*Paradiso*, 8)稱為"fuoco leggeri"（輕火）。不過其他論者有不同的看法，認為光明大增，是因為但丁正高速飛向太陽。參看 Singleton, *Paradiso 2*, 17。

85-87. **貝緹麗彩……朱唇柔啟**：貝緹麗彩像維吉爾一樣，也知道但丁心中所想。

92. **閃電從居所飛脫**：閃電從天上下擊。

93. **歸家**：指但丁返回最高天，快逾電閃。在《神曲》裏，但丁一直強調，最高天是福靈（包括但丁本人）的家，是他們最後的歸宿。

97. **大詫**：指極度的詫異。但丁有這樣的反應，是因為聽到了新奇的聲籟，看到了昭焯的大光明（見本章八二—八四行）。

99. **我怎能凌越這些輕清的物體**：關於這行，論者有兩種解釋。其一是：我以血肉之軀，怎能飛凌空氣和火焰天？其二是：我怎能凌越上面的諸天？參看 Singleton, *Paradiso 2*, 22。

103-05. **無論任何事物，／……這一法度**：上帝創造了和諧而統一的法度，使宇宙與自己相仿。這種說法，源出阿奎那 *Summa theologica*, I, q. 47, a. 3, resp.："Ipse ordo in rebus sic a Deo creatis existens unitatem mundi manifestat."（「上帝創造的萬物井然有序。這秩序本身，顯示宇宙統一渾成。」）「法度」，在原詩是"forma"，相等於英語的 form。

106-07. **在這裏，高等創造物……永善之徵**：「高等創造物」，指具有心智的創造物，即天使和人類。只有天使和人類，才能瞻想上帝創世的用意和匠心。**永善**：指上帝。

109-11. **萬物……聚攏**：萬物獲上帝所賜的恩寵有多有寡；獲賜的恩寵越多，與上帝的距離越近。因此，萬物乃有不同的稟賦和傾向，在生命的大海裏，航向不同的目標（一一三行的「港

口」）。這裏所謂的「萬物」，包括有生之物和無生之物。

115-17. **這一本能……緊凝**：這三行強調，萬物都有上帝所賦的本能。據中世紀的說法，月亮和地球之間有一重火焰天（見七九—八一行註）；凡間的火焰，都有升入火焰天的本能。動物所有的行為，以至泥土緊凝的特性，都取決於這一本能。

118-20. **這張強弓……仁愛之心的個體**：「強弓」，指本能（也就是上帝植於萬物的愛）。本能叫萬物返回本源，就像強弓把箭射向鵠的。**具有／悟性、具有仁愛之心的個體**：指天使和人類。

121-22. **天道……安詳**：指上帝的意旨和大愛使最高天永享安詳。最高天是第十重天，其餘的九重天（「天穹」），都由第十天包籠。大愛使最高天永享安詳，也就「使天穹永享安詳」。

123. **最快的天體**：指第九重天，即原動天(Primum Mobile)。在所有運行的諸天中，原動天的速度最高。

124-26. **此刻……飛揚**：這幾行繼續引申一一八—二零行的弓箭意象。**弓弦**：指愛，即人類要接近上帝、返回上帝身邊的本能。在這個比喻中，射手是上帝。**目標**：指最高天，也指上帝。返回上帝身邊後，人類才會得到最終的安寧。

127-35. **由於物質……墜返塵寰**：貝緹麗彩在這裏用了工匠搏土、強弓射箭、電閃墜地三組意象來闡發強弓失準的原因：人類由上帝創造，本來美善無瑕，可惜自由意志選擇時會出錯（指犯罪），結果人類在重返上帝的過程中就會失去本性，走上歧途。情形就像陶人埏埴：陶器（「物件」）與陶人（「工匠」）「最初的意圖」「相違」，咎在泥土而不在工匠；又像火焰，按本性應該向上方飛凌，一旦有了偏差，就會違背本性，如閃電從天上墜回地面。

136-41. **此刻……飛迸**：貝緹麗彩的意思是：旅人但丁，擺脫了罪惡的羈絆後向最高天飛升，猶如水之就下，至為自然。但丁此刻不向最高天飛升，反而會像烈火在地面靜止，叫人驚詫。

142.　　**貝緹麗彩……朝天**：詩人但丁，在一章之末寫貝緹麗彩「仰臉朝天」，強調了《天堂篇》的升天主題，同時也賦作品以強烈的電影效果。

第二章

但丁告誡讀者，升天的旅程從未有人嘗試過；如無準備，最好回航。
祈呼了阿波羅、彌涅爾瓦、九繆斯後，但丁就和貝緹麗彩一起升入
月亮天。但丁問貝緹麗彩，月亮的黑點是什麼。貝緹麗彩就但丁的
問題詳加辯析，並說明諸天如何操作運行。

你們哪，置身於一葉小小的舢舨，
　　為了親聆樂曲，在後面跟隨
　　我的船，聽它唱著歌駛過浩瀚。　　　　3
回航吧，重覓你原來的水湄，
　　別划進大海；因為，跟不上我，
　　你們會在航程中迷途失墜。　　　　　6
迎我的水域，從來沒有人去過。
　　阿波羅在導航；彌涅爾瓦把惠風扇鼓；
　　九繆斯為我指引大小熊星座。　　　　9
至於其餘的少數，把脖子伸出，
　　及時吃到了天使的美點——那餵養
　　凡人、卻不能叫他們厭飫的食物……　12
你們哪，誠能在深廣的海疆
　　駕船前進，在海浪平伏前
　　沿著我的航跡驅動帆檣。　　　　　15
光榮的阿爾戈船英雄曾航過水天，

往科爾基斯。他們見伊阿宋犁地，

　　也不會像你們此後那麼驚羨。　　　18

人類生來就一直希望去歸依

　　天國。這情操，正在把我們負載

　　向上，速度幾乎像目掃天際。　　21

我望著向上盱衡的貝緹麗彩，

　　一剎那，疾矢已中靶飛射脫弦──

　　一剎那（過程也許就這麼快），　　24

我已經置身異界，目光一瞬間

　　叫一幕奇景吸引。我的念頭

　　瞞不了貝緹麗彩。於是，美艷　　27

而欣悅的她，怡然向我回眸。

「懷著感激思念上主吧，」她說：

　　「上主把我們帶到了眾星之首。」　30

這時，我覺得光雲把我們覆裹，

　　緻密、堅穩、光滑，皓輝靜舒，

　　與陽光照射的鑽石相若。　　　33

這顆永恆的珍珠，把我們接入

　　體內，就像一滴晶瑩的水，

　　接入一線光芒後仍完整如故。　36

我要是形體（凡間不能夠領會

　　哪一種物體能容納外來的物體。

　　形體入形體，正是這樣的行為），　39

我們想目睹上主本質的心意

　　就更熾，因為，在上主的本質中，

　　我們的本質與上主渾然相繫。　　42

在那裏，信仰變成了可睹的顏容；
　　沒有經過論證，卻不言而喻，
　　就像第一真理為大家所信從。　　　　45
我答道：「娘娘啊，現在，我的微軀
　　懷著極大的虔敬，感謝上主
　　使我從凡塵之界向天宇飄舉。　　　　48
不過，請見告，這個形體的黶黷──
　　上面的黑點──是甚麼？凡人述說
　　該隱，也因為受黑點影響之故。」　　51
貝緹麗彩笑了笑，然後說：「如果
　　意識之匙不能夠解惑，以致
　　凡間眾庶對事物判斷出錯，　　　　　54
從這一刻開始，驚詫之矢
　　肯定不該再刺你。你感官是憑，
　　也可以看出，理智插的是短翅。　　　57
你呀，也說說自己的看法給我聽。」
　　我答道：「這上界的斑駁景象，
　　我猜是物質厚薄不均的陰影。」　　　60
貝緹麗彩說：「你這樣子估量，
　　是大錯特錯了。你仔細聽我
　　反駁辯釋，看法就會不一樣。　　　　63
第八重天，展示的光芒極多。
　　這些光芒，就本質和亮度而言，
　　都能以不同的樣貌閃爍。　　　　　　66
斑影若僅是物質厚薄的體現，
　　所有的光芒就只有一種效能；

或深淺不一，或渾然遍佈其間。　　　69
各種不同的效能所以形成，
　　一定有不同的原理；依你的推判，
　　就只有一種原理稱得上完整。　　　72
此外，你問月面何以會昏暗。
　　如果原因是物質稀薄，這個行星，
　　有的地方就空空如也。不然，　　　75
物質在這個行星上分佈的情景，
　　就像分佈在體內的瘦肉和脂肪；
　　或像卷帙，書頁的層次分明。　　　78
第一種情形，會在日蝕中顯彰，
　　因為這時候，月球會像任何
　　稀薄的物質，漏出太陽的光芒。　　81
事實既不是這樣，就得看另一個
　　假設了。如果我能夠把它攻破，
　　你的看法就證明有差訛。　　　　　84
如果輕清的陽光不能穿過，
　　月面該有界限把物質分開，
　　不讓異物穿過月球去閃爍；　　　　87
陽光就會從月面反射回來，
　　像彩色照落藏鉛玻璃的俄頃，
　　經玻璃反照，還原為最初的狀態。　90
好啦，你會說：那一位置的光明，
　　顯得比其他地方陰暗，是因為
　　它在更遠的距離向我們反映。　　　93
如果你願意實驗，就可以摧毀

這個論點,不再受它的拘牽。

（實驗這泉源,恆為眾藝的溪水。） 96

你找來三面鏡子,使其中兩面

　與你等距,而第三面離你

　最遠,在中間對著你的視線。 99

然後,你向著鏡子,在背後燃起

　一朵火焰,把三面鏡子照亮,

　讓光芒受眾鏡反射照向你自己。 102

離你最遠的光芒,就大小來講,

　雖然和第一二朵有所分別,

　可是論強度,卻會完全一樣。 105

被暖光照射,雪的本體就融解,

　失去原先的顏色和寒冷屬性。

　現在,像屬性在雪的本體泯滅, 108

你的心智也同樣空靈澄明。

　讓我在裏面點燃強光吧!這強光,

　會熠熠生輝,映入你的眼睛。 111

為聖寧天堂所圍繞的下方,

　有一個天體在運轉;萬物的本質

　都在這個天體的大能裏潛藏。 114

其下的一重天,煥然把大觀展示,

　把本質分配與大千萬物。萬物

　與該天有別,又為該天所包持。 117

其他諸天,循不同的徑途

　引導本身所具的獨有資稟,

　叫它們完成使命,把事功撒佈。 120

宇宙怎樣操作，你已經看清：
　　宇宙這些機關，就這樣一級
　　推動一級，自上而下地運行。　　　　123
現在請注意，看我怎樣從這裏
　　走向你所尋求的真理之中。
　　這樣，你才能單獨涉水前移。　　　　126
神聖的轉輪能夠有力量旋動，
　　是受了福靈的原動力運轉，
　　就像錘藝，靠鐵匠方能為功。　　　　129
天宇因眾星添彩而華麗炳煥。
　　它由深邃的神靈旋動，從神靈
　　取象為鈐印，而使該形象複傳。　　　132
一如靈魂在你的塵軀內充盈
　　四肢百骸，四肢百骸為配合
　　各種功能而具有各種特性，　　　　　135
天使也把本身的美善之德，
　　以眾星為媒介去播揚添增；
　　本身呢，則運行於和諧的軌轍。　　　138
不同的德能，與珍貴的天體組成
　　不同的合金；德能賦天體以活力，
　　並像靈魂與人體，緊結為同盟。　　　141
德能稟承了天使歡悅的元氣，
　　與天體結合後再由天體散佈，
　　一如靈活的兩瞳閃傳欣喜。　　　　　144
由於這個緣故，光的亮度
　　互殊，與光質的稀稠並不相干。

這，就是化生之理：看稟賦　　　　　　147
是優是劣而產生光明和黑暗。

註　釋：

1-6.　**你們哪……失墜**：詩人但丁在明告讀者，他即將吟誦的篇
　　　章，非淺人所能領略；能力不足的讀者，最好趁早回航，不
　　　然就會「迷途失墜」。參看 Anonimo fiorentino, Tomo 3, 37。

7.　　**迎我的水域，從來沒有人去過**：「迎我的水域」，指《天堂
　　　篇》所寫。但丁的意思是：他的天堂境界，從來沒有人寫過。
　　　米爾頓在《失樂園》第一章的開頭，也說過類似的話，強調
　　　《失樂園》的題材，從來沒有人以韻文或散文寫過。見
　　　Paradise Lost, I, 16："Things unattempted yet in prose or
　　　rhyme."（「散文或韻文都未寫過的題材。」）

8.　　**彌涅爾瓦**：原文"Minerva"，即希臘神話中的智慧女神雅典
　　　娜。在《神曲》裏，但丁一再向繆斯、阿波羅等眾神祈呼求
　　　助，表示自己所寫的題材，光憑人力難以勝任。但丁在這裏
　　　同時向阿波羅（象徵想像力）、彌涅爾瓦（象徵智慧）、九
　　　繆斯（象徵詩歌和文藝）祈呼，表示《天堂篇》的宏構前所
　　　未有，需要最大的神力幫忙。有關史詩作者（如荷馬、維吉
　　　爾）的祈呼傳統，參看拙文《以方應圓——從《神曲》漢譯
　　　說到歐洲史詩的句法》（見拙著《語言與翻譯》，頁四七—
　　　七二）。

9.　　**九繆斯**：司文藝、詩歌的九位女神。
　　　大小熊星座：原文的"Orse"是複數，指大熊座和小熊座。古

人航海，要靠星星（尤其是小熊座內的北極星）指引方向。但丁在這裏舉大小熊為導航星座的代表，繼續把前文的航海意象擴而充之。

10.　　**其餘的少數**：指能夠隨但丁航過浩瀚海疆的人。

11-12.　**天使的美點……食物**：「天使的美點」，指智慧。智慧這種食物，分量無論多大，都不會叫吃者厭飫。凡間的人，得睹神的聖顏，才會真正饜足。參看《詩篇》第七十八篇（《拉丁通行本聖經》第七十七篇）第二十五節："panem angelorum manducavit homo……"（「各人吃大能者的食物……」）。

13.　　**你們哪**：指第十行的「其餘的少數」。

16.　　**阿爾戈船英雄**：英文 Argonauts，希臘文 Ἀργοναῦται，指伊阿宋和他的伙伴。這些英雄尋找金羊毛時，所乘的船叫阿爾戈號(Ἀργώ)，因此稱為「阿爾戈船英雄」。阿爾戈號由阿爾戈斯(Ἄργος)獲雅典娜之助建成，因此以其名為船名。金羊毛是科爾基斯(Κολχίς, Colchis)國王埃厄忒斯(Αἰήτης, Aeetes)獻給戰神阿瑞斯(Ἄρης, Ares)的祭物，掛在科爾基斯的聖林裏。由於金羊毛有毒龍看守，生人難以接近。有關伊阿宋的典故，參看《地獄篇》第十八章八三—九六行和本章第十七行註。

17.　　**科爾基斯**：阿爾戈船英雄尋找金羊毛時，曾到過科爾基斯。**伊阿宋**：伊阿宋（希臘文 Ἰάσων，拉丁文 Iason，英文 Jason），希臘神話中的英雄。其父埃宋(Αἴσων, Aeson)的色薩利王位，本該由他繼承，卻遭叔父佩利阿斯(Πελιάς, Pelias)篡奪。為了取回王位，伊阿宋必須滿足佩利阿斯所提出的條件：盜來科爾基斯聖林的金羊毛。**犁地**：在希臘神話中，伊阿宋曾制伏兩條口噴烈火的惡龍，並且驅惡龍犁地。參看《變

形記》第七卷一零零——一五八行。

21.　　**速度……目掃天際**：指但丁和貝緹麗彩升天的高速。

23.　　**疾矢已中靶飛射脫弦**：但丁把疾矢脫弦、飛射、中靶的三個
　　　步驟顛倒描述，目的在於強調三個動作同時發生，強調旅人
　　　但丁和貝緹麗彩飛升天堂的迅疾。這種把過程先後倒置的描
　　　述法，修辭學稱為「以後為先」法(ὕστερον πρότερον,，
　　　hysteron proteron；拉丁文 praeposteratio）。參看 Sapegno,
　　　Paradiso, 23; Singleton, *Paradiso 2*, 43。

30.　　**眾星之首**：指月亮。在托勒密天文體系中，月亮最接近地球，
　　　所以稱為「眾星之首」。

31-36.　**這時……完整如故**：這幾行描寫但丁進入月亮的經過。**永恆
　　　的珍珠**：指月亮。這意象訴諸讀者感官，具體而鮮明。**仍完
　　　整如故**：指但丁和貝緹麗彩進入月亮時，沒有引起任何干
　　　擾，一如光芒穿過水滴。

37-42.　**我要是形體……渾然相繫**：意思是：如果我是形體……，我
　　　們要目睹上主本質的心意就更強烈。在凡間，物質不相入定
　　　律牢不可破；按照該定律，此刻的奇景不可能發生。但丁不
　　　明白，自己進入了月亮，月亮何以仍完整如故；也不知道，
　　　自己進入月亮時有沒有形體。詩人的言外之意是：進入月亮
　　　而月亮仍完整如故，就像基督（神性）披上血肉體（人性）
　　　一樣不可思議。

43-45.　**在那裏……信從**：在凡間未經證驗的信仰，到了天堂卻成了
　　　可睹的現實；就像第一真理或自明之理，不容置疑，無須證驗。

49-51.　**這個形體的黶黷——／……之故**：古代的歐洲人相信，該隱
　　　犯了罪，要在月亮背負荊棘，結果形成了月亮的陰影。在本
　　　章第二十九行，貝緹麗彩叫但丁「懷著感激思念上主」。四

六—五一行是但丁回應貝緹麗彩的叮囑。

53-57.　**意識……短翅**：這幾行強調凡人的智力和感官有局限，無從認識天道的深遠。

58.　　　**你呀……給我聽**：Singleton (*Paradiso 2*, 49)指出，詩人但丁安排貝緹麗彩說這句話，目的是讓旅人但丁說出錯誤的想法，再由貝緹麗彩加以糾正。

64-69.　**第八重天……遍佈其間**：指恆星所組成的一重天。這幾行的意思是：第八重天有許多星體，本質和狀貌互殊。如果這些星體的差異由物質的厚薄造成，那麼，所有星體的力量、效能、屬性應該一樣；唯一的分別只在於多寡。事實呢，卻並非如此（也就是說，分別不在於多寡）。各星體有不同的顏色，就證明這一想法錯誤。

70-72.　**各種不同……完整**：這幾行的意思是：星體有不同的效能，一定基於不同的原理。可是，按照你（旅人但丁）的說法，就只有一種原理（即「物質的厚薄決定一切」）。

73-78.　**此外……分明**：貝緹麗彩繼續駁斥但丁的猜想。

79.　　　**第一種情形，會在日蝕中顯彰**：如果月亮「有的地方……空空如也」（第七十五行），月蝕時，陽光就會穿過「空空如也」的部分；事實呢，卻並非如此。

82-83.　**另一個／假設**：指本章七五—七八行的假設（「不然，／……層次分明」）。

83-84.　**如果……差訛**：如果兩個假設（七五—七八行）都被攻破，但丁的厚薄論就不能成立。

85-90.　**如果……狀態**：如果陽光不能穿過任何部分，就證明月亮到處都有物質，第七十五行的假設（「有的地方就空空如也」）就不能成立。**藏鉛玻璃**：指鏡子。在古代的歐洲，鏡子（「玻

璃」）的後面都塗鉛（「藏鉛」）。

91-105. **好啦……完全一樣**：貝緹麗彩指出，三面鏡子之中，其中兩面和火焰（如燭光）的距離相等，第三面放得較遠，結果觀者所見的火焰雖有大小之分，火焰的亮度卻毫無二致。這一論點，以現代科學來衡量，當然不能成立。現代人都知道，從地球觀天，星體會有光暗之別，有時是因為這些星體離地球有近有遠。

106-09. **被暖光……空靈澄明**：這幾行的意思是：雪的本體(substance)是水，其顏色、寒冷只是偶有屬性(accidental attributes)。現在，你像融雪一樣，返回了本真，不為偶有屬性所縛，能夠領悟永恆的真理了。

110. **這強光**：指上帝的真光。

112. **聖寧天堂**：原文為 "ciel de la divina pace"，指最高天(Empireo)。最高天是上帝所居，是安寧的極致，因此是「聖寧」的「天堂」。

113. **一個天體**：指原動天(Primum Mobile)。

114. **都在這個天體的大能裏潛藏**：最高天的大愛把大能傳諸原動天，使原動天成為萬物（包括其餘的八重天和地球）本質之源。在《天堂篇》第二十七章一零六——一四八行，貝緹麗彩會詳論原動天的本質。

115-17. **其下的一重天……包持**：在原動天之下是第八重天，即恆星天。恆星天把原動天所傳的大能（本質）再傳給眾恆星和行星。眾恆星和行星，都為恆星天（「該天」）所包持。

118-20. **其他諸天……撒佈**：指第八重天之下的七重天，都循不同的途徑，按本身的特質影響凡間。

121-23. **宇宙……運行**：這幾行所寫，是托勒密的天文體系。**機關**：

指上面提到的諸天。

125. **你所尋求的眞理**：指但丁在四九—五一行所提出的疑問。

126. **單獨涉水前移**：指不需貝緹麗彩之助而得到結論。

127-29. **神聖的轉輪……爲功**：**神聖的轉輪**：指諸天。**福靈**：指九級天使（天主教稱爲「天神」）。每一級天使掌控並推動一重天。九級天使有高低之分，由低至高，意大利文依次爲Angeli, Arcangeli, Principati; Podestadi, Virtudi, Dominazioni; Troni, Cherubi, Serafi。參看 Chiappelli, 352；《天堂篇》第二十八章九八——三九行及有關註釋。天使的大能來自上帝的聖智。天使推動諸天，猶如鐵匠運錘。

130. **天宇**：指恆星天。恆星天裏遍佈恆星，因此但丁說「因衆星添彩而華麗炳煥」。

131. **神靈**：指普智天神(Cherubi)的心智。恆星天由普智天神推動，同時也從這些天神的心智取象，一如蓋在紙上或蠟上的圖章以鈐印爲本。

133-35. **一如……特性**：靈魂把功能傳給身體各部分（「四肢百骸」），藉身體各部分彰顯其特性。

136-38. **天使……軌轍**：**天使**：普智天神（「天使」）把恆星天運轉，並且把本身的特性傳給衆星，就像靈魂把功能傳諸四肢百骸，本身完整和諧，不受任何影響。

139-41. **不同的德能……同盟**：不同的德能由天使的神靈散播後，就與「珍貴的天體」（包括恆星和行星）結合，一如靈魂與人體結合，賦人體以生命。

142. **天使歡悅的元氣**：天使歡悅，是因爲他們能安享上帝所賜的眞福。

146. **稀稠**：指上文（第六十行）所提到的「厚薄」。

145-48. **由於這個緣故……黑暗**：這幾行的意思是：決定明暗的，是天使所傳的德能，並非物質的稠稀。

第三章

但丁看見了月亮天的光靈，並遵照貝緹麗彩的吩咐跟琶卡爾妲說
話。但丁詢問琶卡爾妲，在天堂處於較低位置的光靈，會否盼望向
高處飛升。琶卡爾妲回答說，天堂的光靈都安於其所，不會有非分
之想。解釋完畢，再向但丁介紹康斯坦絲。

那太陽，初度以愛使我的胸間
　　充滿溫暖。經過反覆辯證，
　　她向我展示了妙理可愛的一面。　　　3
而我，想承認自己已獲啓蒙，
　　信念牢固，就抬起頭來，高度
　　剛好讓我向上方傳達心聲。　　　6
不過這時，出現了另一些景物，
　　令我全神貫注地凝視諦觀，
　　結果竟忘了把心跡表露。　　　9
當玻璃透明而光潔，當淨水不轉，
　　穆默而清澄，水底不至於隱沒
　　於深處，玻璃或水面就緩緩　　　12
映出我們的容顏；只是輪廓
　　並不清晰，雙眸要辨認，比辨認
　　白額上的珍珠還難。這時，許多　　　15
面孔正這樣顯現，彷彿要自陳。

月亮天
這時，許多／面孔正這樣顯現，彷彿要自陳。
（《天堂篇》，第三章，十五—十六行）

昔日，有人錯戀過泉中之影；
　　我呢，卻向相反的謬誤竄奔。　　　　18
我覺察這些顏貌時，以為是水鏡
　　反映的形象，馬上回頭向後面
　　望去，看倒影屬於哪些神靈；　　　　21
卻甚麼也看不到。於是，向前
　　直望入嚮導的光輝。而嚮導這時
　　正藹然微笑，聖眸煥發著美嫣。　　　24
「請不要驚奇；我在笑你幼稚
　　如孩提的思想，」嚮導對我說：
　　「仍没有信心在真理駐足棲遲；　　　27
卻一如以往，把你向空虛倒拖。
　　你眼前所見，都是真實的人物，
　　因未能履誓而置身這處碧落。　　　　30
那麼，跟他們交談，聽他們傾訴
　　以徵信吧。真光給他們安寧，
　　不讓他們離開，走其他路途。」　　　33
我聞言，幾乎叫迫不及待的心情
　　壓倒；馬上轉向神態最渴望
　　說話的幻影。「精魂哪，你注定　　　36
安享天福，在永生的光中親嚐
　　甘甜，」我說：「不過，這味道如非
　　這樣親嚐，就絕難領會欣賞。　　　　39
那麼，請惠然告訴我，你是誰，
　　叫甚麼名字，何以在這裏棲身。」
　　靈魂聽罷，微笑著欣然答對：　　　　42

「我們的仁愛不會把有心人
　關在門外，一如神的慈煦，
　要天庭大衆懷相同的慈忱。　　　　　45
我在凡間是個童貞修女，
　此刻雖美艷勝昔，你也認得出；
　如果你仔細地回憶須臾，　　　　　48
就知道我是琶卡爾姐，一如
　其他的蒙恩光靈，置身這裏，
　在最慢的天體中齊享天福。　　　　51
我們的感情，寓於聖靈的欣喜，
　也只會在聖靈的欣喜中燃燒，
　並樂於依循他的綱紀。　　　　　　54
此處的地位，看來並不算高。
　我們身在這裏，是因爲以前
　許願而不履；有時更是空嘮叨。」　57
於是我說：「你們神奇的容顏，
　閃耀著無從名狀的聖光，使你們
　甩去舊貌，叫我們無從復辨。　　　60
因此，我見了你，也不能速認。
　可是，此刻我得到你提點，已能
　清晰地回想你的舊顏和前身。　　　63
不過告訴我，在這裏樂享永生，
　你們想不想升到更高的高度，
　以擴大視境，使聖寵添增。」　　　66
琶卡爾姐微笑了一下（一如
　衆魂），再欣然回答我的問題，

彷彿煥然獲太初的愛焰鼓舞：　　　　　69
「兄弟呀，我們的意志因明愛之力
　　而安恬，只企求本身所獲的一切，
　　不再渴望其他的任何東西。　　　　72
神把我們安排在這一境界；
　　如果我們想置身更高的天區，
　　欲念就不再與神的意旨相諧。　　　75
如果心懷明愛是這裏的定律
　　（細忖明愛的本質，你就會明白），
　　我們的欲念不可能跟神旨齟齬。　　78
反之，我們能處於至樂狀態，
　　全因爲我們恆留神的意旨裏，
　　結果眾願合一而凝聚起來。　　　　81
因此，在天國，我們的地位一級
　　接一級，上上下下都會像統御
　　我們意志的君王一樣欣喜。　　　　84
君王的意志是我們的安寧所居；
　　也是大海：所造的一切和自然
　　化生的萬物都向它奔赴而去。」　　87
於是，我清楚知道，儘管至善
　　降恩時各處有不同的沾濡，
　　天堂的境界卻遍佈整個霄漢。　　　90
有時候，我們飽啖了甲種食物，
　　仍會對乙種食物垂涎欲吃，
　　結果致謝時仍索求乙種口福。　　　93
我的情形也如此：說著話打手勢，

務求明白，她當年投梭而未能
完成的布，是怎樣的物質。　　　　96
「有一位女士，德配神恩，一生
美善，」琵卡爾妲說：「結果升了天，
並令下界的女子出家崇奉。　　　　99
這些女子與那位新郎同眠
同醒。那位新郎，接受所有
以眞愛向他許下的誓言。　　　　102
爲了追隨該女士，年輕的時候
我就出家，以她的衣裳裹身，
並且答應對教會盡忠職守。　　　　105
然後，慣於趨惡而避善的人
把我從愉快的修道院擄拉。
神會明白，我後來活得多可恨。　　　108
在我的右邊，還有另一道光華
向你展現，並且在我們的天宇
挾全部的光芒燁燁煥發。　　　　111
她的情形，也像我剛才的自敘：
她以前是修女，遮陽的神聖頭巾
也這樣從她的頭上被奪去。　　　　114
不過，儘管她被迫違背良心，
違背合乎儀則的禮法而還俗，
心中的頭巾卻一直把她繫引。　　　117
這光華呢，由崇高的康斯坦絲顯露。
康斯坦絲爲施瓦本的第二股驚飆
生下第三個——也是最末的——君主。」　120

琶卡爾姐說完了這番話,就裊裊

　唱起「萬福瑪利亞」。一邊唱,一邊

　隱退,如水中重物,沉没於深渺。　　123
我的視線一直跟隨在後面,

　到眼前蹤影消失於視域之外

　才回轉,移向它更加渴望的容顏——　126
全神貫注地凝看貝緹麗彩。

　貝緹麗彩的光華直射我雙眸。

　刹那間竟叫我雙眸無法張開,　　　　129
叫我該提問時卻未能啓口。

註　釋:

1-2.　　**那太陽**:指貝緹麗彩。**初度以愛……充滿溫暖**:指貝緹麗彩
　　　　小時候叫但丁一見傾情,「胸間充滿／溫暖」。當時,但丁
　　　　不過九歲。參看 *Vita Nuova*, II。

3.　　　**妙理可愛的一面**:指貝緹麗彩的答案(回答月亮何以有黑點
　　　　這一問題)。參看《天堂篇》第二章六一——四八行。

17.　　　**有人錯戀過泉中之影**:**有人**:指那喀索斯 (Νάρκισσος,
　　　　Narcissus)。那喀索斯是個美男子,出生時,先知忒瑞西阿
　　　　斯 (Τειρεσίας, Tiresias) 預言,只要看不到自己的顏容,就可
　　　　以安享上壽。那喀索斯長大後,爲許多仙女愛戀追求,卻無
　　　　動於衷。一個叫厄科 ('Ηχώ, Echo) 的仙女,單戀那喀索斯而
　　　　得不到回應,結果憔悴而死,化爲一縷回聲。其餘的仙女也
　　　　愛而不得,一一遭拒,於是一起向上天投訴。上天派報應女

神涅梅西斯(Νέμεσις, Nemesis)施展神通，令那喀索斯在泉邊俯首，得睹自己的倒影，爲水中的美貌吸引，產生強烈的愛戀，不能自已，最後憔悴而死，化爲一株水仙。參看奧維德《變形記》第三卷三三九行及其後的描寫；《地獄篇》第三十章第一二八行註。

18.　　　**我呢，卻向相反的謬誤竄奔**：那喀索斯以幻象爲眞人而犯錯；但丁以眞人爲幻象，所犯的錯誤與那喀索斯所犯的相反。

19-21.　**我覺察……神靈**：但丁以爲眼前的人物是倒影，於是回頭，看倒影是「哪些神靈」所投。

23.　　　**嚮導的光輝**：指貝緹麗彩的雙眸。

29-30.　**你眼前所見……這處碧落**：在但丁眼前出現的福靈，其實已經置身於最高天。不過他們也能在其餘的諸天出現。至於何以如此，參看《天堂篇》第四章二八—六三行的解釋。

32.　　　**徵信**：指證驗所見是眞人，並非倒影。

36.　　　**精魂**：原文（第三十七行）爲"ben creato spirito"，直譯是「精美地受造的靈魂」。稱之爲「精」，是因爲這些靈魂能享天福，是衆魂的首選。

40-41.　**那麼……棲身**：「你是誰，／叫甚麼名字，〔你們〕何以在這裏棲身」的原文是"del nome tuo e de la vostra sorte"。在意大利文裏，句子前半部的"tuo"（「你的」）是單數，到了後半部變爲複數"vostra"（「你們的」），把焦點由一個福靈移到所有的福靈身上。爲了照顧漢語習慣，漢譯沒有把這一轉變譯出。

42.　　　**靈魂**：指第四十九行的琶卡爾姐。

49.　　　**琶卡爾姐**：Piccarda Donati，西莫内・多納提(Simone Donati)的女兒，佛瑞塞・多納提(Forese Donati)和科爾索・多納提

(Corso Donati)的姐妹。出家當修女後,遭科爾索擄走,被迫
嫁給翡冷翠黑黨顯貴羅塞利諾・德拉托薩(Rossellino della
Tosa),毀棄出家諾言。科爾索迫琵卡爾姐嫁人,完全爲了
個人的政治利益。由於琵卡爾姐・多納提和但丁的妻子傑
瑪・多納提(Gemma Donati)是堂親,佛瑞塞是但丁的朋友,
科爾索是但丁的政敵,琵卡爾姐於一二八八年被迫嫁人的事
件,給但丁的印象極深。參看 Sapegno, *Paradiso*, 38; Pasquini
e Quaglio, *Paradiso*, 32-33; Singleton, *Paradiso 2*, 67。此外,
《煉獄篇》第二十四章八二—八七行,曾提到科爾索。

51.　　**最慢的天體**:指月亮天。月亮離原動天最遠,因此轉動得最
　　　慢。

52-54.　**我們的感情……綱紀**:意爲:我們因聖靈的欣喜而欣喜,我
　　　們依循聖靈所訂立的秩序,福樂與聖靈的意志相符。這幾行
　　　回應了本章第四十一行但丁的提問:「何以在這裏棲身」。

57.　　**許願而不履**:琵卡爾姐許了願要出家,結果卻離開修院,嫁
　　　給羅塞利諾,未能履諾。**空嘮叨**:指徒然許願,許願後沒有
　　　履行。

64.　　**這裏**:指月亮天。

65-66.　**你們想不想……擴大視境,使聖寵添增**:意爲:你們是否希
　　　望向更高的一重天飛升,在更近的距離瞻視上帝,以獲取更
　　　厚的聖寵?

67-68.　**琵卡爾姐……(一如／眾魂)**:琵卡爾姐和其他福靈見但丁
　　　問得幼稚,不禁莞爾。

69.　　**太初的愛焰**:指上帝的大愛。

70-72.　**兄弟呀……任何東西**:這幾行指出:福靈知足,安於上帝的
　　　分配,再無他求;此刻所獲之恩,就是他們想要的一切。**明**

愛：原文"carità"，指福靈對上帝的敬愛。參看 *Enciclopedia dantesca*, I, 831-33, "carità"條。

74-75. **如果我們……欲念就不再與神的意旨相諧**：意爲：福靈如果有非分之想（「想置身更高的天區」），其欲念就不再與神的意旨相諧；欲念不與神的意旨相諧，他們就不會快樂。

76. **如果……定律**：這行的意思是：在這裏，如果深愛上帝是必然。

77. **明愛的本質**：明愛的本質是：施愛者必定以受愛者爲本，也就是說，依循受愛者的意旨去施愛。在這裏，施愛者是福靈，受愛者是上帝。

81. **結果眾願合一而凝聚起來**：結果，我們的願望和神的意旨合而爲一；神的意旨就是我們的願望。參看第八十五行。

82-84. **因此……欣喜**：天堂的福靈都安於其位，並因此而感到欣喜。

85. **君王的意志是我們的安寧所居**：原文"E ’n la sua volontade è nostra pace"，是《神曲》的名句，也是琵卡爾姐論述的要旨。
君王：指上帝。原文"sua"（「他的」），回應第八十四行的"re"（「君王」）；爲了照顧漢語的說話習慣，譯文補入了主詞，以「君王的」代替「他的」。

86-87. **也是大海……奔赴而去**：上帝的意旨是大海；由上帝直接創造的天使和人，以至大自然「化生的萬物」，都以上帝的意志爲意志，一如眾水奔流，以大海爲目標。

88-90. **於是……霄漢**：於是，但丁知道，眾靈的福分有別；上帝降恩，也有深淺之分；不過至福之境遍佈諸天。

91-93. **有時候……乙種口福**：但丁因問題（六四—六六行）得到了答案（得到了「甲種食物」），想向琵卡爾姐致謝；致謝時

又希望得到「乙種食物」（即下一個問題的答案）。「下一個問題」，指九五—九六行所述：「她當年投梭而未能／完成的布，是怎樣的物質」。

95-96. **她當年投梭……物質**：這兩行是比喻，意思是：你當年未能履行的是甚麼願。

97. **一位女士**：指聖嘉勒。一一九四年生於意大利阿西西 (Assisi)；力倡艱苦儉樸；一二一二年與聖方濟創立聖嘉勒修會(ordine delle Clarisse)，供女性出家修行。卒於一二五三年八月。

98. **升了天**：原文（第九十七行）"inciela"（不定式 incielare），爲但丁所創，直譯是「使上天堂」，「使升天」。

100. **這些女子**：指出家的女子。**新郎**：指耶穌。「新郎」這一比喻，經常在《新約》裏出現。參看《馬太福音》第九章第十五節；《馬可福音》第二章第十九節；《約翰福音》第三章第二十九節。

103. **該女士**：指聖嘉勒。

104. **她的衣裳**：指修女的衣裳。

106. **慣於趨惡而避善的人**：指琶卡爾妲的兄弟科爾索・多納提及其黑黨隨從。參看本章第四十九行註。

108. **神會明白……多可恨**：上帝洞悉一切，包括琶卡爾妲的思想和感受，因此會明白，琶卡爾妲被迫出嫁後活得多痛苦。

109. **另一道光華**：指本章第一一八行的康斯坦絲。天堂的福靈在安享天福時都發出燁燁的光華。

111. **挾全部的光芒燁燁煥發**：也就是說，這位福靈的光華最盛。

112. **她的情形……自敘**：意爲：她也像我（琶卡爾妲）一樣，出了家當修女，卻遭人以暴力擄走，結果不能履願。

113. **神聖頭巾**：修女所戴的頭巾。

117. **心中的頭巾……牽引**：雖然還了俗，在形式上沒有戴頭巾，心中仍然頭巾是念；也就是說，精神上依然是個修女，依然想念基督。

118. **康斯坦絲**：Konstanz，諾曼王朝羅哲爾（Roger，意大利文Ruggero）二世的女兒，生於一一五四年，卒於一一九八年。是普利亞和西西里王國最後的一個繼承人，德意志國王兼神聖羅馬帝國皇帝亨利六世（Heinrich VI，一一六五——一一九七）之妻，腓特烈二世（Friedrich II，一一九四——一二五零）之母。出家當修女後，遭帕勒爾摩(Palermo)大主教瓜爾提耶里・奧菲阿米利奧(Gualtieri Offiamilio)擄走，於一一八五年嫁與施瓦本（德文 Schwaben，英文 Swabia）公爵亨利（日後的亨利六世）。

119-20. **施瓦本的第二股驚飆……君主**：「施瓦本」，德文 Schwaben，中世紀德國西南部的一個公國（又稱「公爵領地」），是現代德國巴登—符騰堡(Baden-Württemberg)和巴伐利亞的一部分（參看 *The Random House Dictionary of the English Language* "Swabia"條）。意大利文叫 Soave，又稱 Svevia。最初由神聖羅馬帝國皇帝紅鬍子腓特烈一世(Friedrich I Barbarossa)統領。紅鬍子的兒子亨利六世繼承父位後，成為神聖羅馬帝國皇帝，同時也管轄施瓦本。其子腓特烈二世，是施瓦本王朝(Swabian Dynasty)的第三任（即最後一任）君主，卒於一二五零年；在但丁心目中，是神聖羅馬帝國最後的一位合法皇帝。這裏以「驚飆」形容施瓦本王朝，目的在於強調其凌厲、疾速、短暫。

122. **萬福瑪利亞**：原文（一二一——二二行）"Ave/Maria"，拉丁

文，是天主教《聖母經》的第一句。

124-26. **我的視線……才回轉**：但丁的視線一直在後面追隨琵卡爾姐的蹤影，到琵卡爾姐完全消失爲止。**它更加渴望的容顏**：「它」，指但丁的視線。「它更加渴望的容顏」，指貝緹麗彩的容顏。但丁對貝緹麗彩的渴念，甚於對琵卡爾姐。

128-30. **貝緹麗彩……啓口**：這幾行強調，貝緹麗彩的光華炫眸。

130. **叫我該提問時卻未能啓口**：但丁想發問，卻因貝緹麗彩的光華炫目而未能啓口。

第四章

但丁聽了琶卡爾妲的話後，心中即產生兩個問題：第一，上帝的聖
裁爲何把月亮天的光靈貶到較低的位置？第二，柏拉圖認爲，人的
靈魂來自星星；人死後，靈魂就向星星回歸。這一說法是否正確？
貝緹麗彩知道但丁心中所想，不等他發問，就先答第二個問題。回
答第一個問題時，貝緹麗彩說明絕對意志和相對意志的分別。然後，
但丁問貝緹麗彩，有爽誓言的人可否以善行補贖過失。

兩份食物，吸引力相同，自由人
　　置身中間，與二者等距，一定
　　餓死了也吃不到其中一份。　　　　3
一隻羔羊，站在同樣可驚、
　　同樣兇殘的餓狼間，結果也相同；
　　一如獵犬，在兩隻母鹿間久停。　　6
所以，在同等的猶疑間，因無從
　　反應而緘口，我也不會自譴
　　或自矜，因爲一切都在命中。　　　9
我沒有做聲，不過我渴望之念
　　早已和心中的疑問繪在臉上，
　　比直說的話語還熱切明顯。　　　　12
昔日，但以理使巴比倫的君王
　　尼布甲尼撒息怒，不敢虐殺無辜。

貝緹麗彩的行動，與但以理相仿。　　15
她說：「我很明白，兩種意圖
　　怎樣牽引著你，你的心力
　　自我羈牽，不能把信息表露。　　18
你的論點是：『正確的意志不移，
　　他人的暴力憑甚麼理由
　　貶損我，把我蒙恩的地位降低？』　21
同時，靈魂看來都在遵守
　　柏拉圖的規則，能一一返回眾星，
　　也難免在你心中產生疑竇。　　24
這些問題，都壓落你的心靈，
　　而且重量相等。因此，駁斥
　　較毒的一點，是最先的使命。　　27
與神相契得最密的六翼天使，
　　以至摩西、撒姆耳或者約翰
　　（無論是哪一位約翰）──告訴你，甚至　30
瑪利亞本人的席位也是一般：
　　不會排列在眾靈以外的天國，
　　福樂也不會更綿長或者更短暫。　33
大家都使第一圈顯得更昭焯，
　　並且按本身感受大愛的程度
　　各取所需，享受甜蜜的生活。　　36
他們在這裏出現，並非要宣佈
　　月亮天是他們所有，而是要說明，
　　他們的級別，在天堂最不顯殊。　39
我這樣說話，要你們以心智傾聽，

是因爲經驗要由感官掌握，
　才能更進一步傳達給悟性。　　　　42
因此，《聖經》要把福音傳播，
　也這樣俯就你們的智力；說上主
　有手腳時，經義會另有寄託。　　　45
神聖的教會，也借人的貌圖
　向你們描繪加百列、米迦勒，以及
　另一位，也就是使托比康復的人物。　48
蒂邁歐關於靈魂的推斷辯析，
　跟這裏的實際情形相乖。
　他似乎相信，自己的話是眞理。　　51
他相信，靈魂因天性而化爲形態，
　就會離開自己所屬的星星。
　因此他說，靈魂會重返故宅。　　　54
他的看法和他所述的情景
　也許不一樣，可能包含另一層
　意思；我們不應該當作笑柄。　　　57
如果他的意思是：日後重升
　轉輪的，是天力的榮辱，其弓弩
　也許有射中某點眞理的可能。　　　60
這個法則一度被曲解，幾乎
　誤導了天下，叫人偏歪間稱這些
　行星爲朱庇特、墨丘利、馬爾斯一族。　63
另一個問題，也使你疑惑不解，
　不過其毒害較小；即使有惡意，
　也不會誘你離開我而歧徑是蹀。　　66

我們公正的天律，在凡人眼裏

　　顯得偏差而乖戾，只證明凡人

　　有虔信，不表示他們有異端邪跡。　　69

不過，既然你有足夠的慧根，

　　能善於貫通天道而達於曉暢，

　　我自當按你的意願把道理闡陳。　　72

如果暴力發生時，受害的一方

　　沒有幫助施暴的人作孽，

　　這些靈魂仍不能把過失推搪。　　75

因為，意志不動搖，就不會熄滅；

　　反而會像火焰：即使遭風暴

　　扭曲一千回，也不會轉趨歪斜。　　78

意志一屈從，不管是多是少，

　　就已經支持了暴力，一如這些人，

　　遇到暴力時沒有向聖地潛逃。　　81

如果她們的意志完好堅貞，

　　一如勞倫斯在烤架上忍受烈焰，

　　或如穆克烏斯要己手遭焚，　　84

她們獲釋後，就會獲意志驅牽

　　而重返正道，不再遭暴力劫擄。

　　不過，這樣的堅志實在罕見。　　87

這番話，如果你能夠正確領悟，

　　就可以把剛才的論點駁倒，

　　把縈繞你懷中的困惑消除。　　90

不過，此刻的路上，另一種阻撓

　　又在你眼前橫亙；你要自己

　　去克服？耗盡了體力還是徒勞。　　　　93
剛才，我已經叫你認眞注意：
　　安享至樂的靈魂不會說謊，
　　因爲它始終緊靠著第一眞理。　　　　　96
可是，據你聽琶卡爾妲的摹狀，
　　康斯坦絲一直對頭巾有感情，
　　彷彿我所說的是相反情況。　　　　　　99
兄弟呀，自古以來，爲擺脫險境，
　　曾經有許多人違背良心，
　　做出他們不應該做的劣行；　　　　　102
就像阿爾克邁翁，爲了孝敬父親、
　　遵守父訓而殺害親母，
　　結果爲了盡孝而孝心喪盡。　　　　　105
現在，我要你深思，並且記住，
　　暴力一旦跟意志串通起來，
　　犯罪之後，其咎就無從免除。　　　　108
絕對意志容不得這樣的禍害。
　　相對意志，由於怕罹殃蒙恥
　　而退縮，結果對罪惡默許寬貸。　　　111
因此，琶卡爾妲指的是絕對意志；
　　我所指的，是相對意志。我們
　　所說的話，都完全符合事實。」　　　114
一切眞理，從聖河的源頭湧噴。
　　聖河流出後，就如此漾出柔波，
　　解答了我心裏的兩種提問。　　　　　117
「爲大愛所鍾的女士呀，」我接著說：

「您神聖超凡，綸音充溢了我的心，
　　且給我溫暖，我越聽生氣就越多。　　120
我的敬愛即使深摯盈襟，
　　也不能一一報答您的恩情；
　　但願有能的智者會補我赤貧。　　123
我十分清楚，我們的悟性
　　獲至理啓迪才感滿足；至理
　　之外，再沒有任何眞理能飛凌。　　126
一到達至理，悟性就會棲息，
　　如獸之歸穴。悟性做不到這點，
　　所有的願望都是白費的力氣。　　129
因此，從眞理的根部，懷疑繁衍
　　如嫩芽萌發；我們一山接一山
　　攀向峰頂，是受了本性的驅遣。　　132
正因爲這樣啊，娘娘，我才敢
　　懷著恭敬的心意向您發問，
　　請您就另一問題啓我愚暗。　　135
我想知道，有爽誓言的人
　　滿足天律時，可否以善行補湊，
　　讓天平的誓言不減半分。」　　138
貝緹麗彩怡然望著我，眼眸
　　充滿愛輝。那眼眸，神聖脫俗，
　　使我的目力潰敗間慌忙遁走，　　141
結果眼睛下望，神志迷糊。

註　釋：

1-12.　**兩份食物……熱切明顯**：在中世紀，有所謂「布里丹驢子」
　　　　("Ass of Buridan")的詭論：在兩捆吸引力相等的草料間，驢
　　　　子會選擇無從。但丁按這個詭論的模式，舉了三個新的例
　　　　子：自由人有自由意志，但是在兩份食物之間，欲念相等，
　　　　結果會失去選擇的能力。羔羊在兩雙餓狼中間，對兩者的驚
　　　　怖程度相等，結果意志會癱瘓，不能反應。獵犬在兩隻母鹿
　　　　間，處境與自由人相同，也會無從取捨。此刻，但丁有兩個
　　　　疑問，重要性相同，結果不知道先問哪一個。

13-14.　**昔日……無辜**：巴比倫國王尼布甲尼撒因手下的哲士不能釋
　　　　夢，要把他們處死。但以理釋夢成功，救了這些哲士。參看
　　　　《舊約・但以理書》第二章第一—四五節。

15.　　　**貝緹麗彩的行動，與但以理相仿**：貝緹麗彩像但以理一樣，
　　　　既知道疑問是甚麼，也知道怎樣解答。

16-18.　**她說……表露**：貝緹麗彩知道但丁心中想甚麼。**兩種意圖**：
　　　　指但丁有兩個疑問，但不知道應該先問哪一個。

19-24.　**正確的意志不移……產生疑竇**：這幾行寫但丁的兩個疑問。
　　　　第一個疑問是：如果行善的意志不移，不受外力影響，外力
　　　　為甚麼能把事功減少？這一疑問，就《天堂篇》第三章琵卡
　　　　爾姐和康斯坦絲的處境而發：兩者在意志和精神上都忠於自
　　　　己。她們履諾不成，是因為遭暴力干擾。那麼，她們為甚麼
　　　　要受貶而身處最高天的最低位置？第二個疑問是：在《蒂邁
　　　　歐篇》(*Timaeus*)裏，柏拉圖指出，人的靈魂來自衆星，死
　　　　後也向衆星回歸。在基督教發展的初期，也頗有一些基督徒

相信這種說法。公元五四零年，這一說法在君士坦丁堡被正統教會揚棄。到了但丁時期，正統基督徒都認爲，人的靈魂直接由上帝創造，無須輪迴。但丁見琵卡爾妲身在月亮天（見《天堂篇》第三章），覺得情景和柏拉圖的說法相符，於是心生第二個疑問。參看 Mazzini, 426。

26-27. **駁斥／較毒的一點⋯⋯使命**：但丁的兩個疑問，以正統的基督教準則衡量，都是異端，都含有毒素。不過柏拉圖的學說（上面提到的第二個疑問）「較毒」，因此貝緹麗彩首先要駁斥「較毒的一點」。

28-36. **與神相契⋯⋯生活**：所有的福靈，包括最接近上帝的一些，都在最高天享受天福；享福的時間沒有久暫之分。至於天福的厚薄，則視福靈的能力而定。因此，在《天堂篇》第三章第八八—八九行，琵卡爾妲說：「至善／降恩時各處有不同的沾濡」。**六翼天使**：天使中最高的一級。**摩西**：《舊約》中的第一位先知。**撒姆耳**：《舊約》中的先知。**約翰／（無論是哪一位約翰）**：指使徒約翰和施洗約翰（亦譯「洗者若翰」、「若翰・保弟斯大」）。**瑪利亞**：聖母瑪利亞，是人類最崇高的代表。**福樂也不會更綿長或者更短暫**：最高天的福靈所享的福樂都永恆不變；既然是「永恆不變」，就不再有長短、久暫之分。**第一圈**：指最高天。從神的居所算起，最高天是第一重天，所以稱爲「第一圈」。**大愛**：上帝之愛。

37-39. **他們在這裏出現⋯⋯顯殊**：琵卡爾妲、康斯坦絲都是最高天的福靈，此刻在月亮天出現，是要向但丁說明，在最高天裏，她們的地位最低。**這裏**：指月亮天。**並非要宣佈／月亮天是他們所有**：並非要宣佈，天堂是他們長期置身的區域。

40-42. **我這樣說話⋯⋯悟性**：貝緹麗彩爲了讓但丁明白高妙的道

理，只好以人間語言、人間經驗，循感官途徑傳給他的悟性。

要你們以心智傾聽：原文爲"al vostro ingegno"。"vostro"是複數，直譯是「你們的」，因此對象是一般人，並不限於旅人但丁。由於漢譯的需要，譯者譯"al vostro ingegno"時用了凱特福德(J. C. Catford)所謂的翻譯移位(translation shift)技巧，譯文再沒有「你們的」，而只有「你們」。有關翻譯移位技巧，參看 Catford, *A Linguisitc Theory of Translation：An Essay in Applied Linguistics*。

43-45. **因此……寄託**：《聖經》傳達神道，也要用凡人所能了解的語言；「說上主／有手腳」，只是爲了方便理解，並非說上主眞的「有手腳」。換言之，《聖經》所說，除了字面意義，還有精神意義和象徵意義。

46-48. **神聖的教會……人物**：教會爲了讓教衆理解聖道，也要依靠凡人所能了解的語言和比喻。**加百列**：英語 Gabriel，又譯「加俾額爾」，天使之一。曾向瑪利亞預言，耶穌會由她誕生。見《舊約聖經・但以理書》第八—九章；《新約聖經・路加福音》第一章。《次經》（又叫《僞經》）稱加百列爲天使長。參看《基督教詞典》頁二三八—三九。**米迦勒**：英文 Michael，天使名，亦譯「米額爾」。《舊約聖經・但以理書》第十章第十三節、第二十一節稱他爲「大君」，即天使長，是以色列人的護守天使。在《新約聖經》的《猶大書》和《啓示錄》出現，是天主教聖教會的護守天使。參看《基督教詞典》頁三四五行。**另一位……人物**：指天使長拉斐耳（英文 Raphael）。拉斐耳曾經使托比的父親恢復視力。參看《聖經次經・托比傳》第十一章第一—十五節。

49. **蒂邁歐關於靈魂的推斷辯析**：參看但丁在二二—二四行所提

的問題。在柏拉圖的《蒂邁歐篇》裏，蒂邁歐是書中主角，曾就靈魂問題加以「推斷辯析」。參看 Mazzini, 427。

50. **跟這裏的實際情形相乖**：意爲：跟月亮天的情形有別。

52-53. **他相信……星星**：蒂邁歐相信，靈魂出於天性，會離開星星，進入肉體。

54. **靈魂會重返故宅**：指人死後，靈魂會返回星星。

55-57. **他的看法……笑柄**：意爲：柏拉圖的說法，也許有另一層意義；這層意義，字面也許沒有直接表達，因此不應該視爲笑柄。參看 *Convivio*, IV, XXI, 2-3。

58-60. **如果他的意思是……可能**：意爲：如果柏拉圖的意思是，人死後，星星對他的影響力（不管是好是壞）就會重返星星，那麼，在某一方面，柏拉圖也許說得有理。在這裏，但丁再度運用弓弩意象。**轉輪**：指旋轉的諸天。

61-63. **這個法則……馬爾斯一族**：柏拉圖的學說被世人曲解，結果大家賦行星以各個神祇的名字；並且認爲，凡間的命運由這些行星決定。「朱庇特」（拉丁文 Iuppiter，英文 Jupiter）、「墨丘利」（拉丁文 Mercurius，英文 Mercury）、「馬爾斯」（拉丁文和英文均爲 Mars）是羅馬神話中的神祇，相等於希臘神話中的宙斯、赫爾梅斯、阿瑞斯。貝緹麗彩在這裏說「幾乎／誤導了天下」，而不說「誤導了天下」，是因爲她覺得，希伯來人有《聖經》爲據，沒有被誤導。也就是說，被誤導的只是天下的大部分，尚不算全部。

64. **另一個問題**：指本章十九—二一行的問題。

65-66. **不過其毒害較小……歧徑是蹀**：本章十九—二一行的問題，毒害較小，是因爲這一想法不會把但丁帶進歧途，叫他相信異端，遠離貝緹麗彩（也離開貝緹麗彩所代表的信仰）。

67-69. **我們公正的天律……邪跡**：凡人質詢天律是否公正時，其質詢之舉，已表示他相信天律。因此他們就個別事例提出疑問，並不表示他們否定基督教信仰。

71. **貫通天道而達於曉暢**：指明白貝緹麗彩在六七—六九行所說的道理。

73-90. **如果暴力……困惑消除**：在這裏，貝緹麗彩就本章十九—二一行的問題作答。以今日的標準衡量，貝緹麗彩對意志的要求未免過於嚴苛。

77-78. **反而會像火焰……也不會轉趨歪斜**：火焰遭風吹，剎那間會搖擺偏斜。可是風一停，就會恢復本性：豎直向上。

80. **這些人**：指琵卡爾妲、康斯坦絲，以至月亮天的其他福靈。

81. **遇到暴力時沒有向聖地潛逃**：指琵卡爾妲和康斯坦絲遇到暴力，本來可以逃回修院，可是她們沒有這樣做。

83. **勞倫斯**：指聖勞倫斯。聖勞倫斯是西班牙人，早期羅馬教會的副主祭（意大利文 diacono，英文 deacon），因拒絕把教會的財寶交出，於公元二五八年遭活活燒死，成爲殉教者。

84. **穆克烏斯**：蓋約・穆克烏斯・斯開沃拉(Gaius Mucius Scaevola)，羅馬人，克魯西烏姆(Clusium)的拉爾斯・坡塞納(Lars Porsena)包圍羅馬時，奉命行刺坡塞納而事敗。接受火刑時毫不畏縮，把右手伸入火中受燒，結果感動了坡塞納而獲釋。但丁在其他著作裏，也提到這位義士。參看 *Convivio*, IV, V, 13; *Monarchia*, II, V, 14。

85-86. **她們獲釋後……劫擄**：意爲：琵卡爾妲和康斯坦絲如果有完好堅貞的意志，獲釋後就會重返修院。她們獲釋後，卻沒有這樣做，因此地位受到影響，在最高天裏，要降到最低的一級。

91-93. **不過……徒勞**：貝緹麗彩看得出，此刻，但丁心中又產生另一疑惑，不能獨力解答；即使要獨力解答，也會徒費精神。

96. **第一眞理**：指上帝。

98. **康斯坦絲一直對頭巾有感情**：康斯坦絲被擄後，一直以修院爲念。**頭巾**：頭巾爲修女所戴，在這裏象徵修女身分。參看《天堂篇》第三章第一一七行。

103-05. **就像阿爾克邁翁……喪盡**：阿爾克邁翁爲了報父仇而殺害母親，是「爲了盡孝而孝心喪盡」。參看《煉獄篇》第十二章四九—五一行及有關註釋；《地獄篇》第二十章第三十四行註。一零五行原文("per non perder pietà, si fé spietato")的"pietà"和"spietato"，在語音上互相呼應，在語義上也正反相成，大概受了奧維特《變形記》第九卷四零七—四零八行影響："Ultusque parente parentem / natus erit facto pius et sceleratus eodem…"（「兒子殺母爲父親報仇，／一舉盡孝，並喪盡孝心……」）

108. **犯罪**：Singleton (*Paradiso* 2, 93)指出，這裏所謂的「犯罪」，是指對神犯罪。

109-14. **絕對意志……符合事實**：亞里士多德和阿奎那把意志分爲絕對意志（意大利文 voglia assoluta，拉丁文 voluntas absoluta，英文 absolute will）和相對意志（意大利文 volontà condizionata，拉丁文 voluntas secundum quid 英文 conditioned will）。所謂「絕對意志」，即原文第八十二行的"volere intero"（漢譯「意志完好堅貞」），第八十七行的"salda voglia"（「堅志」）。絕對意志絕不會與邪惡妥協。就絕對意志而言，琵卡爾姐和康斯坦絲被擄後仍心繫修院；可是就相對意志而言，兩人都屈從於暴力，結果違反了絕對意志。由於琵卡爾

姐所指的是絕對意志，貝緹麗彩所指的是相對意志，兩人的話都符合事實。參看 Singleton, *Paradiso 2*, 90-94; Sapegno, *Paradiso*, 53-54；阿奎那 *Summa theologica*, I-II, q. 6, aa. 4-6。

115-17. **聖河的源頭……提問**：「聖河的源頭」，指上帝。貝緹麗彩的眞理來自上帝，此刻就像聖河源頭的「柔波」，解答了但丁的提問。在《神曲》裏，貝緹麗彩是智慧、啓迪的象徵。

118. **爲大愛所鍾的女士**：指貝緹麗彩。貝緹麗彩爲上帝的大愛所鍾，所以稱爲「爲大愛所鍾的女士」。

123. **有能的智者**：指上帝。

125. **獲至理啓迪**：獲上帝啓迪。

125-26. **至理／之外……飛凌**：沒有任何眞理能超越上帝的至理。

127. **一到達至理，悟性就會棲息**：一到達上帝的至理境界，悟性就得到完全的滿足，不再有別的渴求。這行回應第三章第八十五行：「君王的意志是我們的安寧所居」("E 'n la sua volontade è nostra pace")。

128-29. **悟性做不到這點，／……白費的力氣**：這句話的言外之意是：悟性必能做到這點，即原文"e giugner puollo"（直譯是「而它〔悟性〕能達到它〔至理〕」）所指。亞里士多德和經院哲學家都認爲，「上帝和大自然不會徒勞」。既然人類生來有求知之心，他們必能達到所求之知。這一論點，阿奎那的說法可以代表："si intellectus rationalis creaturae pertingere non possit ad primam causam rerum, remanebit inane desiderium naturae."（「如果理性創造物的心智不能達到事物的初始因，天生的渴念就終歸枉然。」）參看 Sapegno, *Paradiso*, 55; Singleton, *Paradiso 2*, 95。

130-32. **因此……驅遣**：上帝賜人類以探索之心、求知之欲。結果，

探索之心和求知之欲會把人類向上推動，直達上帝的至理。

135.　**另一問題**：指但丁在一三六—三八行所提的問題。

137.　**天律**：上帝的律法。**可否以善行補湊**：意爲：誓言未履（也就是於天律有虧），爽誓的人可否以善行補償。關於這點，阿奎那也有論及。參看 *Summa theologica*, II-II, q. 88, aa. 10-12。

138　**天平**：指上帝的天平，在這裏比喻上帝的聖裁。

第五章

貝緹麗彩論述誓約的本質和自由意志，說明誓約如何替代；並訓誨世上的基督徒，行事要謹慎沉穩。然後，向宇宙最亮的光區凝盱間跟但丁升上了水星天。兩人進入水星天後，千多名光靈向他們疾趨。但丁跟其中一個光靈說話；問他是誰，何以在水星天出現。

　「我以溫煦的愛焰照耀你。如果
　　這經驗在凡間是見所未見，
　　把你兩眼回望的能力剝奪，　　　　　3
　請不要驚奇；因爲，這種愛焰
　　發自完美的炯目；完美的炯目
　　觀照時，會走向所見的美善前。　　　6
　此刻，在你心裏，我已經目睹
　　永恆的光芒輝耀。僅是這光芒，
　　一經目睹，就永點愛的情愫。　　　　9
　如果他物使得你施愛無方，
　　那是因爲這光芒的餘輝，經凡心
　　誤解，透過該物向外面顯彰。　　　　12
　你想知道，因爽誓而義務未盡，
　　是否有別的善行把結局扭轉，
　　防止刑法向靈魂追由究因。」　　　　15
　貝緹麗彩的話是這一章的開端。

然後，像不願在中間停頓的人，

她繼續把神聖的法旨向我述傳： 18

「上帝在洪德浩蕩中創世施恩，

賜眾生厚惠。而其中一種，

最能體現其至善，也最獲他愛珍。 21

那就是：意志的自由。獨獲天寵

而得此自由的，是一切智慧之靈。

過去如此；現在的情形也相同。 24

那麼，按照這樣的理據和實情，

如果你允諾時獲神的允諾，

誓約的珍貴處就昭然彰明。 27

因為人神立約有這樣的效果：

上述的珍寶，會成為獻神的犧牲；

而犧牲的行為皆完成於自我。 30

那麼，他物怎會有補贖的可能？

如果你打算善用所獻的東西，

那就等於要贓物把善事完成。 33

道理的要點，你可以確信無疑。

不過，既然聖教有赦免之舉，

跟我所說的事實抵觸對立， 36

你就得坐下來，在桌前稍候須臾，

因為你所吃的食物堅硬，

需要多一點幫忙才容你攝取。 39

真相我現在就展示；請專心聆聽，

並且牢記在心，因為聆聽後

而不牢記，知識就不會成形。 42

上面提到的犧牲存在與否，
　取決於兩個要素：其一是犧牲
　本身；其二是盟約的訂立遵守。　　　45

第二個要素，經立約人踐盟，
　才可以解除。而這一點，我早已
　詳加解釋，再沒有半點模稜。　　　48

你也知道，希伯來人要奉命獻祭
　這習俗，從古代一直流傳到今天——
　儘管祭品可以由他物代替。　　　51

至於第一個要素，也就是先前
　說到的犧牲本身，即使轉化爲
　別的祭品，犧牲也不會有污點。　　　54

不過誰也不可以任意卸推
　肩上的責任，除非白色的鑰匙
　和黃色的鑰匙能轉動追隨。　　　57

任何形式的交換都沒有價值，
　除非被棄的祭物含括於新祭物，
　一如數目四爲數目六所包持。　　　60

因此，任何事物的價值一超出
　他物的價值，比所有他物都貴重，
　就不能由另一種開支來償補。　　　63

世人哪，立誓可不是輕率的行動。
　要守信，但是不要像耶弗他奉獻
　第一件祭品時那樣乖戾是從。　　　66

當時，耶弗他應該說『是我失言』；
　不該犯更大的過錯去守信。此外，

希臘的大統帥也同樣愚蠢癡癲，　　　　69
要伊菲格涅亞為自己的美貌傷懷。
　結果呢，不論是智者還是愚人，
　聞及這祭禮都感到哀戚不快。　　　　72
基督徒哇，你們行事要謹慎沉穩；
　不要像羽毛，隨風向飄忽不定；
　也不要以為，凡是水都可以潔身。　　75
你們有《新約》，也有《舊約》這聖經，
　有教會這個牧者給你們指導。
　這一切，就足以拯救你們的魂靈。　　78
如果邪惡的貪婪把你們誘召，
　就要當男子漢，別當糊塗的羊群，
　讓你們當中的猶太人譏嘲。　　　　　81
不要像愚蠢的羔子，放蕩不馴，
　拋下母羊的奶而獨自他去，
　任性地玩耍間給自己招來惡運。」　　84
上述就是貝緹麗彩的話語。
　之後，她露出渴望的神態，
　回眸向宇宙最亮的光區凝盱。　　　　87
我滿心好奇，這時再難以等待；
　正要再發問，見貝緹麗彩變容
　肅穆，只好把心中的問題按下來……　90
霎時間，我們射入了天堂的第二重，
　速度快如疾矢：擊中了鵠的，
　弦線仍在弓上不停地顫動。　　　　　93
只見我所尊敬的娘娘，在這裏

升入該區的光芒時欣悅無限，
　　結果連行星也變得明亮無比。　　96
假如連星星也會霍然開顏，
　　生來就跟隨萬變而變化的我
　　會如何，讀者輕易就可以想見。　　99
魚塘平靜而清澈的時候，如果
　　有東西掉進去，魚兒就會游過來，
　　以為它們的食物跌落了清波。　　102
千多名光靈，也以這樣的姿態
　　向我們疾趨。每個光靈都說道：
　　「看哪，他會增加我們的仁愛。」　　105
每個光靈朝我們疾趨時，都杲杲
　　發出明亮的光輝。光輝中，
　　只見光靈露出至樂的樣貌。　　108
讀者諸君哪，試想這裏的述頌
　　如果剛開始就中止，你們追索
　　下文的渴念會變得如何厚濃。　　111
同時，你們也可以想見，這一夥
　　光魂昭然在我的眼前出現後，
　　我多想聽他們講述現狀的本末！　　114
「你呀，為善而生；凡軀的爭鬥
　　還未結束，天恩就惠然讓你
　　到這裏向著永勝的御座凝眸。　　117
我們獲聖光點燃；這聖光，充彌
　　整個宇宙。既然你滿腔熱忱，
　　想知道我們的情形，請悉隨尊意。」　　120

水星天
千多名光靈，也以這樣的姿態／向我們疾趨。
（《天堂篇》，第五章，一零三——一零四行）

那群虔誠的光靈中，有一個人

　　對我說。接著，貝緹麗彩也鼓勵我：

　　「放心說吧；他們可靠如衆神。」　　　123

「我瞭然見你在光窩裏安坐；

　　知道那是汲自你雙眸的炯輝。

　　因爲，你微笑時，光芒就閃爍。　　　126

不過，善魂哪，我不知道你是誰。

　　這天體，藉另一天體的光芒避開

　　凡目；上面何故有你的席位？」　　　129

於是，我這樣發問，對象是剛才

　　跟我說話的光靈。光靈聞言，

　　變得更明亮，遠勝先前的狀態。　　　132

濃厚的霧氣會使太陽的光線

　　變柔；霧氣一旦被高溫咬啃，

　　太陽就在過盛的炯光裏隱潛。　　　135

歡樂陡增間，聖魂也驀地隱身

　　自己的輝芒中，不讓我得睹；

　　然後，炯焰緊裏間向我條陳　　　138

下一章詩歌所詠的事物。

註　釋：

1-6.　**我以溫煦……美善前**：在這裏，貝緹麗彩說明但丁的目力何
　　以「潰敗」（見《天堂篇》第四章一四一行）。**完美的炯目**：
　　指貝緹麗彩的雙眸。得睹上帝的福靈都獲上帝的炯光照耀，

因此目力會增強。貝緹麗彩獲上帝照耀時，充滿了聖智和大愛。然後，聖智和大愛從貝緹麗彩的雙眸舒輝，以炯光征服但丁的雙眸。**所見的美善**：指上帝。

7-9.　　**此刻……情愫**：但丁與最高天的距離越來越近，而且有貝緹麗彩在輝耀，心中乃閃現上帝的炯光。因此貝緹麗彩說：「在你心裏，我已經目睹／永恆的光芒輝耀。」這種炯光，能永燃大愛（「永點愛的情愫」）。

10-12.　　**如果他物……顯彰**：如果外物使凡人愛而不得其所，那是因爲炯光的餘輝透過外物閃耀，未能爲人類（「凡心」）準確理解，結果人類遭外物誤導，愛而不得其法，愛而不得其所。這種「錯愛」，是一切罪惡之源。參看阿奎那 *Summa theologica*, II, I, q. 73, art. 8, ad. 2。

18.　　**神聖的法旨**：指貝緹麗彩傳達上帝法旨的話。

22.　　**意志的自由**：即自由意志。

22-23.　　**獨獲天寵／而得此自由的，是一切智慧之靈**：獨獲上帝寵愛、獨獲上帝賜予自由意志的，只有天使和人類（「一切智慧之靈」）。參看 *Monarchia*, I, XII, 6。

26-27.　　**如果……彰明**：凡間的人許願（「允諾」）時，一經上帝接受，就等於跟上帝訂立了盟約。那麼，所許的願如何珍貴，就不言而喻。

29.　　**上述的珍寶**：指第二十二行所說的「意志的自由」。**會成爲獻神的犧牲**：一個人許願（「允諾」）時，等於把自由意志獻給上帝，向上帝敬奉犧牲。

30.　　**而犧牲的行爲皆完成於自我**：而犧牲的行爲，皆由自由意志來決定。

31.　　**那麼……可能？**：貝緹麗彩言下之意，是他物無從補償未履

的諾言。

32-33. **如果……完成**：意爲：如果你視自己對上帝的奉獻爲工具，
然後加以利用，就等於要贓物做善事。也就是說，此舉不會
見容於天律。

34. **道理的要點**：指未履之諾，没有其他事物可以代替的論點。
你可以確信無疑：你可以確信這論點。

35-36. **聖教有赦免之舉，／……對立**：意爲：神聖羅馬天主教會有
赦免之舉（指赦免爽誓行爲）。而這一做法，跟我剛說過的
道理互相矛盾。

37-39. **你就得坐下來……攝取**：但丁在這裏用了食物意象：「爽
誓」、「補贖」、「聖教有赦免之舉」等觀念，都是堅硬的
食物，但丁需要幫忙才能消化、吸收。參看 Rossi e Frascino,
Paradiso, 68。

46-47. **第二個要素……才可以解除**：意爲：盟約訂立後，不可違背；
履行後方可解除。

47-48. **我早已／詳加解釋**：指貝緹麗彩早已在本章三一─三三行詳
加解釋。

49-51. **希伯來人……代替**：《舊約》規定，希伯來人要向耶和華獻
祭。不過祭品可以由別的祭品代替。關於希伯來人的獻祭規
矩，參看《利未記》第二十七章。

56. **肩上的責任**：獻祭的責任。

56-57. **除非……追隨**：意爲：除非獲教會准許。有關「白色的鑰匙
／和黃色的鑰匙」，參看《煉獄篇》第九章一一七─二六行。

59. **除非……新祭物**：意爲：除非代替之物包含被替的祭品。

61-63. **任何事物……償補**：原來的祭品如果在價值上超過其他物
品，其他物品就不能代替原來的祭品。

65-66. **不要像耶弗他……乖戾是從**：《舊約》人物耶弗他，因為有
求於耶和華而承諾把最先從他「家門出來……接」他的，「獻
上為燔祭」。耶弗他到達家門時，最先出來的，竟是他的獨
生女。為了守信，耶弗他殺害了女兒（「乖戾是從」）。事
見《舊約聖經・士師記》第十一章第三十一—四十節。

68. **犯更大的過錯去守信**：指耶弗他為了「守信」而殺害自己的
女兒（「犯更大的過錯」）。

69-70. **希臘的大統帥……傷懷**：在特洛亞戰爭中，希臘盟軍的大統
帥阿伽門農（Ἀγαμέμνων, Agamemnon）為了叫月神阿爾忒
彌斯（Ἄρτεμις, Artemis）息怒，答應以當年國內最美麗的初
生嬰兒為祭品，結果要殺害自己的女兒伊菲格涅亞
（Ἰφιγένεια, Iphigenia）。伊菲格涅亞的故事有不同的版本，
其中包括《埃涅阿斯紀》第二卷一一六—一一九行；《變形記》
第十二卷二四—三四行。但丁採用的版本出自西塞羅的著
作。參看 Cicero, *De officiis*, III, xxv, 95。**為自己的美貌傷懷**：
但丁把有關耶弗他女兒的細節 挪用到伊菲格涅亞身上。參
看 Mattalia, *Paradiso*, 89-90; Sapegno, *Paradiso*, 64;
Singleton, *Paradiso 2*, 107; Sisson, 664。

75. **也不要以為，凡是水都可以潔身**：基督教洗禮用的水可以潔
身，也就是說，可以洗去原罪。但貝緹麗彩提醒基督徒，不
是所有的水都可以潔身的。言下之意是：許願而不履，不是
任何行動都可以獲上帝寬宥的。參看 Sapegno, *Paradiso*, 64。

79. **邪惡的貪婪**：叫人偏離正道的貪婪。

81. **讓你們當中的猶太人譏嘲**：猶太人（希伯來人）對立誓、獻
祭的做法有詳細而嚴格的守則（參看本章四九—五零行）。
如果基督徒像糊塗的羊群，在立誓、獻祭等事宜上被人誘

召，就會遭猶太人訕笑。

82-84. **不要……惡運**：「羔子」（羔羊）象徵教衆；「母羊」象徵
　　　　教會和《聖經》的教誨。

87. **回眸……光區凝盱**：貝緹麗彩向太陽和最高天凝望。凝望
　　　　間，已經和但丁升向水星天。在煉獄山頂，貝緹麗彩凝望著
　　　　太陽，就與但丁飛升到月亮天。參看《天堂篇》第一章六四—
　　　　九三行。

89. **變容**：指顏容變得更美麗。貝緹麗彩在天堂高飛時，越是接
　　　　近上帝，顏容就越美麗。現在，她由月亮天飛升向水星天，
　　　　顏容也經歷這樣的變化。不過，Mattalia (*Paradiso*, 91)指出，
　　　　在升天過程中，改變的是但丁，而非貝緹麗彩。也就是說，
　　　　但丁越接近上帝，視力就越趨康強，結果就越能看到貝緹麗
　　　　彩之美。

91. **天堂的第二重**：指水星天。

92-93. **速度……顫動**：這一射箭意象，強調貝緹麗彩和但丁飛升之
　　　　速，和《天堂篇》第二章二三—二六行的意象相近。參看《天
　　　　堂篇》第二章第二十三行註。

96. **結果……明亮無比**：水星因貝緹麗彩光臨，變得明亮無比。

97-99. **假如連星星……可以想見**：假如不朽的星星也因貝緹麗彩而
　　　　變亮，「跟隨萬變而變化」的但丁會怎樣變化，「就可以想
　　　　見」了。

100-02. **魚塘……清波**：在這裏，但丁再度藉凡間的日常經驗摹狀天
　　　　堂裏難以描摹之景。

105. **看哪，他會增加我們的仁愛**：Singleton(*Paradiso 2*, 109)指
　　　　出，在天堂，愛的分量會隨受愛者的數量增加。現在天堂多
　　　　了個但丁，福靈就多了個施愛的對象，結果所施之愛也更

多。因此光靈說「他會增加我們的仁愛」。Pasquini e Quaglio
(*Paradiso*, 64)的看法也相同。參看《煉獄篇》第十五章四九——
七八行。不過也有論者認為，能增加光靈仁愛的是貝緹麗
彩，不是但丁。參看 Sapegno, *Paradiso*, 66。這裏的譯文用
「他」而不用「她」，是因為譯者覺得，Singleton 的說法較
可信。

106-08.　**每個光靈……樣貌**：Singleton (*Paradiso 2*, 109)指出，在月
亮天裏，但丁描寫了光靈的具體樣貌。在水星天裏，光靈的
「樣貌」漸漸隱沒在至善至聖的炯光中。此後，則連依稀的
「樣貌」也會隱沒；在但丁眼前出現的，全是不折不扣的光
靈。

109-11.　**讀者諸君哪……厚濃**：但丁的意思是：如果我的敘述現在就
終止，你們追索情節的欲望一定無以復加。

114.　　**現狀的本末**：指光靈本身的狀況。

115.　　**你**：指但丁。在這裏，光靈開始向但丁說話。

115-16.　**凡軀的爭鬥／還未結束**：但丁仍是血肉之軀，在塵世的爭鬥
還未結束。基督教傳統認為，塵世的一生是一場鬥爭。參看
《約伯記》第七章第一節："Militia est vita hominis super
terram." (「人在世上豈無戰爭嗎？」)

116-17.　**天恩……凝眸**：天恩：指上帝的恩典。永勝的御座：指上帝
的御座。這兩行的意思是：你（但丁）尚未辭世，就獲賜天
恩，有機會飛升天堂，目睹上帝的御座。

118.　　**聖光**：指上帝的炯光。

120.　　**請悉隨尊意**：意為：請隨便發問吧，我們會給你圓滿的解答。

121.　　**一個人**：指查士丁尼（生平見《天堂篇》第六章十一十二行
註）。

123.　**如眾神**：這些光魂獲上帝的聖光照耀，已經在分享神性。

124.　**光窩**：「光窩」意象，既強調光芒盛大，又象徵光魂安舒，如鳥兒穩憩窩中。

125.　**知道……炯輝**：光靈的光芒是發自他們眼睛的炯輝。

128-29.　**這天體……凡目**：水星（「這天體」）最接近太陽，在強大的陽光中「消失」，凡目再無從得睹；因此說，「藉另一天體」（太陽）「的光芒避開／凡目」。在《筵席》中，但丁曾這樣提到水星："la più picciola stella del cielo"（"天上最小的星星"）；"più va velata de li raggi del Sole che null'altra stella"（"其軌跡被太陽的光芒覆蔽，甚於其他任何星子"）。參看 *Convivio*, II, XIII, 11。

130-31.　**剛才／跟我說話的光靈**：指第一二一行的「一個人」，即查士丁尼。

132.　**變得更明亮……狀態**：光靈越是施愛，就越趨明亮。此刻，查士丁尼在藹然流露慈愛，因此「變得更明亮」。參看本章一零五行註。

133-38.　**濃厚的霧氣……炯焰緊裹間**：太陽在霧氣中變柔，就可以讓凡目諦觀。太陽的光芒太盛，熱力太強，霧氣就會蒸發消散；強光中，太陽就不會讓凡目直視，結果等於在炯光中隱藏（「太陽就在過盛的炯光裏隱潛」）。說話的光靈也如此：爲了回答但丁，慈愛增加，所發的光芒變盛，結果全部隱身於光芒裏，叫但丁欲睹無從。

第六章

光靈告訴但丁，他是查士丁尼。然後藉羅馬帝國的鷹徽，詳述羅馬帝國的歷史，並譴責圭爾佛和吉伯林黨。結尾時談到羅密歐的偉業懿行。

「在上古，有英雄娶拉維尼亞爲妻，
　　神鷹曾依循天運隨他西行。
　　自君士坦丁逆向把神鷹遷徙，　　　　3
百年過後再經過百多年，神鷹
　　依舊留在歐洲的邊緣地帶，
　　靠近當日起飛前棲止的山嶺。　　　　6
神鷹以聖翅把天下蔭庇覆蓋，
　　並加以統轄。在那裏，神鷹多度
　　易手，最後落到我的手上來。　　　　9
我是查士丁尼，是羅馬的君主，
　　因爲受了大愛的意志驅遣，
　　乃把律法的縟文虛禮廢除。　　　　　12
我全心做這項工作之先，
　　相信基督有單性，而沒有雙性，
　　並樂於保持這樣的一種信念；　　　　15
幸虧最高的牧者給我引領，
　　勸喻我回歸眞理。這牧者名叫

阿格丕，是上蒙天佑的豪英。　　　　18
我順從了他所信仰的教條，
　　而且看得明確清楚，一如
　　你看矛盾：是非間不會有混淆。　　21
前進的旅程中，當我跟教會同步，
　　上主就欣然施惠，給我靈感，
　　讓我從事偉業時全力以赴；　　　24
軍事呢，我交給貝利薩留負擔。
　　上天的右手給他極大的助力，
　　讓我明白，我不該繼續征戰。　　27
好啦，你剛才提出的第一個問題，
　　就答到這裏吧。不過，為了闡解
　　旨要，我還得加以補充分析。　　30
這樣，你才會明白，兩大派別，
　　不管是佔有還是反對，都同樣
　　有理，違背了聖旗而偏向歪斜。　　33
你看，從帕拉斯闢土開疆，
　　並為之犧牲的一刻起，怎樣的勇武
　　才能為旗幟建立尊崇的形象。　　36
你知道，這旗幟在阿爾巴的領土
　　留駐了三百多年，到了最後期，
　　三人與三人，仍為它互相殺戮。　　39
你知道，薩比奴斯的婦女遇襲，
　　到盧克瑞提亞蒙恥期間，神鷹
　　隨七王征服鄰邦時有甚麼事跡。　　42
你知道，它獲顯赫的羅馬人高擎，

向布倫諾斯、皮洛斯和其他豪強、
　其他部族進攻時大顯威靈，　　　　　45
讓托夸圖斯，讓名繫亂髮的勇將
　昆提烏斯和德基烏斯、法比烏斯兩族
　名垂後世，叫我樂意去頌揚。　　　　48
波河呀，你從阿爾卑斯的高岩流出，
　阿拉伯人曾隨漢尼拔越高岩
　而過；其氣焰卻爲神鷹所懾服。　　　51
神鷹看斯克皮奧和龐培少年
　出英雄；對俯瞰你出生的小山，
　卻展現了麻木不仁的一面。　　　　　54
然後，整個天堂要人間艾安，
　正想叫世界沐於天國的和風，
　凱撒按羅馬的意旨把神鷹獨佔。　　　57
從瓦爾河到萊茵河，神鷹掠地攻城，
　有伊澤爾、盧瓦爾、塞納等川瀆
　以至爲羅訥河注水的眾谷作見證。　　60
它離開拉溫納、躍過魯比科的征途，
　由於騰邁飛超，則沒有史筆
　或唇舌能夠在後面追隨記述。　　　　63
神鷹麾大軍向西班牙進襲，
　續攻杜拉佐，向法薩羅斯鞭撻，
　結果，灼熱的尼羅河也感到悲戚。　　66
從安坦德洛斯和斯摩伊斯出發，
　神鷹再凱旋，得睹赫克托爾的墓塚，
　然後再振羽，叫托勒密驚怛。　　　　69

從那裏，神鷹電閃般向約巴斯下轟，
　再迴翼向你們的西邊遠征，
　聽龐培的軍號喧囂雷動。　　　　　72
神鷹和下一位旗手怎樣獲勝，
　有布魯圖、卡西烏在地獄吠說；
　莫德納和佩魯賈也感到苦疼。　　　75
被神鷹追擊，克蕾婀帕特拉求解脫，
　要藉蛇吻而猝然慘死。到現在，
　她仍因此鳥而潸然悲愓。　　　　　78
神鷹隨旗手向紅海之濱飛邁；
　神鷹和旗手給天下帶來了太平，
　使兩面門神的廟宇久鎖不開。　　　81
給我靈感去複述往事的神鷹，
　有凡間的王國統轄，在日後和過去，
　戰績都威震遐邇。可是，眼明　　　84
而心正的人看了神鷹飛翔於
　第三位君王的手中，上述的戰績
　就黯然失色，顯得微小而空虛。　　87
因為，給我啓迪的永生公理
　裁定，在這位君王的手中，此鳥
　會榮光赫赫，使上天的震怒平息。　90
現在，且驚聽下面的一段敘描：
　神鷹後來隨提圖斯疾馳，叫懲治
　古罪之舉受懲治而把罪懲除掉。　　93
之後，當倫巴第族的後裔以牙齒
　嚙咬聖教，查理大帝又在

鷹翼下打敗敵人，拯救會於劣勢。　　　　96
上述的被控者及其所作之歹，
　　你現在可以審裁了。就是這一幫
　　留下的過錯，使你們罹災受害。　　　99
一批人以黃色的百合花對抗
　　大眾的鷹旗；另一批據鷹旗為己有。
　　真不知較重的罪責落在哪一方。　　　102
保皇黨啊，保皇黨要追求成就，
　　也該舉另一旗號哇；把公理和鷹旗
　　割裂的，總非旗手中的優秀。　　　　105
這個新沙爾，休想藉教皇黨之力
　　擊倒鷹旗；更勇猛的獅子，也曾遭
　　鷹爪剝皮。沙爾呀，要小心恍惕。　　108
過去，曾經有女兒一再號啕，
　　為的是父親犯了錯；別以為天主
　　會放棄神鳥來換取百合的旗號。　　　111
給這個小星增添姿彩的人物
　　都是好靈魂。他們在世間用功，
　　是為身後的榮名大展鴻圖。　　　　　114
他們的欲念這樣在凡間上沖，
　　這樣子偏離正道，真愛的光芒
　　向上飛騰時，力量就不夠集中。　　　117
不過，我們應得與所得的獎賞
　　相稱，正是我們歡樂的一部分。
　　我們哪，覺得獎賞的大小切當。　　　120
就這樣，永恆的公理使我們

心中的情愫變得甜蜜，以免
　　它遭到扭曲而向邪惡展伸。　　　　　123
嗓子互殊，歌聲會更加美甜；
　　我們的生命有不同的地位，
　　婉妙的和諧就播遍這些轉輪間。　　　126
羅密歐有偉業懿行，卻得到壞回饋。
　　他過去所發的光輝，此刻正在
　　我所談論的珍珠裏閃閃生輝。　　　　129
不過，他雖遭普羅旺斯人陷害，
　　害人者卻不得好果。把人家的善舉
　　拿來害己，是在走歧路作歹。　　　　132
雷蒙・貝朗熱有四個女兒；衆女
　　都是王后。他這樣風光，全因
　　流浪的窮漢羅密歐不辭勞劬。　　　　135
後來，貝朗熱由於讒佞是信，
　　竟要這位正人點數算帳——
　　羅密歐欠十緡，就還十二緡。　　　　138
最後在窮困老邁中遠走他方。
　　世間如果知道，羅密歐乞討
　　麵包碎片時心地如何高尚，　　　　　141
一定會加倍頌揚他的節操。」

註　釋：

1.　　**英雄**：指埃涅阿斯。**拉維尼亞**：意大利文 Lavina，拉丁文

Lavinia，《埃涅阿斯紀》中的女子，父親是拉丁烏姆(Latium)
王拉丁諾斯(Latinus)，母親是阿瑪塔(Amata)。最初許配與魯
圖利安人（拉丁文 Rutuli，英文 Rutulians)的君王圖爾諾斯
(Turnus)。圖爾諾斯被殺後，嫁給埃涅阿斯。

2. **神鷹……西行**：「神鷹」，羅馬帝國的旗幟。即本章第三十
三行（原文第三十二行）的「聖旗」("sacrosanto segno")。
羅馬帝國旗幟的徽號是雄鷹，所以說「神鷹」。**依循天運隨
他西行**：依照大陽運行（「天運」）的方向（由東至西）跟
隨埃涅阿斯（「他」）從特洛亞西征意大利。整句的意思是：
特洛亞陷落後，埃涅阿斯西遁，在意大利建立羅馬帝國，娶
拉維尼亞爲妻。

3. **自君士坦丁逆向把神鷹遷徙**：意爲：自從君士坦丁(三零六—
三三七年爲羅馬帝國君主)於公元三三零年把羅馬帝國的首
都由羅馬向東（「逆向」）遷往拜占庭。

4. **百年過後再經過百多年**：經過二百多年；也就是說，由公元
三三零年至五三六年。

5. **歐洲的邊緣地帶**：指拜占庭，即君士坦丁堡。君士坦丁堡位
於歐洲東緣。

6. **靠近當日起飛前棲止的山嶺**：指靠近特洛亞的山嶺。換言
之，埃涅阿斯東征前，羅馬帝國（當時仍未成立）的神鷹仍
在東方。

7. **神鷹以聖翅把天下蔭庇覆蓋**：意爲：羅馬帝國把整個天下蔭
庇。

8. **在那裏**：在拜占庭。

8-9. **神鷹多度／易手**：指羅馬帝國的君權多次轉換。

9. **我**：指第十行的查士丁尼。

10-12. **我是查士丁尼……廢除**：查士丁尼 (Flavius Anicius Justinianus)，生於公元四八二年，卒於公元五六五年，於公元五二七─五六五年任羅馬帝國君主。在位期間，編修羅馬律法，因此羅馬的律法以他爲名。但丁說他「把律法的縟文虛禮廢除」，與史實略有出入，因爲查士丁尼功在編修，不在廢除。**大愛的意志**：指三位一體中聖靈的意志。

14-15. **相信基督有單性……信念**：據傳說，查士丁尼曾相信優迪克主義(Eutychianism)和基督一性論(Monophysitism)，認爲基督只有神性，沒有人性。不過根據史實，相信這異端的是查士丁尼的妻子西奧多拉(Theodora)，不是查士丁尼本人。參看 Singleton, *Paradiso 2*, 114。優迪克主義爲「早期基督教神學基督論學說之一。其創始人爲君士坦丁堡郊區隱修院院長優迪克（Eutyches，三七八─四五四）。反對君士坦丁堡教會主教聶斯托利（Nestorius，約三八零─四五一）所提出的基督二性二位論。主張基督的神人二性在結合之後，人性已被神性所吞沒，因而只有一個本性，即神性，故基督與人不是同類。……被稱作極端的一性論。……因違反關於基督一位二性的正統教義而於公元四五一年被查爾西頓大公會議(Council of Chalcedon)判爲異端。」（《基督教詞典》頁六零七）基督一性論，是「基督教神學基督論學說之一。主張耶穌基督的人性完全溶入其神性，即三位一體眞神中的基督只有一個本性，而不是像公元四五一年查爾西頓大公會議所說的兼有神人二性。反對正統教派所主張的基督神人二性雖互相聯合，但仍繼續互不混淆地並存之說。公元五世紀中葉，君士坦丁堡附近隱修院院長優迪克和亞歷山大里亞宗主教迪奧斯哥勞斯所倡導，公元四五一年被查爾西頓大公會議

定爲『異端』。今亞美尼亞教會、科普特教會、敘利亞教會、埃塞俄比亞教會等仍信奉此學說。」（《基督教詞典》頁二三二—三三）。

16-18.　**幸虧……豪英**：幸虧教皇（「最高的牧者」）給我引領。阿格丕一世(Agapetus I)由五三五—五三六年任教皇，出使君士坦丁堡時勸君士坦丁信仰基督教正統教義（即基督兼具神性和人性的觀點）。在《煉獄篇》第三十一章一二一—一二六行，鷹獅所象徵的就是基督的二元性。

20-21.　**一如／你看矛盾……不會有混淆**：一如兩個對立的命題（如「甲是乙」；「甲不是乙」），其中必有一對一錯，是非至爲明顯，彼此不會混淆。

24.　　**偉業**：指編修羅馬律法的工作。

25.　　**貝利薩留**：拉丁文 Belisarius。查士丁尼手下名將，約生於四九零年，卒於五六五年。公元五三三—五三四年攻非洲的汪達爾(Vandal)王國，並從哥特人(Goths)手中收復意大利。就上下文的描寫判斷，但丁似乎不知道貝利薩留曾涉嫌陰謀奪權，於五六二年遭查士丁尼囚禁，出獄後憂鬱而死。詳見 Sapegno, *Paradiso*, 73; Singleton, *Paradiso* 2, 116-17;《世界歷史詞典》和《辭海》「貝利薩留」條。

28.　　**你剛才提出的第一個問題**：即但丁在《天堂篇》第五章第一二七行所提的問題。

31.　　**兩大派別**：指擁護羅馬帝國君主的吉伯林黨和擁護教皇的圭爾佛黨。

32.　　**不管是佔有還是反對**：意爲：不管是佔有還是反對羅馬帝國。擁護羅馬帝國的吉伯林黨，在光靈查士丁尼眼中，其實是擁帝國而自重；因此本章第一零一行說：「另一批據鷹旗

爲己有」("e l'altro appropria quello a parte")。

32-33. **都同樣／有理**：原文（第三十一行）"con quanta ragione"，
有諷刺意味，因此譯爲「都同樣／有理」，而不譯爲「都同
樣／理虧」。

34. **帕拉斯**：拉丁烏姆王厄萬得爾(Evander)的兒子，在埃涅阿斯
與魯圖利安人(Rutuli)的戰爭中，支持埃涅阿斯，結果被圖
爾諾斯殺死。後來，埃涅阿斯殺了圖爾諾斯，爲帕拉斯復仇。
參看《埃涅阿斯紀》第十卷四七九—八九行；第十二卷九四
五—五二行。

35. **爲之犧牲**：爲羅馬的神鷹軍旗（即羅馬帝國）犧牲。

36. **旗幟**：指羅馬帝國的軍旗，即本章第二行的「神鷹」。

37. **阿爾巴**：全名阿爾巴隆噶(Alba Longa)，意大利拉丁烏姆的
一個古城。埃涅阿斯在拉維尼阿姆(Lavinium)立國。卒後，
兒子阿斯卡紐斯(Ascanius)繼位，遷都阿爾巴隆噶，國祚長
逾三百年。阿斯卡紐斯又名埃涅阿斯・西爾維奧斯(Silvius)。
參看《埃涅阿斯紀》卷一。

38-39. **到了最後期，／三人與三人，仍爲它互相殺戮**：洛慕羅斯
(Romulus)創建羅馬，傳到後來，羅馬三個荷拉提(Horatii)
子孫打敗了阿爾巴三個庫里阿提(Curiatii)子孫，奪取了阿爾
巴，奠定了羅馬的至尊地位。所以說「三人與三人，仍爲它
（神鷹）互相殺戮」。

40. **薩比奴斯的婦女遇襲**：薩比奴斯（拉丁文 Sabinus，英文
Sabine，一譯「薩賓」）族，意大利的一個部族，居於羅馬
東北的亞平寧山脈，約於公元前二九零年被羅馬人征服。羅
馬第一個君王洛慕羅斯(Romulus)曾佈下圈套，邀薩比奴斯
人觀看競技，趁男人看得入神之際擄走薩比奴斯的婦女，引

起薩比奴斯族反抗。

41. **盧克瑞提亞**：Lucretia，科拉提努斯(Collatinus)之妻，遭羅馬驕王（直譯是「高傲者」）塔昆尼烏斯（Tarquinius Superbus，約公元前五三四—公元前五零九，一譯「塔克文・蘇佩布」）的兒子塞克斯圖斯(Sextus Tarquinius)姦污而自殺，公元前五一零年導致羅馬的君主制結束。參看《地獄篇》第四章一二七—二八行註。

42. **七王**：羅馬的七個君王，以洛慕羅斯（也是埃涅阿斯後裔）爲首，其後的六個君王是他的後代。

44. **布倫諾斯**：Brennus，公元前四世紀高盧族(Gaul)的一個酋長。**皮洛斯**：Πύρρος（拉丁文及英文 Pyrrhus），公元前三世紀希臘西北部厄佩洛斯("Ηπειρος, Epirus) 的君王，與羅馬人爲敵。

46. **托夸圖斯**：Titus Manlius Torquatus，羅馬將軍，打敗了羅馬的敵人高盧族和拉丁族。參看 *Convivio*, IV, V, 14。

46-47. **名繫亂髮的勇將／昆提烏斯**：Lucius Quintius Cincinnatus，羅馬有危機時正在務農，因國家的需要出任執政官（拉丁文及英語均爲 dictator，一譯「獨裁官」），公元前四五八年征服意大利中部的埃奎族（拉丁文 Aequi，意大利文 Equi，英文 Aequians)。Cincinnatus 一名，源出拉丁文 cincinnus(「亂髮」、「鬈髮」之意)，與昆提烏斯的頭髮有關。參看 *Convivio*, IV, V, 15。

47. **德基烏斯**：單數 Decius，複數 Decii，羅馬家族，父親、兒子、孫子都爲國捐軀。**法比烏斯**：一譯「非比阿斯」，單數 Fabius，複數 Fabii，羅馬有名的貴族家庭，在羅馬史上有顯赫的軍功，其中以抵抗漢尼拔(Hannibal)的大法比烏斯

Quintus Fabius Maximus (Cunctator)最著名。大法比烏斯在第二次布匿戰爭（公元前二一八—公元前二零一）中任執政官，以拖延戰術與漢尼拔周旋，主張速戰的人譏他爲"Cunctator"（「拖延者」）。公元前二一六年，羅馬人在坎尼戰役中大敗，其戰術方獲國人重視。

49. **波河**：原文"Po"，意大利主要河流，發源於阿爾卑斯山。

50. **阿拉伯人**：原文（第四十九行）"Arabi"。當爲「迦太基人」之誤。但丁時期，迦太基領土已爲阿拉伯人所擁有，一般人把迦太基當做阿拉伯，但丁跟隨流行的說法，乃有混淆。**漢尼拔**：拉丁文 Hannibal，迦太基領袖，曾率軍越過阿爾卑斯山攻打羅馬，公元前二零二年在第二次布匿戰爭中被大斯克皮奧(Publius Cornelius Scipio Africanus)打敗。參看《地獄篇》第三十一章一一六—一一七行註。

52. **斯克皮奧**：意大利文"Scipione"，拉丁文 Scipio，又譯「西庇阿」、「斯奇皮奧」，羅馬望族。共和國時代出了不少名將，其中以大斯克皮奧和小斯克皮奧最爲有名。這裏指大斯克皮奧(Publius Cornelius Scipio Africanus，公元前二三六—公元前一八四)，十七歲（公元前二一八年）即在提基奴斯(Ticinus)有戰功。前二零五年任執政官，前二零六年進軍非洲迦太基本土(在今日的突尼斯)，前二零一年在扎馬(Zama)戰役中打敗了漢尼拔，前二零一年結束第二次布匿戰爭，獲封「阿非利加斯克皮奧」稱號。參看《世界歷史詞典》頁二一六。**龐培**：生於公元前一零六年，卒於公元前四十八年。二十五歲之前即有戰功，征伐西西里、西班牙、非洲等地，克敵制勝，聲名顯赫，最後敗在凱撒手中。

53. **俯瞰你出生的小山**：指山城翡耶索雷(Fiesole)，下瞰翡冷翠

（但丁的出生地），是喀提林納（Lucius Sergius Catilina，
又譯「喀提林」）叛變失敗後逃匿之所，最後遭羅馬摧毀。
喀提林納則於公元前六十二年戰死。

57.　**凱撒**：Gaius Julius Caesar（又譯「愷撒」，公元前一零零—
公元前四四），古羅馬著名的統帥，廢除共和，建立羅馬帝
國，遭布魯圖等人刺殺。**把神鷹獨佔**：獨攬大權。

58-60.　**從瓦爾河……見證**：這幾行寫凱撒在公元前五八—公元前五
零年征伐高盧(Gaul)族的戰功。瓦爾河(Var)、萊茵河（德文
Rhein，英文 Rhine）、伊澤爾河(Isère)、盧瓦爾河(Loire)、
塞納河(Seine)、羅訥河(Rhône)都是歐洲的河流，其位置概
括了高盧(Gaul)的版圖，也就是羅馬帝國的部分疆土，約等
於今日的法國、比利時、荷蘭、意大利北部。

61.　**它離開……征途**：凱撒違抗元老院之命，於公元前四十九年
越過魯比科河（拉丁文 Rubico，英文 Rubicon，一般英漢詞
典音譯爲「魯比孔河」），引起羅馬內戰。魯比科河位於拉
溫納(Ravenna)和里米尼(Rimini)之間。這裏的「它」，仍指
本章第二行的「神鷹」。

64.　**向西班牙進襲**：公元前四十九年，凱撒打敗了西班牙的敵對
勢力。

65.　**杜拉佐**：意大利文 Durazzo，即昔日伊利里亞(Illyria)的杜拉
克烏姆(Dyrrachium)，凱撒在這裏包圍龐培。**法薩羅斯**：
Φάρσαλος（拉丁文 Pharsalus 或 Pharsalos），希臘神鎮，位
於塞薩利亞（Θεσσαλία，拉丁文 Thessalia，另一譯名「色
薩利」源出英文"Thessaly"），凱撒大敗龐培之地。

66.　**結果……悲戚**：埃及有尼羅河，天氣炎熱。龐培大敗後，逃
往埃及，遭埃及王托勒密十二世（Ptolemaios XII，又稱

Ptolemaeus XII 或 Ptolemy XII）謀殺。因此查士丁尼說：「灼熱的尼羅河也感到悲戚」。

67-68. **從安坦德洛斯和斯摩伊斯出發**：昔日特洛亞陷落，神鷹跟隨埃涅阿斯從該地的安坦德洛斯和斯摩伊斯出發，飛往意大利；現在，神鷹隨凱撒舊地重臨。**安坦德洛斯**：意大利文 "Antandro"，希臘文 "Ἄντανδρος，拉丁文 Antandros，特洛亞的一個港口，埃涅阿斯東征時從這裏啓航。**西摩伊斯**：希臘文Σιμόεις，拉丁文 Simois，安坦德洛斯附近的一條河流，匯入斯卡曼德洛斯河（Σκάμανδρος，拉丁文 Scamander）。特洛亞的多場戰役都在這裏展開。凱撒循海路追擊龐培時，曾到過特洛亞一帶。參看《法薩羅斯紀》(*Pharsalia*)第九卷九五零行及其後的描寫。

68. **赫克托爾**：Ἕκτωρ (Hector)，特洛亞英雄，普里阿摩斯之子，死於阿喀琉斯之手。葬於特　洛亞。參看《埃涅阿斯紀》第五卷三七一行："……ad tumultum, quo maximus occubat Hector……"（「……在顯赫的赫克托爾躺臥的墓旁……」）

69. **叫托勒密驚悸**：凱撒從托勒密十二世手中奪過埃及政權，送與克蕾婀帕特拉（Cleopatra，又譯「克勒奧帕特拉」、「克婁巴特拉」）。托勒密是克蕾婀帕特拉的兄弟，戰敗逃走時溺斃。

70. **神鷹電閃般向約巴斯下轟**：指凱撒以電閃的速度擊敗努米底亞(Numidia)王約巴斯。約巴斯曾保護凱撒的敵人，因此招凱撒之怒。約巴斯，希臘文爲Ἰόβας，拉丁文和意大利文均爲 Iuba。

71. **你們的西邊**：指西班牙，是龐培的殘餘勢力所在。

72. **龐培的軍號**：龐培戰敗後，兒子在西班牙召集殘餘，抵抗凱

撒，在姆恩達(Munda)敗績。

73. **下一位旗手**：指屋大維（Gaius Octavius，公元前六三—公元一四），凱撒的甥孫（爲凱撒妹妹的女兒所生）。後來成爲凱撒的養子兼繼承人。凱撒遇刺後改名蓋約・尤里烏・凱撒・屋大維安努(Gaius Julius Caesar Octavianus)，是羅馬帝國的第一位皇帝，有「奧古斯都」("Augustus")的稱號。拉丁文 Augustus，是「崇高」、「神聖」的意思。詳見《世界歷史詞典》頁六六五「奧古斯都」條。

74. **布魯圖、卡西烏**：刺殺凱撒的羅馬人，在希臘馬奇頓的腓力比(Φίλιπποι, Philippi)被屋大維打敗。參看《地獄篇》第三十四章六五、六七行註。

75. **莫德納**：Modena，安東尼的城堡，後來被屋大維攻陷。**佩魯賈**：Perugia，意大利城堡。屋大維在這裏打敗安東尼的兄弟。

76-77. **被神鷹追擊……慘死**：安東尼在艾提烏姆（Actium，另一譯名「阿克興」，並非拉丁文發音）被屋大維打敗後，其情婦克蕾婀帕特拉勾引屋大維不遂，藉蛇吻自殺身亡。參看《地獄篇》第五章第六十三行註。

78. **此鳥**：仍指神鷹。

79. **神鷹……飛邁**：屋大維征埃及，軍威直達紅海。

80-81. **神鷹……久鎖不開**：每逢羅馬對外有戰事，兩面門神(Janus)的廟宇就會打開，表示廟中的神祇已隨軍出征；到所有戰事結束，廟門才會關上。據歷史記載，羅馬共和時期，神廟關過兩次；奧古斯都時期，神廟關過三次。在奧古斯都治下，四海艾安，兩面門神的廟宇久鎖不開，史稱「羅馬的和平」("Pax Romana")。

82.　　　**往事**：指上述的羅馬史事。

83.　　　**凡間的王國**：指羅馬帝國。

85-86.　**看了神鷹飛翔於／第三位君王的手中**：意為：看了羅馬帝國在第三位君王治下。「第三位君王」，指羅馬帝國的皇帝提比留(Tiberius Claudius Nero Caesar，公元前四二—公元三七)，公元十四—三十七年在位，是莉維亞(Livia Drusilla)和提比留・克勞狄斯之子。莉維亞於公元前三十八年改嫁奧古斯都後，提比留為奧古斯都收養，成為繼承人。

88.　　　**永生公理**：原文"viva giustizia"（直譯是「活的公理」），指上帝的神聖公理。

89-90.　**此鳥／會榮光赫赫，使上天的震怒平息**：上帝為了洗贖亞當之罪（也為全人類贖罪），讓獨生子基督降世，受猶太人出賣，最後被釘在十字架上。上帝因亞當犯罪而震怒；平息上帝（「上天」）震怒的大事（指基督受難），在「第三位君王」（提比留）治下發生，時維公元三十四年。羅馬帝國在提比留任內有這樣的大事發生，所以說「此鳥／會榮光赫赫」。

92-93.　**神鷹……除掉**：其後，提圖斯(Titus)於公元七零—七九年任羅馬帝國皇帝；於公元七十年摧毀耶路撒冷，懲罰猶太人殺害基督之罪。在整個過程中，人類的原罪（「罪愆」）得以洗脫（「除掉」）。**古罪**：指亞當偷吃禁果之罪。**懲治／古罪之舉**：指猶太人的行動。該行動導致基督受難；基督受難，亞當偷吃禁果之罪乃受到懲治。**叫懲治／古罪之舉受懲治**：指提圖斯摧毀耶路撒冷，懲治猶太人害死基督之罪。有關提圖斯攻陷耶路撒冷，為基督報仇的說法，參看《煉獄篇》第二十一章八二—八四行及該章第八十三行註。

94-96. **之後……劣勢**：之後，日耳曼倫巴族的倫巴德末代國王德西
迪里（Desiderius，七五七—七七四年在位）入侵意大利，
威脅天主教。教皇阿德里安一世(Adrian I)於公元七七三年向
法蘭克王查理（即日後的查理大帝）求救。查理應教皇之請，
打敗了德西迪里，滅倫巴德王國，拯救了教會。公元八零零
年，查理大帝獲加冕，成爲神聖羅馬帝國皇帝。在但丁的心
目中，查理大帝是神鷹的新旗手。

97. **上述的被控者**：指本章三一—三三行所提到的吉伯林黨和圭
爾佛黨。

100-01. **一批人……大眾的鷹旗**：圭爾佛黨聯合法國勢力與羅馬帝國
對抗。法國的徽號是黃色百合花（"i gigli gialli"；法語稱
"fleur-de-lis"，沒有「黃色」一詞）；教會的徽號是白色和
金色；圭爾佛黨的徽號也是百合。參看 Torraca, 686-87。**大
眾的鷹旗**：指鷹旗屬於天下，不屬於某黨某派。

101. **另一批據鷹旗爲己有**：指吉伯林黨假公濟私，把羅馬帝國的
鷹旗當作黨旗。

103. **保皇黨**：指吉伯林黨。在這裏，爲了強調原文的"lor arte"（直
譯是「他們的技藝」），原文的 "Ghibellin"沒有譯作「吉
伯林黨」。

106. **這個新沙爾**：指沙爾二世(Charles II)，即安茹伯爵沙爾
(Charles d'Anjou)的兒子，一二四三年出生，一二八九年加
冕爲那波里國王，一三零九年卒。一三零零年，沙爾二世是
意大利圭爾佛黨的領袖。「沙爾」，意大利文"Carlo"，法
文 Charles，與英文的拼法相同而發音有別。Charles 按英語
發音一般譯爲「查理」或「查理斯」、「查爾斯」；按法語
發音該譯爲「沙爾」。參看《煉獄篇》第七章第一一三行註；

第七章第一二六行註；第二十章七九—八一行註。

108. **沙爾呀，要小心怵惕**：查士丁尼在警告沙爾。

109-10. **過去……父親犯了錯**：查士丁尼提醒沙爾，他本人犯錯，會禍及兒女。

110-11. **別以為……旗號**：意為：別以為天主會把羅馬帝國的神聖治權轉交給法國。查士丁尼對但丁的第一個問題，至此回答完畢。

112. **給這個小星……人物**：「小星」，指水星。太陽系中，水星是最小的行星，最接近月亮和地球；出現在水星天的福靈，在世間都汲汲於榮名。這行開始回答但丁的第二個問題：「上面何故有你的席位？」（見《天堂篇》第五章一二九行）。

115-17. **他們的欲念……不夠集中**：水星天的福靈，在凡間汲汲於榮名，遠離天道，所獲的天恩較少，結果真愛的光芒上騰時就有所不及。

118-20. **不過……切當**：福靈認為，他們所得的天福恰到好處，不少也不多。而這一境界，是他們快樂的原因之一。

121-23. **永恆的公理……展伸**：指上帝的公理（「永恆的公理」）讓福靈安於所得，不再有非分之想。

124-26. **嗓子互殊……轉輪間**：在天堂，福靈有不同的地位，諸天（「轉輪」）的和諧反而變得更婉妙；就像嗓子不同，合唱的歌聲會變得更甜美。

127. **羅密歐……回饋**：「羅密歐」，Romieu de Villeneuve（公元一一七零—一二五零），本為浪遊之人，居無定所，當了普羅旺斯伯爵雷蒙・貝朗熱四世(Raymond Bérenger (Berengar) IV)的管家後，行事有方，結果主人的四個女兒都嫁給了君王，獲得理想的歸宿。但也因此而招忌，被普羅旺斯貴族誣

以侵吞公款之罪，最後以窮愁老邁之身，離開貝朗熱府第。
貝朗熱為人豪爽慷慨，熱心扶掖文人，卻未能與羅密歐善始
善終，殊為可惜。羅密歐故事有多個版本。但丁所述，出自
Giovanni Villani 的 *Cronica di Giovanni Villani*。參看
Singleton, *Paradiso 2*, 126-27。

129. **我所談論的珍珠**：指水星天。參看《天堂篇》第二章第三十
四行。

130. **普羅旺斯人**：指誣陷羅密歐的普羅旺斯貴族。

131. **害人者卻不得好果**：原文為"non hanno riso"（直譯是「笑不
出」，意義跟英語的"do not have the last laugh"相近）。貝
朗熱卒後，四女貝阿特麗絲(Beatrice)嫁給法國的安茹伯爵沙
爾一世，普羅旺斯也因貝阿特麗絲的繼承權，落入安茹伯爵
之手。在安茹伯爵的統治下，昔日陷害羅密歐的貴族並不好
過（「不得好果」）。有關安茹伯爵的生平，參看《煉獄篇》
第二十章六一—六二行註。

131-32. **把人家的善舉／……走歧路作歹**：一心陷害善人，反而害了
自己，等於自走歧路。

133-42. **雷蒙・貝朗熱……他的節操**：貝朗熱的大女嫁法國的路易九
世，二女嫁英國的亨利三世，三女嫁亨利三世的兄弟理查德
(Richard of Cornwall)，四女嫁安茹伯爵沙爾一世。談到這十
行時，維拉羅厄爾(Villaroel)指出："Dante，è evidente, parla
di sé《attraverso》Romeo"（「但丁顯然要藉羅密歐來自況」）。
參看 Villaroel, *Paradiso*, 53。

第七章

查士丁尼和其他光靈隱沒於遠方後，貝緹麗彩開始解答但丁的疑問：談到基督爲了救贖人類而道成肉身，然後爲人類受難的道理；並且說明，物質何以會衰敗腐朽，靈魂爲何有復活的可能。

"Osanna, sanctus Deus sabaòth,
　　superillustrans claritate tua
　　felices ignes horum malacòth!"　　　　3
那個光靈，凝聚了兩重光華，
　　開始在我眼前歌唱；一邊唱，
　　一邊隨自己的歌聲旋耍。　　　　6
他和其餘的光靈飄舞迴盪，
　　火花激射般在我的視域裏
　　迅疾無比地隱沒於遠方。　　　　9
「告訴她，告訴她呀，」我滿腹狐疑，
　　心中說：「娘娘以甘甜的露水
　　給我解渴；該求她闡說分析。」　　　12
可是，我對娘娘是無限敬畏，
　　聽到 Be 和 ice 就低首下心，結果
　　像瞌睡的人讓頭顱下垂。　　　　15
不一會，貝緹麗彩就喚醒我，
　　微笑的臉容神采煥發，足以

叫人在烈火中欣然。她說： 18
「據我毫釐不爽的判斷估計，
　此刻你正在思索：公正的懲罰
　公正地受懲罰，究竟是甚麼道理。 21
不過，我馬上會叫你豁然通達。
　請聽我講；我的話會爲你揭開
　大義，讓你得以在眼前細察。 24
那個非胎生的人不知自愛，
　拒絕讓意志接受羈勒的控引；
　自己罹災時也連累百代罹災。 27
因此，人類在世間爲病患所侵，
　千百年來一直有嚴重的過錯，
　到聖子願意下凡才能夠更新。 30
純眞的天性離開了造物主而墮落。
　這天性，全因永恆的大愛施恩
　而渾然和聖子復合爲形魄。 33
現在，請你爲接著的論點凝神。
　這天性，與創造者凝聚爲一後，
　就像初生時一樣美善純眞。 36
可是，眞理之道，它沒有遵守，
　而且它背棄了永生。就因爲
　己過，天性被逐出樂園的門口。 39
那麼，如果十字架所治之罪，
　視乎本性犯了多少尤愆，
　這樣的懲罰就最合公正的法規。 42
同理，那人雖與這本性緊連，

但是鑒於他本身受難的規模，
　　再大的冤情也無從與之爭先。　　　45
可見一件事會有不同的結果：
　　一人之死，叫神和猶太人高興；
　　叫大地震動，也叫天門開豁。　　　48
現在，要是有人說，公正的法庭
　　後來使公正的懲罰得到懲罰，
　　你就不應該覺得深奧難明。　　　　51
不過，此刻我見你心緒雜沓，
　　糾纏成結，思念與思念相交，
　　正亟待別人解開紛繁的亂紗。　　　54
你說：『你講的道理，我已經明瞭；
　　不過上帝拯救我們時，何以
　　偏要用這種方法，我仍未知曉。』　57
兄弟呀，這意旨有深隱的道理；
　　誰不讓自己的心靈在愛焰中
　　成長，誰就看不透其中的奧秘。　　60
不過，既然許多人搭箭彎弓，
　　都鮮能準確地射中這目標，
　　我就告訴你，這方法何以最合用。　63
神聖的至善把一切妒恨摒棄掉；
　　本身則熾熱地燃燒，燦然
　　閃爍間讓永恆的華彩輝耀。　　　　66
物體如果能直接生自聖善，
　　就永不磨滅，因為，聖善蓋了章，
　　留下的印記就永不消殘。　　　　　69

直接由聖善誕生的靈體自上蒼

　　下瀉後，就絕對自由，因為，次等

　　物體不能凌駕於他們之上。　　　　　72

聖善的喜悅，隨他們的忠忱添增，

　　因為，由聖焰輝耀的萬物，越跟

　　聖焰相彷彿，體內的輝光越旺盛。　　75

上述所有的稟賦，世間的人

　　都全部擁有；缺少了任何一種，

　　都會從原來的高貴本性下沉。　　　　78

只有罪惡能使人變成僕從，

　　使他和至高的善性迥異，

　　得不到善光照耀而失去顯榮，　　　　81

此後休想朝昔日的尊嚴回徙——

　　除非他填平過失所挖的缺口，

　　以公正的懲罰抵贖放蕩和不羈。　　　84

你們的本性，在最初的源頭

　　全部墮落後，就遠離崇高的異稟，

　　也遠遠離開了天堂的範疇。　　　　　87

這些異稟（細思後你就會看清），

　　再不能藉其他方法去回贖。

　　要失而復得，必須走下列途徑：　　　90

由上帝本身把宏恩廣佈，

　　去饒恕凡人；或由凡人自己

　　設法，以行動補贖以前的愚魯。　　　93

此刻，請你集中雙眸的視力，

　　向永恆意旨的深淵凝神，

並儘量專注，聽我條分縷析。　　　　　96
人類有先天的局限，絕不能勝任
　　自贖的重責，因為，他們在事後
　　謙順自貶而向低處下沉，　　　　　99
也不能和昔日好高的逆反相侔。
　　由於這個緣故，人類自贖
　　自救的能力，就完全受到掣肘。　　102
因此，上主就要循自己的道路
　　使人類復活，再度獲得全生——
　　我是說，只循一途，或兩途兼顧。　105
善行生於心中的善性；它越能
　　把心中的善性彰顯說明，
　　就越能使行善者的喜悅添增。　　　108
因此，留印世間的聖善之靈
　　也樂於用盡己法，把你們救離
　　困厄，使你們再度升向福境。　　　111
這行動，發自高明光大的天機，
　　最終的黑夜和太初的白晝間，
　　循上述兩途的偉業都無與倫比。　　114
因為，上主藉本身的奉獻
　　助人類自救，會勝過他單獨恕罪。
　　這樣做，他更能展示本身的恩典。　117
同時，除非聖子可以不辭卑微
　　而化為肉身，否則，其他途徑
　　在救贖罪愆時都有所欠虧。　　　　120
現在，為了滿足你求知的心情，

我再為你解釋一個論點，
　　讓你跟著我把事物看得分明。　　　　　123
你說：『我看見水分、空氣、火焰、
　　泥土和這些原素組成的物體
　　腐朽衰敗，只維持短暫的時間；　　　　126
而這一切，都是神造的東西。
　　如果你剛才所說的話沒有錯，
　　這些物體就不該衰敗頹圮。』　　　　　129
好兄弟，此刻把你燾覆的天國
　　至純至清。天國和天使一族，
　　可說神造時就一直完美超卓。　　　　　132
可是，你剛才列舉的原素，
　　以及由這些原素組成的物體，
　　其形態都是神造的力量所賦。　　　　　135
物體的本質，源自神造的偉力；
　　物體之上，眾星在旋繞運行；
　　而眾星同樣由偉力賦予靈氣。　　　　　138
每一隻牲畜、每一株植物的性靈，
　　都藉聖光的照耀和旋動往返
　　從將形的組合裏吸取生命。　　　　　　141
但是，你們的靈魂卻直接由至善
　　呼出，獲賜對至善鍾情之心，
　　自此之後，永遠唯至善是盼。　　　　　144
如果你記得，人類最早的雙親
　　由上帝創造時，血肉怎樣形成，
　　你還可以從上面的道理申引，　　　　　147

你們死後，爲何有復活的可能。」　　　148

註　釋：

1-3.　"Osanna……malacòth"：**Osanna**：和散那，希伯來文，歌頌上帝的讚美呼聲，相等於拉丁文的 Salve。**sanctus Deus**：拉丁文，意爲「神聖的(sanctus)上帝(Deus)」。**sabaòth**：希伯來文，意爲「天軍」、「萬軍」之意，在這裏是屬格(genitive case)。**superillustrans**：拉丁文現在式分詞(present participle)，意爲「加倍照耀」。**claritate**：拉丁文，claritas（光輝）的奪格(ablative case)。**tua**：拉丁文，tu（你）的奪格。claritate tua 意爲：「以你的光輝」。**felices ignes**：拉丁文，賓格，意爲「幸福的（felices）火焰（ignes）」，指天使。**horum**：拉丁文，屬格，意爲「這些」。**malacòth**：希伯來文，mamlacoth 之誤。mamlacoth 爲複數，意爲「國度」。這三行的意思是：「和散哪，萬軍的神聖上帝，／你以光輝加倍照耀／這天國的福焰」。

4.　**那個光靈**：指查士丁尼。**凝聚了兩重光華**：凝聚了凡間皇帝和天上福靈的光華。

10.　**我滿腹狐疑**：但丁聽了查士丁尼在第六章八八—九三行的話，心中充滿困惑：既然基督受難是上帝對原罪的公正懲罰；那麼，公正的懲罰爲何要受懲罰呢？也就是說，爲甚麼「叫懲治／古罪之舉受懲治」呢？

11.　**娘娘**：指貝緹麗彩。**甘甜的露水**：指貝緹麗彩的話。

12.　**解渴**：指滿足但丁求知的渴念。

14. **聽到 Be 和 ice 就低首下心**："Be"是 Beatrice（貝緹麗彩）的第一個音節；"ice"是 Beatrice 最後的兩個音節。這行的言下之意是：但丁對貝緹麗彩無限敬畏；僅聽「貝緹麗彩」一名的部分音節，就已經低首下心。

19. **據我……估計**：在《神曲》中，詩人但丁一再指出，貝緹麗彩和維吉爾都能洞悉旅人但丁的思想。

20-21. **公正的懲罰／……甚麼道理**：原文爲"come giusta vendetta giustamente / punita fosse…"這兩行回應第六章九二—九三行。參看本章第十九行註。

24. **大義**：指基督教的大道理。

25. **那個非胎生的人**：指亞當。亞當由上帝直接創造，並非胎生。在《天堂篇》第十三章第三十七行、第二十六章第九十二行，但丁提到亞當時都沒有逕呼其名。

25-27. **不知自愛，／……罹災**：亞當不知自愛，不接受韁勒的控引而偷吃禁果，違背上帝的聖諭；結果不但本身受害，也禍及子孫。

30. **到聖子……更新**：到聖子（基督）降生爲凡人，披上血肉之體去救贖原罪，人類的處境才會改變。「聖子」，原文是"Verbo di Dio"。參看《約翰福音》第一章第一節。

31. **純眞的天性**：指墮落前的人性。亞當和夏娃由上帝創造時，人性純眞無瑕。

32. **永恆的大愛**：指神的大愛。

39. **樂園**：指伊甸園。

40-42. **十字架所治之罪，／……法規**：十字架所治之罪，是人性（本性）所犯之罪，由基督代爲承受。因此，這一過程最符合公正的法規。

43-45.　**那人……爭先**：基督（「那人」）雖然披上了血肉體，有了人性，替人類受罪，但基督是神，遭猶太人釘死，冤情之大，無與倫比（「再大的冤情也無從與之爭先」）。

46.　**一件事**：指基督受難這事件。

47-48.　**一人之死……開豁**：基督之死，叫上帝高興，是因爲這一犧牲救贖了人類；叫猶太人高興，是因爲猶太人包藏禍心，有意陷害基督；叫大地震動，是因爲上帝見獨生子被猶太人釘死而赫然發怒；叫天門開豁，是因爲人類的原罪已經洗脫，天門可以打開，讓人類有機會飛升天堂。有關基督受難時大地震動的記載，參看《馬太福音》第二十七章第五十一節。

49-51.　**公正的法庭／後來……深奧難明**：意爲：提圖斯(Titus)治下的羅馬帝國（「公正的法庭」）後來懲罰猶太人（「使公正的懲罰得到懲罰」），也就不難理解了。

52-57.　**不過……「我仍未知曉」**：貝緹麗彩知道但丁的心中想甚麼。

62.　**這目標**：指第六十行的「奧秘」。

63.　**這方法**：指基督自我犧牲以拯救世人的方法。

64.　**神聖的至善……摒棄掉**：神聖的至善沒有雜質，至爲精純，自然也容不了妒恨。

65-66.　**本身……輝耀**：神聖的至善向外抒發，成爲宇宙所有的美善。

67.　**直接生自聖善**：直接由上帝創造（如天使和人類）。

69.　**留下的印記**：指上帝的印記。

71.　**絕對自由**：有自由意志。

71-72.　**次等／物體**：天使和人類以外的有生或無生之物。

73.　**聖善的喜悅……添增**：天使或人類，越是忠於上帝，上帝就越喜悅。

74.　**聖焰**：即上帝的大愛。

75. **輝光**：指上帝的烔光。

76. **上述所有的稟賦**：指不朽、自由、與上帝相仿的三種特性。Sapegno (*Paradiso*, 92)稱爲： "immortalità, libertà, conformità a Dio"; Pasquini e Quaglio (*Paradiso*, 93)稱爲"immortalità, libertà, conformità a Dio";Villaroel (*Paradiso*, 58) 稱爲 "immortalità, libertà, somiglianza a Dio"; Mattalia (*Paradiso*, 129)没有確指 ： "concessioni privilegiate in rapporto alla maggior parte degli altri esseri, ad esclusione degli angeli"(「指其他大部分生物（天使除外）所無的獨特稟賦」）。

80. **使他和……迥異**：人類本來由上帝按本身的樣貌創造，可是犯了原罪之後，就不再像上帝（「和至高的善性迥異」）。

85-86. **你們的本性，在最初的源頭／全部墮落後**：意爲：自從人類的始祖亞當墮落後。亞當是人類的元祖，是人性的源頭；亞當墮落，等於所有的人性墮落。原文（第八十六行）的"seme"（「種子」），漢譯時有所改動，變爲「源頭」。在關人性在源頭墮落的說法，參看《羅馬人書》第五章第十二節。

95. **永恆意旨的深淵**：「永恆意旨」，指上帝解決救贖問題的決定。上帝的決定深不可測，人類無從得窺，所以稱爲「深淵」。

98-100. **他們在事後／……相侔**：人類犯罪後（「事後」），即使謙順自貶，其謙順自貶的行爲也無從補償他昔日的驕傲（「好高的逆反」）。所謂「好高的逆反」，指人類的始祖不守本分，一心要當上帝。參看《創世記》第三章第四—五節："Dixit autem serpens ad mulierem：Nequaquam morte moriemini; scit enim Deus quod in quocumque die comederitis ex eo, aperientur oculi vestri, et eritis sicut dii scientes bonum et malum."（「蛇對女人說：『你們不一定死；因爲　神知道，

你們吃的日子眼睛就明亮了，你們便如　神能知道善
惡。』」）。

103. **上主就要循自己的道路**：上主要循的道路包括憐憫和公正。
參看《詩篇》第二十五篇（《拉丁通行本聖經》第二十四篇）
第十節："Universae viae Domini misericordia et veritas
requirentibus testamentum eius et testimonia eius."（「凡遵守
他的約和他法度的人，／耶和華都以慈愛誠實待他。」）

105. **只循一途，或兩途兼顧**：指原諒人類的原罪（對人類表示憐
憫）或依照天律加以審裁（對人類堅持公正）；或兩種途徑
同時採用。

106-08. **善行……添增**：善行越能彰顯行善者心中的善性，就越能叫
行善者喜悅。

109. **留印世間的聖善之靈**：把本身特性印落世間（也指整個宇宙）
的上帝之靈。

112. **這行動……天機**：打救人類的過程高明而光大，是上帝的行
動。

113. **最終的黑夜和太初的白晝間**：在最後審判（「最終的黑夜」）
和上帝創世（「太初的白晝」）之間。

114. **循上述兩途……無與倫比**：循上述兩途（參看一零五行註）
完成的任何偉業都比不上打救人類的行動。

115-20. **因爲……欠虧**：上主獻出本身，替人類贖罪，會勝過單方面
寬恕人類；因爲這一行動既能滿足天律的公正要求（懲罰原
罪），又表現了神聖的悲憫。要滿足天律，途徑只有一條：
由聖子基督不辭卑微，化爲肉身，代人類受罪。

122. **一個論點**：指本章六七—六九行所言。

124-25. **你説**：貝緹麗彩知道但丁要問甚麼，因此不等他啓口，就開

始解答。就貝緹麗彩而言，但丁未「說」，就等於「說了」。

水分、空氣、火焰、／泥土：在古代的西方，一般人相信萬物由四種原素（水分、空氣、火焰、泥土）組成。

135. **其形態都是神造的力量所賦**：其形態都是間接的稟賦（參看《天堂篇》第二章一一八—二零行），來自第二原因（單數 causa seconda；複數 cause seconde），諸如諸天的影響（「神造的力量」），而諸天又由天使推動。

136-38. **物體的本質……靈氣**：宇宙所有的物質都由上帝創造，在混沌中有待天使透過星星賦予形態（「靈氣」）。換言之，這些物質的形態，不像天使和人類，並非由上帝直接創造。

139-41. **每一隻牲畜……吸取生命**：星星（「聖光」）的力量施諸原素的組合，從中吸取生命，然後把生命賜予牲畜、植物。原素的組合可以產生各種形態（「將形」），不過要經星星施力才會出現，成為動物或植物的靈性。這些物體不像天使，並非由上帝直接賦形，因此會腐朽、潰散。

142-44. **但是……唯至善是盼**：但是，人類（「你們」）的靈魂，卻直接由上帝（「至善」）創造（「呼出」），並且因上帝的安排，永遠要接近上帝，喜愛上帝。人類的靈魂由上帝直接創造，因此不會腐朽、潰散。參看《煉獄篇》第十六章八五—九三行；第二十五章五二—六零行。

145-48. **如果你記得……復活的可能**：亞當、夏娃（「人類最早的雙親」）由上帝直接創造，其肉體只因犯了罪才腐朽。因此，按照「上面的道理」（由上帝直接創造的生物不會腐朽，而且有自由意志），最後審判結束，人類就「有復活的可能」。參看《創世記》第二章第七節和第二十二節；《哥林多前書》第十五章第五十一—五十三節。

第八章

但丁和貝緹麗彩升到了金星天，看見眾光靈以或高或低的速度繞圈旋轉。但丁向沙爾・馬特詢問有關稟賦的道理。沙爾・馬特為但丁詳細解答；告訴但丁，天性往復環迴，傳給凡軀時精妙靈巧，但不是出於遺傳，對門庭、宗族不分彼此。

凡間曾相信，塞浦路斯的美女

　　放射著癡情，在第三本輪運行。

　　這種想法，危及世間的秩序，　　　　3

結果古代的民族不了解實情，

　　不但奉祀她，為她高聲歌頌，

　　藉此把榮耀獻給她的芳名，　　　　　6

而且對蒂婀妮和丘比特尊崇

　　（後者是其子，而前者是其母）。

　　他們說，丘比特曾伏在蒂朵懷中。　9

這位美女，本章藉她來起步；

　　世人則拿了她的名字，與忽前

　　忽後地追求太陽的星星比附。　　　12

向星子上飛時，我未能覺察分辨；

　　但置身其中，貝緹麗彩更秀美，

　　確切地證實，我置身星子中間。　　15

如火星點點，閃爍在火焰之內，

又如歌聲裏有另一歌聲繚繞，

　　一聲在持續，另一聲在進退翻飛，　　18

只見光芒裏有別的光芒以或高

　　或低的速度繞圈旋轉，其速度，

　　相信取決於獲睹的聖容有多少。　　21

誰見過這些神聖的光芒倏忽

　　向我們疾趨，終止了他們先在

　　尊崇的六翼天使間展開的迴舞，　　24

誰就會覺得，疾風從冷雲擊下來，

　　不管可見與否，都顯得緩慢，

　　彷彿在下降途中遇到了障礙；　　27

而在前面出現的光靈，則翕然

　　齊唱「和散那」，叫我聽出了神，

　　此後時刻都渴望重聽一番。　　30

接著，一個光靈靠近了我們，

　　獨自對我們說：「大家都願意

　　效勞，好讓你得到快樂的時辰。　　33

我們跟三品天神在同一軌

　　運行，節奏和渴望也完全相同。

　　在凡間，你曾對這些天神敬啓：　　36

『你們哪，運用心智，把第三天推動』；

　　我們懷著仁愛，要稍微靜止

　　去為你效勞，也會樂在其中。」　　39

於是，我的眼睛肅然仰視，

　　望著我所尊敬的娘娘。娘娘

　　給我的眼睛信心，表示支持。　　42

我得到這樣的鼓勵後，就再度開腔，
　　望著樂助的光靈說：「請問您是誰？」
　　說時激動的摯情隨聲音上揚。　　　　　45

我一說話，光靈更感欣慰，
　　結果在我眼前剎那間燁燁
　　擴大，閃耀出更璀璨的光輝。　　　　　48

狀貌改變後，光靈說：「我獲下界
　　挽留的時間頗短，否則世途
　　就不會有那麼多的罪孽。　　　　　　　51

我在幸福中隱身，你無從得睹。
　　因為幸福繞著我發光聚集，
　　使我像蠶，讓自己的柔絲裹覆。　　　　54

你對我很忠誠，而且忠誠得有理。
　　我如果活得久一點，我的愛心
　　向你展現時，就遠勝枝情葉意。　　　　57

在羅訥、梭赫格二河合流處的河濱，
　　羅訥之水在奔流。左岸所在，
　　曾等我這個君主依時來臨，　　　　　　60

像奧索尼亞之角那樣期待
　　（該角緊靠巴里、噶耶塔、卡托納，
　　特倫托、韋爾德二河在那裏入海）。　　63

另一頂王冠，這時也光彩煥發，
　　照落我前額。王冠所屬的國度，
　　由離開德國的多瑙河灌溉拍打。　　　　66

引起民怨的暴政，如果沒激怒
　　帕勒爾摩，令它高喊『殺了這一伙』，

水星天——沙爾·馬特
「在羅訥、梭赫格二河合流處的河濱，／羅訥之水在
奔流。左岸所在，／曾等我這個君主依時來臨……」
（《天堂篇》，第八章，五八—六零行）

由我傳接的沙爾和魯道爾夫一族，　　　69
仍會獲美麗的特里納克里亞求索
　　而成為該國的君王。該國的土地，
　　叫最受熱風騷擾的海灣漂濯；　　　72
而在帕奇諾、佩洛羅之間的邦畿
　　都黲然變黑（其所以如此，並非
　　因提風掙扎，而是因硫磺湧起）。　75
如果我弟弟明白暴虐之累，
　　見了卡塔盧尼亞人就會竄逃，
　　不讓他們貪婪的窮困戕賊。　　　　78
因為，他自己也好，別人也好，
　　都實在要小心，以防止更重的負擔
　　壓落他那艘不勝負荷的小舠。　　　81
他祖先的性情寬宏美善，
　　本身卻卑下猥瑣。他的輔弼
　　不該是貪夫，只顧把私囊填滿。」　84
「主公啊，你的話使我深感欣喜。
　　這欣喜向你展現處，是眾善的始終。
　　由於我相信，這欣喜對我、對你　　87
都同樣明顯，我對它的尊崇
　　就更深。同樣寶貴的，是你向上主
　　凝望，就看到欣喜所示的儀容。　　90
你給我欣喜後，請把真相說清楚，
　　因為，你的話使我產生了疑竇：
　　甘甜的種子結果，為甚麼會變苦？」　93
我說完，光靈就答道：「要是我能夠

　　把道理向你表明，你背後的答案
　　　就會瞭然映入你的眼眸。　　　　　　96
你此刻攀升的國度，全部由至善
　　運轉充塞；至善把自己的天命
　　化爲力量，讓宏大的天體去蘊含。　99
在自美自善的心靈中，不但物性
　　獲得妥善的安排，萬物的顯榮，
　　也和物性一起獲得照應。　　　　　102
結果，不管是甚麼，從這張弓
　　射出，就會直赴預定的目標，
　　一如準確的飛矢，把鵠的擊中。　105
要不是這樣，你此刻攀躋的碧霄，
　　就會和目前有別；引起的後果
　　就是混亂，而不是天機的靈巧。　108
可是，除非太初的天機出了錯，
　　令旋動衆星的天使充滿缺點，
　　否則就不會發生這樣的災禍。　　111
要我進一步展示嗎？其中的理念。」
　　我答道：「不，不必了。天道有所需
　　——依我看來——天性就不會有虧欠。」114
光靈說：「那麼，請告訴我，失去
　　公民的地位，凡人是否更慘？」
　　「當然，」我答道：「這點不需要證據。」　117
「凡人要不是生活各異，承擔
　　互殊，就不能成爲公民。情形
　　如果像尊師所錄，就應該是這般。」　120

光靈論述著，把道理向我闡明，
　　然後總結說：「因此，你們的行動
　　乃需性質互異的本根相應。　　　　　123
結果就有梭倫、澤爾士的不同；
　　有麥基洗德，有工匠精於技藝，
　　在空中飛翔時看兒子把性命斷送。　126
天性往復環迴，成為印記，
　　蓋落血肉之蠟時精妙靈巧，
　　對於門庭宗族卻不分此彼。　　　　　129
於是，以掃仍是胚胎中的根苗，
　　就有別於雅各；奎里奴斯的父親
　　卑微，乃有戰神降子的論調。　　　　132
神聖的天運如果不另加控引，
　　稟性誕生後，總會與祖宗
　　依循相同的道路發展前進。　　　　　135
背後的道理，你已經在眼前看通。
　　為了說明你如何討我歡喜，
　　請用下面的推論把身體裹籠。　　　　138
如果稟性處於相違的境地，
　　如種子離開適合自己的土壤，
　　以失敗收場，就殆無疑義。　　　　　141
假如塵寰在下界辨思有方，
　　專心致志於天性所奠的基礎，
　　並加以發揚，世人必定會壽昌。　　　144
可惜天生就喜歡佩劍之徒，
　　被你們扭曲拖曳，拉進了教會；

適宜傳道的，你們卻奉爲君主。　　　147
結果你們的道路背離了正軌。」

註　釋：

1. **塞浦路斯的美女**：指維納斯(Venus)，在這裏指金星。維納斯，相等於希臘神話中的阿芙蘿狄蒂('Αφροδίτη, Aphrodite)，是愛與美之神，金星以她爲名。維納斯在海上出生後，獲西風神斯德費洛斯(Ζέφυρος, Zephyrus)送往塞浦路斯，因此稱爲「塞浦路斯的美女」。參看 Chimenz, 684。斯德費洛斯又譯「仄費洛斯」，是英文 Zephyrus 的譯音。參看《希臘羅馬神話詞典》頁四三一。

2. **第三本輪**：原文（第三行）"terzo epiciclo"。金星繞地球運行的同時，本身也在旋轉。這本身的旋轉稱爲「本輪」，大約相等於現代天文學中的「自轉」。月亮和水星的自轉，分別是第一、第二本輪；金星緊跟第一、二本輪之後，位居第三，所以稱「第三本輪」。

3. **這種想法……秩序**：這種想法錯誤，因此危及世間的秩序。

7. **蒂婀妮**：Διώνη(Dione)，阿芙蘿狄蒂的母親。**丘比特**：拉丁文和意大利文均爲 Cupido，英文 Cupid，又譯「庫比特」，相等於希臘神話的厄洛斯("Ερως, Eros)，是赫爾梅斯('Ερμῆς, Hermes)和阿芙蘿狄蒂之子（一說是戰神阿瑞斯和阿芙蘿狄蒂之子），在歐洲傳統中是個瞎眼小神，手持弓箭，到處向人神亂射。人神中了箭，就會癡癡迷迷，被愛情俘虜。赫爾梅斯，相等於羅馬神話中的墨丘利，是奧林坡斯衆神的

使者。

9. **丘比特曾伏在蒂朵懷中**：Dido，迦太基的創建者兼女王，埃涅阿斯的情人。後來遭埃涅阿斯拋棄，絕望中自焚而死。有關「丘比特曾伏在蒂朵懷中」的故事，參看《埃涅阿斯紀》第一卷六五七—六六零，七一五—一九行。

10. **本章……起步**：意為：本章寫金星天，以維納斯（金星）開始。

11-12. **忽前／忽後地追求太陽的星星**：指金星。金星在本輪上轉動，有時快，有時慢；結果有時會超越太陽，有時會落在太陽之後。黎明和黃昏，金星都在地平線上出現。黎明在太陽之前出現，是為啓明星(Lucifero)；黃昏在太陽之後出現，是為黃昏星(Espero)。參看 Sapegno, *Paradiso*, 100。在原文 "…de la stella / che 'l sol vagheggia or da coppa or da ciglio" 裏，"'l sol"（「太陽」）可以是賓語，也可以是主語，論者有不同的詮釋（參看 Mattalia, *Paradiso*, 138; Pasquini e Quaglio, *Paradiso*, 104; Singleton, *Paradiso 2*, 149）。這裏的漢譯以 "'l sol"（「太陽」）為賓語。

13-15. **向星子上飛時……星子中間**：但丁沒有覺察，自己已升入金星天；見貝緹麗彩比剛才更美，才知道身在何處。《神曲》一再強調，貝緹麗彩向上飛升時，越是接近最高天，顏貌就越美麗。有關這一變化，參看《天堂篇》第五章第八十九行註。

16-21. **如火星點點……聖容有多少**：但丁以火焰和音樂意象寫所見的光芒。火芒在繞圈旋轉，速度的高低，視乎光靈所睹的聖顏（上帝的容顏）有多少。音樂意象，取材自意大利音樂術語。意大利音樂有所謂"canto fermo"（英文 plain-song，即

「平歌」，又稱「單旋律聖歌」，即基督教儀式中没有伴奏的齊唱樂），由一人主唱，一人或一人以上用和音伴唱。和音時而遠，時而近，時而揚起，時而隱退，就像但丁眼前所見。在這裏，但丁用讀者熟悉的經驗爲喻，詩中的情景顯得更逼眞。有關"canto fermo"的解釋，參看 Sinclair, *Paradiso*, 126。

23-24. **他們先在／尊崇的六翼天使間展開的迴舞**：這些光芒的迴舞，始於最高天。「六翼天使」（原文第二十七行的"Serafini"）在天使中地位最高，最接近上帝。

25-27. **疾風……障礙**：亞里士多德認爲，冷熱空氣與雲相遇，就會產生風；可見的風，就是閃電。參看 Chimenz, 686。

31. **一個光靈**：指沙爾・馬特(Charles Martel)，法國沙爾二世(Charles II d'Anjou)的長子，生於一二七一年，卒於一二九五年。一二九零年加冕爲匈牙利君王，但没有即位。沙爾・馬特本該繼承其父，成爲那波利和普羅旺斯之君，惜先於其父而卒，未能繼位。一二九四年三月，沙爾・馬特到過翡冷翠，可能與但丁認識。有關沙爾二世的生平，參看《天堂篇》第六章第一零六行註。在這裏，旅人但丁還不知道光靈就是沙爾・馬特，因爲光靈到了第四十九行才自我介紹。法國歷史上有兩個沙爾・馬特。另一個約生於六八八年，卒於七四一年，是查理大帝的祖父，曾任法蘭克王國墨洛溫王朝宮相。後來大權在握，成爲法蘭克王國的實際統治者。參看 Toynbee, 144；《世界歷史詞典》頁四七九。

34. **三品天神**：意大利原文"Principi"，即"Principati"(Pasquini e Quaglio, *Paradiso*, 105)；英語 Principalities；又譯「統權天神」。「天神」，即天使。三品天神司金星天。

35. **渴望……相同**：指沙爾・馬特要接近上帝之心，與三品天神相同。

36. **在凡間……敬啓**：但丁早期寫過一首詩歌（意大利文叫canzone），致三品天神。本章第三十七行是該詩首句。

37. **你們哪，運用心智，把第三天推動**：原文爲"Voi che 'ntendendo il terzo ciel movete"。三品天神運用心智("intendendo")，即能推動「第三天」（金星天）。參看 *Convivio*, II。

40-41. **於是……尊敬的娘娘**：但丁希望向光靈發問，於是肅然仰視，求貝緹麗彩恩准。

41-42. **娘娘／給我的眼睛信心，表示支持**：貝緹麗彩以眼神允許但丁向光靈發問。

46-48. **我一説話……光輝**：光靈見問，感到欣喜，其光輝刹那間擴大、增強。

49-50. **我獲下界／挽留的時間頗短**：指沙爾・馬特在世的時間不長。

52-54. **我在幸福中隱身……裏覆**：金星天的所有光靈（包括沙爾・馬特）全部隱身光中，但丁無從得睹。參看《天堂篇》第五章一零六——零八行註。

56-57. **我如果……枝情葉意**：意爲：我在凡間如果活得久一點，我向你展現的，會是愛心的果實，不僅是枝情葉意。

58-60. **在羅訥……來臨**：羅訥河（Rhône）和梭赫格河（Sorgue）合流後，左岸就是普羅旺斯。這三行間接指出，說話的人是沙爾・馬特。普羅旺斯本屬貝朗熱。貝朗熱的四女嫁給安茹伯爵沙爾一世後，沙爾一世成了普羅旺斯的合法繼承人。沙爾・馬特是沙爾一世之孫；如非早卒，本該成爲普羅旺斯的君主。參看《煉獄篇》第二十章六一——六二行註；《天堂篇》第六章第一三一行註。

61. **奧索尼亞之角**：原文"corno d'Ausonia"。「奧索尼亞」是意大利古代的名字。「奧索尼亞之角」指那波利王國。按理，沙爾二世卒後，兒子沙爾・馬特是該國的合法繼承人。

62. **巴里**：Bari，意大利城市，在那波利王國之東。**噶耶塔**：Gaeta，意大利城市，在那波利王國之西。參看《地獄篇》第二十六章九一一九三行註。**卡托納**：Catona，意大利城市，在那波利王國之南。三個城市並舉，勾出了那波利王國的版圖。

63. **特倫托**：Tronto，意大利河流，在那波利王國之東。**韋爾德**：Verde，意大利河流，即今日的利里河(Liri)，在那波利王國之西。

65-66. **王冠所屬的國度，／……灌溉拍打**：指匈牙利。沙爾・馬特是匈牙利國王的外甥。匈牙利國王於一二九零年卒，無嗣。一三一零年，沙爾・馬特成為匈牙利君主。

67-75. **引起民怨的暴政……（因硫磺湧起）**：這九行的意思是：如非沙爾一世的暴政引起民怨，西西里仍會由我的子孫統治。

68. **帕勒爾摩**：Palermo，西西里首都。法國人王沙爾一世（即安茹伯爵）在西西里推行虐政，民怨沸騰，於一二八二年三月三十日，引起西西里晚禱起義，法國人被趕出西西里，王權遂落入阿拉貢佩德羅三世手中。參看 Toynbee, 638-39, "Vespri Siciliani"條；《煉獄篇》第七章一零三一一零四行註；同章一一二行註，一一三行註。

69. **由我傳接……一族**：沙爾・馬特是沙爾一世的孫子，德意志國王、神聖羅馬帝國皇帝、哈布斯堡(Hapsburg)王朝建立者魯道爾夫一世（Rudolf I，一二一八一一二九一）的女婿。「魯道爾夫」，又譯「魯德福」或「魯多爾夫」。

70.　　　**特里納克里亞**：Trinacria，指西西里。

73.　　　**而在……邦畿**：指西西里島。**帕奇諾**：Pachino (Pachynus)，指帕薩羅角(Cape Passero)，在西西里島東南端。**佩洛羅**：Peloro (Pelorus)，即法羅角（今日的 Punta del Faro，英文 Cape Faro），在西西里島東北端。

72.　　　**最受熱風騷擾的海灣**：指西西里島東南的海灣，最受熱風吹襲。「熱風」，原文（第六十九行）"Euro"（拉丁文 Eurus），即 scirocco（音譯「西洛可風」，從撒哈拉吹向地中海的焚風）。參看 Toynbee, 255, "Euro"條；《意漢詞典》頁七零四。

75.　　　**提風**：意大利原文（第七十行）"Tifeo"，希臘文Τυφών（拉丁文 Typhon），又稱Τυφωεύs（拉丁文 Typhoeus），又譯「堤丰」、「提福奧斯」或「提法翁」。巨神之一，地神蓋亞之子，半人半獸，口噴火焰，高於群山，頭顱可以觸到天上的星星，兩手張開可以直達東西兩極，手指是一百條惡龍，下身爲群蛇盤繞。與奧林坡斯山諸神大戰時，除了宙斯和雅典娜，其餘諸神都爲之膽喪，要變成動物竄逃。提風以大山擲向宙斯，宙斯以雷電還擊。二神肉搏時提風把宙斯的鐮刀奪去，割下他的肌腱，把他禁錮在山洞裏。其後宙斯獲赫爾梅斯和潘救出，以雷電打敗提風，把他壓在埃特那（Αἴτνη，Etna 或 Aetna，漢譯「埃特那」據拉丁文發音譯成；按希臘文原音可譯爲「埃特涅」）山之下。埃特那的火焰是提風所噴。參看 Grimal, *A Concise Dictionary of Classical Mythology*, 446-47; Toynbee, 607-608, "Tifeo"條；《希臘羅馬神話詞典》，頁一零五——一零六。

76-78.　　**如果我弟弟……戕賊**：沙爾的弟弟羅伯爾(Robert)於一二八八——一二九五年曾代父親沙爾二世在卡塔盧尼亞當人質。一

三零九年即那波利王位後，委任貪婪的卡塔盧尼亞人掌政。
卡塔盧尼亞，意大利文"Catalogna"，西班牙文 Cataluña，在
西班牙東北，但丁時期是阿拉貢王國的一部分。參看
Toynbee, 155, "Catalogna"條。

81. **那艘不勝負荷的小舢**：指羅伯爾所繼承的王國，在政治上已
經困難重重，再有額外危機，小船（王國）就不勝負荷。「舢」，
小船。

82. **他祖先的性情寬宏美善**：但丁對沙爾・馬特的父親羅伯爾並
無好感；「他祖先」，大概指沙爾・馬特的祖父沙爾一世。
參看《煉獄篇》第二十章七九—八一行註。

85-90. **「主公啊……儀容」**：沙爾・馬特的話給但丁欣喜。這欣喜，
沙爾能在凝視上帝（「衆善的始終」）時看見。沙爾所見，
像但丁所見一樣明顯。由於這緣故，這感情更爲但丁所珍惜。

93. **甘甜的種子……變苦**：意思是：好父親爲甚麼會出壞兒子？

95. **道理**：人品的好壞並非遺傳，而是神力藉星子發生影響的結果。

97. **至善**：指上帝。

99. **天體**：指諸天。諸天能影響人的品質。

100. **自美自善的心靈**：指上帝的聖心。

103-05. **結果……擊中**：諸天（「這張弓」）無論怎樣運作，結果都
會按上帝的天機達到最佳目的。

109. **太初的天機**：原文（一一一行）"primo"，指上帝。"primo"，
Bosco e Reggio (*Paradiso*, 130)和 Sapegno (*Paradiso*, 108)解
作"Primo Motore"（「第一原動力」）；Mattalia (*Paradiso*, 150)
和 Villaroel(*Paradiso*, 68) 解 作 "Primo Intelletto / primo
intelletto"（「太智」）。二說皆通。而所謂「太智」，就是
「太初的天機」。

113.　　**「不，不必了」**：但丁明白了個中道理，因此說「不，不必了」。

113-14.　**天道……虧欠**：天道有宏謨，天性（大自然）就會與之配合，不會有所欠缺。

115-16.　**失去／公民的地位**：不再是社會成員。

120.　　**尊師**：指亞里士多德。基督降臨前的哲學家當中，以亞里士多德最獲但丁尊崇，無異是但丁的老師。有關亞里士多德的論點，參看 *Convivio*, IV, IV, 1-2, 5。

122-23.　**你們的行動／……相應**：凡人的活動要發自不同的性情。

124.　　**梭倫**：Σόλων（Solon，約公元前六三八—約公元前五五九），古希臘雅典的政治家、立法者，是希臘七賢之一，對雅典的法律改革有重大貢獻。作品包括哀體詩《薩拉米頌》。**澤爾士**：指澤爾士一世（Xerxes I，一譯「薛西斯一世」，約公元前五一九—公元前四六五），公元前四八六—公元前四六五年為古波斯國王，大流士一世之子。公元前四八零年，在希波戰爭中揮軍攻希臘，開始時獲勝，其後大敗。參看《世界歷史詞典》頁四三九。

125.　　**麥基洗德**：撒冷王兼至高　神的祭司。參看《創世記》第十四章第十八節。

125-26.　**有工匠精於技藝，／……斷送**：指代達羅斯（Δαίδαλος, Daedalus）。是希臘神話中的巧匠、建築師、發明家。為了逃出克里特，以蠟和羽毛製成翅膀，裝在自己和兒子伊卡洛斯（Ἴκαρος, Icarus）肩上，飛離迷宮。伊卡洛斯在空中飛翔時，因太近太陽而翅膀融化，結果墜海而死。參看《地獄篇》第十七章一零九行註。

127-29.　**天性……此彼**：諸天運行間，不會按家族分播優劣的素質。

130-31. **以掃……雅各**：以掃和雅各是孿生兄弟，但兩人的稟賦互異。參看《創世記》第二十五章第二十一——二十七節。

131-32. **奎里奴斯……論調**：奎里奴斯(Quirinus)，即羅馬的建造者洛慕羅斯(Romulus)，與瑞慕斯(Remus)孿生。其父出身卑微，結果世人附會，說他是戰神馬爾斯之子。

133-35. **神聖的天運……前進**：神的安排如果不加以調控，兒子在稟性上總會像父親。

136. **背後的道理……看通**：意為：剛才看不到的道理，此刻你看通了。此行回應本章九五——九六行：「你背後的答案／就會瞭然映入你的眼眸。」

137-38. **為了說明……裏籠**：沙爾・馬特對但丁有好感，特地為他進一步推論。「把身體裏籠」是衣服意象，表示推論像大衣一樣，使但丁所穿的衣服更齊全。參看 Vandelli, 779, Sapegno, *Paradiso*, 109。

139-41. **如果……疑義**：如果稟性和環境相違（命運與之相乖），如種子處於不適當的土壤，結果就不會理想。

142-44. **假如……壽昌**：假如塵世注意稟性所奠的基礎，然後加以發揚，眾人就會有好結果。

145-46. **可惜……教會**：但丁在這裏指誰，迄今沒有定論。有的論者認為指路易(Louis)，即沙爾和羅伯爾的弟弟。路易是教會成員，後來獲祝聖的殊榮。參看 Bosco e Reggio, *Paradiso*, 132; Vandelli, 779; Sisson, 675。

147. **適宜傳道的……君主**：有的論者認為，但丁在這裏指沙爾的弟弟羅伯爾。參看本章七六——七八行註；Pasquini e Quaglio, *Paradiso*, 111; Mattalia, *Paradiso*, 153-54; Sisson 675; Singleton, *Paradiso 2*, 160。

第九章

但丁對沙爾·馬特的妻子克蕾門絲說話；告訴她，沙爾·馬特預言
自己的後代會遭欺紿。不過這些預言，目前要暫時保密。沙爾·馬
特離開但丁後，庫妮妲上前跟但丁說話，承認自己受了金星的影響
而犯錯，預言特雷維索近海沼澤區的未來。然後，另一個光靈佛爾
格向但丁解釋，喇合何以會在金星天出現；並且譴責翡冷翠和教會
的劣跡，預言上帝將要把教會的罪惡清除。

秀妍的克蕾門絲呀，你的至愛
　　沙爾向我解釋後，就繼續告訴我，
　　他的苗裔會遭到怎樣的欺紿。　　　　　　3
「請暫時保密，讓歲月流轉，」他說。
　　因此，我只能告訴你：你們有冤情；
　　但惡人日後要泫然補贖過錯。　　　　　　6
這時候，聖光裏面的生魂，已經
　　轉向為他灌注光芒的太陽，
　　以太陽為普濟萬物的善性。　　　　　　　9
傲慢的眾生啊，你們迷失了方向，
　　讓心思背離善性向他物競奔，
　　並仰著額崇拜虛榮的力量。　　　　　　　12
啊，光靈叢中又有另一人
　　向我移來。從光度陡增的外暈看，

她對我也懷著慇懃和熱忱。　　　　15
貝緹麗彩的眸子，像過去一般
　　向我凝望，滿懷親切地鼓勵我，
　　叫我隨自己的意願與光靈交談。　　18
「天佑的光靈啊，本人的願望，」我說：
　　「請你儘快滿足，並且證明，
　　我的思念可以映進你的心魄。」　　21
我尚未認識的光芒，這一頃
　　離開了光域深處，不再歌唱，
　　聞言後，以樂於助人的語調回應：　　24
「意大利墮落的領土中，有一個地方，
　　位於布蘭塔、皮阿瓦二河的源頭
　　和里阿爾托之間。這片土地上，　　27
有一座小山。小山並不峻陡，
　　卻出過一個霹靂火。霹靂火曾降落
　　山腳，對周圍的地區大肆踐踏。　　30
我跟霹靂火由相同的根苗萌苗，
　　名叫庫妮姹。在此煥發光明，
　　是因為這顆星的輝芒征服了我。　　33
不過，我樂於原諒自己的報應，
　　也不以這處境為苦——其中原委，
　　世間的俗人也許不容易弄清。　　36
這顆珍貴的寶石在燁燁生輝。
　　它置身於天穹，位於我身邊，
　　留在世間的大名會長懸不墜，　　39
足以再維持五個世紀之年。

你看，一個人的確要出人頭地，
　　讓此生過後，來生仍然赫顯。　　　42
這一點，今日的愚人卻沒有牢記；
　　他們被塔里亞門托、阿迪傑閉鎖，
　　雖遭撻伐仍然頑固執迷。　　　　　45
不過，漂浴維琛扎的綠水清波，
　　快遭帕多瓦的鮮血在沼地染污，
　　因爲帕多瓦人悖逆，悍拒合作。　　48
在西雷和卡雅諾二河的匯流處，
　　有人趾高氣揚地稱霸作惡。
　　可是，羅網已準備把他圍捕。　　　51
菲爾特羅還要哀悼它瀆神的牧者
　　所犯的罪孽。這罪孽陰險深重，
　　馬爾塔犯人都不會有此前科。　　　54
世間要有一個巨大的木桶，
　　才能把費拉拉人的鮮血盛載；
　　要逐升秤量，會累壞勞動的役工。　57
上述的牧者，爲人異常慷慨，
　　爲了忠於黨而大量捐血。這份
　　禮物，會迎合該國的生活節拍。　　60
上面的鏡子，你們叫上座天神，
　　嚴明的上帝從那裏向我們照覆。
　　因此我應該把這些事直陳。」　　　63
說到這裏，她不再做聲，似乎
　　把目標移到了別的事物，因爲
　　她已經加入剛才環迴的隊伍。　　　66

另一種欣悅，我早已覺得珍貴；
　　這時更像精美的紅寶石，煌煌
　　在我眼中因陽光照耀而生輝。　　　　　69
在天上，光芒因欣悅而暢旺，
　　如凡間因欣悅而添笑；可是，地獄裏，
　　亡魂的外表因心傷而黯然無光。　　　　72
「上帝無所不見，」我說：「至於你，
　　幸福的光靈啊，因上帝之見而自見；
　　一切願望都被你昭然洞悉。　　　　　　75
虔誠的熾愛，以六翼兜帽覆臉。
　　你的聲音和這些熾愛的頌曲，
　　恆叫天堂歡悅。但我的渴念　　　　　　78
爲甚麼不能因你的聲音厭飫？
　　如果我中有你，如你中有我，
　　我就不會等待你提問的語句。」　　　　81
「環繞世界的海洋，」光靈對我說：
　　「把大水瀉入世間最大的峽谷。
　　這個峽谷，湧溢著浩瀚的洪波，　　　　84
在不同的涯岸間，逆太陽的征途
　　席卷而去，使先前的水平線
　　變成天頂，在先前的地點冒出。　　　　87
我曾在埃布羅和馬格拉河之間
　　居於谷濱。馬格拉河流程不長，
　　分隔熱那亞、托斯卡納爲兩邊。　　　　90
在布日伊和我出生的地方，
　　日落和日出的時間幾乎相同。

我的出生地以鮮血蒸熱了海港；　　　93
大眾叫我佛爾格（這些大眾
　　都知道這個名字）。天堂這一帶
　　和我，彼此以特徵向對方傳送。　　96
在古代，貝羅斯之女曾經傷害
　　西凱奧斯和克瑞烏薩；羅多佩的公主
　　遭德摩佛昂欺騙。只要我仍在　　99
頭髮變白之前，這些蕩婦，
　　以至那個把伊奧蕾緊摟懷中的
　　阿爾基得斯，都遜於我的熱度。　　102
不過在這裏，我們無悔而歡樂，
　　不是因罪愆（我們的記憶已滌清
　　罪愆），而是因大能先定彝則。　　105
在這裏，我們諦視爲宏功偉景
　　增妍的天機，並認識美善。憑藉
　　這美善，上界乃繞著下界運行。　　108
不過你在這天體萌生了一些
　　願望；爲了叫願望全部得償，
　　我必須把道理說得更深切。　　111
我身邊的光輝，像太陽的炯芒
　　在清澈的水裏閃晃。你想知道，
　　隱身光輝的人來自何方。　　114
告訴你，是喇合恬然置身於杲杲
　　炯光。她加入我們的行列後，
　　就在最高的一級留下記號。　　117
到了這重天，地球就不再拋投

影子。基督得勝，喇合就升上
　　這裏，時間上早於其他朋儕。　　　　　120
基督的勝利顯赫，由兩隻手掌
　　贏來；以喇合爲勝利的紀念，
　　留在某一重天也十分恰當，　　　　　　123
因爲，約書亞首次在聖地榮顯，
　　曾獲得喇合幫助。不過聖地
　　簡直觸不到教皇意識的邊沿。　　　　　126
造物主的第一個叛徒，因妒忌
　　而使世界罹憂。你的故城──
　　由這個叛徒種植的一支苗裔──　　　　129
出產散佈的花朵叫鬼厭神憎。
　　這花朵，把綿羊和羔羊帶進歧途，
　　因爲牧者變得餓狼般兇猛。　　　　　　132
由於這花朵，福音和碩學鴻儒
　　都遭到冷落，受青睞的只有教令。
　　這情形，教令的頁邊就讓人得睹。　　　135
教皇和樞機也爲這勾當而心傾；
　　拿撒勒──天使加百列展翅的地方──
　　不再有他們的思念光臨駐停。　　　　　138
梵蒂岡和其他蒙選的羅馬墳場，
　　葬過追隨彼得的士卒。上述
　　情形雖壞，各墳場和梵蒂岡　　　　　　141
很快就會把奸宄的罪惡清除。」

註　釋：

1. **秀妍的克蕾門絲**：意大利文"Clemenza"，法文 Clemence。
   沙爾・馬特的妻子和女兒都叫克蕾門絲(Clemence)。妻子是
   哈布斯堡(Hapsburg)王朝建立者魯道爾夫一世的女兒，卒於
   一二九五年。女兒生於一二九零年，卒於一三二八年。但丁
   所寫的旅程發生於一三零零年。當時，沙爾的女兒仍然在
   世。這裏的克蕾門絲究竟指誰，一直未有定論。一三零九年，
   沙爾・馬特的兄弟羅伯爾篡奪了那波利王位，沙爾兒子的繼
   承權落空。就一——二行的「你的至愛／沙爾」（原文第一行
   的"Carlo tuo"）一語看，指沙爾之妻的可能性較大；但是就
   第四行「請暫時保密」和第五行「你們的冤情」兩句話來判
   斷，指沙爾女兒也不是沒有可能。參看 Bosco e Reggio,
   Paradiso, 139; Mattalia, *Paradiso*, 155; Singleton, *Paradiso 2*,
   161-62; Vandelli, 780。原文第一行的"Carlo"，是法文
   "Charles"的意大利文說法。

2. **解釋**：解答了但丁的疑問。

3. **他的苗裔……欺紿**：指沙爾・馬特的兒子，遭沙爾兄弟羅伯
   爾奪去那波利王位的繼承權。

5. **你們有冤情**：指沙爾兒子受騙的遭遇。

6. **泫然**：指惡人要流淚。

7-9. **這時候……善性**：這時候，沙爾・馬特已經遠離但丁，和其
   他光魂一起歌頌上帝（「爲他灌注光芒的太陽」）。

21. **映進你的心魄**：透過上帝，映進你的心魄。因爲光靈可以凝
   望上帝，從上帝那裏看到但丁的思念。

25-27. **有一個地方，／……里阿爾托之間**：指意大利東北特雷維索
(Treviso)近海沼澤區。該地區位於阿爾卑斯山和威尼斯之
間。**布蘭塔**：Brenta，意大利河流，發源於阿爾卑斯山。參
看《地獄篇》第十五章第七行。**皮阿瓦**：Piava，意大利河
流，發源於阿爾卑斯山，流經威尼斯，注入威尼斯海灣。**里
阿爾托**：Rialto，意大利島嶼，威尼斯城主要建在里阿爾托
島上。

28. **一座小山**：指羅馬諾(Romano)山，在巴薩諾(Bassano)附近，
是埃澤利諾(Ezzelino)家族的城堡所在。

29. **霹靂火**：指埃澤利諾三世（一一九四—一二五九），中世紀
意大利的一個暴君，爲人兇殘；其統治範圍包括特雷維索及
威尼斯部分地區。在《地獄篇》第十二章一零九行，埃澤利
諾又叫「阿佐利諾」("Azzolino")。

31-32. **我跟霹靂火……庫妮妊**：庫妮妊(Cunizza)是吉伯林黨人埃澤
利諾三世(Ezzelino III)的姐妹，生於一一九八年，卒於一二
七九年。爲人放蕩，情夫頗多，其中包括埃澤利諾宮廷中的
吟遊詩人索爾德羅(Sordello)。晚年皈依天主教，在翡冷翠生
活。但丁年幼時可能見過她。有關索爾德羅的生平，參看《煉
獄篇》第六章第五十八行註。

33. **是因爲這顆星的輝芒征服了我**：「這顆星」，指金星，即愛
神之星。庫妮妊被愛神之星征服，因此行爲放蕩，情夫特多。

34-36. **不過……弄清**：庫妮妊在凡間受了金星的影響，行爲放蕩，
結果受到報應，只能升到金星天。但是她原諒了導致這報應
的行徑，因爲該行徑變成了她對上帝之愛，讓她在金星天享
福。參看本章一零三—一零五行。

37. **這顆珍貴的寶石**：指馬賽的佛爾格(Folquet)。參看本章第九

十四行註。

40. **足以……之年**：由光靈說話的年份（一三零零年）算起，還可以維持五百年。原文的"s'incinqua"（不定式 incinquarsi），是但丁所創，*Dizionario Garzanti della lingua italiana*, 835 的定義是："ripetersi cinque volte"（「本身重複五次」），意爲「五倍」。

42. **讓此生……赫顯**：讓凡間的一生結束後有顯赫的聲名留下。

43. **今日的愚人**：指特雷維索(Treviso)近海沼澤區（意大利人稱爲"Marca Trevigiana"）的居民。

44. **他們……閉鎖**：指特雷維索近海沼澤區。該區的東界是塔里亞門托河(Tagliamento)，西界是阿迪傑河（Adige，原文"Adice"是但丁時期的拼法）。二河之名，就足以標出該區的東西邊界。

46. **漂浴維琛扎的綠水清波**：**維琛扎**：Vicenza，意大利北部城市，在韋羅納東北，帕多瓦西南。**漂浴維琛扎的綠水清波**：指流過維琛扎的巴奇利奧内河(Bacchiglione)。該河的積水在維琛扎一帶形成沼澤區。

47. **快遭……染污**：**帕多瓦**：Padova 意大利城市，在維琛扎東南。一二三七年，羅馬諾的埃澤利諾四世(Ezzelino IV)獲腓特烈二世和吉伯林黨之助，侵佔該城；一二五六年被城中的圭爾佛黨和威尼斯人驅逐，卒於一二五九年。其後，帕多瓦人宣佈獨立，並於一二六五侵佔維琛扎，一三一四年遭坎・格蘭德・德拉斯卡拉(Can Grande della Scala)逐出該城。當時，坎・格蘭德在維琛扎代表神聖羅馬帝國。四六—四七行的意思是：流過維琛扎的巴奇利奧内河，就要被帕多瓦人的鮮血染污。參看 Singleton, *Paradiso 2*, 165。但丁認爲，帕多

瓦之敗，是應得的懲罰。參看 Sapegno, *Paradiso*, 116。

48. **因爲……悍拒合作**：帕多瓦人屬圭爾佛黨，悍拒服從吉伯林黨的坎・格蘭德。

49. **西雷和卡雅諾二河的匯流處**：西雷(Sile)和卡雅諾(Cagnano)是意大利北部的兩條河，在特雷維索(Treviso)匯流。卡雅諾的現代名字是波特尼噶(Botteniga)。

50. **有人**：指里扎爾多・達卡米諾(Rizzardo da Camino)。特雷維索的領主，屬吉伯林黨，格拉爾多・達卡米諾（參看《煉獄篇》第十六章第一二四行註）的兒子，卓凡娜・維斯康提(Giovanna Visconti)的丈夫，尼諾・維斯康提（參看《煉獄篇》第八章第五十三行註；第七十一行註）的女婿。施政暴虐，因勾引阿爾特尼耶羅・德利阿佐尼(Alteniero degli Azzoni)的妻子，在宮內下棋時被刺殺。有些論者認爲，里扎爾多之死，由圭爾佛黨的陰謀導致。參看 Sisson, 676。

51. **可是……圍捕**：指阿爾特尼耶羅・德利阿佐尼已佈下羅網，準備派人刺殺里扎爾多・達卡米諾。

52-53. **菲爾特羅……所犯的罪孽**：費拉拉(Ferrara)的吉伯林黨人謀反，要推翻教皇在費拉拉的代理皮諾・德拉托薩(Pino della Tosa)。事敗，求庇於菲爾特羅（原文"Feltro"，即今日的 Feltre）主教（「牧者」）阿列山德羅・諾維洛(Alessandro Novello)。一三一四年，阿列山德羅・諾維洛出賣了這些吉伯林黨人，把他們交給皮諾・德拉托薩，結果吉伯林黨人全部問斬。這一行動，在但丁心目中，是瀆神行動，令人髮指。阿列山德羅・諾維洛原籍特雷維索。

54. **馬爾塔**：Malta，教皇的監獄，位於波爾塞納湖(Bolsena)比森提納(Bisentina)島上，專門用來囚禁犯罪的高級教士（如

主教等）。

56. **費拉拉人**：指上述被出賣的費拉拉人。

58. **上述的牧者**：指阿列山德羅‧諾維洛。

59. **黨**：指圭爾佛黨。**捐血**：此語有諷刺意味。

60. **生活節拍**：指敗壞的風尚。也有諷刺意味。

61. **上面的鏡子**：指天使的睿智，反映上帝聖裁之光。**上座天神**：
原文"Troni"，英文 Thrones，天使中的第三級，掌土星天，
司上帝的聖裁。庫妮姹從上帝的鏡子瞻視未來，得知以後的
事情。

66. **環迴的隊伍**：指跳舞的衆光靈。庫妮姹跟但丁說話前，正與
別的光靈一起跳舞。

67. **另一種欣悅**：指第三十七行的「這顆珍貴的寶石」。

68. **紅寶石**：原文（第六十九行）"balasso"，產於今日的伊朗。

70-72. **在天上……無光**：在天堂，光靈要表示欣悅，就會增亮；在
人間，人類要表示欣悅，就會歡笑；在地獄，陰魂要表示傷
心，就會變暗。

73-75. **「上帝無所不見……昭然洞悉」**：上帝無所不見；光靈凝望
上帝，就能見上帝所見，因此但丁的一切願望都爲庫妮姹洞
悉。**因上帝之見而自見**：原文"s'inluia"（不定式 inluiarsi），
反身動詞，是但丁所創，*Dizionario Garzanti della lingua
intaliana*, 866 的定義是："entrare in lui"（「進入他」）。

76. **虔誠的熾愛……覆臉**：指熾愛天神。熾愛天神有六翼，因此
說「以六翼兜帽覆臉」（有關天使的六翼，參看《以賽亞書》
第六章第二節）。「兜帽」（原文（第七十八行）"coculla"）
是西方僧侶所戴的頭巾和所穿的僧袍；這裏用作比喻。熾愛
天神，意大利文的複數爲 Serafini，單數 Serafino；在《天堂

篇》原文第二十八章第九十九行爲"Serafi"，單數 Serafo；
英文 Seraphim 或 Seraphs，單數 Seraph。有些譯者，按英
語發音譯爲「撒拉弗」。

80. **我中有你**：原文（第八十一行）"t'inmii"（不定式 inmiarsi），
反身動詞，爲但丁所創，*Dizionario Garzanti della lingua
italiana*, 866 的定義爲："entrare in me"（「進入我」）。**你
中有我**：原文（第八十一行）"m'intuassi"（不定式 intuarsi），
反身動詞，爲但丁所創，*Dizionario Garzanti della lingua
italiana*, 893 的定義爲："entrare in te; penetrare, leggere nel
tuo pensiero"（「進入你；深入並閱讀你的思想」）。

82. **環繞世界的海洋**：指大西洋。中世紀的歐洲人相信，大西洋
是世界最大的海洋，覆繞世界。**光靈**：指第三十七行的佛爾
格（參看第九十四行註）。

83. **世間最大的峽谷**：原文（第八十二行）"La maggior valle"，
指地中海。中世紀的歐洲人，相信地中海的廣度足以環繞地
球圓周的四分之一，覆蓋經線九十度(Singleton, *Paradiso 2*,
168)。

84-87. **這個峽谷……冒出**：在這裏，但丁引用了天文學的一些概
念。在地球上的某一點劃一大圓，穿過該點的天頂(zenith)、
天底(nadir)和南天極(south celestial pole)、北天極(north
celestial pole)，該大圓是該點的子午圈(meridian)。在該點的
天頂和天底中間劃一大圓，以九十度和子午圈相交，該大圓
是該點的地平圈(horizon)。大西洋的海水流入地中海的直布
羅陀海峽時，其天頂在直布羅陀，其地平圈切過耶路撒冷的
天頂；到了地中海東極，其子午圈則在耶路撒冷，其地平圈
則切過直布羅陀的子午圈。這四行的意思是：地中海（「這

個峽谷」）在西邊始於直布羅陀海峽，向東方（「逆太陽的征途」）伸展，直達耶路撒冷。耶路撒冷的天頂，從直布羅陀看是水平線；直布羅陀的天頂，從耶路撒冷看也是水平線。參看 Singleton, *Paradiso 2*, 168。Pasquini e Quaglio (*Paradiso*, 123)和 Sapegno (*Paradiso*, 118-19)都指出，但丁引述當代的地理知識並不正確；地中海由東至西，只伸展四十二度。

88. **埃布羅**：Ebro，西班牙河流。**馬格拉河**：Macra，今日稱 "Magra"，意大利河流，是利古里亞(Liguria)和托斯卡納(Toscana)的分界。熱那亞（Genova，「熱那亞」為英文 Genoa 的譯音）是利古里亞的一個城市。兩河之間是地中海岸。《地獄篇》第二十四章一四六行曾提到「馬格拉谷」。

89. **谷濱**：指地中海岸。

91. **布日伊**：法文 Bougie（貝賈亞的舊稱），意大利文（第九十二行）"Buggea"，北非城市，在阿爾及利亞；與法國馬賽 (Marseille)大致位於同一子午圈。

　　我出生的地方：指法國馬賽。

92. **日落和日出的時間幾乎相同**：布日伊和馬賽幾乎在同一經線，因此日落和日出的時間幾乎相同。

93. **我的出生地以鮮血蒸熱了海港**：凱撒和龐培內戰期間，凱撒的艦隊血戰龐培的軍隊後，方攻陷馬賽。參看 *Pharsalia*, III, 572-73："Cruor altus in unda / Spumat, et obducti concreto sanguine fluctus."（「他們的鮮血如大浪滔天，／血污覆蓋了海面。」）

94. **佛爾格**：原文"Folco"，又稱 Folchetto，法文 Folquet。佛爾格，普羅旺斯的行吟詩人(troubadour)，約於一一六零年生，

卒於一二三一年。在世時進出歐洲宮廷，見寵於當時的王候，其中包括英國金雀花王朝國王「獅心王」理查一世（一一五七——一一九九）。年輕時生活放蕩，因情人之死而出家，成為西多會(Cistercian)僧侶。一二零五年任圖盧茲(Toulouse)主教，鎮壓阿爾比派(Albigensians)不遺餘力。在羅馬教廷眼中，阿爾比派是有害的異端。參看 Pasquini e Quaglio, *Paradiso*, 124; Toynbee, 286; Singleton, *Paradiso 2*, 169;

95. **天堂這一帶**：指金星天。

96. **和我……傳送**：意為：金星天接受我的光亮，猶如我在凡間接受金星的影響。

97. **貝羅斯之女**：指蒂朵(Διδώ, Dido)。**貝羅斯**：Βῆλοs (Belus)，古代巴比倫國王。詳見《地獄篇》第五章六一——六二行註。

97-98. **曾經傷害／西凱奧斯和克瑞烏薩**：意思是：蒂朵愛上了埃涅阿斯，既對不起亡夫西凱奧斯(Sichaeus)，也對不起埃涅阿斯的亡妻克瑞烏薩(Creusa)。

98-99. **羅多佩的公主／遭德摩佛昂欺騙**：忒修斯的兒子得摩佛昂（Δημοφών, Demophon，或 Demophoön）在特洛亞戰爭後回國，途中受色雷斯國王款待，並與其女菲利絲(Φυλλίs, Phyllis)相愛。其後，菲利絲因遭德摩佛昂拋棄而自縊身亡。色雷斯王的宮殿建於羅多佩山附近，因此菲利絲又稱「羅多佩的公主」。

99-100. **只要我仍在／頭髮變白之前**：意為：只要我仍然年輕。

101-02. **以至……阿爾基得斯**：阿爾基得斯(Alcides)，即赫拉克勒斯，名字源出其祖父阿爾凱奧斯('Αλκεύs, Alceus)。因愛上伊奧蕾('Ióλη, Iole)，妻子德伊阿尼拉(Δηιάνειρα, Deianira)

為了挽回丈夫的心，把毒衣給丈夫穿上，阿爾基得斯因而喪命。

103. **我們無悔而歡樂**：光靈無須再懺悔，因為他們的罪愆已經滌盡。他們獲大能安排，在這裏安享天福，因此「無悔而歡樂」。

104-05. **我們的記憶已滌清／罪愆**：光靈的記憶經亡川洗滌後，再無罪愆。

105. **而是因大能先定彝則**：因神聖的力量（「大能」）預先安排，讓光靈在金星天享福。

106-08. **在這裏……運行**：在金星天，光靈能夠諦視上帝功業的宏謨，看天機為宇宙添美，並看美善推動諸天繞地球運行。

110. **願望**：指但丁求知之心。

115. **喇合**：喇合（一譯「辣哈布」），耶利哥（一譯「耶里哥」）的妓女，因拯救約書亞（一譯「若蘇厄」）的兩個使者，耶利哥陷落時得以免禍。參看《約書亞書》第二章、第六章。

116-17. **她加入……記號**：喇合死後，升到了金星天，成為那裏最亮的光靈。

118-19. **到了這重天……影子**：古代的阿拉伯天文學家，認為地球在太空的錐體(cone)投影，到了金星就消失。因此在金星天以後，但丁所見，將是更純、更淨的光。

119-20. **基督得勝……朋儕**：喇合是最先飛升金星天的人。喇合升天，象徵基督的勝利（指基督拯救地獄的亡魂成功）。參看《地獄篇》第四章四六—六三行。

121-22. **基督的勝利顯赫……贏來**：在十字架上，基督的雙掌被釘。基督在地獄的勝利，由被釘的雙掌贏來。

125-26. **不過……邊沿**：指教皇完全把聖地忘記，結果阿卡（Acre，或 Akko）於一二九一年落入撒拉遜人(Saracens)手中，基督

教勢力盡失。

127. **造物主的第一個叛徒**：指早晨之子（Lucifer，又譯「明亮之星」），墮落後稱「撒旦」。

128. **使世界罹憂**：指撒旦引誘亞當、夏娃偷吃禁果，給人類帶來無窮的災禍。**你的故城**：指但丁的故城翡冷翠。

129. **由這個叛徒……苗裔**：指翡冷翠是撒旦所種的植物。在這裏，但丁對翡冷翠提出了強烈的譴責。

130-32. **出產……兇猛**：翡冷翠所鑄的弗羅林（英文 florin，意大利文 fiorino）金幣（「你的故城（第一二八行）……出產散佈的花朵」），於一二五二年發行，上有鳶尾花圖案。這種金幣（象徵不正當的財富），使神職人員（「牧者」）變得貪婪（「餓狼般兇猛」），結果信眾（「綿羊和羔羊」）都走入了歧途。

133-35. **福音……得睹**：指教皇的權力獨大，所發的教令繁多，結果人人都只讀教令；《聖經》本身和通曉《聖經》的人反而遭到冷落。這一現象，光從教令頁緣上的註釋、筆記就可以看出。當時，濫頒教令的教皇包括格列高利九世、卜尼法斯八世、克萊門特五世。

137. **拿撒勒**：Nazareth，加利利的一個小城，在巴勒斯坦北部。在這裏借指聖城。**天使……地方**：天使加百列在拿撒勒向瑪利亞宣佈，她會由聖靈感孕而生耶穌。因此，拿撒勒是聖母領報之地（參看《路加福音》第一章二六—三八節）。在歐洲的基督教圖畫裏，加百列向聖母報喜時都輕舒兩翅，以示尊敬。但丁可能受了這類圖畫的影響，結果以「展翅」代表報喜行動。

139. **梵蒂岡**：意大利文"Vaticano"，英文 Vatican，又譯「梵諦岡」；

在羅馬，天主教教廷的所在地。**蒙選的羅馬墳場**：指彼得的
追隨者被迫害、折磨、虐殺的地方。這些基督徒殉教後，卜
葬之地也有榮光，所以說「蒙選」。

142.　　**很快……清除**：這行是佛爾格的預言。有的論者認爲，預言
指卜尼法斯於一三零三年死亡。參看 Chiappelli, 387;
Sapegno, *Paradiso*, 123。另一些論者則認爲，這行只是泛指，
預言教會脫離穢行。參看 Bosco e Reggio, *Paradiso*, 152;
Pasquini e Quaglio, *Paradiso*, 127; Vandelli, 789-90。

第十章

詩人但丁讚嘆上帝的大能，讚嘆由大能創造的秩序，然後繼續記天堂之旅：不知不覺間，旅人但丁到了太陽天；發覺比太陽還亮的光靈，組成光冕把他和貝緹麗彩圍在中央；並一邊歌唱，一邊旋繞。其中一個光靈托馬斯・阿奎那，逐一爲但丁介紹同伴。這些同伴都是智者，在凡間是神學家、哲學家、學問家。

太初的大能非言語可以說明。
　　他和聖子恆在散發著大愛。
　　他懷著大愛，於凝望聖子的俄頃　　　　3
井然創造了萬物，使它們存在
　　運行於心間或空間；結果把心意
　　移向這秩序的，都能領略其神采。　　6
那麼，讀者呀，請你跟我一起，
　　把視線仰向眾巨輪，去凝視兩種
　　運行的方向互相交擊的軌跡，　　　9
並且從那裏欣賞大師的神工。
　　大師心中對神工十分鍾愛，
　　目光一刻都沒有向他方移動。　　　12
請看圓圈從那裏傾斜側擺。
　　爲了提供世間所需的行星，
　　這個圓圈把眾行星承載。　　　　15

這些行星的軌跡如非斜傾，

　　天穹的許多功能就徒然虛旋，

　　下界的偉力就幾乎全部失靈。　　　　18

圓圈如果偏離垂直線太遠

　　或者太近，在世界上方和下方，

　　運行的秩序就變得殘缺不全。　　　　21

此刻，讀者呀，請你留在座位上。

　　如果你想疲累前飽餐歡忭，

　　請你把初啖的食物再度品嚐。　　　　24

請隨便享用；我已擺好了盛宴。

　　我獲任文書，要傳抄的義理

　　此刻奪去了我所有的思念。　　　　　27

自然界最偉大的管事輔弼，

　　把天堂的尊貴特質印落凡塵，

　　且以光芒為我們劃分朝夕。　　　　　30

這時，它與上面提到的部分

　　會合，循螺形旅程旋轉進發，

　　每天都在更早的時刻現身。　　　　　33

我雖然跟它一起，卻沒有覺察

　　自己在上升，就像一個人在思念

　　湧起之前，渾然不覺的剎那。　　　　36

貝緹麗彩帶著我，沿美善向前

　　邁進，由於速度迅捷，其行動

　　再也不能由時間量度規限。　　　　　39

在我進入太陽的地方，在光中

　　閃耀的光靈一定煥發著炯芒，

不以色彩，而以純光顯殊榮。　　　　42
我即使用盡靈巧，借助常方，
　　也不能以言辭幫人去追摹；不過
　　這偉景值得我們去信仰渴望。　　45
假如我們的想像低下愚拙，
　　升不了這麼高，誰也不必驚訝；
　　凡眸哇，從來未見過勝日的灼爍。　48
在這一高度，至尊之父的第四家
　　就恆受父蔭，看聖靈如何彰顯，
　　聖子如何誕生於父德之下。　　51
接著，貝緹麗彩說：「快感謝恩典，
　　天使之日的恩典。憑藉其洪恩，
　　你才能上升，看感官之日的容顏。」　54
我聽了這番話，心中充滿了熱忱，
　　要立刻膜拜上帝，要全心全意
　　向他皈依；那急於奉獻的精神，　57
凡間的誠心絕難與之倫比。
　　我的情意完全向上帝傾注，
　　不覺把貝緹麗彩蓋在遺忘裏。　60
貝緹麗彩微笑著，不以為忤，
　　雙眸在粲然含喜，奪目的光輝
　　使我凝神聚思間分心四顧。　63
只見勝日之光在紛耀，燁燁煒煒，
　　組成了光冕把我們圍在中央，
　　聲音比容顏的光彩更叫人陶醉。　66
有時候，當空中有霧氣瀰漫升降，

我們也會看見麗酡的愛女
披著類似的光暈環腰發亮。　　　69
我所親歷的天庭有許多寶玉。
這些寶玉，珍貴而華麗，不可以
從天上的王國運走。那些光侶　　72
所唱的歌，就是這一類珠璣。
有誰不插翼飛向崇高的上方，
誰就要等啞巴向他報喜。　　　75
那些熱烈的太陽一邊歌唱，
一邊繞我們運行，如眾星簇擁
固定的天極；如是運行了三趟，　78
就像跳著舞的女子，舞興尚濃
而驟停，並且靜下來凝神傾聽；
到新的旋律揚起才繼續舞動。　81
光靈中，有一個人這樣陳情：
「聖寵點燃了真愛，然後一邊
施愛，一邊增長；它的光明　　84
在你的生命中弘揚輝顯，
把你引領到升天之階。有誰
從階上下降，就一定再度升天。　87
因此，誰不以瓶中之酒施惠，
去給你解渴，就像水之奔騰
向下，結果卻拒絕向大海回歸。　90
這秀妍的女士使你有能力飛升
天宇。你想知道，脈脈把女士
圍繞的花環用甚麼花朵編成。　93

多明我聖潔的羔羊群中，有一隻
　就是我。沿著多明我的道路前行，
　只要不迷途，就有美食可吃。　　　96
在右邊，緊靠我的這一位光靈，
　是科隆的阿爾伯特。他是我師父
　兼弟兄。托馬斯‧阿奎那是我的姓名。　99
其餘的光靈，如果你也想認出，
　請望著神佑的光冕聽我講說，
　同時按次序環顧冕中的人物。　　　102
另一朵火焰，是格拉蒂安焯焯
　在微笑。格拉蒂安對兩個法庭
　都善於輔助，結果取悅於天國。　　105
接著，是另一位叫隊伍生色的光靈
　伯多祿。她跟那窮寡婦一起
　把財寶向神聖的教會孝敬。　　　　108
第五朵呢，眾焰之中數他最美麗，
　散發著慧愛，叫所有身處
　下界的凡人都渴望聽他的消息。　　111
光焰中的崇靈，曾經獲上帝灌輸
　高度智慧。如真理真的可靠，
　世間再沒有智者會如此穎悟。　　　114
你看，他旁邊的明燭也炯炯燃燒。
　明燭仍是凡軀時，對天使性情、
　職務的了解，比任何人都高超。　　117
在另一朵小焰中微笑的光靈，
　是那位捍護基督時代的勇將，

奧古斯丁借用過他的拉丁文述評。　　120
要是你一直驅策自己的想像，
　　跟隨我的讚美掃視光焰，
　　這時必急於認識第八位賢良。　　123
第八位聖魂，正在光焰的中間
　　欣然觀賞萬善，對善聽的人
　　說明，世俗怎樣去招搖撞騙。　　126
靈魂被攆後，他在塵世的肉身
　　躺在下界的金頂教堂。他殉教
　　被逐，乃向這永寧騫翥投奔。　　129
再過去，請看另幾朵炯焰輝耀，
　　分別由伊西多爾、比德、理查德發出。
　　理查德憑藉沉思而迴出塵表。　　132
看完另一朵，現在你向我回顧。
　　該位光靈，思想嚴肅，心底
　　總覺得死亡來時不夠迅速。　　135
這永恆的炯光發自西舍爾的靈體。
　　這光靈，在草料街教書的時候，
　　曾經論析過叫人憎恨的道理。」　　138
上帝的新娘起床，唱著晨謳
　　向郎君求愛時，洪鐘就會喚醒
　　我們，以甲部分向乙部分拉掊，　　141
丁噹丁噹地發出悅耳的鏘鳴，
　　叫懷善之心剎那間充滿虔愛。
　　光靈說完，也是同樣的情景：　　144
我看見輝煌的轉輪中節合拍，

盤旋時歌聲接著歌聲，和諧

動聽處別的地方都無從度猜，　　　　147

除了在欣悅化爲永樂的境界。

註　釋：

1-6.　　**太初的大能……其神朵：太初的大能**：指上帝。Sinclair 指
　　　　出，大能（聖父）和大智（聖子）抒發神聖的大愛（聖靈），
　　　　創造了萬物。參看 Sinclair, *Paradiso*, 156。**存在／運行於心**
　　　　間或空間：指無論是心智還是空間的事物或活動，都由上帝
　　　　創造。**其神朵**：指上帝（「太初的大能」）的神朵。

8.　　　**眾巨輪**：指諸天。

8-9.　　**兩種／……軌跡**：指黃道（意文 eclittica；英文 ecliptic）和
　　　　天赤道（意文 equatore celeste；英文 celestial equator）相交
　　　　處，也就是春分點和秋分點。

10.　　 **大師**：指上帝。

13.　　 **請看圓圈……側擺**：意爲：請看黃道在白羊座與天赤道相交
　　　　成斜角。**那裏**：指春分點。

14-15.　**爲了……承載**：意爲：爲了影響世間的運程，黃道（「這個
　　　　圓圈」）承載了《天堂篇》所描寫的行星和太陽。

20.　　 **在世界上方和下方**：在北半球和南半球。

21-22.　**運行的秩序就變得殘缺不全**：意爲：諸天調控塵世的秩序時
　　　　就會淆亂。

22.　　 **請你留在座位上**：請你繼續讀我的作品。

25.　　 **盛宴**：指《天堂篇》是讀者的盛宴。

26. **要傳抄的義理**：要向讀者傳遞的義理。

27. **此刻奪去了我所有的思念**：此行極言但丁用心之專，用力之勤，也強調《天堂篇》對作者挑戰之大。

28. **自然界最偉大的管事輔弼**：指太陽。

29. **把天堂……凡塵**：太陽接受了上天的大能，然後傳諸凡間。

31-32. **與上面提到的部分／會合**：與春分點 (l'equinozio di primavera)——即八——九行的「兩種／運行的方向互相交擊的軌跡」——會合。這時，白羊座位於春分點；與春分點會合，就是與白羊座會合。

32. **循螺形旅程旋轉進發**：根據托勒密的天文體系，太陽繞地球運動時，所循的是螺形軌跡。

34-35. **我雖然……上升**：意爲：我雖然和太陽一起，卻不覺自己曾經上升。此刻，但丁已經由第三重天升到第四重天，也就是太陽天。在太陽天停留的，全是智者。

35-36. **就像一個人……刹那**：一個人運思時，會渾然不覺；到思念成形，才覺察自己剛才在運思。

39. **再也不能由時間量度規限**：意爲：再也無從以時間量度。但丁飛升天宇的行動，凌越時間之外。

42. **而以純光顯殊榮**：這行回應《天堂篇》第九章一一八——一九行。此刻，但丁所見全是純光。

44. **也不能……追摹**：也不能用言辭去形容，然後讓人藉言辭想像當時的情景。

48. **凡眸哇……灼爍**：凡人的眼睛從未見過比太陽更亮的光芒。換言之，但丁此刻所見，比太陽還要亮。

49. **至尊之父的第四家**：指太陽天的衆光靈。他們是聖父（「至尊之父」）的第四家。太陽天的光靈，亮度都勝過太陽。聖

父第四家的成員，都是智者。

50-51.　**看聖靈……父德之下**：看聖子和聖靈如何誕生。在這裏，聖父向光靈展現三位一體的奧秘。

53.　　**天使之日**：指上帝。參看 *Convivio*, III, XII, 7 : "Nullo sensibile in tutto lo mondo è più degno di farsi essempio di Dio che 'l sole." (「在整個宇宙之中，再沒有任何可感的物體，能像太陽那樣，足以象徵上帝。」)

54.　　**感官之日**：指物理世界的太陽。如非藉上帝的洪恩，但丁不可能直望太陽，更不可能升入太陽天。

61.　　**不以爲忤**：貝緹麗彩樂於見但丁把「情意完全向上帝傾注」（第五十九行），不會因但丁遺忘了她而感到不快。

63.　　**使我……四顧**：使但丁從專注中收會心神，觀察其他景物。

64.　　**勝日之光**：眾光靈比太陽還要亮，因此稱爲「勝日之光」。

66.　　**聲音……陶醉**：光靈所唱的歌（「聲音」）比他們的光華（「容顏」）更叫人陶醉。

68.　　**麗酡的愛女**：指月亮。麗酡的女兒是月神，因此但丁以「麗酡的愛女」代表月亮。

69.　　**披著……發亮**：霧氣中，月亮有時會披著類似的光環。

75.　　**誰就要……報喜**：指但丁所見非語言或文字所能形容。

76.　　**那些熱烈的太陽**：原文"quelli ardenti soli"，指眾光靈。**熱烈**：原文"ardenti"，指光靈充滿了熾愛。

79-81.　**就像跳著舞的女子……舞動**：這幾行的比喻，寫但丁時期意大利的一種舞蹈：一群女子手拉手圍著圈，其中一人站著，帶頭唱完舞曲(ballata)的第一節，大家就隨著繞圈舞動，同時重複舞曲的第一節；唱完第一節再停下，傾聽帶頭的女子唱第二節，然後重複剛才的動作。參看 Sapegno, *Paradiso*,

133; Singleton, *Paradiso 2*, 182。

82. **有一個人**：指托馬斯・阿奎那。參看本章第九十九行；《煉獄篇》第二十章第六十九行註。

83-84. **一邊／施愛，一邊增長**：這是《天堂篇》的一個重要主題：仁愛越是外施，就越會增長。

86-87. **有誰／從階上下降……升天**：這兩行暗示但丁會再度升天。參看《煉獄篇》第二章九一——九二行註。在《聖經》中，聖保羅也是兩度升天。

88-90. **因此……回歸**：意爲：有誰不滿足你的求知欲（「不以瓶中之酒施惠，／去給你解渴」），誰就像趨下之水拒絕歸海。言下之意，是人人都會向你施惠。

91. **這秀妍的女士**：指貝緹麗彩。

92-93. **你想知道，脈脈把女士／圍繞的花環用甚麼花朵編成**：這兩行是個比喻，意思是：你想知道，繞著貝緹麗彩跳舞的眾光靈是誰？

94-95. **多明我……就是我**：托馬斯・阿奎那在自我介紹。**多明我聖潔的羔羊群**：指多明我會（意大利文 ordine dominicano；英文 Dominican Order）。

96. **美食**：指精神的美食。

98. **科隆的阿爾伯特**：又叫大阿爾伯特(Albertus Magnus)，一一九三年生於勞因根(Lauingen)，一二八零年卒於科隆（德文 Köln，英文 Cologne），在意大利帕多瓦、波隆亞(Bologna)等地受教育，是多明我會修士，托馬斯・阿奎那的老師。學問淵博，有「通儒」("Doctor Universalis")之稱。曾在科隆、巴黎等地任教。一二六零年獲任雷根斯堡(Regensburg)主教。著作豐繁，對神學和亞里士多德的學說都有研究。作品

包括《神學大全》(*Summa theologica*)。對阿奎那、但丁都
有極大影響。一九三二年在諡聖禮中成聖，稱聖阿爾伯特。
參看 Toynbee, 20-21, "Alberto di Cologna" 條；Bosco e
Reggio, *Paradiso*, 165-66; Sapegno, *Paradiso*, 134; Singleton,
Paradiso 2, 184-85；《宗教詞典》頁五八—五九，「大阿爾
伯特」條；《基督教詞典》頁九零—九一，「大阿爾伯特條」。

99.　　**托馬斯・阿奎那**：有關阿奎那生平，參看《煉獄篇》第二十
　　　章第六十九行註。

104.　　**格拉蒂安**：意大利文 Francesco Graziano，《神曲》原文
　　　"Grazian"（拉丁名 Franciscus Gratianus），十一世紀末生於
　　　意大利托斯卡納的基烏西(Chiusi)，本篤會修士、學者、神
　　　學家，對教會法(canon law)尤有研究。曾設法調和教會和世
　　　俗的律法。約卒於一一六零年。作品包括巨著《教會法規歧
　　　異類解彙編》（*Concordia discordantium canonum*，又稱《格
　　　拉蒂安教令集》）。參看 Toynbee, 331, "Graziano" 條；《宗
　　　教詞典》頁八六六，「格拉蒂安」條。**兩個法庭**：指教會法
　　　庭和俗世法庭。

107-08.　**伯多祿……孝敬**：伯多祿・洛姆巴爾多(Pietro Lombardo)，
　　　約於一一零零年生於意大利諾瓦拉(Novara)，先後在波隆亞
　　　和巴黎受教育。其後在巴黎任神學教授、主教。卒於一一六
　　　四年。在著作《教理四書》(*Sententiarum libri quatuor*)中，
　　　把自己的神學知識比作《聖經》中寡婦的奉獻。參看《路加
　　　福音》第二十一章第一—四節。參看 Bosco e Reggio,
　　　Paradiso, 167; Sapegno, *Paradiso*, 135; Singleton, *Paradiso 2*,
　　　186-87。

109-11.　**第五朵呢……消息**：第五朵光焰是所羅門。古代的神學家有

過這樣的辯論：所羅門王天生異稟，行為卻淫亂不羈。這樣的人，死後會上天堂呢，還是落地獄？結果未有定論。所以這裏說：「叫所有身處／下界的凡人都渴望聽他的消息」（叫凡間的人想知道，所羅門此刻在天堂享福，還是在地獄受罪）。但丁把所羅門王安置在天堂，立場如何，已經不言而喻。在基督教傳統中，所羅門的《雅歌》是喜歌，讚頌基督與教會的婚禮，所講是情愛；其《箴言》、《傳道書》是智慧之書，所講是智慧。因此詩中說「散發著慧愛」。

112-14. **光焰……穎悟**：耶和華曾經指出，所羅門的智慧前無古人，後無來者。參看《列王紀上》第三章第十二節："Dedi tibi cor sapiens et intelligens, in tantum ut nullus ante te similis tui fuerit nec post te surrecturus sit." （「賜你聰明智慧，甚至在你以前沒有像你的，在你以後也沒有像你的」。**如真理真的可靠**：如果《聖經》的記載真的可靠。

115-17. **你看……高超**：這裏所說的光靈（「明燭」）是大法官丟尼修（Dionysius the Areopagite，按照原文發音，該譯為「狄奧尼修斯」）。丟尼修在雅典因聖保羅而皈依基督教，其後任雅典主教。著有《天階體系》(De coelesti hierarchia)，對天使的性質、職權、等級有詳細研究。參看《使徒行傳》第十七章第三十四節；《天堂篇》第二十八章一三零—三二行。《和合本聖經》的「亞略巴古的官丟尼修」，是英文"Dionysius the Areopagite"的漢譯，譯得並不理想。《基督教詞典》（頁一一零）把"Areopagite"譯為「亞略巴古人」，讀者會不明所以，也值得商榷。按"Areopagite"為「古希臘雅典最高法院的法官」（《英華大詞典》頁六五），可意譯為「大法官」，不必音譯。

118-20. **在另一朵……述評**：這三行究竟指誰，論者有不同的說法。有的認爲指奧羅西・保羅(Orosius Paulus)；有的認爲指馬里烏斯・維托里奴斯(Marius Victorinus)。奧羅西・保羅是西班牙五世紀的基督教學者兼史家，生於塔拉戈納(Tarragona)，曾到北非希波(Hippo)師事奧古斯丁，並代奧古斯丁出使巴勒斯坦，控告、審問異端分子。在耶路撒冷期間，曾跟隨哲羅姆習《聖經》。著作《駁異教徒七書》(*Historiarum adversum paganos libri VII*)，是奧古斯丁《論上帝之城》(*De civitate Dei*)的延續。參看《宗教詞典》頁一零三八。維托里奴斯譯過柏拉圖的著作。譯本曾爲奧古斯丁引用。**奧古斯丁**：Aurelius Augustinus（公元三五四—四三零），拉丁教父、神學家、哲學家，「上承希臘、羅馬」傳統，對中世紀基督教思想有重要影響。早年生活「放蕩不羈」，「受過新帕拉圖主義和摩尼教的影響」，後來受「安布羅斯(Ambrosius)的啓發和引導」而「皈依基督教」。「曾在迦太基和米蘭教授修辭學」。著有《懺悔錄》、《論三位一體》、《論上帝之城》等書（見《基督教詞典》頁二四）。

124-29. **「第八位聖魂……投奔」**：波伊提烏(Anicius Manlius Severinus Boethius)，羅馬政治家、哲學家，公元四七零年在羅馬生於富貴之家，才德兼備。對希臘的哲學、神學、幾何、音樂著作都有研究，受當時統治意大利的東哥特人(Ostrogoths)的君主狄奧多里克（Theodoricus 或 Theodoric，一譯「西奧多里克」，約四五六—五二六）器重。由於才華出衆，爲人正直而招人忌恨，結果遭人誣陷謀反。因狄奧多里克誤信讒言而被投獄中，五二六年遭折磨慘死。葬於意大利帕維亞(Pavia)金頂聖彼得教堂(San Pietro in Ciel d'Oro)，

即詩中的「金頂教堂」("Cieldauro")。在基督教傳統中，波伊提烏是殉教者，因此又叫聖塞維里奴斯(Saint Severinus)。波伊提烏的著作《論哲學之歡慰》(De consolatione philosophiae)對但丁有頗大影響。參看 Convivio, II, XV, 1。**萬善**：指上帝。**靈魂被攙後**：指波伊提烏的靈魂被逐出肉體。波伊提烏遭折磨慘死，所以說「靈魂被攙」。**永寧**：指天堂。

131. **伊西多爾**：全名 Isidorus Hispaniensis。西班牙塞維利亞（Sevilla，譯為「塞維亞」，更接近原文發音）主教兼神學家，約生於五六零年，卒於六三六年。中世紀前期的拉丁教父，其《語源》二十卷(Etymologiarum sive Originum libri XX)是科學知識類書，對中世紀有頗大影響。參看《宗教詞典》頁四四一。**比德**：Bede 或 Baeda，一譯「伯達」，英國有名的僧侶、神學家兼史家。約生於六七三年，卒於七三五年。在世時，大部分時間都在賈羅(Jarrow)修院從事研究、著作，其《英吉利教會史》(Historia ecclesiastica gentis Anglorum)在英國歷史學上有重要地位。有「教會博士」之稱。**理查德**：Richard de St. Victor。生年不詳。蘇格蘭人，十二世紀的哲學家、神學家、神秘主義神學家。曾於巴黎大學受教育。其後入巴黎聖維克多(St. Victor)隱修院，成為雨格的弟子。一一五九年任該院副院長，一一六二年任院長，對《聖經》有深入研究。強調信、望、愛。卒於一一七三年。其著作曾為阿奎那引用，其中以《論三位一體》最有名。

132. **理查德……塵表**：理查德是神秘主義神學家，有「靜觀大師」(Magnus Contemplator)之稱。

133-38. **「看完另一朵……叫人憎恨的道理」**：指西舍爾(Siger)。西舍爾是巴拉邦(Brabant)人，十三世紀的神學家兼哲學家，生

於一二二六年，巴黎大學教授。闡發阿威羅伊（Averroës，即阿拉伯哲學家伊本‧路西德）的泛神論，在天主教會眼中是異端，被驅逐出教。阿奎那對他的學說駁斥最力。約卒於一二八三年。**草料街**：原文"vico de li strami"。巴黎大學神學院所在地。**叫人憎恨的道理**：指西舍爾闡發的泛神論。

139.　**上帝的新娘**：指教會。

140.　**郎君**：指基督。

148.　**欣悅化爲永樂的境界**：指天堂。原文"dove gioir s'insempra"中的"s'insempra"（不定式 insemprarsi）爲但丁所創，*Dizionario Garzanti della lingua italiana*, 873 的定義是"eternarsi"（「變爲永恆」）。

第十一章

但丁慨嘆凡間的種種競奔，慶幸自己能擺脫羈絆而翛然飛升天宇。
然後，托馬斯・阿奎那說出但丁心中的兩個疑惑；解釋第一個疑惑
前，先稱頌聖方濟，並聲討多明我會的墮落。

多糊塗哇，凡軀俗骨的心機！
　　它的論證也真多錯漏不足，
　　只徒然叫你向下方倒飛鼓翼！　　　3
有人追求法律；有人向《格言錄》
　　鑽研；有人當神父，為教堂獻身；
　　有人治民，依仗的是詐偽或勇武；　　6
有人搶劫；有人為國事競奔；
　　有人碌碌於感官之樂而不能
　　自拔；也有人甘於在怠惰浮沉。　　9
我呢，擺脫了這一切而翛然飛升，
　　和貝緹麗彩一起置身於高天，
　　充滿榮耀，獲天國歡迎而上騰。　　12
當所有的光靈返回了起點，
　　也就是他們在圓圈出發的地方，
　　他們就止步，如燭台上的燭焰。　　15
然後，前些時對我說話的光芒
　　燃得更澄明。光芒裏，我聽到光靈

微笑著說話，笑聲中帶著歡暢：　　　　18
「他的光芒，我能夠燁燁反映。
　　同樣，我對著永恆的炯光凝眸，
　　就知道你的思維怎樣成形。　　　　21
你感到困惑不解，希望我能夠
　　以明確詳細的語言，清楚闡釋
　　我剛才的話，好讓你理解接受，　　24
知道我爲甚麼說：『有美食可吃』；
　　說：『再沒有智者會如此穎悟』。
　　在這裏，必須分清兩者的要旨。　　27
那新郎大喊間，以聖血迎娶了新婦。
　　爲了叫新婦堅定，更忠貞地委身
　　心愛的情郎，天道特別眷顧，　　　30
派遣了兩位巨擘陪伴她，擔任
　　嚮導，在她的左右侍候隨行。
　　天道管治天下時，以天意爲本。　　33
這種天意，所有神創的眼睛
　　都無從窺測；哪一雙眸子要探看，
　　未望到底蘊就已經瞀亂昏熒。　　　36
兩位嚮導中，一位愛心內燃
　　如熾愛天神；另一位充滿智慧，
　　光耀凡界時，如普智天神一般。　　39
先說第一位吧。——不過無論稱頌誰，
　　其餘的一位也同時受到稱頌，
　　因爲他們的努力殊途而同歸。　　　42
眞福的烏巴爾多所選的山中

有河水發脈。該河與圖皮諾河間

　　有肥沃的土坡從高山下衝；　　　　　45

其冷暖傳得到陽光之門那邊，

　　讓佩魯賈去感受。在山的另一麓，

　　諾切拉、瓜爾多因桎梏而泣涕漣漣。　48

就在這一面，在山勢最緩的坡度，

　　有一輪旭日升起，照亮了塵寰，

　　就像這太陽，有時從恆河湧出。　　　51

那麼，誰要把此地的名字述傳，

　　就別說『俺上徙』，因為這說法欠周詳；

　　稱為『東方』，才能把意義說完。　　54

還沒有升得太高，這個太陽

　　就叫大地勃然感到了鼓舞，

　　從他的洪範偉德吸取了力量。　　　　57

因為，年輕時，他就違抗嚴父，

　　去深愛一位淑女。這淑女和死神

　　一般，永遠見拒於世人的牖戶。　　　60

然後，這太陽直趨教廷的大門，

　　et coram patre 迎娶了這位淑女；

　　此後，感情一日比一日堅貞。　　　　63

這新娘，自從第一位丈夫被奪去，

　　一千一百多年來都卑賤寒微，

　　新郎出現前沒有求婚的愛侶。——　　66

儘管大家聽過，有一個權貴，

　　叫天下震恐，說話時卻發覺新娘

　　無恙，有阿米克拉斯相隨；　　　　　69

儘管新娘堅貞無畏，敢升向

    十字架，從瑪利亞站立之處

    上攀，與基督一起去承受禍殃。   72

恐怕太隱晦了，這樣的描述。

    那麼，告訴你，在我冗長的話語裏，

    兩個情侶就是聖方濟和窮苦。   75

他們的和諧、他們臉上的欣喜

    叫人相親，叫人驚異，且和顏

    相望，讓聖潔的思念在心中升起。   78

結果可敬的貝爾納多首先

    脫掉鞋子，朝著那崇高的安寧

    奔馳，奔馳間自以為落後不前。   81

真是富而無聞哪，且果實充盈！

    艾吉迪奧脫鞋，西爾維斯特羅也脫鞋；

    都踵武新郎，都因為新娘而高興。   84

然後，這身為父親的家長就告別

    故土，跟妻兒出發，走向遠方，

    身上都繫著一條粗繩為紐結。   87

身為皮耶特羅・貝爾納多内之子，這家長

    並沒有心存怯懦而恥於仰臉，

    也不怕樣子可笑而遭訕謗；   90

反之，他在教皇英諾森面前

    以王者風範披露堅定的決心，

    首次為修會取得認可的印鑑。   93

之後，當追隨他的貧窮教民

    越來越多（他奇異的生平

最好在天堂的榮耀裏頌吟），　　　　96
他神聖的願望獲永恆的聖靈

　再度加冕。至於加冕的盛典，
　則由洪諾留三世代爲執行。，　　　99
之後，受了殉教般的渴念驅遣，

　他到傲慢的蘇丹跟前傳佈
　基督及其門徒的大義微言。　　　102
當他發覺聽講者太不成熟，

　不相信基督，爲避免白費力氣，
　乃重耕意大利富饒的田土，　　　105
在特韋雷和阿爾諾河間遁跡

　巉巖，獲基督賜贈最後的印章。
　兩年內，印章都留在他的肢體。　108
因神的安排，他行大善於四方。

　他做人謙卑，結果得到了神恩。
　當神欣然接他上天堂受賞，　　　111
他就向弟兄（如向合法的繼承人）

　託付自己最疼的賢妻淑女，
　叫他們敬愛她，以忠悃和堅貞。　114
之後，光輝的靈魂就安然飄舉，

　離開賢妻的懷抱重返天國，
　不需要棺木裝載自己的凡軀。　117
那麼，試想想，誰有這樣的氣魄，

　足以跟他一起，沿正確的航路
　在遠海之上控引彼得的巨舶？　120
我們的主教，就能當這樣的佐輔。

由此，你可以看出，按他的指揮

　　跟隨在後的，都帶著珍貴的貨物。　　123

不過，他的羊群越來越饞嘴，

　　想啖噬新的食品，結果要走到

　　遙遠的野地，在那裏迷途忘歸。　　126

綿羊背離牧者後到處亂跑，

　　越是跑得遠，一旦重返舊地，

　　能帶回羊圈的乳汁就越稀少。　　129

誠然，也有羊兒怕遭到侵襲

　　而緊跟牧者的；可惜數目有限，

　　一點點布料就夠他們裁法衣。　　132

好了，我的話如果清楚顯淺，

　　如果你傾聽時一直聚精會神，

　　而又能回味我的一語一言，　　135

你該滿足了求知願望的一部分，

　　看到了那株樹怎樣遭到侵蝕，

　　也明白我的補足何以會直陳：　　138

『只要不迷途，就有美食可吃。』」

註　釋：

4-5.　　**向《格言錄》／鑽研**：希波克拉底('Ιπποκράτης, Hippocrates)
　　　　的《格言錄》(*Aphorisms*)，是習醫者所讀的課本。

10.　　**擺脫了這一切**：指但丁擺脫了凡塵的羈絆（即四—九行的各
　　　　種活動）。

16. **前些時對我説話的光芒**：指托馬斯・阿奎那。

19. **他的光芒**：指上帝的光芒。

20-21. **同樣……成形**：阿奎那凝望上帝的聖光，就可以看見但丁的思維，而且知道思維的成因。

25. **『有美食可吃』**：即第十章第九十六行所説。

26. **『再沒有智者會如此穎悟』**：即第十章一一四行所説。原文爲："non surse il secondo"。指所羅門王。

28. **那新郎**：指基督。**大喊間**：耶穌在十字架上受難時，曾經大聲喊叫。參看《馬可福音》第十五章第三十七節；《馬太福音》第二十七章第四十六節："Et circa horam nonam clamavit Iesus voce magna dicens：Eli, eli, lamma？sabacthani？hoc est：Deus meus, Deus meus, ut quid dereliquisti me？"（「約在申初，耶穌大聲喊著説：『以利！以利！拉馬撒巴各大尼？』就是説：『我的　神！我的　神！爲甚麼離棄我？』」）。

31. **兩位巨擘**：指聖方濟 (San Francesco) 和聖多明我 (San Domenico)。

34. **所有神創的眼睛**：指天使和人類的眼睛。

37. **一位愛心內燃**：指聖方濟（又稱「方濟各」或「法蘭西斯」）。

38. **熾愛天神**：最高的一級天使，代表愛。但丁對天使的描寫，受托馬斯・阿奎那的影響極大。參看 *Summa theologica*, I, q. 63, a. 7, ad. I："Seraphim autem interpretatur *ardentes*, sive *incendentes*."（「而熾愛天神指燃燒著愛的天使或點燃著愛的天使。」）

39. **普智天神**：第二級天使，代表智慧。參看 *Summa theologica*, I, q. 63, a. 7, ad I："Cherubim interpretatur *plenitudo scientiae*."（「普智天神的意思是：*智慧充盈*。」）

43-51. **真福的烏巴爾多……湧出**：這九行描寫聖方濟的出生地翁布里亞(Umbria)的阿西西(Assisi)。聖烏巴爾多・巴爾達西尼(Ubaldo Baldassini)隱修的地方在古比奧(Gubbio)山區，是基阿朔(Chiascio)河的發脈處。基阿朔河是圖皮諾（Tupino，今日叫 Topino）河的支流，匯入圖皮諾河後，再流入特韋雷(Tevere)河。基阿朔河和圖皮諾河之間，是蘇巴西奧(Subasio)山西邊的山坡（「有肥沃的土坡從高山下衝」）。這山坡（「就在這一面」）的坡度較緩，與西邊的佩魯賈(Perugia)相對。阿西西就位於這坡度較緩的山坡上。聖方濟是阿西西人，在詩中是「一輪旭日」，就像物理世界的太陽。佩魯賈最靠近蘇巴西奧山的一邊，是陽光之門(Porta Sole)。蘇巴西奧西坡的冷暖流先傳到陽光之門，再讓佩魯賈去感受。蘇巴西奧的東麓是諾切拉(Nocera)和瓜爾多(Gualdo)二城，在佩魯賈的高壓統治下要「泣涕漣漣」。佩魯賈當時屬法國安茹(Anjou)家族，由圭爾佛黨掌政。托馬斯・阿奎那身在太陽天，所以說「這太陽」（第五十一行）。恆河在耶路撒冷的正東。春分時，太陽從恆河上升。

52-54. **那麼……說完**：阿西西(Assisi)的舊名是 Ascesi，是意大利語 "ascendere"（意為「登高」，「升高」）的遠過去時(passato remoto)第一人稱，意為「我已經上升」。參看 Sapegno, *Paradiso*, 147; Pasquini e Quaglio, *Paradiso*, 156。漢譯「俺上徙」設法保留原文的音義。不過托馬斯・阿奎那認為，聖方濟既然是太陽，說「俺上徙」還未能盡道聖人的高明光大，說「東方」("Oriente")才能強調聖方濟的特點，因為東方是太陽的上升處。參看《路加福音》第一章第七十八節："Visitavit nos oriens ex alto"（「叫清晨的日光從高天臨到我

們……」）。

55-57. **還沒有……力量**：年輕的時候，聖方濟的才德已影響了世界。

58-63. **因為……堅貞**：聖方濟的全名是卓凡尼・弗蘭切斯科・貝爾納多內 Giovanni Francesco Bernardone)，阿西西羊毛商皮耶特羅．迪貝爾納多內(Pietro di Bernardone)之子，一一八二年出生。聖方濟出身富裕之家，年輕時生活放蕩，大病後突然頓悟，嚮往窮苦（「深愛一位淑女」）；二十四歲決定出家，遭其父極力反對。後來，其父向主教求助。結果聖方濟在主教和父親面前（拉丁文"et coram patre 是「並在父親面前」的意思）脫下衣服，繫上麻繩，毅然出家，一二零九年獲教皇英諾森三世(Innocent III)批准，成立方濟各托鉢修會，也就是小兄弟會(Friars Minor)。卒於一二二六年。一二二八年獲教皇格列高利九世祝聖。參看《基督教詞典》頁一四八。

64-66. **這新娘……愛侶**：窮苦（「這新娘」）的第一位丈夫是基督。基督卒後，一千一百多年來（也就是聖方濟出家前），都沒有人向窮苦求婚。

67-69. **儘管……相隨**：阿米克拉斯是個窮苦的漁夫，凱撒（「一個權貴」）敲他的門時，他一點驚懼也沒有。

70-72. **儘管……禍殃**：儘管窮苦有勇氣陪伴基督。六四—七二行的意思是：儘管窮苦（「新娘」）有種種優良品質，一千一百多年來，都沒有人向她求婚。

74-75. **那麼……窮苦**：但丁的修辭法，有時單刀直入，如《地獄篇》第一章的開頭；有時迂迴曲節，如阿奎那在上面形容聖方濟的話。

76. **他們的……欣喜**：聖方濟（夫）和窮苦（妻）相處和諧，臉

上都露出欣喜的神情。

79. **貝爾納多**：貝爾納多 (Bernardo)，阿西西昆塔瓦雷 (Quintavalle)的富商，是聖方濟的第一名弟子。一二零九年把所有財產變賣，收益全部捐給窮人。

80. **脫掉鞋子**：聖方濟不穿鞋子；貝爾納多要出家追隨他，因此脫掉鞋子。

81. **奔馳間自以爲落後不前**：形容貝爾納多急於追隨聖方濟。

83. **艾吉迪奧**：原文"Egidio"，聖方濟的第三個弟子，卒於一二七二年。**西爾維斯特羅**：原文"Silvestro"，聖方濟的第四個弟子，約於一二四零年卒。

85. **身爲父親的家長**：指聖方濟。聖方濟有了信徒，就像一家之主。

86. **妻**：比喻聖方濟所娶的窮苦。

88. **皮耶特羅・貝爾納多內**：聖方濟的父親（參看本章五八—六三行註），屬中產階級，社會地位不高；但是聖方濟沒有因此而感到怯懦羞恥。

90. **樣子可笑**：聖方濟的打扮，在俗人眼中會顯得滑稽。

91. **教皇英諾森**：指英諾森三世(Innocent III)，一一九八年出任教皇，一二一六年卒。

93. **首次……印鑑**：指聖方濟修會獲教廷認可。

94. **貧窮教民**：指聖方濟的追隨者。當時，方濟各會的修士稱爲「阿西西窮漢」("Poveri d'Assisi")。

97-99. **他神聖的願望……代爲執行**：一二二三年，方濟各修會獲教皇洪諾留三世確認。這是第二次確認，所以說「再度加冕」。

100-05. **之後……田土**：一二一九年，聖方濟到埃及向蘇丹傳道，無功而還。

106-08. **在特韋雷……肢體**：聖方濟返回意大利後，在阿爾諾河上游和特韋雷河之間的維爾納山(Monte della Verna)隱居。一二二四年，基督顯聖，把聖疤（「最後的印章」）留在他手腳和身上。聖疤在他身上留了兩年，直到他去世（一二二六年）爲止。所謂「聖疤」(stigmata)，是留在修士、修女、第三級教士(tertiaries)身上的標誌，像耶穌在十字架上所受的傷痕。據說是神跡寵幸的結果。

113. **賢妻淑女**：指窮苦。

116-17. **離開……自己的凡軀**：聖方濟臨終時，叫人把他的衣服脫去，讓他赤裸裸地躺在石地上（「不需要棺木裝載自己的凡軀」），以便從窮苦（「賢妻」）的懷抱返回天堂。

120. **遠海**：原文"alto mar"，指風浪大而又不易航行的海域。**彼得的巨舶**：指天主教會。

121. **我們的主教**：指聖多明我。

122-23. **由此……貨物**：意思是：從聖方濟的事跡，你可以看出聖多明我的優點。跟隨他（聖多明我）的，都有好功德（「帶著珍貴的貨物」），能夠飛升天堂。

124. **他的羊群**：指多明我會的信眾。

125. **新的食品**：原文（第一二四行）"nova vivanda"，指世俗所貪的財貨。

127. **牧者**：指聖多明我。

132. **一點點……法衣**：由於緊跟聖多明我的信眾不多，拿一點點的布料去裁法衣，就夠所有的信眾穿了。

136. **你該……一部分**：但丁要獲得解答的問題（本章二五—二六行），只解答了一半，所以說「你該滿足了求知願望的一部分」。

137. **那株樹**：指多明我會。**遭到侵蝕**：遭多明我會的信眾侵蝕。

138. **我的補足**：指第十章第九十六行（「只要不迷途，就有美食可吃」）的條件分句「只要不迷途」（原文"u' ben s'impingua se non si vaneggia"中的"se non si vaneggia"）。

139. **『只要……可吃』**：這行重複第十章第九十六行。

第十二章

托馬斯・阿奎那說完了話，第一環光靈再度旋轉；一圈尚未結束，
第二環光靈已經成形，繞著第一環，以旋動向旋動、歌聲向歌聲答
覆。兩環光靈翕然共停間，方濟各會修士波拿文都拉開始說話，讚
頌多明我會的領袖聖多明我；然後聲討方濟各會的墮落，並向但丁
介紹第二環的光靈。

那朵真福的光焰，話剛說完
    （即最後一字的語聲剛出），
    神聖的圓輪再度開始旋轉。   3
圓輪旋轉著，一圈尚未結束，
    另一輪已經環繞著把它圍起，
    以旋動向旋動、歌聲向歌聲答覆。   6
那歌聲，由美妙悅耳的神笛
    奏出，遠勝我們的繆斯和美人魚，
    一如光源，非反照所能比擬。   9
就這樣，無始無終的玫瑰，徐徐
    編成雙環，圍繞著我們旋轉，
    讓外環回應內環的歌聲、步履；   12
就像朱諾的侍女，應主人的呼傳，
    令兩道平行而同色的彎弧
    在薄雲中拱現；外彎生自內彎，   15

太陽天——榮耀的光靈
就這樣，無始無終的玫瑰，徐徐／編成雙環，圍繞
著我們旋轉，／讓外環回應內環的歌聲、步履……
（《天堂篇》，第十二章，十一—十二行）

叫凡間的人預言：由於上主

　　和挪亞立了盟約，此後的大地

　　再不遭洪水淹沒。因單思之苦　　　　　　18

而飄忽的仙女曾憮然消逝，如水氣

　　在陽光下蒸發。上述的外虹

　　由內虹衍生時，與仙女的回聲無異。　　21

焰歌中，光映著光在欣然旋動，

　　組成盛大的慶典。當全部慶典

　　與舞蹈倏地停歇，快樂而雍容，　　　　　24

翕然和協地停歇於相同的時間，

　　就像雙目，按心意掀動之際，

　　在同一刹那間開啓或緊掩，　　　　　　　27

在煌煌新光之一的核心裏，

　　有聲音響起，叫我轉過身來，

　　如羅盤的指針向北辰擺移。　　　　　　　30

聲音說：「使我變得美善的敬愛，

　　正叫我談談另一位導師的言行。

　　這位導師，使吾師也大受舉抬；　　　　　33

提此即提彼，乃是地義天經。

　　由於二人爲同一目標而奮鬥，

　　二人的榮耀該一起煥發光明。　　　　　　36

基督的軍隊再度武裝的時候，

　　付過高昂的代價；跟隨軍旗

　　前進的寥寥士卒，都趑趄緩走；　　　　　39

而永遠統治天下的皇帝，

　　見士卒遇險就給予援手，非因

士卒嘉善，只因爲帝恩要攜提。　　　42
同時，正如上述，皇帝還引進
　　兩名衛士去援助新娘，以言行
　　召集偏離正道的各地教民。　　　45
在西歐的一個區域，泠泠
　　吹起柔和的西風，掀開新綠，
　　讓歐洲重新披上；其西的滄溟　　48
浪濤拍岸，太陽飛越了廣宇，
　　有時會在浪後隱沒，不讓
　　任何人得窺。從浪濤拍岸處東去　51
不遠，卡雷魯艾噶靜據一方，
　　在天寵中受大盾保護。大盾裏，
　　獅子既是臣下，又是君王。　　　54
基督教多情的臣子，就在該地
　　誕生。他是聖教的衛士。對同袍
　　寬厚大方；對敵人毫不姑息。　　57
自成形的一瞬起，他的頭腦
　　已經生氣勃勃，充滿了力量；
　　身在母體，即叫母親傳預兆。　　60
在洗禮盆前，他跟信仰
　　結爲夫妻，爲彼此帶來救贖。
　　當婚禮結束，賜雙方以禎祥，　　63
在儀式中代他作主的賢婦
　　做了個夢，看見聖果豐登，
　　日後會成爲他和子孫所出。　　　66
上天要讓他名實相配，乃顯聖

賜他嘉名。他完全向上主獻身，
　　名字也以主名的所有格見稱。　　　69
他叫多明我，在我的心目中，身分
　　跟園丁無異。挑選他的是基督。
　　他在基督的花園負佐從責任。　　　72
他的確像使者，服侍的大宅屬基督，
　　初顯的愛心以基督的第一義
　　為對象。該條教義導源於基督。　　　75
曾經多次，他默然臥地不起，
　　叫保姆發現時並沒有入睡，
　　彷彿在說：『這是我此來的目的。』　78
他父親菲力斯呀，是福有攸歸！
　　他母親卓凡娜呢，也名實相符；
　　名隨義立時，名實都沒有相違！　　81
今人為了世俗的名利而苦讀
　　那奧斯提亞人和塔德奧的著作；
　　多明我卻熱愛真真正正的甘露，　　84
很快就成了大師，學問淵博，
　　開始巡視葡萄園。園裏，種植者
　　一旦失職，葡萄很快就零落。　　　87
之後，多明我向宗座申請許可，——
　　並非許可他把兩份或三份公費
　　當六份去施捨，或謀取第一個空額，　90
non decimas, quae sunt pauperum Dei,
　　而是許可他抵抗世俗的邪說，
　　以捍衛種子。繞你的二十四株芳卉，　93

就由該種子萌生。教廷的宗座
　　曾善待正直的窮人；卻因座中人
　　頑劣（不是因宗座本身）而墮落。　　96
其後，旣富學問，又懷熱忱，
　　多明我以使徒的身分出擊，
　　恍如湍流從高山的湧泉下奔，　　99
搗向異端的荊棘，猛烈無比。
　　荊棘叢中，阻力最大的地方
　　所受的攻襲轟搗最是凌厲。　　102
之後，衆溪以他爲源頭湯湯
　　湧出，天主教的果園得以灌漑，
　　讓園中的樹苗茁長得蔥蒼。　　105
神聖教會自衛時有戰車承載；
　　戰場平亂時也乘戰車。如果
　　二輪之一有上述的雄才，　　108
你就明白，另一輪是如何超卓。
　　另一個車輪，我來這裏之前，
　　托馬斯已經有美詞加以評說。　　111
不過，由該輪的輞緣之頂在路面
　　印下的軌跡，已經被人拋棄；
　　原來有酒石的地方遭霉菌覆掩。　　114
聖方濟之家，出發時循他的足跡
　　一直向前方邁進；現在卻掉頭
　　而行，結果先行者與後來者對踢。　　117
不久，因耕作失誤而造成的歉收
　　就會出現。屆時，毒麥必埋怨

穀倉拒絕讓它們進入門口。　　　　　120
我當然承認，有誰把我們的書卷
　　一張張地翻查，仍會找到內容
　　如下的一頁：『我依然完好健全。』——123
並非由卡薩雷或阿夸斯帕塔提供；
　　兩地的人詮釋教規的角度，
　　是一個太狹窄，一個太寬鬆。　　　126
我是波拿文都拉的活靈魂，故土
　　是巴約瑞卓。我位居要津之際，
　　左手的事物總到最後才看顧。　　　129
伊魯米納托和奧古斯丁在這裏；
　　他們是赤腳的窮修士，繫繩於身
　　以結交上帝，而且是最早的一批。　132
聖維克多的雨格正伴著他們。
　　有書蠹彼得，和西班牙彼得同夥。
　　後者以十二冊小書輝耀於凡塵。　135
有先知拿單、大主教克里索斯托。
　　也有安瑟倫和多納圖。後者
　　曾經屈尊爲第一要藝而迷作。　　138
赫拉班也在這裏。在我左側
　　發光的是約克姆——卡拉布里亞的住持。
　　他獲賦異稟，有先知的才德。　　　141
托馬斯兄弟熱誠的禮讚、正直
　　得體的言辭使我大爲感動，
　　不得不頌揚這位傑出的勇士。　　　144
這批光靈的反應也跟我相同。」

註　釋：

1.　　**那朵眞福的光焰**：指托馬斯・阿奎那。

3.　　**圓輪**：指光靈的舞蹈。

7.　　**美妙悦耳的神笛**：原文（第八行）"dolci tube"，指唱歌的衆光靈。

8.　　**美人魚**：原文"serene"（serena 的複數）。但丁在這裏不用常見的"sirene"（sirena 的複數），大概是爲了避免引起貶義聯想，因爲"sirene"是半人半鳥的海上女妖塞壬($\Sigma\epsilon\iota\rho\hat{\eta}\nu\epsilon\varsigma$, Sirens)，唱歌時能令航海者觸礁身亡。

10.　　**無始無終的玫瑰**：在這裏，但丁把光靈比作玫瑰。由於光靈永生，所以說「無始無終」。

13.　　**朱諾**：英語 Juno（拉丁文 Iuno），在羅馬神話中相等於希臘神話的赫拉。**朱諾的侍女**：即彩虹女神伊麗絲($^{\backprime}I\rho\iota\varsigma$, Iris)。海神陶瑪斯($\Theta\alpha\acute{\upsilon}\mu\alpha\varsigma$, Thaumas)和厄勒克特拉($^{\backprime}H\lambda\acute{\epsilon}\kappa\tau\rho\alpha$, Electra)的女兒。《變形記》第一卷二七零—七一行這樣形容彩虹女神："nuntia Iunonis varios induta colores / concipit Iris aquas alimentaque nubibus adfert."（「朱諾的使者伊麗絲，穿著／多彩的長袍，吸起水分往雲裏輸送。」）

14.　　**兩道……彎弧**：指兩道平行而同色的彩虹。據希臘神話的說法，彩虹女神伊麗絲到凡間傳遞朱諾的信息時，就會在天空留下彩虹。

16-18.　**由於上主／……淹沒**：在《創世記》第九章第八—十七節裏，上主和挪亞訂了盟約，此後不再叫洪水淹沒大地。

18-20.　**因單思之苦／……蒸發**：希臘神話中的仙女厄科，因單戀那

喀索斯而憔悴死去，剩下一縷飄忽的回聲。參看《天堂篇》第三章第十七行註。

20-21. **上述的外虹／……無異**：但丁時代的人相信，兩條彩虹同時出現時，外虹是內虹的反映或回聲。

31. **聲音**：指聖波拿文都拉（Bonaventura，約一二一七——一二七四）。波拿文都拉，原名卓凡尼・迪菲丹扎(Giovanni di Fidanza)，在意大利托斯卡納巴約瑞卓(Bagnoregio)出生。加入方濟各會，後來成為著名的神學家、經院哲學家。一二三六至一二四二年在巴黎求學，其後任哲學兼神學教授。一二五六——一二七四年任方濟各會總會長，一二七二年任樞機主教。著有聖方濟傳記、《彼得・郎巴德〈箴言四書〉註疏》、《論三位一體的奧秘》等書。有「天使博士」("doctor seraphicus")之稱。詳見 Toynbee, 105, "Bonaventura"條；《基督教詞典》頁六五。

32. **另一位導師**：指多明我（Domingo de Guzman，一一七零——一二二一，一譯「多米尼克」）。西班牙貴族，約於一一七零年在布爾戈斯(Burgos)出生。年輕時即有賢德，攻擊心目中的異端，不遺餘力。一一九六年入奧斯馬隱修院。一二一五年在法國圖盧茲創立多明我會（亦稱「佈道兄弟會」）。一二一六年獲教皇洪諾留三世(Honorius III)承認。曾代表教皇英諾森三世到法國的郎格多克(Languedoc)排斥「異端」。一二二一年卒於波隆亞。一二三四年獲教皇格列高利九世祝聖，成為聖多明我。詳見 Toynbee, 232, "Dominico"條；《基督教詞典》頁一二五。

33. **吾師**：指聖方濟。**大受舉抬**：阿奎那因為敬愛自己的老師聖多明我，在上文稱讚波拿文都拉的老師聖方濟，使聖方濟「大

受舉抬」。參看第十一章四零—四一行。

37-38. **基督的軍隊⋯⋯代價**：基督的軍隊因人類犯罪而潰散，需要基督本身在十字架上受難（「付過高昂的代價」）才能再度武裝起來。

38. **軍旗**：指十字架。

40. **永遠統治天下的皇帝**：指上帝。

41-42. **非因／⋯⋯嘉善**：非因基督教（「士卒」）值得上帝給予援手。

43. **正如上述**：指阿奎那在第十一章二八—三二行所說。

44. **兩名衛士**：指聖方濟和聖多明我。

46-54. **在西歐⋯⋯又是君王**：這九行寫聖多明我的出生地。

46. **西歐的一個區域**：指西班牙。

46-47. **泠泠／吹起⋯⋯西風**：西班牙在歐洲西部，是西風所自起。

48. **其西的滄溟**：指大西洋。

49-51. **太陽⋯⋯得窺**：指夏至的時候。**廣宇**：原文（第五十行）"lunga foga"，意為「漫長的旅程」。夏至時，太陽在天宇的旅程特別長（因此白晝也特別長）。

52. **卡雷魯艾噶**：Caleruega，卡斯蒂利亞(Castilla)的一個村落，聖多明我的出生地。

53. **在天寵中**：原文（第五十二行）"fortunata"。卡雷魯艾噶是聖多明我的出生地，所以說「在天寵中」。

53-54. **受大盾保護⋯⋯又是君王**：卡斯蒂利亞王的盾上刻有紋章，上面繪有兩隻獅子、兩座城堡。城堡在上的一邊，獅子在下；獅子在上的一邊，城堡在下。卡雷魯艾噶受卡斯蒂利亞王保護，所以說「受大盾保護」。

55. **多情的臣子**：指聖多明我。聖多明我對基督教之多情，猶聖

方濟對窮苦之多情（參看《天堂篇》第十一章五八—七五行）。

56-57. **對同袍／寬厚大方**：對同屬基督隊伍的人（「同袍」）寬厚大方。

58-60. **自成形的一瞬起……預兆**：據傳說，多明我母親懷胎時，夢見一隻黑白二色的狗，口啣火炬。於是後人附會，說黑白是多明我修會的服色。口啣火炬，象徵多明我以火炬照亮世界。而拉丁文 Dominicani（英語 Dominicans，指多明我會修士）一詞，又與 Domini（上主的）和 canes（群狗）附會；指基督教徒對異端殘酷無情，一如上主的群狗。參看第五十七行：「對敵人毫不姑息」。

61-62. **在洗禮盆前……救贖**：但丁再度按天主教傳統，以結婚意象寫聖多明我。參看《天堂篇》第十一章六一—六二行。

64-66. **在儀式中……子孫所出**：據傳說，聖多明我的教母（「在儀式中代他作主的賢婦」），夢見多明我額上有一顆星（象徵多明我以基督的真理啓迪世界，照亮世界）。

69. **名字也以……自稱**：多明我的拉丁名字是 Dominicus，即 Dominus（主；上主）的屬格，意思是「上主的」，「屬於上主的」，象徵多明我「完全向上主獻身」（第六十八行）。《煉獄篇》第十三章一零九—一一零行所舉，也是以名寫人的一個例子。

70-72. **他叫……責任**：聖多明我是「基督的花園」（指教會）的園丁。

74-75. **初顯的……源於基督**：「基督的第一義」，有不同的說法。一般論者認爲指《馬太福音》第五章第三節："beati pauperes spiritu, quoniam ipsorum est regnum caelorum."（「虛心的人有福了！／因爲天國是他們的。」）。參看 Bosco e Reggio,

Paradiso, 199; Chiappelli, 400; Mattalia, *Paradiso*, 224; Pasquini e Quaglio, *Paradiso*, 174; Sapegno, *Paradiso*, 163-64; Vandelli, 816; Villaroel, *Paradiso*, 400; Singleton, *Paradiso 2*, 212; Sisson, 684-85。在《神曲》中，基督神聖無匹，因此「基督」一詞只與「基督」押韻（七一、七三、七五行："sì come de l'agricola che Cristo /……/ Ben parve messo e famigliar di Cristo; /……/ fu al primo consiglio che diè Cristo."）。在《天堂篇》第十四章一零四、一零六、一零八行；第三十二章八三、八五、八七行，押韻的情形也相同。

78. **『這是我此來的目的』**：這行遙應《馬可福音》第一章第三十八節："ad hoc enim veni"（「因為我是為這事出來的」）。多明我的意思大概是：我來到世上，不是為了享福，而是為了受苦、奮鬥（躺在地上保持警醒，而不是躺在床上入睡）。

79. **菲力斯**：原文"Felice"，聖多明我父親的名字，意為「幸福」。
    福有攸歸：指聖多明我的父親有這樣的麟兒，名副其實，是真正的「幸福」。

80. **卓凡娜**：原文"Giovanna"，聖多明我母親的名字，希伯來原文的意思是"Domini gratia"（「神恩」）。指多明我母親有這樣的麟兒，是名副其實的「卓凡娜」。參看 Sapegno, *Paradiso*, 164。

83. **奧斯提亞人**：指恩里科・達蘇薩(Enrico da Susa)，一二六一——一二七一年任奧斯提亞(Ostia)樞機主教(cardinal bishop)。一二七一年卒。曾註釋羅馬教皇的教令(decretals)。**塔德奧**：所指是誰，迄今未有定論。一說指翡冷翠人塔德奧・達爾德羅托(Taddeo d'Alderotto)。達爾德羅托是醫生，有著作論述希波克拉底和蓋侖（Claudius Galenus 或 Galen）。卒於一二

九五年。參看 Chiappelli, 400; Sapegno; *Paradiso*, 164; Villaroel, *Paradiso*, 101-102。一說指塔德奧・德佩坡利(Taddeo dei Pepoli)。德佩坡利是教會法(canon law)和法理學的專家,與但丁同時。參看 Singleton, *Paradiso 2*; Sisson, 685。

84. **眞眞正正的甘露**:指眞正的智慧。

86. **葡萄園**:指教會。

88. **宗座**:指教廷中教皇的權位。當時的教皇是英諾森三世。多明我要成立修會,乃於一二零五年到羅馬教廷申請許可。

89-90. **把兩份……去施捨**:意爲:只把慈善公費的三分之一或二分之一施捨給窮人;剩下的拿來中飽私囊。**謀取第一個空額**:意爲:謀取第一個肥缺。

91. **non decimas, quae sunt pauperum Dei**:拉丁文,意爲「不是爲什一稅;什一稅屬於上帝的窮人」。所謂「什一稅」,是「歐洲中世紀基督教會向當地居民普遍徵收的一種宗教捐稅」(《基督教詞典》,頁四六四)。

92. **許可他……世俗的邪說**:許可他(多明我)佈道,抵抗當時的邪說。所謂「邪說」,主要指普羅旺斯的阿爾比派(Albigensian)「異端」。

93. **種子……芳卉**:「種子」,指基督教正確的信仰;圍繞但丁的二十四位光靈(「芳卉」),由這一「種子」萌生。

94-95. **教廷的宗座/……窮人**:「曾」字譯原文的"fu gia"。"fu"(「是」)是 essere 的遠過去時(passato remoto);言下之意,指現在的宗座不再善待窮人。

95-96. **卻因座中人/……墮落**:宗座本身依然如故;也就是說,一直完好無損;只是佔據宗座的人敗壞墮落,今日的教會才變得這麼窳劣。在這裏,但丁是影射教皇卜尼法斯八世。

98. **使徒的身分**：多明我要成立修會，向教廷申請，於一二一六年獲教皇洪諾留三世批准。因此他傳道時，有了使徒（多明我會修士）身分。

101. **阻力最大的地方**：指普羅旺斯。在天主教會眼中，普羅旺斯的阿爾比派是最頑強的異端。一二零五年至一二一四年，多明我一直在駁斥阿爾比派，務必要他們改邪歸正。

103-04. **眾溪……湧出**：多明我修會的數目越來越大。就像多條溪流，從「源頭」（多明我）湧出。

105. **讓園中……蔥蒼**：指天主教徒的信仰更趨堅定，就像樹苗變得更蒼翠、更繁茂。

106. **戰車**：原文"biga"，指兩輪戰車。兩輪象徵聖方濟和聖多明我的兩個修會。

107. **平亂**：指平定異端。

109. **另一輪**：指聖方濟。

111. **托馬斯**：指托馬斯・阿奎那。**美詞**：指《天堂篇》第十一章托馬斯・阿奎那對聖方濟的稱頌。

112. **該輪**：指方濟各修會。**輞緣之頂**：象徵聖方濟或方濟各會早期的會士勝過來者。

113. **已經被人拋棄**：指方濟各修會後來的修士，不再遵循前人的道路。

114. **原來……覆掩**：酒桶有酒石，表示桶中的酒是好酒；有霉菌，表示桶中的酒是壞酒。

115. **聖方濟之家**：指方濟各修會。**他**：指聖方濟。

116-17. **現在……對踢**：指方濟各修會分成兩派：屬靈派（意大利文 Spirituali，英文 Spirituals）和住院派（意大利文 Conventuali，英文 Conventuals）。屬靈派堅持托鉢傳統，嚴守原始會規；

住院派主張修士在修院中生活，不再托鉢行乞。兩派互相衝突傾軋，驚動了多任教皇。最後，住院派於一三一七——三一八年獲教皇約翰二十二世支持。結果屬靈派遭到譴責，要另外成立「小兄弟會」("Fraticelli")。

119. **毒麥**：比喻方濟各會的壞修士。有的論者認為，「毒麥」指一三一八年方濟各修會一批被開除教籍的修士。參看 Villaroel, *Paradiso*, 103; Sinclair, *Paradiso*, 182; Singleton, *Paradiso 2*, 216。

120. **穀倉**：比喻天堂。Pasquini e Quaglio (*Paradiso*, 177) 稱為 "regno dei cieli"。參看《馬太福音》第十三章第二十四—三十節：

> "Simile factum est regnum caelorum homini qui seminavit bonum semen in agro suo……. 'Sinite utraque crescere usque ad messem : et in tempore messis dicam messoribus : Colligite primum zizania, et alligate ea fasciculos ad comburendum : triticum autem congregate in horreum meum.'"
>
> 「天國好像人撒好種在田裏，……『容這兩樣一齊長，等著收割。當收割的時候，我要對收割的人說，先將稗子薅出來，捆成捆，留著燒；惟有麥子要收在倉裏。』」

121. **我們的書卷**：指方濟各修會。

122. **一張張地翻查**：指檢視方濟各修會的個別修士。

122-23. **仍會找到……『我依然完好健全』**：意為：仍會找到遵循修會昔日美德的修士。「**我依然完好健全**」：這是方濟各修會

的會規。

124-26. **並非由……寬鬆**：卡薩雷(Casale)的鳥貝爾提諾(Ubertino)是方濟各會屬靈派領袖，生於一二五九年，卒於一三三八年。阿夸斯帕塔的馬特奧・本提維亞(Matteo Bentivegna d'Acquasparta)於一二八七年是方濟各修會的總會長，後來任樞機主教。前者主張狹義詮釋修會的規條；後者主張廣義詮釋。爭持中，後者獲勝。結果方濟各會漸漸敗壞。卡薩雷是意大利北部的一個城鎮，距都靈(Torino)不遠。阿夸斯帕塔是翁布里亞(Umbria)的一個村子。

127. **波拿文都拉**：參看第三十一行註。

129. **左手的事物**：指世俗的事物（即富貴）。參看《箴言》第三章第十六行。

130. **伊魯米納托**：Illuminato，意大利里埃提(Rieti)人，聖方濟早期弟子。**奧古斯丁**：Augustin，聖方濟早期弟子，阿西西人。一二一零年加入方濟各修會。

131. **繫繩於身**：聖方濟的追隨者都以粗繩繫身。參看《天堂篇》第十一章第八十七行。

133. **聖維克多的雨格**：Hugues de St-Victor，十二世紀伊普雷（Ypres，或 Ieper，一譯「伊普爾」，即今日比利時的伊珀爾）的神秘主義神學家，原籍日爾曼，約生於一零九七年，卒於一一四一年。曾在巴黎附近的聖維克托(St-Victor)修院學校任校長。是貝爾納（明谷的）的好友。受柏拉圖和奧古斯丁影響。強調「救贖」觀念，認為信仰先於理性，超越理性的真理是最高的真理。著作等身，其中包括《基督教奧跡論》、《箴言總述》等。對托馬斯・阿奎那有頗大影響。參看《基督教詞典》，頁六一五；Bosco e Reggio, *Paradiso*, 204;

Toynbee, 626, "Ugo da San Vittore"條; Singleton, *Paradiso 2*, 219-20。

134. **書蠹彼得**：意大利文"Pietro Mangiadore"，拉丁名 Petrus Comestor，意爲「書蠹」。因酷愛讀書得名。法國特魯瓦 (Troyes)人。聖維克多修院的牧師會成員。卒於一一七九年。參看 Bosco e Reggio, *Paradiso*, 205; Sapegno, *Paradiso*, 169; Singleton, *Paradiso 2*, 220。**西班牙比得**：Petrus Hispanus。約於一二二五年在里斯本出生，卒於一二七七年。曾任大主教；一二七六年任教皇，成爲約翰二十一世(Joannes XXI)。在醫學、邏輯方面都有著作。

135. **十二冊小書**：指西班牙彼得的《邏輯小全》(*Summulae logicales*)。該書共有十二冊(原文"dodici libelli"的直譯是「十二本小書」)。

136. **先知拿單**：一譯「納堂」。《舊約》的先知。大衛殺害部將烏利亞，霸佔其妻拔示巴。拿單奉耶和華之命譴責大衛。其後，扶立所羅門爲王。參看《撒母耳記下》第十一一十二章。
大主教克里索斯托：約翰・克里索斯托(John Chrysostom)。希臘名字Χρυσόστομος，意爲「金口」，指他能言善辯。約生於三四五年，是君士坦丁堡的大主教。卒於四零七年。著有大量佈道文。參看 Toynbee, 205-206, "Crisòstomo"條; Singleton, *Paradiso 2*, 221。

137. **安瑟倫**：意大利文"Anselmo"，拉丁文 Anselmus，英文 Anselm。一零三三年生於意大利阿奥斯塔(Aosta)。神學家、經院哲學家、唯實論者、本篤會修士，一零九三至一一零九年任坎特伯雷大主教。認爲信仰是理解的基礎。卒於一一零九年。著作豐富，其中包括《獨白篇》(*Monologion*)、《證

道篇》(*Proslogion*)等。**多納圖**：全名埃利烏斯・多納圖(Aelius
Donatus)，四世紀的羅馬學者，精於語法，哲羅姆
（Hieronymus，約三四二—四二零）的老師。對維吉爾有深
入研究。其《語法藝術》(*Ars grammatica*)在中世紀甚受歡迎。

138.　**第一要藝**：在中世紀，語法是七藝中的第一藝。

139.　**赫拉班**：全名 Rabanus（或 Hrabanus）Maurus Magnentius。
生於七七六年，卒於八五六年。德國史學家・神學家，本篤
會修士，邁因茨(Mainz)大主教。曾評註《聖經》。Pasquini
e Quaglio (*Paradiso*, 179)稱爲"poligrafo"（「多產作家」）。

140.　**約克姆**：意文名字"Giovacchino"，英文名字 Joachim。約於
一一四五年生於意大利卡拉布里亞(Calabria)的切利科
(Celico)，約卒於一二零二年。曾任卡拉布里亞科拉佐
(Corazzo)修道院院長。本身是西多會修士(Cistercian)，支持
教會改革，對方濟各會的屬靈派有深遠影響。曾著書評述《啓
示錄》。預言新世界會來臨。遭教會（尤其是波拿文都拉）
大力攻擊。

142-43. **托馬斯⋯⋯言辭**：指托馬斯・阿奎那在上一章稱讚聖方濟的
話。

144.　**這位傑出的勇士**：指聖多明我。

145.　**這批光靈**：指波拿文都拉所介紹的十一位光靈。

第十三章

但丁先以星座比喻兩環光靈。然後，托馬斯・阿奎那再度說話，解答但丁在第十一章所想的第二個疑問。阿奎那指出，人類最高的智慧已經由上帝給了亞當和基督；上帝給所羅門的，只是王者之智。因此，阿奎那說「再沒有智者會如此穎悟」（第十一章第二十六行），是相對於其他君王而言，並不是指全人類。換言之，君王之中，以所羅門最智慧。接著，阿奎那勸世人不要貿然立論；同時列舉例證，強調上帝的觀點非世人所能窺測。

有誰想徹底領悟我此刻所睹，
　　就請他想像（並在我述說的時候，
　　把心目所見，岩石般牢牢記住）　　　3
十五顆大星把天域的每一陬
　　照亮。那輝耀穹蒼的盛大光芒，
　　足以把空間所有的翳障射透。　　　6
請他想像北斗：在白晝，在晚上，
　　我們的天穹給七星充裕的胸襟，
　　在斗柄運轉時讓它們大小如常。　　　9
請他想像尖角之口：軸心
　　所在處是角頂，而第一輪則運轉
　　不息，繞著軸心讓大能牽引——　　　12
想像這一切在穹蒼組成兩環

星宿，一如米諾斯的女兒感到

死亡的冷冽時所編的雙重星冠。　　　15

其中一環的光芒爲另一環裏包；

兩者轉動時依循特定的軌轍，

一環在前，另一環在後旋繞。　　　18

要揣度眞星宿，揣度雙環舞如何

繞著我們的立足點運行，這樣

去推求，眞像的影子就庶幾可得。　21

因爲實況遠超凡人的估量，

一如九重天，運轉比諸天迅疾，

非格阿納河的流速所能想像。　　　24

那裏不歌頌巴克科斯，不歌頌神祇

阿波羅；只歌頌三位一體的神性，

頌神性、人性共存於一人的肉體。　27

齊聲歌唱和旋繞之舞旣竟，

聖潔的光靈就望向我們這邊，

欣然爲另一項工作讓歌舞暫停。　　30

然後，正當衆光靈和翕一片，

一光打破了寂靜。該光的內部

曾講述神的窮漢一生良賢。　　　　33

該光說：「我旣然打了第一捆穀，

打下的顆粒也已貯藏了起來，

慈愛此刻正叫我打另一束。　　　　36

一條肋骨從一個人的肢骸

取出，獲得賦形，成爲妖嬈

美麗的容顏，因口饞叫舉世蒙災，　39

去付出沉重的代價。另一人，長矛

　　洞穿了胸膛後，把過去和未來救贖，

　　並抵盡秤上的罪愆。兩者的懷抱，　　42

你相信獲創造他們的大能灌注

　　光芒；你相信，這光芒無與倫比，

　　是人性所能臻達的最高限度。　　45

因此，我剛才的話叫你驚奇。

　　我剛才說：世間再沒有第二人，

　　能跟第五朵光焰的慧善匹敵。　　48

現在我給你答案。你張眼凝神，

　　就得睹你的信仰和我的描述

　　相疊於真理，彷彿向圓心齊奔。　　51

無論朽或不朽，宇宙萬物

　　都只是一個理念所放的華彩。

　　該理念，是充滿大愛的天父所出。　　54

湧自光源的活光既不會離開

　　光源，也不會擺脫跟光源、理念

　　一起結合成三位一體的大愛。　　57

如明鏡映耀，由於本善的驅遣，

　　活光把光芒聚集於九個實體，

　　本身則始終如一，狀態不變。　　60

由九個實體向最末的力量推移，

　　按次第下降，形成千態萬殊，

　　結果只發揮短暫而偶然的效力。　　63

所謂『偶然的效力』，指後天所出

　　所產的萬物——諸天運轉飛揚，

靠種子或非種子創造的萬物。　　　　66
萬物的蠟模以及塑模的力量
　　不會始終如一；由理念之鈐
　　蓋壓，光芒透射時就有弱有強。　　69
結果乃有以下的情形出現：
　　同一種樹木，果子有壞有好；
　　你們出生，也就有愚魯俊彥。　　　72
如果蠟料被塑得完美可靠，
　　而諸天的偉力又盛大無儔，
　　鈐印的光輝就會展露全貌。　　　　75
不過大自然總使這光輝打折扣，
　　操作運轉時，情形跟工匠相同：
　　雖有技藝，但也有震顫的雙手。　　78
可是，熾熱的大愛如果推動
　　太初的大能，使其澄明的靈光
　　化爲鈐印，就可竟完美之功。　　　81
塵土一度有生命的屬性而不枉
　　至善的名聲，就是這個道理。
　　童貞女妊娠，也是相同的情況。　　84
因此，我贊成你剛才的命題：
　　上述二人的稟賦，他人不能夠
　　獲得，過去和將來都無從盼企。　　87
好啦，要是我談到這裏就住口，
　　你就會提出質疑而這樣問我：
　　『那麼，另一個怎會沒有匹儔？』　90
如果你要把隱晦的道理窺破，

就請你想想，他是何許人；獲吩咐

　　『你可以求』時，有甚麼東西想求索。　93

我的話並不艱澀；你聽後該清楚，

　　我所指的是君王。他祈求智慧，

　　好讓自己有充足的條件當人主；　96

而不是要得知，在這重高天，運推

　　天體的威靈有多少；不是要得知，

　　necesse 和偶然前提有沒有 necesse 追隨；99

si est dare primum motum esse；也不是

　　要得知，處於一個半圓形裏面，

　　三角形能否避得過直角的控持。　102

你記住這一點以及我先前所言，

　　就明白我的意矢所射的侯鵠

　　是王者之智，即前述的無匹睿見。　105

而　『沒有』一詞（你如果辨得清楚，

　　就會明白），只可以形容君王

　　（君王雖多，賢君卻寥寥可數）。　108

這樣去理解我所說的情況，

　　我的話就跟你的信仰相契，

　　形容元祖和至樂時並無差爽。　111

請讓這一點成爲重鉛，長繫

　　你的雙足，逼你像倦魂緩行，

　　明理前說『是』說『否』都不會太急。　114

因爲說『是』也好，『否』也好，不分清

　　皂白就貿然武斷，結果必然

　　與傻瓜爲伍，淪爲極劣的心靈。　117

理由在於：論斷時匆匆批判，

　　往往會在理念上傾向偏差；

　　結果感情會成爲理智的羈絆。　　　　　120

一個人要網眞理而不得其法，

　　比徒然解纜出海要糟得多，

　　因爲他歸時會異於啓航的刹那。　　　　123

關於這一點，世間的證據昭焯：

　　巴門尼德、梅里索斯、布里松

　　和許多亂闖的人都屬這一伙；　　　　　126

撒伯里烏、阿里烏也相同。

　　還有衆笨伯，把《聖經》歪曲，

　　如劍刃照人時歪曲正常的面孔。　　　　129

世人哪，你們也不要太自信，匆遽

　　就評這評那，像一些蠢人，五穀

　　在田中未熟，就認爲可以收蓄。　　　　132

因爲，我見過狀如荆棘的叢樹，

　　首先在整個冬天都顯得兇硬，

　　其後卻能在頂端讓玫瑰冒出。　　　　　135

我也見過船隻，平穩而輕靈，

　　在海上的整個航程不倚不偏，

　　卻在最後入港時翻沉殞命。　　　　　　138

萬能夫人和先生啊，你們看見

　　甲在強搶，乙在奉獻時，別以爲

　　你們所見就是聖父的觀點；　　　　　　141

因爲甲可以上升，乙可以下墜。

註　釋：

3.　　　**心目**：因為是想像，所以說「心目」（心中之目）。

4-24.　**十五顆大星……所能想像**：這節以二十四顆亮星比擬圍著但
　　　　丁舞蹈的兩環光靈，寫光靈的光芒如何盛大。二十四顆亮
　　　　星，是十五顆大星和大熊座、小熊座的九顆星。

4.　　　**十五顆大星**：根據中世紀流行的天文學（即托勒密天文學），
　　　　天域的一等星（即最亮的星星）共有十五顆。

8.　　　**七星**：大熊星座由七顆星組成。在北半球仰觀，這七顆星永
　　　　遠不會消失。大熊星座，意大利語稱“Orsa　Maggiore”或
　　　　“Carro”（直譯是「四輪運貨大馬車」）；英語稱“Wain”（直
　　　　譯也是「四輪運貨大馬車」），因為古代的意大利人和英國
　　　　人，都覺得大熊星座形如車子。細加區分，大熊星座叫“Gran
　　　　Carro”（「大型四輪運貨大馬車」）；小熊星座叫“Piccolo
　　　　Carro”（「小型四輪運貨大馬車」）。此外，大熊星座的北
　　　　斗七星又稱“the Big Dipper”（直譯是「大勺」）；小熊星座
　　　　的七顆主星又稱“the Little Dipper”（直譯是「小勺」）。

10.　　**尖角之口**：小熊座的形狀像尖角，最亮的兩顆星在角尖，角
　　　　尖的最末處是北極星，天軸（意大利文 asse celeste，英文
　　　　celestial axis）以北極星為中心。形成尖角之口的兩顆星，
　　　　離北極星最遠。

11.　　**第一輪**：指諸天每日由東向西的旋繞。

12.　　**大能**：神的力量。

13.　　**這一切**：指上述的二十四顆星。

14-15.　**一如米諾斯的女兒……雙重星冠**：米諾斯(Mívωs, Minos)的

女兒阿里阿德涅('Αριάδνη, Ariadne)遭忒修斯拋棄後，獲酒神狄奧尼索斯娶爲妻子。酒神爲了讓她與不朽的星子一起輝耀，把她的后冠送到天上，成爲北冕座(Corona Borealis)。參看《變形記》第八卷一六九—八二行。不過《變形記》原文沒有提到阿里阿德涅「感到／死亡的冷冽」("senti di morte il gelo")。有關米諾斯的生平，參看《地獄篇》第五章第四行註。

19.　　**眞星宿**：原文（十九—二十行）"vera / costellazione"。指二十四名光靈。稱爲「眞」，是因爲眾光靈所發的光是眞光。

23.　　**九重天**：指原動天(Primum Mobile)。原動天的速度比其餘運行的諸天都高。

24.　　**格阿納河**：Chiana，托斯卡納郡的一條河，水流緩慢。

25.　　**巴克科斯**：Βάκχος (Bacchus)，即酒神狄奧尼索斯。

25-26.　**不歌頌神祇／阿波羅**：原文爲"non Peana"。"Peana"是唱給阿波羅的頌歌，也是阿波羅的另一個稱號。

27.　　**頌神性……肉體**：歌頌神性和人性共存於基督的肉體。

28.　　**齊聲……既竟**：意爲：歌聲和舞蹈同時停止的時候。

29.　　**聖潔的光靈**：指二十四名光靈。

30.　　**欣然爲另一項工作……暫停**：爲了跟但丁和貝緹麗彩談話，欣然讓歌舞暫停。

32.　　**一光**：指托馬斯・阿奎那的光靈。

33.　　**神的窮漢**：指聖方濟。

34.　　**打了第一捆穀**：指阿奎那解答了但丁的第一個疑問。但丁有兩個疑問。分別由《天堂篇》第十章第九十六行的「只要不迷途，就有美食可吃」和第一一四行的「世間再沒有智者會如此穎悟」引起。參看《天堂篇》第十一章二五—二六行；

一三三—三九行。

37-40. **一條肋骨……沉重的代價**：意爲：夏娃由亞當的肋骨造成，樣貌美麗，因貪吃禁果（「口饞」）而叫所有後代（「舉世」）「蒙災」。

40. **另一人**：指基督。

41. **把過去和未來救贖**：意爲：把基督受難前和受難後的所有人類救贖。參看《天堂篇》第七章一一二—一二零行。

42. **抵盡秤上的罪愆**：指贖盡人類的罪惡。

43-48. **你相信……匹敵**：既然亞當和基督的智慧（「光芒」）「無與倫比」，爲甚麼我剛才又說「世間再没有第二人，／能跟第五朵光焰（即所羅門王的光焰）的慧善匹敵」呢？

50-51. **就得睹……齊奔**：意爲：就得睹眞理。眞理如圓心，只有一個；圓周的每一點都向圓心奔赴。

52. **朽或不朽**：天使、諸天、人類的靈魂眞接由上帝創造，都長存不朽；其餘的萬物並非由上帝直接創造，都短暫可朽。這裏概括了宇宙裏有生命和無生命的萬物。

53. **一個理念**：指道，即聖子。

54. **充滿大愛的天父所出**：言下之意是：天父創造萬物，是出於大愛。

55. **湧自光源的活光**：指聖子。**光源**：指聖父。

57. **結合成三位一體**：原文"s'intrea"（不定式 intrearsi），是但丁所創的詞，直譯是「成爲三位一體之一」（指聖靈與聖父、聖子結合）。"intrearsi" 的定義是："unirsi come terzo a qlcu., porsi come terzo tra altri due"(*Dizionario Garzanti della lingua italiana*, 891)。**大愛**：指聖靈。聖靈與聖父（「光源」）、聖子（「理念」）結合爲三位一體。

58. **如明鏡映耀**：九級天使反映聖子的光芒，然後傳諸萬物。**本善**：聖父的理念，是自然而然的善，不假外求，所以稱爲「本善」。

59. **九個實體**：指九級天使。

61-63 **由九個實體……偶然的效力**：九級天使透過諸天把大能傳送，創造了宇宙的千態萬殊。大能傳到最低層次，就創造出短暫而偶然的生物（如動物）、無生物（如植物），以及較粗糙的物質（如礦物）。

67-72. **萬物的蠟模……愚魯俊彥**：萬物的質地不同，是因爲諸天傳遞的力量互異。情形就像蠟模受鈐印蓋壓一樣：由於蠟模和鈐印蓋壓的力量都有分別，結果乃有各種形態。

76-78. **不過大自然……震顫的雙手**：不過諸天（「大自然」）傳遞神的理念時，效果不會十全十美，就像工匠施工時雙手會震顫，不能把理想付諸實現。

79-81. **可是……完美之功**：可是，如果聖靈（「熾熱的大愛」）推動聖父（「太初的大能」），使聖子（「澄明的靈光」）成爲塑造萬物的鈐印，受造的生物就會十全十美（如天使和諸天）。

82-84. **塵土……情況**：亞當和基督都有人的屬性（「塵土……有生命的屬性」）；由於兩人獲聖父直接賦生，所以十全十美，不愧是神的創造（「不枉／至善的名聲」）。**至善**：指十全十美的生靈。至於亞當墮落後不再完美，則屬後話。

85-87. **你剛才的命題：／……盼企**：指本章四三—四五行。**上述二人**：指亞當和基督。

90. **另一個**：指所羅門王。

92. **他**：指所羅門王。

92-93. **獲吩咐／『你可以求』時……求索**：所羅門王夢見神問他想
要甚麼；所羅門王就回答說，他想要智慧。於是，神就給他
智慧。參看《列王紀上》第三章第五—十二節。在該章第十
一—十二節裏，神這樣說：

> Quia postulasti verbum hoc, et non petisti tibi dies multos,
> nec divitias aut animas inimicorum tuorum, sed postulasti
> tibi sapientiam ad discernendum iudicium, ecce feci tibi
> secundum sermones tuos, et dedi tibi cor sapiens et
> intelligens, in tantum ut nullus ante te similis tui fuerit nec
> post te surrecturus sit .
>
> 你既然求這事，不為自己求壽、求富，也不求滅絕你仇
> 敵的性命，單求智慧可以聽訟，我就應允你所求的，賜
> 你聰明智慧，甚至在你以前沒有像你的，在你以後也沒
> 有像你的。

95. **我所指的是君王**：指所羅門王。

97-102. **不是要得知……控持**：不是要問神學問題（推動諸天的天使
有多少）、辯證問題（必然和偶然的問題能否導致必然的結
論）、哲學問題（有沒有不倚靠其他動力的原動力）、幾何
問題（半圓中，以直徑的兩端和圓周的任何一點繪畫一個三
角形，靠近圓周的角是否可以不成直角；也就是說，在半圓
中，是否可以繪畫一個非直角三角形）。

103. **我先前所言**：指第十章第一一四行：「世間再沒有智者會如
此穎悟」。

104. **我的意矢所射的侯鵠／是王者之智**：意思是：我所指的是王

者之智。但丁在這裏再用射箭意象。

106-08. **而『沒有』一詞……（寥寥可數）**：托馬斯・阿奎那的意思是：我說「世間再沒有智者會如此穎悟」，指沒有君王像所羅門那麼穎悟；不是指所有人類都比不上他（也就是說，不是以亞當、基督跟所羅門比較）。在原文中，"surse"是「出現」的意思。爲了照顧漢語習慣，在這裏沒有直譯，而代之以「沒有」。

111. **元祖**：指亞當。亞當是人類最早的始祖。**至樂**：原文"nostro Diletto"（直譯是「我們的快樂」），即基督。基督能拯救世人，所以是「我們的快樂」。

112-13. **請讓這一點……緩行**：托馬斯・阿奎那叫但丁就這一事例吸取教訓；此後，在徹底明白道理前不要急於下結論。

123. **因爲他歸時會異於啓航的刹那**：他啓航時的不足，不過是未獲眞理；可是，啓航後，網取眞理而不得其法，歸航時不但得不到眞理，而且會得到謬誤，結果比啓航時更糟，無異是徒然出海。一二一一二三行用了捕魚意象，把眞理比作魚。

125. **巴門尼德**：Parmenides，公元前五世紀希臘哲學家，約於公元前五一三年生於意大利埃利亞(Elea)，是埃利亞學派代表。受過畢達哥拉斯派的影響，本身又影響了柏拉圖的理念論。其學說與赫拉克利特的學說相反，認爲「萬物的本原不是物質，而是抽象的永恆的存在；『存在』不生不滅，無始無終，絕對靜止。……人們所感知的事物的運動和變化，是虛妄的，不可思議的……」(《世界歷史詞典》，頁一零零)。卒年不詳。著有詩篇《論自然》。**梅里索斯**：Melissus，公元前五世紀的希臘哲學家，薩摩斯(Σάμος, Samos)人，巴門尼德的弟子。**布里松**：Bryson，希臘哲學家，一說是歐幾里

德的弟子，曾設法以圓求方（意大利文稱"quadratura del
circolo"），即求與圓面積相等的正方形。亞里士多德曾提
到他。有關以圓求方的比喻，參看《天堂篇》第三十三章一
三三—三五行。

127.　**撒伯里烏**：Sabellius，基督教眼中的散播異端者。生於北非
利比亞。由於反對三位一體的說法，被開除教籍。約卒於公
元二六五年。**阿里烏**：Arius（約二六零—三三六），亞歷
山大里亞的長老，擅長修辭、詩歌，阿里烏派(Arians)的創
始人，基督教眼中的散播異端者。認爲聖子和聖父不是同
性、同體，聖子低於聖父，是聖父的從屬；聖靈則是聖子所
造，地位又低於聖子。其學說影響頗大。公元三二五年，其
學說被尼西亞大公會議定爲異端，本人則遭流放，卒於君士
坦丁堡。參看《基督教詞典》，頁五。

129.　**如劍刃照人時歪曲正常的面孔**：劍刃照人，不若鏡子，會把
眞貌歪曲。

139.　**萬能夫人和先生**：原文爲"donna Berta e ser Martino"（直譯
是「貝爾妲女士和馬丁諾修士」），指一般的女人和男人，
尤指淺薄多言的人，與中文的「張三、李四」，英文的"Tom,
Dick, and Harry"相近。在這裏，托馬斯・阿奎那用來諷刺信
心過多、未經深思就遽下定論的人；譯爲「萬能夫人和先生」
效果較佳。

第十四章

貝緹麗彩代但丁向托馬斯・阿奎那提出另一個問題：光靈和肉體復合後，視覺如何禁得住強光？兩環光靈聞言，顯得更加欣喜。接著，所羅門在內環回答但丁。之後，但丁在兩環光靈外看見另一些光芒圍成第三環，煒煒發亮時叫他睜不開眼睛。轉瞬間，但丁已經跟貝緹麗彩升到了火星天；看見兩道炯芒組成十字閃現出基督，裏面有光芒相奔相遘。面對這樣的美景，但丁不禁說：「在那一刻之前，任何東西／都未以那樣的甜鏈把我捆繞。」此言一出，發覺自己貶低了貝緹麗彩的美目。

> 水在圓盆裏波動；擊水的力量
> 　　內發，就由中央傳向周圍；
> 　　外發，就由周圍傳向中央。　　　　　3
> 我所說的這個形象比對，
> 　　因托馬斯、貝緹麗彩的對答
> 　　類似，才突然向我的心中下墜。　　　6
> 當時，托馬斯的活焰剛罷，
> 　　貝緹麗彩正欣然啟口，聲音
> 　　用以下的言辭把意思抒發：　　　　　9
> 「雖然這個人沒有藉話語向您
> 　　明說，也未曾這樣想；可是，他必須
> 　　為了另一真理探索至核心。　　　　　12

請告訴他，在您的實體寄寓，

　　並且在裏面綻放的光芒，是否

　　永遠像目前一樣，長駐不去。　　　　　15

如果長駐不去，請您啓口

　　告訴他，一旦你們再一次現身，

　　光芒怎能不傷你們的眼眸。」　　　　　18

繞著圓圈旋動跳舞的一群人，

　　因興酣而趨前退後時，常會一起

　　提高嗓子，並加快步伐前臻。　　　　　21

同樣，懇切而虔誠的禱告說畢，

　　兩個神聖的圈子在旋轉

　　和天籟中，也顯得更加欣喜。　　　　　24

有哪一個人，因凡軀卒於塵寰，

　　再活於天上而傷悲，他就未曾

　　見過永恆甘霖的醒神澆灌。　　　　　27

那一體二性三位在天國永生，

　　以三位二性一體永統天國；

　　圍封萬物，本身卻不受圍封。　　　　　30

三位二性一體由每個光魄

　　歌頌了三遍；音調之美，足以

　　讚頌各種美德而讚得其所。　　　　　33

同時，我聽到較小的那個圓圈裏，

　　最神聖的光輝發出謙遜的聲音，

　　也許像天使對瑪利亞傳遞信息。　　　　36

該聲音答道：「天堂宴樂不盡，

　　我們的熱情就永不休止地放出

這樣的光裳，把我們裹在中心。　　　39
光裳的輝煌視乎熱情的強度；
　　熱情的強度取決於識見的深淺；
　　識見呢，則繫乎功德以外的洪福。　42
肉身一旦變得聖潔而榮顯，
　　然後再披在靈魂上，我們的身體
　　就變得完整，因完整而更顯美妍；　45
至善無條件賜給我們的熠熠
　　光芒，也就因此而增加。這光芒，
　　能讓我們有資格向至善凝睇。　　　48
結果，識見增加是順理成章；
　　識見所燃的熱情也會轉濃；
　　熱情所發的光輝會更加盛昌。　　　51
當煤球把火苗熊熊向四方傳送，
　　本身的白熱會發出更亮的炯焰，
　　結果其形狀會保持原先的顏容。　　54
此刻圍著我們的光輝，有一天
　　也會黯然失色；目前被泥土
　　掩埋的肉體，會輝耀得更赫顯。　　57
這種光芒並不會給我們辛苦，
　　因為身體的器官屆時會轉強，
　　能承受所有悅目娛心的事物。」　　60
兩隊歌詠者聞言，彷彿要爭相
　　回應，都迫不及待，齊聲說「阿們！」
　　顯然要展示想念遺體的模樣。　　　63
其所以如此，也許不是為本身，

　　而是爲了父母，爲他們變成

　　　　永恆的光焰前一度愛過的人。　　　　66

　　看哪，在我們周圍，光度均等，

　　　　倏地亮起一環輝彩，彷彿

　　　　地平乍明，比舊焰還要煒盛。　　　　69

　　一如黃昏剛臨，衆星初出，

　　　　開始在天空隱隱約約地閃現，

　　　　在視域裏顯得若有若無，　　　　　　72

　　我似乎目睹新的光靈在眼前

　　　　漸趨清晰，在其他兩個圓圈外

　　　　圍成另一個圓圈，閃耀著炯焰。　　　75

　　多麼眞純哪，聖靈放射的光彩！

　　　　這光彩，白熾間又何其迅疾，煒煒

　　　　發亮時晃得我的雙眸睜不開！——　78

　　貝緹麗彩的笑顏卻讓我得窺。

　　　　那笑顏，美得叫記憶無從追擬，

　　　　注定與難以描摹的景物隱退。　　　81

　　那笑顏，使我的雙眸恢復了視力

　　　　而再度仰望，得睹自己一個人

　　　　和娘娘升到了更高的福禧。　　　　84

　　我瞭然覺察，在這一時辰，

　　　　我被星子赤熱的微笑擎高。

　　　　那星子，此刻紅得比平時更甚。　　87

　　於是，我全心全意向上帝燔燒

　　　　祭品，說著萬衆同說的語言，

　　　　向新的恩典獻上該獻的回報。　　90

火星天

我瞭然覺察,在這一時辰,/我被星子赤熱的微笑
擎高。/那星子,此刻紅得比平時更甚。

(《天堂篇》,第十四章,八五—八七行)

燔祭之禮在我的胸間結束前，

　　我已經知道，祭品受到接納，

　　而且明白，那是吉祥的奉獻；　　　　93

因為在兩道炯芒裏，有光華煥發，

　　那麼紅，那麼亮，叫我忍不住歡呼：

　　「輝耀光靈的太陽啊，真是偉大！」　96

由於大小星星點綴的緣故，

　　銀河的白芒會在天極間晃閃，

　　叫大智也為之迷惑糊塗。　　　　　　99

那兩道輝光，就像鑲星的河漢，

　　在火星深處組成那尊貴的標記，

　　如四個象限在圓圈相聚一般。　　　　102

至此，記憶壓倒了我的文筆；

　　因為那十字燦爍，閃現出基督，

　　叫我找不到事物堪與比擬。　　　　　105

不過，誰拿起十字架跟隨基督，

　　誰就會原諒我遺漏部分的情景

　　（當他們目睹銀曉閃爍出基督）。　　108

十字的此端到彼端，由底部到巔頂，

　　光芒在燁燁移動，彼此相逢

　　再繼續前移時放出更大的光明。　　　111

在凡間，人類利用智巧和才能

　　遮光成陰，以保護自己；有時候，

　　光線會鏤過陰影；長短不等，　　　　114

或直或斜的微粒會顯現，游走

　　變化於光中，速度有徐有疾。

光十字

至此，記憶壓倒了我的文筆；／因為那十字火霍爍，
閃現出基督，／叫我找不到事物堪與比擬。

（《天堂篇》，第十四章，一零三—一零五行）

十字裏的光芒，也這樣相奔相遘。　　117
然後，如提琴、豎琴，聲調和翕，
　　多條弦線齊鳴著悅耳的丁噹，
　　沒有讓聞者聽出調子的真意，　　120
一曲旋律，就在我眼前的光芒
　　凝聚，從十字響起，在我聽出
　　頌歌的內容前已使我陶醉歡暢。　　123
我知道，那是讚美的高度發抒；
　　因為我聽到「起來」、「克敵」等口號，
　　情形與聽而不明的人相彷彿；　　126
結果我的愛心變得更崇高。
　　在那一刻之前，任何東西
　　都未以那樣的甜鏈把我捆繞。　　129
我的話，似乎過於大膽無禮，
　　貶低了那雙美目給我的欣忭
　　（美目讓吾願凝望間獲得安憩）。　　132
不過，有誰知道，眾美的活鈴
　　越是上升就越有力量，知道
　　我在那裏尚未向活鈴回眄，　　135
誰就會寬饒我為了自求寬饒
　　而自控的罪狀，知道吾言屬實；
　　因為，上文並沒有把聖欣擯拋；　　138
它越是向上，就越向完美高馳。

註　釋：

1-6. **水在圓盆……下墜**：阿奎那在圓周說話；說完之後，身在圓心的貝緹麗彩開始回答。話語的一來一往，就像盆中圓周的水（阿奎那說話）先由外發的力量擊打，漣漪由外向內；然後，圓心的水（貝緹麗彩說話）由內發的力量擊打，漣漪由內向外。第十一－十八行，是貝緹麗彩的話。

10-12. **「雖然……核心」**：貝緹麗彩能洞悉但丁的思維，不等他說話或動念，就可以代他向托馬斯・阿奎那發言。

13-18. **「請告訴他……眼眸」**：但丁未發的問題是：「最後審判結束，所有的靈魂就會跟卒前的肉體合而爲一。天上的福靈，屆時也會跟自己的肉體相聚。福靈此刻所綻的大光比太陽還亮。那麼，如果這大光在靈魂和肉體相聚時仍然留駐不去，肉眼如何能抵受呢？」這個問題，但丁還沒有用言語發問，思念還沒有想到，貝緹麗彩就預先請阿奎那爲但丁解答。

22. **懇切而虔誠的禱告**：指貝緹麗彩的問題。

24. **天籟**：指光靈的歌聲。

27. **永恆甘霖**：指上帝的恩澤。

28. **一體二性三位**：原文爲"uno e due e tre"。神是一體而有二性（指基督的神性和人性）、三位（聖父、聖子、聖靈）。

29. **以三位二性一體**：原文爲"in tre e 'n due e 'n uno"，在次序上剛好與第二十八行的"uno e due e tre"相反；在句法和音律上產生迴環效果，象徵上帝始卒若環，無始無終。這一效果，與「在天國永生」／「永統天國」（"sempre vive" / "regna sempre"）的顛倒，以至第三十行的「圍封萬物，本身卻不受圍封」（"non circunscritto, e tutto circunscrive"）相輔相成，充分說明，但丁如何叫形式（包括語音、語義、詞序、句法）與內容配合。

30. **圍封萬物，本身卻不受圍封**：上帝包籠一切，本身卻不受任何事物包籠。Momigliano(*Paradiso*, 667)指出，這行原文所表達的意思，也出現於 *Convivio*, IV IX, 3。不過 *Convivio* 的句子是概念；這行卻是詩。

32. **歌頌了三遍**：上帝是三位一體，所以「歌頌……三遍」。「三」在《神曲》中有重要的象徵意義。但丁以「三」韻體(terza rima)寫「三」位一體，實非偶然。

34. **較小的那個圓圈**：指由眾光靈組成、處於內部的圓圈。

35. **最神聖的光輝**：最明亮的光輝。指所羅門王的光靈。

36. **天使對瑪利亞傳遞信息**：指天使加百列向瑪利亞報告聖子降臨的喜訊。參看《路加福音》第一章第二十八節。在《天堂篇》第十章第一零九行，托馬斯・阿奎那這樣形容所羅門王的光靈：「第五朵呢，眾焰之中數他最美麗」("La quinta luce, ch'è tra noi più bella")。

37-39. **「天堂宴樂不盡／……中心」**：意為：只要天堂存在，我們的熾愛（「熱情」）就會放出光芒，如衣裳把我們裹在中心。

40. **輝煌**：指亮度。

41. **識見的深淺**：指認識上帝、得瞻聖顏的程度。

42. **識見呢……洪福**：福靈認識上帝聖顏的深淺，視乎上帝所賜恩典的厚薄，並非取決於福靈本身的功德。

43-45. **肉身一旦……更顯美妍**：靈魂一旦披上肉體，就變得更美妍。

46. **至善**：指上帝。

46-47. **無條件賜給我們的熠熠／光芒**：指上帝所賜的恩典，也就是榮耀之光。有了這光芒，福靈就可以凝睇上帝。

51. **光輝**：即第三十九行的「光裳」。

55. **此刻圍著我們的光輝**：指第三十九行的「光裳」。

56-57. **目前……赫顯**：意爲：目前葬在凡間的肉體，一旦與靈魂相會，所發的光會比此刻的「光裳」明亮。

59-60. **因爲身體……事物**：意爲：屆時，器官轉強，肉體自然能承受大光。參看《哥林多前書》第十五章第四十三—四十四節。

61. **兩隊歌詠者**：指圍著但丁和貝緹麗彩唱歌的光靈。

63. **想念遺體**：指光靈急於跟凡間的肉體相聚。

67-68. **光度均等，／倏地亮起一環輝彩**：意爲：倏地亮起一環輝彩，輝彩的光度均等。

69. **地平乍明**：指日出的時候。**比舊焰還要煒盛**：比原來的兩環光靈還要明亮。

82-84. **那笑顏……福禧**：但丁凝望著貝緹麗彩的笑顏，就跟她一起升到了第五重天（即火星天）。第五重天高於第四重天，因此是「更高的福禧」。火星天的福靈，在凡間曾爲基督教的信仰而鬥爭。

86. **星子**：指火星。

87. **紅得比平時更甚**：紅是火星的顏色。參看 *Convivio*, II, XIII, 21；《煉獄篇》第二章十四—十五行。火星此刻在歡迎貝緹麗彩和但丁，因此「紅得比平時更甚」。

89. **萬眾同説的語言**：指感恩的默禱。

91. **在我的胸間**：因爲是默禱，所以說「在我的胸間」。

96. **「輝耀光靈的太陽」**：指上帝。原文"Eliòs"是希臘文ἤλιος（太陽）和希伯來文 *Ely*（上帝）的混合。在《天堂篇》第九章第八行、第十章第五十三行、*Convivio*, III, XII, 6，但丁都以太陽比擬上帝。參看 Singleton, *Paradiso 2*, 248。

97-99. **由於……迷惑糊塗**：銀河的現象，曾叫許多天文學家迷惑，不敢肯定眞相何在。

100-02. **那兩道輝光……相聚一般**：指兩道輝光，在火星天裏組成一個正十字（「正十字」，英文叫"Greek cross"）。圓圈中兩條直徑以直角相交，把圓圈均分爲四個象限(quadrants)，就是希臘十字（四邊的長度相等的+）。

103-08. **至此……（……閃爍出基督）**：意思是：至此，我已不能用文字描述記憶中的經驗。目睹過同一景象的人，知道該景象無從描述，就會原諒我的不足。**誰拿起十字架跟隨基督**：參看《馬太福音》第十章第三十八節；第十六章第二十四節。本章第一零四、一零六、一零八行，再以「基督」("Cristo")一詞互相押韻。參看第十二章第七一、七三、七五行。

109. **十字的此端到彼端**：在十字架平伸的橫臂上，從這邊到那邊。

112-17. **在凡間……相奔相邁**。這六行以凡間光線中微塵的移動比擬十字中的光靈。參看 Lactantius, *De ira Dei*, X, 9; Lucretius, *De rerum natura*, II, 114-20。**遮光成陰，以保護自己**：指建造屋宇，以禦陽光。這幾行的原文，在節奏上或快或慢，欲行又止，與詞義緊密配合，把光靈移動的景象寫得逼眞傳神："così si veggion qui diritte e torte, / veloci e tarde, rinovando vista, / le minuzie de' corpi, lunghe e corte, / moversi per lo raggio onde si lista / tal volta l'ombra che, per sua difesa, / la gente con ingegno e arte acquista."在譯文中，譯者也設法以節奏保留同樣的效果。

124-26. **我知道……相彷彿**：但丁不知道歌聲在唱甚麼，但就「起來」("Resurgi")、「克敵」("Vinci")等字眼看，歌聲顯然在讚美基督戰勝死亡而復活。參看 Pasquini e Quaglio, *Paradiso*, 210。

129. **甜鏈**：原文"dolci vinci"，是修辭學所謂的矛盾修飾法（英

語叫 oxymoron）。

131.　　**那雙美目**：指貝緹麗彩的雙眸。

133.　　**眾美的活鈴**：指貝緹麗彩的雙眸。

135.　　**我在那裏⋯⋯回眸**：但丁到了火星天後，還沒有凝望貝緹麗彩的眼睛。

136-37.　**誰就會寬饒⋯⋯自控的罪狀**：但丁自控罪狀（一三零—三二行），目的是爲了解釋，自己並沒有犯這樣的罪狀（爲了「自求寬饒」）。誰聽了解釋，誰就會明白，但丁並沒有「貶低〔貝緹麗彩的〕美目給〔他〕的欣忭」（第一三一行）；明白眞相後，就會「寬饒〔但丁〕自控的罪狀」。但丁的意思複雜，所用的句法也相當迂迴："escusar puommi di quel ch'io m'accuso / per escusarmi"。

138.　　**上文並沒有把聖欣摒拋**：意思是：我在上面說「在那一刻之前，任何東西／都未以那樣的甜鏈把我捆繞」（一二八—二九行）時，並沒有拿「甜鏈」跟「聖欣」（指貝緹麗彩的美目所賜的欣悅）比較，沒有說「聖欣」比不上「甜鏈」。

139.　　**它**：指「聖欣」。

第十五章

十字架裏的光靈暫停歌唱。一顆亮星從伸向右方的一端射向十字的
腳底。光芒是但丁的高祖卡查圭達，以拉丁語跟但丁說話。但丁起
初不明白卡查圭達所說；到卡查圭達的話語降向較低的高度，才進
入理解範疇。但丁感謝卡查圭達的盛意，並請他賜告大名。卡查圭
達回答了但丁的問題，然後稱讚古代的翡冷翠。

真純而正確地抒發時，愛總會
　　化爲善意，一如貪婪之心
　　總會化爲惡念。那具娓娓　　　　　　3
嗚奏的里拉琴，因善意支配而妙音
　　停歇。那善意，也令聖弦沉寂。
　　天庭的右手，把聖弦放鬆或拉緊。　6
這些光靈，對於正當的求祈，
　　怎會充耳不聞呢？他們翕然
　　沉默，是促我把禱告明提。　　　　9
不管是誰，爲了愛一些短暫
　　易逝的東西而永遠拋棄大愛，
　　都必然要歷盡無窮的悲慘。　　　　12
有時候，當夜空明淨，毫無雲霾，
　　廣漠中會突然有炯焰劃過，
　　倏地把凝定不動的目光引開，　　　15

彷彿一顆星子由原位移挪；

　　不過光亮只閃耀於短暫的瞬息，

　　原來的天域沒有一顆星會失脫。　　　　18

十字架的情形也如此：那座熠熠

　　發光的星宿中，一顆亮星從伸向

　　右方的一端射向十字的腳底。　　　　21

那寶石，沒有脫離飾帶而飛揚，

　　卻沿著徑向的直線激射而去，

　　如光焰在雪花石膏後發亮。　　　　　24

要是最偉大的詩人所言不虛，

　　在極樂之境，安基塞斯的靈魂哪，

　　認出了兒子時也這樣藹然來聚。　　　27

"O sanguis meus, o superinfusa

　　gratia Dei, sicut tibi cui

　　bis unquam coeli ianua reclusa?"　　30

光芒說話時，我靜聽話裏的信息，

　　然後向尊貴的娘娘回顧，

　　結果對雙方都感到驚愕不已。　　　　33

一抹微笑從貝緹麗彩的妙目

　　亮起，使我覺得，我的雙眸

　　觸到了天堂和恩典的最深處。　　　　36

然後，悅目動聽的光靈再啓口，

　　去補充剛才所說；補充的話語

　　深奧，超出了我的理解範疇。　　　　39

光靈要隱晦，並不是故弄玄虛，

　　而是必須如此；因爲其道理

不是凡智的靶標所能臻趨。　　　　　42
在熾情的強弓鬆弛之際，
　　光靈的話語就降向較低的高度，
　　讓凡人之智明白他的信息。　　　45
我首先了解的，是下面的陳述：
　　「感謝你呀，三位一體的神明；
　　感謝你賜我後代這樣的洪福。」　48
接著他說：「那部偉典大經，
　　其白紙黑字永不改變。因閱覽
　　該書，我的心早有樂飢之情。　　51
此刻呀，孩子，在光中跟你言談，
　　你已經滿足這心情。眞感謝她，
　　助你插翼飛到這麼高的霄漢。　　54
你相信自己的思念萌發
　　衍生自太始之神，再傳送給我，
　　如五六在識者心中由『一』字配搭。57
因此你不問我是誰，不問這一夥
　　怡悅的光靈中，我爲甚麼最忭歡，
　　快樂爲甚麼顯得比別人多。　　　60
你的想法沒有錯，因爲不管
　　大小，這裏的衆生都同照一鏡。
　　他們的思念未起，就昭然外傳。　63
我在神聖的大愛中永遠警醒。
　　那大愛，給我甜蜜的渴求。現在，
　　爲了叫大愛更感滿足充盈，　　　66
請讓聲音把意欲、渴念說出來；

說時要自信、歡欣，且從容不迫。

我的答案已注定向你揭開。」　　　　69

我回望貝緹麗彩，見她不待我

說話已經會心，並且以微笑

鼓勵我，使願望之翼爲之展擴。　　72

於是我這樣說：「你們得瞄

太初的均衡，愛念和智慧就渾然

在各人的體內獲得均調。　　　　　75

因爲，以光熱照你們、使你們充滿

暖和的太陽均衡無比；萬物

要跟它並論相提，都無從附攀。　　78

不過凡人的心意和智能，獲賦

羽翼時強弱有別；其中的道理

何在，你們已看得清清楚楚。　　　81

由於這緣故，我這個凡人的軀體

也察覺這種分別。爲此，我必須

靠內心感謝高祖接我的盛意。　　　84

光輝的黃晶啊，你使這珍寶更具

華彩。我懇切求你賜告大名。

這樣，我就會感到滿足歡愉。」　　87

「我的枝苗哇，等待你的心情

已經是欣慰。我，是你的根。」

這幾句話，是他最初的回應。　　　90

然後他說：「有這樣的一個人，

爲汝族立名。百多年了，他身處

第一層，繞著高山而旋轉競奔。　　93

他是我兒子，也是你的曾祖父。
　眞是恰當不過了，由你以行動
　去縮短他那漫長無盡的勞苦。　　　　96
端樸的翡冷翠，曾在古老的圍牆中
　靜佇。上午九點和下午三點，
　圍牆仍把禱告向該城傳送。　　　　99
該城沒有頭飾，也沒有項鏈；
　沒有繡花的裙子，也沒有腰帶
　比繫帶的人更吸引視線。　　　　102
女兒出生，還不會給父親帶來
　惶恐驚慌，因爲年齡和嫁妝
　都不會擅自乖離恰當的常態。　　　　105
房子呢，都住人，不會有空置情況。
　撒達納帕魯斯還未到該城
　去展示，寢室能建得多堂皇。　　　　108
你們的烏切拉托約山峰，還未能
　凌駕蒙特馬洛。前者發跡
　和沒落，都要比後者勝一等。　　　　111
我看見貝林綽內・貝爾提以骨器
　和皮帶繫身，其妻離開鏡前，
　臉龐也沒有脂粉所添的妍麗。　　　　114
我還看見涅爾利、維基奧兩賢，
　都樂於穿著沒有襯裏的皮服。
　他們的妻子則安於續麻紡棉。　　　　117
幸福的女子呀，她們都知道故土
　是卜葬之所；知道法國這異邦

　　還不會叫誰忍受空床的孤獨。　　　　　120
有的婦女，會專心坐在搖籃旁
　　逗弄孩子，所說的兒語，爸爸、
　　媽媽初當父母時都喜歡吟唱。　　　　　123
有的婦女，以紡紗桿牽線抽紗，
　　把故事傳奇向家人述說；
　　說特洛亞，說翡耶索雷和羅馬。　　　　126
見了嬋格拉、拉坡・薩爾特勒洛，
　　那個時代的人會吃驚，與今人
　　看見科內麗亞和肯肯納圖斯相若。　　　129
聽到大喊時，瑪利亞就讓我投身
　　上述那個忠誠的族群，上述
　　那個溫暖的住處。以市民身分　　　　　132
生活時，我不但安寧，而且幸福。
　　在你們那座古老的洗禮堂裏，
　　我同時成了卡查圭達和基督徒。　　　　135
莫倫托和艾里塞奧是我的兄弟。
　　吾妻從帕多河谷的故土于歸，
　　並且把她娘家的姓氏賜你。　　　　　　138
之後，我追隨康拉德皇帝的軍隊，
　　成為騎士，得到他的拔擢。
　　我功勞卓著，蒙受他的恩惠。　　　　　141
我跟著他，與異法的邪惡相搏。
　　由於牧者玩忽職守，維護
　　異法者把你們的權利篡奪。　　　　　　144
聖地之上，我由卑劣的信徒

解放而離開虛僞多詐的人間。

（多少生靈，因溺於人間而蒙污！）　　147

殉教之後，我直趨這裏的安恬。」

註　釋：

1.　　**眞純而正確地抒發時**：意爲：按照上帝的意旨抒發時。

2.　　**善意**：指十字架上福靈的善意。

3-4.　**那具娓娓／鳴奏的里拉琴**：指一起唱歌的福靈。**里拉琴**：原文"lira"，英文 lyre，古希臘的七弦豎琴，又譯「里拉」。參看《天堂篇》第十四章一一八——一九行；《天堂篇》第二十三章第一零一行。

5.　　**聖弦**：指唱歌的衆光靈。

6.　　**天庭的右手**：指上帝的意旨。

11.　　**大愛**：有適當對象的愛，包括對上帝的愛。

14.　　**炯焰**：指流星。

20.　　**星宿**：指光靈所組成的十字架。**一顆亮星**：指但丁的高祖卡查圭達(Cacciaguida)。十二世紀上半葉的意大利人。生平事跡僅見於《神曲》。

22.　　**那寶石**：指第二十行的「亮星」。**飾帶**：但丁時期，鑲有寶石的絲帶是流行的飾物。在這裏，飾帶指十字架。

23.　　**沿著徑向的直線**：光靈由十字架的右端射向中心（圓心），再由中心沿豎直的一臂下射，以迎接但丁。十字架的形狀是個正十字，因此中心就是圓心；而十字架的左、右、上、下四臂，相等於圓圈的直徑。參看第十四章一零零——一零二行

註。

24. **如光焰……發亮**：如光焰在雪花石膏的屏風後發亮。這一比喻，直接有力，視覺效果鮮明，是《神曲》的一大特色。

25. **最偉大的詩人**：指維吉爾。在《筵席》裏，但丁說過："Virgilio, lo maggiore nostro poeta"（「維吉爾，我們最偉大的詩人」）。參看 *Convivio*, IV, XXVI, 8。「詩人」在原文（第二十六行）是"musa"，可譯爲「繆斯」。指維吉爾能啓發別的詩人（包括但丁），像繆斯一樣給詩人靈感。

26-27. **在極樂之境……譪然來聚**：在《埃涅阿斯紀》第六卷六八四—七零二行裏，維吉爾描寫過安基塞斯在地獄和兒子埃涅阿斯相會。

28-30. **"O sanguis meus……ianua reclusa？"**：拉丁文，意爲：「啊，我的骨肉！啊，沛然／湧溢的神恩！天門兩度爲你／重開。有誰得過這樣的殊遇呢？」天堂現在爲但丁開門；將來（即但丁卒後）還會再開一次。但丁在這裏再度明言，自己死後會升天。參看《地獄篇》第三章八八—九三行註；《天堂篇》第十章八六—八七行。在這裏，詩人但丁安排卡查圭達說拉丁文，是爲了使話語顯得更莊重。參看 Tommaseo, *Paradiso*, 213。

36. **天堂**：指至福。

42. **不是……臻趨**：意爲：不是凡智所能理解。在這裏，但丁再用射箭意象。

43. **熾情**：指光靈對上帝的敬愛和感謝之情。

47. **三位一體的神明**：指上帝。

48. **我後代**：指但丁。**洪福**：指上帝讓但丁以凡俗之軀升天的恩典。

49. **偉典大經**：指上帝記載未來之書。看了這部「偉典大經」，就能預知未來。

50. **其白紙黑字永不改變**：意爲：其內容永不改變，一切都有安排。

50-51. **因閱覽／該書……樂飢之情**：光靈因閱覽上帝的未來之書，知道但丁會以凡軀飛升天堂，因此一直渴望這一天來臨。從卡查圭達的觀點看，未能跟但丁會面是飢（原文第四十九行的"digiuno"），但飢中又有期待之樂。

53. **她**：指貝緹麗彩。

54. **助你插翼**：指貝緹麗彩助但丁飛升天宇。

55-57. **自己的思念……配搭**：人的思念源自上帝，都投射到上帝的全知裏，一如萬象映入鏡中。天上的福靈凝望上帝，人類所思所想，就無所遁隱。人類的思維生自上帝，猶所有數目（包括五與六，以至無窮）生於一。凝望上帝，就洞悉萬事、萬物。這一主題，英國十七世紀的詩人約翰・德恩(John Donne)在作品中(Sermon xxiii)曾經提過，稱爲「格列高利的狂想」("Gregory's wild speculation")："Qui videt videntem omnia, omnia videt."（「目睹目睹萬物者，目睹萬物」。）參看Singleton, *Paradiso 2*, 255 引 Norton。

56. **太始之神**：指上帝。上帝是一切的開始，所以稱「太始之神」（原文爲"quel ch'è primo"）。

62. **鏡**：指上帝。上帝是全知，衆生的思念未形諸語言或文字，就昭然投射全知中。全知如鏡，思念一經反映，就清晰（第六十三行的「昭然」）外傳。參看《詩篇》第一百三十九篇第二節。

69. **我的答案已注定向你揭開**：從上帝的全知中，卡查圭達看得

到但丁已形或未形的思念，知道自己會如何回答。

72. **使願望之翼爲之展擴**：由於貝緹麗彩鼓勵但丁發問，但丁想
發問的願望變得更強烈。

74. **太初的均衡**：指上帝。

74-75. **愛念和智慧⋯⋯獲得均調**：福靈與凡人不同：他們的愛念和
智慧平衡配合，不會有分外的渴求；意之所之，智必緊隨。
愛念和智慧：原文（第七十三行）爲"L'affetto e 'l senno"。

77. **太陽**：指上帝。

79. **心意和智能**：原文爲"voglia e argomento"，想等於第七十四
行的「愛念和智慧」("L'affetto e ' l senno")。

81. **你們已看得清清楚楚**：福靈凝望上帝的全知，就完全明白，
凡人的心意和智能獲賦羽翼時，何以強弱有別。

82-83. **我這個凡人⋯⋯這種分別**：意思是：但丁身爲凡軀，覺察到
「心意」要做的事（向光靈致謝），「智能」無從勝任。

83-84. **我必須／⋯⋯盛意**：我的謝意，不能以言語向你表達，只好
靠内心的思念傳遞。

85. **黃晶**：一種名貴的寶石。原文"topazio"（英文 topaz），在
這裏指卡查圭達。**這珍寶**：指衆光靈所組成的十字架。

88-89. **「我的枝苗⋯⋯是你的根」**：卡查圭達是但丁的高祖，但丁
是卡查圭達的玄孫，所以有枝苗和根的比喻。

91-94. **「有這樣的一個人⋯⋯曾祖父」**：卡查圭達的兒子是但丁的
曾祖父，其名字「阿利格耶羅」（Alighiero，或 Allagherius）
得自母親（即卡查圭達的妻子），後來成爲但丁家族的名字
「阿利格耶里」(Alighieri)。但丁的曾祖父在煉獄的第一平
台贖罪（背著巨石繞山「競奔」），迄今已超過一百年。但
丁本人曾自認驕傲（參看《煉獄篇》第十三章一三六─一三八

行及該三行的註釋）；此刻借高祖之口，說明曾祖在懲罰傲魂的地方受罰，似乎有意強調，自己的「驕傲」性格，出自家傳。

95-96. **眞是恰當不過了……勞苦**：但丁能藉祈禱縮短曾祖在煉獄的刑期。有關祈禱能縮短刑期的說法，參看《煉獄篇》第十一章三四—三六行。

97-148. **端樸的翡冷翠……這裏的安恬**：在這數十行裏，卡查圭達詳細描述了古代的翡冷翠，並自敘生平。

97. **古老的圍牆**：古代的翡冷翠，四邊都有圍牆，約建於公元九世紀，即查理大帝時期。一一七三年和一二八四年，圍牆曾先後擴建。

98-99. **上午九點……傳送**：古老的圍牆附近有寺院(Badia)教堂，每天把崇拜時間的鐘聲向翡冷翠傳送。**上午九點**：原文爲"terza"。**下午三點**：原文爲"nona"。

100-02. **該城……吸引視線**：指翡冷翠的居民打扮樸素。

103-05. **女兒出生……常態**：女兒長大出嫁，年齡不會太小，嫁妝也不會太豪奢。

106. **房子呢……情況**：房子物盡其用，不會太多（「空置」），造成浪費。

107. **撒達納帕魯斯**：Sardanapalus，亞述(Assyria)王，生時豪奢揮霍。

109-11. **你們的……勝一等**：這三行的意思是：當時，翡冷翠仍沒有勝過羅馬；一旦勝過羅馬（指日後的翡冷翠比羅馬更墮落），也會比羅馬傾頹得更快、更慘。**烏切拉托約**：Uccellatoio，翡冷翠北邊的高地。旅人從北方南下，到了烏切拉托約，就可以看見翡冷翠。**蒙特馬洛**：Montemalo（今日的 Monte

Mario），在羅馬北邊。旅人從北方南下，來到蒙特馬洛，就會看到羅馬。但丁以兩座山代表兩座城市，用了修辭學所謂的換喻(metonymy)。換喻又稱「轉喻」。

112. **貝林綽內・貝爾提**：Bellincione Berti，屬拉維亞尼(Ravignani)家族，瓜爾德拉達（見《地獄篇》第十六章第三十七行）的父親，以賢德馳名。

115. **涅爾利**：Nerli，翡冷翠貴族，屬圭爾佛黨。**維基奧**：Vecchio，即維基厄提(Vecchietti)家族，屬翡冷翠的圭爾佛黨。

118-20. **幸福的女子呀……孤獨**：在但丁時期，許多翡冷翠人爲了發財，常到法國經商，結果要留下妻子忍受空床的孤獨。卡查圭達的言外之意是：古代翡冷翠的男人，不會這麼市儈。

121-26. **有的婦女……羅馬**：指古代翡冷翠的婦女有賢德，守婦道，講故事時也講古代的古事。古代的故事在這裏有褒義。

127-29. **見了……相若**：這幾行的意思是：古代的翡冷翠尚賢，見到今日的壞人會吃驚；今日的翡冷翠趨惡，見到古代的賢人會訝異。

127. **嬋格拉**：Cianghella，翡冷翠女子，嫁伊莫拉(Imola)的利托・德利阿利多西(Lito degli Alidosi)。名聲極壞，尚奢侈，不守婦道。約卒於一三三零年。**拉坡・薩爾特勒洛**：Lapo Salterello，翡冷翠人，律師、法官、詩人，與但丁同庚，且同屬白黨。黑黨勝利後遭放逐。因貪贓枉法而臭名昭彰。

129. **科內麗亞**：意文 Corniglia，拉丁文 Cornelia，古羅馬女子，以賢淑堅毅著稱。參看《地獄篇》第四章第一二八行註。**肯肯納圖斯**：Lucius Quintius Cincinnatus，即昆提烏斯。參看《天堂篇》第六章四六—四七行註。

130. **聽到大喊時**：意爲：聖母瑪利亞聽到卡查圭達母親臨盆時高

呼（「大喊」），就讓卡查圭達在翡冷翠出生。在古代的意大利，婦女臨盆，感到痛苦時就會呼喊瑪利亞。參看《煉獄篇》第二十章十九—二一行。

131. **上述那個忠誠的族群**：指古代的翡冷翠社會。

134-35. **在你們……基督徒**：指卡查圭達在翡冷翠的聖約翰洗禮堂受洗。參看《地獄篇》第十九章第十六行。

136. **莫倫托**：Moronto。生平不詳。**艾里塞奧**：Eliseo。生平不詳。

137. **帕多河谷**：val di Pado，指波河(Po)河谷，但丁高祖母的故鄉。

138. **並且把她娘家的姓氏賜你**：參看本章九一—九四行註。

139. **康拉德皇帝**：康拉德三世，施瓦本（德文 Schwaben，英文 Swabia）腓特烈公爵之子。生於一零九三年，卒於一一五二年。一一三八年—一一五二年任神聖羅馬帝國皇帝，與法王路易七世率領十字軍東征（一一四七—一一四九年），無功而還。不過有的論者認為，康拉德應該指撒利科(Salico)的康拉德二世，但丁一時筆誤，把兩者混淆。參看 Bosco e Reggio, *Paradiso*, 258-59; Mattalia, *Paradiso*, 293; Sapegno, *Paradiso*, 204-205; Vandelli, 853。

142-44. **我跟著他**：指卡查圭達跟隨康拉德的十字軍東征。

142. **異法**：指伊斯蘭教。「法」，原文（第一四三行）"legge"，直譯是「法律」，「法令」。

143. **牧者**：指教皇。

144. **你們的權利**：指基督徒在聖地耶路撒冷的管治權。

145-48. **聖地之上……安恬**：卡查圭達在十字軍東征的戰役中陣亡。在基督教眼中，這是殉教行為，殉教者可以直接升天（「直趨這裏的安恬」）。

第十六章

但丁身在天堂，仍為自己的血統感到自豪；於是對世人擁血統自重
的做法不再訝異。之後，但丁詢及卡查圭達的宗輩和翡冷翠的歷史。
卡查圭達回答了但丁的問題，敘說城中家族的興衰，並慨嘆翡冷翠
不再淳樸安恬。

多可憐哪，血統上的尊榮。
　　在下界，我們的感情萎靡。
　　由於這緣故，世人借你自重，　　　　3
我也絕不會感到訝異驚奇；
　　因為，在欲望不歪的地方——
　　我是指天堂——我仍因你而自喜。　　6
誠然，你是一件易縮的衣裳，
　　要我們天天把料子添補，
　　時間才不致揮剪在四周奔忙。　　　9
我以一個「您」字再開始陳述。
　　這個字先由羅馬使用；不過
　　到了後來，其子孫卻鮮能踵武。　　12
站得稍遠的貝緹麗彩見我
　　這樣，就莞爾一笑，如書中侍女
　　以輕咳叫葳妮維爾別再犯錯。　　　15
「您是我的顯考，」我的話語

開始了：「我說話的勇氣，全是
　　您賞賜。是您，把我的地位抬舉。　　　18
我的心，有快樂之泉紛紛湧至，
　　充盈間見本身能受這樣的經驗
　　而不垮，不禁歡喜得難以自持。　　　21
那麼，告訴我吧，親愛的祖先，
　　您的宗輩又是誰？歷史的記載中，
　　是哪些歲月標誌您的童年？　　　　　24
告訴我，聖約翰的羊圈裏，當時一共
　　有多少信徒。信徒裏，哪些家族
　　特別顯赫，得享上位的尊榮。」　　　27
我說完這番懇切的話，就目睹
　　光芒轉亮，一如火中之煤，
　　受到風吹而紅焰噴薄欲出。　　　　　30
我眼前的光芒變得更炳蔚；
　　所發的聲音也更柔和更動聽——
　　不過所說並不是現代語彙。　　　　　33
他答道：「從『萬福瑪利亞』響起的俄頃
　　到吾母生下我，擺脫懷胎的艱辛，
　　這朵火焰一再向獅子運行，　　　　　36
要在獅爪下復燃而一再重臨，
　　已達五百八十次。此刻，吾母
　　已經成聖，在安享神的福蔭。　　　　39
你們每年舉行的大賽中，角逐
　　爭先者一進最後一區，首先
　　經過的是我和吾祖誕生之處。　　　　42

卡查圭達
「您是我的顯考，」我的話語／開始了：「我說話的
勇氣，全是／您賞賜。是您，把我的地位抬舉。」
（《天堂篇》，第十六章，十六—十八行）

關於吾祖，你只須知道這一點；
　　至於他們是誰，原籍在何地，
　　沉默不語會勝過開口明言。　　　　　　45
當時，從戰神到施洗約翰的區域裏，
　　可以荷戟帶箭的人口總數，
　　是今日人口總數的五分之一。　　　　　48
坎皮、切塔爾多、費格內已玷污
　　今人的血統；當年的市民，卻連
　　最卑下的工匠也純度十足。　　　　　　51
啊，僅是鄰居就好了，上面
　　所提的人。願城界設在噶魯佐
　　和特瑞斯皮亞諾，古城裏邊　　　　　　54
沒有他們；也不受臭氣折磨！
　　臭氣發自阿古利奧內的粗鄙之輩，
　　也發自西雅人，那精於欺詐的傢伙。　　57
要是世間最墮落的那些醜類
　　沒有像後母那樣對待凱撒，
　　而像生母那樣體貼入微，　　　　　　　60
那個轉籍翡冷翠、靠交易暴發
　　致富的人，就得回西米封提。
　　在那裏，他祖父曾四出販賣踩�。　　63
醜類像生母，蒙特穆洛此際
　　仍會是伯爵所有；阿科內教區
　　仍會有切爾基族；格瑞維河谷之地　　　66
也許仍有博恩德爾蒙提。人口雜聚，
　　永遠是該城種種禍患的癥結，

一如身體，受損於過度的飽飫；　　　69
瞎眼公牛和瞎眼羔羊蹉跌

　　墜地時，公牛會跌得更狼狽。常常，

　　一劍之快會勝過五劍齊切。　　　72
盧尼和烏比薩利亞兩個城邦

　　怎樣先滅？請你想一想；並看

　　格烏西和西尼噶利亞如何後亡；　75
再傾聽望族怎樣衰落潰散，

　　就不會感到難以置信而驚奇；

　　因為呀，城邦的壽命也有涯畔。　78
你們的事功都會毀滅坍圮，

　　就像你們；只不過人命易滅，

　　事功難毀，這道理才會隱匿。　　81
命運使翡冷翠升沉起跌，

　　一如月亮的天穹轉動運行，

　　把海岸覆蓋又展現，永不休歇。　84
翡冷翠的大人物，由於聲名

　　被時間掩埋，我把他們的事跡

　　告訴你，你也不必訝異吃驚。　　87
我見過烏基，見過卡特利尼、

　　菲利皮、格瑞奇、奧曼尼等望族

　　（還有阿爾貝里基），都今非昔比。　90
也見過眾世家，隆盛而高古：

　　阿爾卡、桑奈拉兩族的顯要、

　　索爾達涅里、阿爾丁基、波斯提基之屬。93
當年的城中有一道門。門表

仰向拉維亞尼家。圭多伯爵和日後
　　繼貝林綽內大名的，都是其根苗。　　　96
這道門，目前已經邪惡紛湊。
　　紛湊的邪惡是聞所未聞，而且
　　壓力極大，快要傾船覆舟。　　　　　　99
當時，普列薩一族已經了解
　　爲政之道；而噶利蓋約的家裏，
　　鍍金的劍柄和圓頭在彰顯勳業。　　　　102
深灰的毛皮直紋和薩克提、卓基、
　　菲凡提、巴魯奇、噶利以及因斗量
　　赧顏的家族，當時都顯赫無比。　　　　105
卡爾富奇一族的祖先也同樣
　　隆盛。西茲伊和阿里古奇兩族，
　　則早已受到汲引而有祿可享。　　　　　108
因傲慢垮台的家族呢，我也曾目睹。
　　當年哪，他們眞煊赫！而那些金球
　　也使翡冷翠的盛業吐艷於各處。　　　　111
今天，有人趁教座空置，就強留
　　樞機議會內，藉此以貪污自肥。
　　他們的祖先當年也是俊秀。　　　　　　114
另一個家族，全是傲慢之輩，
　　對逃亡者扮惡龍，見人張牙
　　或露出錢包，就嫣然跟羔羊相類。　　　117
這家族雖強，出身卻卑微低下；
　　結果烏貝提諾・多納托不喜歡
　　當連襟，讓岳父把他繫向該家。　　　　120

卡龐薩科已從翡耶索雷的岡巒
　　降落市場裏；朱達和因凡噶托
　　已成為好市民而嘉名遠傳。　　　　　123
一個離奇的事實，我也要跟你說：
　　翡冷翠城中，通往內區的一道門，
　　曾以佩拉家族的名字揚播。　　　　　126
以前，有一個顯赫的男爵，其精神、
　　英聲是聖多馬節紀念的對象。
　　這男爵的紋章華麗，承襲的人　　　　129
都獲殊遇，蒙他以軍功嘉獎。
　　儘管以邊飾圍繞紋章的，目前
　　已投向大眾，不再像以往那樣。　　　132
瓜爾特羅提和伊姆坡圖尼當年
　　也住在城中。要是他們沒有
　　新鄰居，所住的街道會更加安恬。　　135
另一家族，給你們帶來哀愁，
　　且因義憤叫你們喪失性命，
　　結果把你們幸福的生活奪走；　　　　138
本身呢，卻和同伙榮耀得膺。
　　博恩德爾蒙特呀，你倒霉——竟擺脫
　　該族的婚禮，只知讒言是聽！　　　　141
當年，你首次進城的時候，如果
　　上帝把你投擲到艾瑪河裏，
　　今日受苦的人會快樂得多。　　　　　144
不過在和平日子將盡之際，
　　翡冷翠人把犧牲向那塊守衛

> 橋樑的殘石奉獻，也十分得宜。　　　147
> 跟這些家族以及其他顯貴，
> 　我得睹翡冷翠一片昇平安恬，
> 　沒甚麼理由要哭泣傷悲。　　　　150
> 跟這些家族一起，我有幸看見
> 　翡冷翠人言行正直，得享殊榮，
> 　使百合花徽在矛上永不倒掀，　　153
> 不受黨派分裂的影響而變紅。」

註　釋：

1-6. **多可憐哪……因你而自喜**：但丁不相信血統或出身能提高一個人的地位。這一論點，他在別的作品（如 *Convivio*）裏曾加以申述。詩人但丁覺得，在凡間，借血統而自重還可以理解；到了天堂（「欲望不歪的地方」），見了高祖卡查圭達，知道他有顯赫的歷史後，也以血統為榮，回顧時就不禁有慚愧之感。

7-9. **誠然……奔忙**：血統像易縮的衣裳，若無賢德隨著歲月增加，時間就會在周圍把它剪掉（「奔忙」）。

10-15. **我以一個「您」字……犯錯**：意為：但丁以敬稱「您」("voi")跟卡查圭達說話，顯示他仍重視凡間的血統；否則，他會以「你」("tu")稱呼受話人(addressee)。貝緹麗彩見但丁仍受凡塵的虛榮羈絆，不禁莞爾。據說凱撒凱旋，羅馬人以拉丁語複數的"vos"（「你們」）而不用單數"tu"（「你」）稱呼他。此後，"vos"成了拉丁語的敬稱，相等於漢語的「您」；進

了意大利語，就是"voi"。不過這一傳統，日後的羅馬人沒有遵循（「其子孫卻鮮能踵武」）。在《神曲》裏，獲但丁以"voi"（包括屬格"vostro"）稱呼的，只有法里納塔・德利烏貝爾提(Farinata degli Uberti)（《地獄篇》第十章）、卡瓦爾坎特(Cavalcante)（《地獄篇》原文第十章五一、六三、九四、一一零行）、布魯涅托・拉提尼(Brunetto Latini)（《地獄篇》原文第十五章）、庫拉多・馬拉斯皮納(Currado Malaspina)（《煉獄篇》原文第八章一二行）、教皇阿德里安五世(Adriano V)（《煉獄篇》原文第十九章一三一行）、圭多・圭尼澤利(Guido Guinizelli)（《煉獄篇》原文第二十六章一一二行）、貝緹麗彩。在《天堂篇》第三十一章七九—九零行（原文則由八一行的"tue"（「你的」）開始，至九零行），但丁以"tu"（「你」）稱呼貝緹麗彩，是罕有的例外。**如書中侍女／以輕咳……別再犯錯**：在古法語傳奇《湖上騎士蘭斯洛特》(*Lancelot du Lac*)裏，亞瑟王后茛妮維爾與亞瑟王的騎士相戀。女侍德馬爾歐(Dame de Malehaut)聽到王后示愛，以咳聲提醒她，叫她檢點。但丁以德馬爾歐比喻貝緹麗彩，是為了指出，他本人以血統自重，在天堂並不恰當。有關茛妮維爾的傳奇，參看《地獄篇》第五章第一二八行註；一三七行註。

20.　**這樣的經驗**：指但丁與高祖相會的經驗。

25.　**聖約翰的羊圈**：指翡冷翠。翡冷翠的主保聖人（patron saint，一譯「守護神」）是施洗約翰，因此翡冷翠稱為「聖約翰的羊圈」。

27.　**上位**：顯赫的位置。

33.　**不是現代語彙**：指卡查圭達所說的話，不屬但丁時期的意大

利語彙。有些論者認爲，卡查圭達一直跟旅人但丁說拉丁語，一如第十五章二八—三十行所錄。不過爲了方便讀者，詩人只好用意大利語表達。也有論者認爲，卡查圭達此刻所說並非拉丁語，而是古代的翡冷翠語。參看 Bosco e Reggio, *Paradiso*, 262-63; Sapegno, *Paradiso*, 210; Singleton, *Paradiso 2*, 269。

34. **「從『萬福瑪利亞』響起的俄頃」**：指天使加百列向瑪利亞宣佈，她會由聖靈感孕而生耶穌的俄頃。參看《路加福音》第一章第二十六—二十八節。在基督教傳統中，這俄頃在三月二十五日，也就是翡冷翠新年的開始。在這裏，卡查圭達以聖母領報(Annunciation)的一天爲公元元年的開始。

36. **這朵火焰**：指火星。**獅子**：指獅子座(Leo)。

37-38. **要在獅爪下復燃而一再重臨，／已達五百八十次**：據 Alfragano 計算，火星重返獅子座一周，需時六百八十七日。按這一數目計算，卡查圭達的出生年份是公元一零九一年。參看 Bosco e Reggio, *Paradiso*, 263; Sapegno, *Paradiso*, 210。

40-42. **你們每年……誕生之處**：這三行間接點出卡查圭達的出生地點。每年六月二十四日，即聖約翰日(giorno festivo di San Giovanni)，翡冷翠會舉行大賽（其中包括賽馬），沿阿爾諾河奔跑，賽程中的最後一區叫「聖皮耶羅門」(Porta San Piero)。聖皮耶羅門是德利斯佩茲阿利路(Via degli Speziali)的路口，是艾利塞伊(Elisei)家族（即卡查圭達的家族）所在。參看 Bosco e Reggio, *Paradiso*, 263-64; Sapegno, *Paradiso*, 210; Singleton, *Paradiso 2*, 270。

43-45. **關於吾祖……明言**：論者指出，但丁不知道卡查圭達的其他資料，因此安排卡查圭達這樣說。參看 Villaroel, *Paradiso*,

131。

46-48.　**當時……五分之一**：當時，由阿爾諾河舊橋(Ponte Vecchio)
旁的戰神馬爾斯雕像到聖約翰（San Giovanni，也可按意大
利文譯爲「聖卓凡尼」）洗禮堂（也就是說，從城南到城北），
整個翡冷翠古城的人口是現在（但丁時期）的五分之一。在
但丁時期，翡冷翠的人口約爲三十萬。一般論者（如 Bosco
e Reggio, *Paradiso*, 264-65; Sapegno, *Paradiso*, 211)所引的數
字，都以 Giovanni Villani 的 *Cronica di Giovanni Villani*, VIII,
39 爲準。有關戰神雕像，參看《地獄篇》第十三章一四五
行註；一四六—五零行註。

49.　**坎皮、切塔爾多、費格內**：都是翡冷翠附近的村莊。坎皮
(Campi)在比森茲奧河谷(Val di Bisenzio)，位於翡冷翠西北
約十英里；切塔爾多(Certaldo)在艾爾薩河谷(Val d'Elsa)，位
於坡吉邦西(Poggibonsi)西北約八英里；費格內（Fegghine，
即今日的 Figline），在阿爾諾河谷(Valdarno)，位於翡冷翠東
南十七英里。參看 Singleton, *Paradiso 2*, 271 及該頁之前的
地圖。

52-53.　**啊，僅是鄰居就好了，上面／所提的人**：意爲：如果坎皮、
切塔爾多、費格內的村人（「上面／所提的人」）僅是鄰居，
而不在翡冷翠城內就好了。言下之意是：這樣，他們就不會
玷污今人的血統。

53-55.　**願城界設在噶魯佐／和特瑞斯皮阿諾……沒有他們**：意爲：
但願翡冷翠的邊界在噶魯佐和特瑞斯皮阿諾。這樣，「上面
／所提的人」就會被摒於邊界外，不會在城中（城中就「沒
有他們」）。**噶魯佐**：Galluzzo，托斯卡納的村落，在翡冷
翠以南通往錫耶納的路上。**特瑞斯皮阿諾**：Trespiano，托斯

卡納的村落，在翡冷翠以北通往波隆亞的路上。兩個村落都比坎皮、切塔爾多、費格內更接近翡冷翠；如能成爲邊界，在地理上，坎皮、切塔爾多、費格內的村人就被摒諸界外，不致玷污翡冷翠。

56. **阿古利奧內的粗鄙之輩**：指阿古利奧內(Aguglione)的巴爾多(Baldo)。巴爾多又稱 Baldo d'Aguglione，在翡冷翠任過要職，包括政法界官員，訂立翡冷翠法制時出過力，曾參與尼科拉・阿查約利(Niccola Acciaioli)詐騙翡冷翠的行動。是個狡詐的政客。一三一一年，修訂放逐令(Ordinamenti)，赦免流放在外的翡冷翠人時，故意漏去但丁。但丁此後的悲慘遭遇，不能不歸咎於巴爾多。參看 Bosco e Reggio, *Paradiso*, 265; Sapegno, *Paradiso*, 211; Singleton, *Paradiso 2*, 272。阿古利奧內(Aguglione)，是翡冷翠以南佩薩谷(Val di Pesa)的一座城堡。

57. **西雅人，那精於欺詐的傢伙**：指西雅(Signa)人卜尼法茲奧・莫魯巴爾迪尼（Bonifazio Morubaldini，又稱 Bonifazio Morubaldini da Signa)。是個律師，精於欺詐貪污。一三一零年覲見教皇克萊門特五世(Clement V)，設法反抗神聖羅馬帝國皇帝亨利七世。有的論者認爲，但丁所指，是 Fazio dei Morubaldini。參看 Villaroel, *Paradiso*, 132; Singleton, *Paradiso 2*, 272。西雅是托斯卡納的一個村子，在翡冷翠以西約十英里。

58-63. **要是……踩躪**：意爲：如果教會的教士（「世間最墮落的那些醜類」）沒有反對（「像後母那樣對待」）神聖羅馬帝國及其君主（「凱撒」），而對帝國友善（「像生母那樣體貼入微」），利坡・維魯提(Lippo Velluti)就不會來翡冷翠致

富，而要返回老家，像他的祖父那樣到處販賣謀生。**西米封提**：Simifonte（今日稱 Semifonte），是艾爾薩河谷(Val d'Elsa)的一個城堡，原屬阿爾貝提伯爵(Conti Alberti)家族，在翡冷翠西南，是利坡・維魯提的老家。一二零二年遭翡冷翠人摧毀。利坡・維魯提原籍西米封提，出身寒微，到翡冷翠後發跡。

64-67. **醜類像生母……博恩德爾蒙提**：如果教會的人善待帝國（「醜類像生母」），今日的蒙特穆洛、阿科內教區、格瑞維河谷就會有不同的結果。卡查圭達所提到的三個大族，是翡冷翠紛爭的「始作俑者」。**蒙特穆洛**：Montemurlo，皮斯托亞(Pistoia)和普拉托之間的城堡，自公元十一世紀即爲圭多伯爵(Conti Guidi)的家族所有。圭多伯爵抵禦不了皮斯托亞，把城堡賣與翡冷翠。**阿科內教區**：piovier d'Acone，翡冷翠附近的村子，在西耶維河谷(Val di Sieve)，是切爾基(Cerchi)家族的故鄉。切爾基家族出身寒微，移居翡冷翠後發跡，變爲大家族。一二一五年，翡冷翠分裂爲圭爾佛黨和吉伯林黨時，切爾基家族支持圭爾佛黨。圭爾佛黨分裂爲白黨和黑黨後，切爾基家族成爲白黨的領袖。"piovier"，pioviere 的縮寫，即現代意大利語的 piviere，指教區長(pievano)的管轄區。Bosco e Reggio (*Paradiso*, 266-67)指出，"piovier"源出拉丁文"plebs"（「平民」）。**格瑞維河谷**：Val di Greve（原文"Valdigrieve"）。格瑞維(Greve)是阿爾諾河的支流，在翡冷翠以南。河谷的蒙特博尼(Montebuoni)是博恩德爾蒙提(Buondelmonti)家族的城堡所在。一一三五年，城堡被翡冷翠人摧毀，博恩德爾蒙提家族被迫移居翡冷翠，後來成爲圭爾佛黨的領袖。十三世紀，翡冷翠人分裂爲圭爾佛和吉伯林

兩大黨，博恩德爾蒙提要負上部分責任。

69-72. **一如身體……五劍齊切**：卡查圭達用比喻說明人多雜聚的弊端，說明人多、城大未必好。

73. **盧尼**：Luni，意大利北部埃特魯斯(Etruria)古城，但丁時期已經毀滅。**烏比薩利亞**：Urbisaglia，意大利北部古城，但丁時期已經毀滅。

75. **格烏西**：Chiusi，一譯「基烏西」，古代叫 Clusium，在格阿納河谷(Val di Chiana)，但丁時期已經式微。Chiana，又譯「基阿納」。**西尼噶利亞**：Sinigaglia，又稱 Senigallia，在安科納(Ancona)西北。但丁時期已經式微。

81. **事功……隱匿**：事功延續的時間比人的壽命長，因此「事功都會毀滅坍圮」（七十九行）的道理不易得見（會「隱匿」）。

82-84. **命運……永不休歇**：命運使翡冷翠升沉，猶如月亮牽引潮汐。

88-90. **烏基、卡特利尼、菲利皮、格瑞奇、奧曼尼、阿爾貝里基**：Ughi、Catellini、Filippi、Greci、Ormanni、Alberichi，都是翡冷翠古代的望族，在但丁時期已全部式微、沒落。

92-93. **阿爾卡、桑奈拉、索爾達涅里、阿爾丁基、波斯提基**：Arca、Sannella、Soldanieri、Ardinghi、Bostichi，古代翡冷翠的大族，在但丁時期已湮沒無聞。

94. **一道門**：指聖皮耶羅門（原文 Porta San Piero）。在 Bosco e Reggio, *Paradiso,* 268, "San Piero"爲"S. Pietro"。其餘註者（如 Pasquini e Quaglio, *Paradiso*, 247; Sapegno, *Paradiso*, 214; Villaroel, *Paradiso*, 134）的拼法，都爲"San Piero"。

95-96. **拉維亞尼……根苗**：拉維亞尼(Ravignani)是古代翡冷翠的大族。家長爲貝林綽內・貝爾提(Bellincione Berti)。貝爾提是瓜爾德拉達(Gualdrada)的父親，圭多・圭拉(Guido Guerra)

的岳父。參看《天堂篇》第十五章第一一二行註。

97-99. **這道門……傾船覆舟**：一二八零年，切爾基家族買下了圭多伯爵在皮耶羅門的邸宅，一三零零年仍住在那裏。切爾基家族是圭爾佛白黨的領袖，是翡冷翠黨爭的重要人物。但丁遭到流放，切爾基家族難辭其咎。參看本章六四—六七行註；《地獄篇》第六章第六十一行註。**邪惡紛湊**：指切爾基家族的邪惡紛湊。**傾船覆舟**：指翡冷翠有大危機，會像船一樣翻沉。

100. **普列薩**：Pressa，翡冷翠大族，屬吉伯林黨，一二五八年遭放逐。

101. **噶利蓋約**：Galigaio，翡冷翠噶利蓋(Galigai, Galigaio 的複數)望族成員，屬吉伯林黨，一二五八年遭放逐。

102. **鍍金的劍柄和圓頭**：指噶利蓋約曾是騎士，其徽記爲金劍之柄和圓頭。

103. **深灰的毛皮直紋**：指皮利(Pigli)家族。該家族的紋章有深灰的毛皮直紋。**薩克提**：Sacchetti，翡冷翠大族，屬圭爾佛黨。**卓基**：Giuochi，翡冷翠家族，屬吉伯林黨。

104. **菲凡提**：Fifanti，翡冷翠家族，屬吉伯林黨。一二五八年遭放逐。**巴魯奇**：Barucci，翡冷翠家族，屬吉伯林黨。**噶利**：Galli，翡冷翠家族，屬吉伯林黨。

104-05. **因斗量／赧顏的家族**：指格阿拉蒙特西(Chiaramontesi)家族。該家族的成員負責監督鹽政，卻於一二九九年，爲了私利，擅自改動量鹽器，因此稱「因斗量／赧顏的家族」。參看《煉獄篇》第十二章一零一—一零二行註。

106. **卡爾富奇**：Calfucci，翡冷翠世家，出自多納提(Donati)一族。其後湮沒無聞。

107. **西茲伊**：Sizii，翡冷翠望族，屬圭爾佛黨。**阿里古奇**：Arrigucci，翡冷翠望族，屬圭爾佛黨。

109. **因傲慢垮台的家族**：指烏貝爾提(Uberti)家族，曾反抗翡冷翠政府。法里納塔(Farinata)是該族的代表人物。參看《地獄篇》第十章。

110-11. **那些金球／……吐艷於各處**：指拉姆貝爾提(Lamberti)家族。該族盾上的藍底有一個金球。其成員包括莫斯卡(Mosca)。參看《地獄篇》第二十八章一零六行。

112-13. **今天……貪污自肥**：指翡冷翠的維斯多米尼(Visdomini)和托星基(Tosinghi)家族。翡冷翠主教的職位空置時，兩個家族曾乘虛而入，藉故留在樞機議會(consistoro)中侵吞公款。

115-17. **另一個家族……跟羔羊相類**：指阿迪瑪里(Adimari)家族。其成員包括多銀翁菲利波(Filippo Argenti)。菲利波為人兇惡（「扮惡龍」），但見了更惡的人或錢財就變得溫和（「見人張牙……嬿然跟羔羊相類」）。阿迪瑪里家族屬圭爾佛黨，與多納提(Donati)家族有夙怨。貝林綽內・貝爾提(Bellincione Berti)的兩個女兒，一個嫁烏貝提諾・多納提(Ubertino Donati)，一個嫁阿迪瑪里家族的成員。參看《地獄篇》第八章第六十一行註；《地獄篇》十六章第四十一行註。

119-20. **結果……該家**：貝林綽內・貝爾提把另一個女兒嫁給阿迪瑪里家族，烏貝提諾・多納提（即多納托）不高興，因為這樣一來，他就要跟阿迪瑪里家族的成員連襟。

121. **卡龐薩科**：Caponsacco（複數 Caponsacchi）一族，由翡耶索雷遷到翡冷翠。

122. **朱達**：Giuda，指翡冷翠朱迪(Giudi，Giuda 的複數）家族，屬吉伯林黨，有顯赫的歷史。**因凡噶托**：Infangato，指因凡

噶提(Infangati)家族，屬吉伯林黨。

124-26. **一個離奇的事實……佩拉家族的名字揚播**：翡冷翠的一道城門，曾以佩拉(Pera)家族命名，叫「佩魯扎門」(Porta Peruzza)。至於「事實」何以「離奇」（第一二四行），論者有不同的說法。有的論者認為，一般人不相信佩拉家族有這麼悠久的歷史，會覺得這事實離奇。參看 Mattalia, *Paradiso*, 317; Singleton, *Paradiso 2*, 281-82。

127. **顯赫的男爵**：指烏戈・迪布蘭德布爾戈(Ugo di Brandeburgo)，是十世紀托斯卡納的一個男爵。一零零一年卒於聖托馬索(San Tommaso)節（十二月二十一日）。

129-30. **這男爵……嘉獎**：詹多納提(Giandonati)、普爾奇(Pulci)、德拉貝拉(Della Bella)、涅爾利(Nerli)、甘戈蘭迪(Gangolandi)、阿雷普里(Alepri)等家族，後來承襲了烏戈的紋章，並獲封為騎士而晉身貴族。參看 Villaroel, *Paradiso*, 136。"Gangolandi", Sapegno, *Paradiso*, 215 為 "Giangalandi"; Pasquini e Quaglio, *Paradiso*, 250 為"Gangalandi"。

131-32. **儘管……那樣**：儘管承襲其紋章的家族中，詹諾・德拉貝拉(Giano della Bella)於十三世紀末成了大眾的領袖（「投向大眾」），不再和貴族同一陣線（「不再像以往那樣」）。**以邊飾圍繞紋章的**：詹諾・德拉貝拉的紋章有金色的邊飾圍繞。參看 Villaroel, *Paradiso*, 136。

133-35. **瓜爾特羅提……安恬**：瓜爾特羅提(Gualterotti)和伊姆坡圖尼(Importuni)兩個家族，當時居於聖使徒街(Borgo dei Santi Apostoli)。後來，博恩德爾蒙提(Buondelmonti)一家也搬了進來。在古代的翡冷翠，瓜爾特羅提和伊姆坡圖尼兩個家族都有名望，後來也轉投大眾。

136-38. **另一家族……奪走**：博恩德爾蒙提家族的博恩德爾蒙特 (Buondelmonte de' Buondelmonti)與阿米德伊(Amidei)家族 （「另一家族」）的一個女子訂婚。後來見異思遷，娶了多納提家族的一個女子，於一二一五年被阿米德伊家族殺死，導致日後翡冷翠圭爾佛和吉伯林兩黨之爭。因此，「另一家族」（阿米德伊）給翡冷翠帶來憂愁，叫翡冷翠喪失生命，把翡冷翠人的幸福生活奪走。參看《地獄篇》第十三章一四五行註；第二十八章一零六行註。一三六、一三七、一三八行的「你們」，指翡冷翠或翡冷翠人。

139. **同伙**：指烏切利尼(Uccellini)和格拉迪尼(Gherardini)家族。

140-41. **博恩德爾蒙特呀……讒言是聽**：指博恩德爾蒙特聽信瓜爾德拉達・多納提(Gualdrada Donati)的建議（「讒言」），撕毀與阿米德伊女子的婚約，與多納提家族的一個女子結婚。

142-44. **當年……快樂得多**：艾瑪河(Ema)是翡冷翠附近的一條河，在該城南部的山丘發脈，流入格瑞維河(Greve)。當年，博恩德爾蒙提家族進翡冷翠時，先要渡過這條河。這三行的意思是：當年，博恩德爾蒙特進城時，如果被上帝擲進河裏，今日受苦的人就不會受苦了。

145-47. **不過……十分得宜**：意爲：在翡冷翠的和平即將結束之際，該城把犧牲（博恩德爾蒙特的生命）向戰神殘缺的雕像奉獻，也十分恰當。阿爾諾河舊橋的戰神雕像旁，是博恩德爾蒙特被殺的地點。參看《地獄篇》第十三章一四五行註、一四六——一五零行註；《地獄篇》第二十八章第一零六行。

153. **使百合花徽在矛上永不倒掀**：百合花是翡冷翠的市徽。「百合花徽」「倒掀」，指翡冷翠被打敗；「永不倒掀」，指翡冷翠在戰爭中永無敗績。

154. **不受黨派分裂的影響而變紅**：一二五一年，皮斯托亞(Pistoia)
之役後，圭爾佛黨把吉伯林黨逐出翡冷翠，把市徽的紅底白
百合改爲白底紅百合。卡查圭達時期，翡冷翠仍未分裂，市
徽的白百合仍未由白變紅。Bosco e Reggio (*Paradiso*, 274)
指出，百合由白變紅，也象徵血染翡冷翠。

第十七章

但丁在旅途中聽到有關自己的預言。為了求證，乃請卡查圭達就預言申說。卡查圭達告訴但丁，他會遭到放逐；同時告訴他，放逐期間，他的恩公是誰。然後，卡查圭達叮囑但丁把所見在《神曲》裏記敘。

古代那個青年，聽了對自己
　　不利的消息，就向克呂美涅求證。
　　今日，他仍叫為父的對兒子猜疑。　　　3
我的情形也相同。而那盞聖燈——
　　那為我移位的光芒——和貝緹麗彩
　　也覺察我求證之念在胸中萌生。　　　6
於是，娘娘對我說：「放開胸懷，
　　展示渴望的火焰吧，讓它清楚
　　無誤地蓋著裏面的鈐印吐出來。　　9
我這樣說，非因你的話會增補
　　我們所知；是因為要你練習
　　渴思的表達，讓甘泉為你傾注。」　　12
「我親愛的主根哪，你這樣上移，
　　望著沒有過去和未來的一點，
　　在偶發事件尚未成形之際，　　　15
就看見偶發事件出現在眼前，

如塵世的心智看見三角形裏頭，
　　兩個鈍角不可以同時出現。　　　　18
療魂的山上，我跟維吉爾行走。
　　同時，也跟他一起降落
　　死亡世界。我們前進的時候，　　　21
儘管我覺得自己志不可奪，
　　能面對不測的打擊，莊重的話音
　　仍然把我的未來向我申說。　　　　24
因此，知道甚麼樣的命運在靠近
　　我身邊，我就會夙願得償；
　　心裏有準備，利矢就慢些來臨。」　27
我向剛才對我說話的光芒
　　這樣祈告。這樣一來，我也按
　　貝緹麗彩的意思說出了願望。　　　30
上帝的羔羊，能洗去罪惡的污染。
　　他遇害之前，世間的愚夫愚婦
　　被困於隱晦的言詞。我說完　　　　33
上述的一番話，滿懷慈愛的先祖
　　卻用清晰而明確的語言回答；
　　說話時，在微笑中亦藏亦露：　　　36
「你們的物質篇章外，事物要偶發，
　　也沒有任何延續舒展的空間；
　　在永恆的天視中，卻清晰如畫。　　39
可是，必然性跟天視並沒有關連；
　　都像隨水流下衝的舟楫映入
　　眼睛，不會因眼睛才如此顯現。　　42

一如動聽的旋律從風琴飄出，

　　悠悠揚揚傳入我的耳朵，

　　你的未來從天視映進我雙目。　　　　45

由於殘酷陰險的後母嫁禍，

　　希坡呂托斯要離開雅典。像他

　　一樣，你也要離開翡冷翠的城郭。　　48

這件事已有人決定，有人策劃，

　　且即將付諸行動；在整天買賣

　　基督的地方，主謀人正想盡辦法。　　51

像平時一樣，喧呶的大眾會責怪

　　含冤的一方。不過，日後公理

　　會施以報應，證明有公理存在。　　　54

所有最為你疼愛珍重的東西，

　　你注定要留下。這種經驗，

　　是放逐之弓射出的第一枝箭鏑。　　　57

你要領略別人的麵包有多鹹；

　　而且要感受，在別人的樓梯舉步

　　上落，行程是如何辛酸多艱。　　　　60

不過，在你肩上，最重的包袱

　　卻是同伴。他們邪惡而愚笨，

　　會陪著你一起，墮進那深谷。　　　　63

他們會忘恩負義，對你既兇狠

　　又狂暴。可是，不久之後，因愚行

　　而額角發紅的是他們，不是你本人。　66

以後，他們的行為會清楚證明，

　　他們愚蠢如禽獸；你自成一派，

反而能把自己的節操外映。　　　　69
倫巴第那位大公的慇懃和藹，
　　是供你投靠的第一家旅館。
　　他的梯頂，是神鳥振翅所在。　　72
這位大公會對你旣厚且寬：
　　其他人是先求後賜；你們之間，
　　卻是懇求比賜予來得晚。　　　　75
你會看見大公跟另一人出現。
　　在世間，那人的功勳會馳譽四海，
　　因爲出生時，他帶有這顆星的重鈴。78
此刻，世人還未認識這英才，
　　因爲目前他仍然年輕，繞他
　　運行的輪子，迄今只轉了九載。　81
不過加斯科尼人尚未欺詐
　　高貴的亨利，這英才已賤視勞苦
　　和金錢，讓光輝從氣魄裏迸發。　84
他的慷慨，他的寬宏大度，
　　注定爲大衆知曉，使他的仇人
　　也不得不勞動唇舌加以傳述。　　87
你不妨仰望他，仰望他賜你洪恩。
　　由於他，許多人的命運會變易；
　　富人和窮人，彼此會交換身分。　90
關於他的這一點，你要在心裏
　　銘記，不要宣揚。」接著，他預言
　　未來；目擊者聽了也會驚奇。　　93
然後說：「孩子呀，我在上面

所講，解釋了預言；所述的陷阱，

　　未來幾年轉完了就會彰顯。　　　96

不過對於同鄉，你不必悻悻，

　　因爲他們的險詐會受到懲罰；

　　其後，你卻會得享綿長的壽命。」　99

聖潔的光靈按我安排的棉紗

　　以緯配經，然後表示工作

　　已經完成，沒有再繼續說話。　　102

於是，像猶豫的人感到困惑，

　　渴求意向正確、慈愛得體

　　而又明智之士的指導，我說：　　105

「先祖哇，我很清楚，時間在策騎

　　朝著我急奔而來，要趁我毫無

　　準備之際給我最沉重的打擊。　　108

因此我應該以先見自我保護。

　　這樣，即使至愛的故土被奪，

　　我也不致因詩歌而走投無路。　　111

我曾在苦難無邊的下界走過，

　　也在高山之上，獲我的娘娘

　　用雙眸把我從麗峰上挪，　　　114

然後到達天宇而跨光飛揚。

　　如果我複述途中獲悉的資料，

　　許多人會親嚐苦藥於口腔；　　117

我這個眞理之友如果膽小，

　　鑒古的後人回顧這段時間，

　　我就會在他們當中亡夭。」　　120

當初，我在燁燁的光芒裏發現
　　寶藏在微笑。這時候，光芒熠熠
　　閃晃，如金鏡拋射著太陽的炯焰；　　123
然後答道：「良心由於自己
　　或他人的可恥行為而暗黑，
　　無疑會覺得你的話語嚴厲。　　126
但是，你得拋卻所有的虛偽，
　　把你所見的聖景公開；讓他們
　　抓癢吧，那些身患疥癬的醜類！　　129
因為，你的話初嚐時即使十分
　　澀苦，一旦聆聽者能加以消化，
　　就會得到極滋補的食物養身。　　132
你的呼喊要像強風吹颺，
　　給最高的山峰最重的轟襲。
　　能做到這點，榮耀不可謂不大。　　135
由於這緣故，在這些運轉的天體裏，
　　在那座山上，在愁谷所處的下方，
　　只有著名的靈魂才展示形跡。　　138
因為，範例的來歷如果隱藏
　　或無人知曉，而別的證據又模糊
　　不彰，信念在聽者的心上　　141
就無從建立，更不能加強鞏固。」

註　釋：

1-3. **古代那個青年……猜疑**：「那個青年」，指神話人物法厄同
(Φαέθων, Phaethon)。法厄同是阿波羅和克呂美涅(Κλυμένη,
Clymene)的兒子。遭人搶白，說他不是阿波羅之子。於是向
母親求證，並按母親的吩咐，直接問阿波羅，而且要駕馭阿
波羅的日車，以便向世人證明，他們是父子關係。阿波羅一
時心軟，把日車借給兒子。結果因法厄同馭術不精，日車出
軌，幾乎把大地燒焦，法厄同本人也被宙斯殛死。參看《變
形記》第一卷七四八—七六一行；第二卷三零一—三一八
行。**叫爲父的……猜疑**：叫所有的父親不敢隨便答應兒子的
要求。

4. **我的情形也相同**：在地獄和煉獄，不同的亡魂曾在不同的場
合預言但丁的未來。此刻，但丁急於向卡查圭達求證，要知
道預言是否屬實，情形就像法厄同昔日向阿波羅求證一樣。
有關亡魂的預言，參看《地獄篇》第十章七九—八一行；第
十五章六一—七二行；第二十四章一四二—五一行；《煉獄
篇》第八章一三三—三九行；第十一章一三九—四二行。**那
盞聖燈**：指卡查圭達。在《天堂篇》第十五章，卡查圭達爲
了跟但丁說話，曾經從十字架的右臂飛射到十字架的下方。
參看《天堂篇》第十五章十九—二十七行。

7. **娘娘**：指貝緹麗彩。

7-9. **「放開胸懷……吐出來」**：貝緹麗彩叫但丁說出心裏的話。

12. **甘泉**：指答案。

13. **主根**：指卡查圭達。**你這樣上移**：指卡查圭達身在天堂。「上
移」，原文"insusi"（不定式 insusarsi），是但丁所創之詞，
意爲"levarsi in alto, andare in su"(*Dizionario Garzanti della
lingua italiana*, 878)。

14. **沒有過去和未來的一點**：指上帝。原文（十七—十八行）"il punto / a cui tutti li tempi son presenti"，直譯是「在該點，／一切時間都是現在」。在上帝之內，過去、現在、未來都聚於一點，也就是聚於現在，再沒有過去和未來。在《天堂篇》第二十八章，上帝出現時，是極小的一點光芒，所以說「一點」。參看該章十六—二十一行。

15-16. **在偶發事件……在眼前**：上帝是全知。凡間未發生的偶發事件，都昭然在他的聖目之前展現。

17-18. **如塵世的心智……同時出現**：在幾何學裏，一個三角形不可能包含兩個鈍角。上帝預見偶發事件的能力，是絕對的，不容置疑的，就像「一個三角形不可能包含兩個鈍角」的命題一樣肯定。

19. **療魂的山**：指煉獄。亡魂經過煉獄之旅後，就變得更康強，能夠飛升天堂，所以說「療魂」。

21. **死亡世界**：指地獄。

23-24. **莊重的話音／……向我申說**：參看本章第四行註。

26. **夙願**：指但丁想預知自己未來的願望。這願望一直藏在但丁心中，所以說「夙願」。

27. **「心裏……來臨」**：心裏有了準備，利箭來襲時，就不致猝不及防。

28. **剛才對我說話的光芒**：指卡查圭達。

31. **上帝的羔羊**：指基督。

33. **隱晦的言詞**：預言都藉隱晦之詞傳達。基督遇害前，異教徒都聽信各種預言。

36. **微笑中亦藏亦露**：卡查圭達的光靈隱身光中（「亦藏」），同時又以光芒顯示其福樂（「亦露」），因此說「微笑」。

37-38. **「你們的……空間」**：指凡間的偶發事件，只在凡間發生；要在凡間以外發生，絕不可能（「没有任何延續舒展的空間」）。

39. **天視**：指上帝的眼光、上帝的視域。在上帝的視域中，凡間的偶發事件都無所遁隱。

40-42. **可是……顯現**：凡間的偶發事件，雖然都清晰地映入上帝眼中，没有過去和未來；可是這些事件所以發生，非因獲睹於上帝，一如沿水流下衝的舟楫，其行止不受觀者影響。換言之，上帝不會干擾人的自由意志。

43-45. **一如……我雙目**：凡間的過去和未來映入神的視域，再從神的視域映入卡查圭達的眼睛。在這裏，但丁以聽覺（音樂意象）寫視覺。

46-47. **由於……離開雅典**：希坡呂托斯('Ιππόλυτος, Hippolytus)，忒修斯之子，跟母親希坡呂忒('Ιππολύτη, Hippolyta)狩獵。因崇奉阿爾忒彌斯("Αρτεμις, Artemis)而冷落阿芙蘿狄蒂('Αφροδίτη, Aphrodite)。阿芙蘿狄蒂懷恨在心，令希坡呂托斯的後母菲德拉(Θαίδρα, Phaedra)愛上希坡呂托斯，並且要跟他歡好。見拒後，向忒修斯誣告希坡呂托斯企圖強姦。忒修斯信以爲眞，把希坡呂托斯逐出雅典，然後請海神波塞冬(Ποσειδών, Poseidon)把他殺掉。波塞冬按忒修斯的吩咐，遣海怪驚嚇希坡呂托斯的馬，令他從馬車墮下身亡。參看《變形記》第十五卷四九七—五二九行。希坡呂托斯之死，是因爲「父親輕信讒言，後母陰險狡詐」("credulitate patris, sceleratae fraude novercae")。見奥維德《變形記》第十五卷四九八行。但丁原文第四十七行的"per la spietata e perfida noverca"，與奥維德的"sceleratae fraude novercae"意思相近。

49-51. **這件事……想盡辦法**：一三零零年春，教皇卜尼法斯八世在羅馬（「整天買賣／基督的地方」）設法對付翡冷翠的白黨。但丁屬白黨，因卜尼法斯的險詐而見逐。但丁的天堂之旅發生於一三零零年。這時候，教皇即將把奸計付諸實行；所以說「即將付諸行動」。有關卜尼法斯如何買賣基督，參看《地獄篇》第十九章五二—五七行。

62. **同伴**：指白黨的其他成員。

63. **那深谷**：指遭到流放的悲慘命運。

65-66. **可是……不是你本人**：但丁流放後不久，即與白黨的其他成員分裂。一三零四年，這些成員曾企圖返回翡冷翠，卻沒有成功。**額角發紅**：指白黨的其他成員會為自己的行徑感到羞赧。

70-72. **倫巴第……振翅所在**：倫巴第大公巴爾托洛美奧・德拉斯卡拉(Bartolomeo della Scala)，是韋羅納(Verona)的領主，卒於一三零四年三月七日，是但丁流放後投靠的第一人（等於「但丁的第一家旅館」）。其家族的紋章是一隻神鷹棲止在梯上。

75. **懇求比賜予來得晚**：指巴爾托洛美奧不待但丁懇求，就會賜予。這行形容巴爾托洛美奧慷慨豪爽，是但丁對恩公的稱頌。

76. **另一人**：指巴爾托洛美奧的弟弟坎・格蘭德・德拉斯卡拉(Can Grande della Scala)，原名坎・弗蘭切斯科・德拉斯卡拉(Can Francesco della Scala)，生於一二九一年，卒於一三二九年。繼其兄成為韋羅納領主。於一三一一年獲神聖羅馬帝國皇帝委任為代表。

78. **因為……重鈴**：坎・格蘭德在火星（戰神馬爾斯）的月份（一二九一年三月）出生，有戰神的印鈴。日後，其顯赫的軍功證明戰神的印鈴發揮了作用。

80-81. **因爲……九載**：卡查圭達說話時（一三零零年），坎・格蘭德只有九歲。換言之，從坎・格蘭德出生時算起，「繞他／運行的輪子」（指諸天）「只轉了九載」。

82-83. **加斯科尼……亨利**：克萊門特五世是加斯科尼人，原名貝特洪・德戈(Bertrand de Got)，一三零五──一三一四任教皇，把教廷遷到阿維雍(Avignon)，成爲法王腓力四世的傀儡。對神聖羅馬帝國皇帝亨利七世陽奉陰違。有關克萊門特的描寫，參看《地獄篇》第十九章。

83-84. **賤視勞苦／和金錢**：指坎・格蘭德有軍功，不怕勞苦，不吝嗇金錢。

95. **預言**：指但丁在地獄和煉獄所聽到的預言。參看本章第四行註。**陷阱**：參看本章四九──五一行。

99. **綿長的壽命**：既可指但丁的陽壽綿長，能看到壞人受懲；也可指他的詩名歷久不墜。二說皆通，但以第一說較可信。

100-02. **聖潔的光靈……說話**：指卡查圭達詮釋了但丁所問的預言，就沉默不語。但丁在這裏用了棉紗意象，表現手法較迂迴。

110. **至愛的故土**：指翡冷翠。

112. **苦難無邊的下界**：指地獄。

113. **高山**：指煉獄山。**我的娘娘**：指貝緹麗彩。

114. **麗峰**：指煉獄山之顛，即伊甸園。因爲山峰有美好的伊甸樂園，所以說「麗」。

115. **跨光**：由此星（「光」）飛到彼星。因爲星星都是光，所以說「跨光」。

117. **苦藥**：在地獄和煉獄的旅途中，但丁有不少慘痛經歷。如果把這些經歷複述，許多人會有親嚐苦藥的感覺。

118-20. **「我這個……亡夭」**：意爲：但丁如果不如實描寫，詩名就

會在後世湮沒；如實描寫，又怕得罪於人，失去翡冷翠後再失去其他容身之所，結果會「走投無路」（第一一一行）。因此他不知道是否該如實書寫。

121-22. **當初……微笑**：但丁初見卡查圭達時（「當初」），卡查圭達（「寶藏」）曾發出光輝。參看《天堂篇》第十五章二二—二四行和同一章第八十五行。

122-23. **這時候……炯焰**：卡查圭達欣然，正準備回答但丁，因此所發的光芒更亮，如金鏡拋射著陽光。

125. **他人的可恥行為**：指親屬的可恥行為。

137. **那座山**：指煉獄山。**愁谷**：指地獄。

139-42. **「因為……鞏固」**：意思是：在諸天、煉獄、地獄出現的靈魂都有聲名，否則，他們（「範例」）所示的真理就不能叫聽者信服。不過 Singleton (*Paradiso 2*, 302)指出，這幾行只是卡查圭達的說法，因為在《神曲》裏，有些人物的聲名並不顯赫。

第十八章

但丁感到困擾，於是望入貝緹麗彩的雙眸尋求安慰。之後，卡查圭達為但丁介紹在凡間捍衛過基督教的人物。接著，在凝望貝緹麗彩的剎那，但丁跟她升上了木星天，看光靈組成《所羅門智訓》第一章第一節的一句話；然後看他們移位，組成神鷹的徽號。目睹這聖景，但丁忍不住屬責羅馬教廷的腐敗，聲討敗壞的教皇約翰二十二世。

這時候，那面幸福的鏡子已經
　　欣然在獨自沉思。我呢，也一樣
　　陶然自忖，以甘美把澀苦減輕。　　　3
然後，領我走向上帝的娘娘
　　對我說：「想別的事吧。此刻我就在
　　糾錯者的身邊；這點你倒要想想」。　6
我聽到給我安慰的慈愛
　　聲音，就轉過身來。我在聖眸裏
　　看到的大愛，這裏不再交代；　　　9
這不僅因為說話時，我對自己
　　欠信心，也因為沒有神的引導，
　　心靈就不能重返這麼高的情意。　12
那一霎的經驗，我只能這樣奉告：
　　當我向著貝緹麗彩凝目，

我的心擺脫了其他欲念的困擾。　　　15
因為永恆的欣悅已直接照覆
　　貝緹麗彩，再從秀美的雙眸
　　以重現的景象給我滿足安舒。　　　18
貝緹麗彩粲然把我征服後，
　　就這樣對我說：「你轉身聽聽——
　　天堂啊，不光在我的眸子裏頭。」　21
在凡間，情感如果集中而凝定，
　　把一個人的精神全部挾奪，
　　有時候，眼神就會如實反映。　　　24
我回望時，只見聖光灼灼，
　　情形也如此。熊熊烔焰裏，我看出
　　光靈尚有別的話要跟我說。　　　　27
接著就聽到：「這棵樹從頂部
　　下生，其果常熟，其葉不謝。
　　在第五層，也就是這裏，光族　　　30
都享著天福。他們身在下界，
　　還未升天時，大名傳揚於四方，
　　足以增益詩人的創作盛業。　　　　33
因此，請注視十字的兩臂伸張。
　　每一位光靈，輪到我點名的俄頃，
　　就會像天火在雲中疾閃光芒。」　　36
接著，聲音一說出約書亞之名，
　　我就見一道光芒以高速
　　飛射過十字，幾乎是聲起光停。　　39
聽到鼎鼎大名的馬卡比被呼，

又見另一道炯光疾旋而去，
　　跟悅於鞭子的陀螺相彷彿。　　　　42
查理大帝和羅蘭也這樣飛履；
　　我的眼神緊跟著他們急掠，
　　如獵者之眸追隨著猛隼飆舉。　　　45
接著，是威廉和任努阿德和公爵
　　戈弗利把我的視線飛快地曳過
　　十字；是霍貝・圭斯卡的飛躍。　　48
然後，和我談話的光靈離開我，
　　返回炯焰叢裏，並向我表現，
　　天堂的歌者中，他是何等超卓。　　51
然後，我身子移動，轉向右邊
　　凝望貝緹麗彩，等待她示意，
　　等她以話語或手勢給我差遣；　　54
發覺她的雙眸明澈無比，
　　充滿了欣悅之情；其顏容，比過去
　　或最近的任何時刻都秀麗。　　　57
一個人行善，從中得到的歡愉
　　會越來越多；歡愉中，他會
　　天天感到自己的美德在騫舉。　　　60
這時候，我的情形也相同：得窺
　　仙貌增妍時，也感到與諸天
　　運轉的旅程擴大了圓弧的範圍。　　63
肌膚白皙的女子，一旦赧顏
　　擺脫了羞態的拖累，剎那間會恢復
　　原來的容貌。我轉身回望時，眼前　66

出現的變化也相同：把我納入
　　懷裏的第六顆星星，溫和而潔白，
　　以同一顏色映進我雙目。　　　　　　　69
在宙斯的愉快火炬裏，摯愛
　　在閃爍，然後把我們的言語
　　在我眼前逐一地摹寫編排。　　　　　　72
如群鳥從水湄起飛向空中躍趨，
　　彷彿因食料豐美而不勝歡忻，
　　一時圓，一時以其他形狀相聚，　　　　75
燁燁眾光裏，聖潔的光靈在翩翩
　　飛舞歌唱，歌唱間依次聚成
　　D 形、I 形、L 形後繼續蹁躚。　　　　78
起初，他們隨自己的歌聲飛騰，
　　再組成其中一個字母，
　　然後稍微駐足，不再做聲。　　　　　　81
飛馬女神哪，你給天才傾注
　　榮耀，讓他們成為高壽的耆英。
　　他們也靠你賜城邦同樣的鴻福。　　　　84
請你以靈光照我，讓我說明
　　所見的字母是甚麼樣的形體。
　　在下面數行，讓你的大能顯靈！　　　　87
光靈組成字母時，總數是五乘七，
　　其中有元音，有輔音。我逐一察看
　　這些字母，揣摩表面的信息。　　　　　90
"DILIGITE　IUSTITIAM"，整幅圖案
　　由一個動詞、一個名詞開頭；

木星天
燁燁眾光裏，聖潔的光靈在翩翩／飛舞歌唱⋯⋯
（《天堂篇》，第十八章，七六—七七行）

"QUI IUDICATIS TERRAM"則讓我後覽。　　93
接著，第五字的 M 中，光靈聚集後
　　井然排列，結果那一刻的木星，
　　就像銀底凸顯出黃金的雕鏤。　　96
我看見其他光靈向 M 字的峰頂
　　下降，並且在那裏駐足歌唱——
　　相信在讚美召引他們的善靈。　　99
然後，如燃燒的柴火被擊，木上
　　迸起無數的火星（愚夫愚婦
　　習慣憑火星預卜休咎否臧），　　102
逾千點光芒從 M 字之頂再度
　　飄起，或強或弱地向上方騰騫；
　　高度呢，看太陽這火源如何遣佈。　　105
每個光靈回到自己的立足點，
　　我就看見一隻神鷹的頭頸
　　在突出的烈火圖案中顯現。　　108
在那裏繪圖的畫師，不靠誰引領——
　　他由自己引領。從他那裏，
　　我們看得出大能為鳥巢賦形。　　111
其餘有福的光靈，在 M 字聚集，
　　先組成百合，並顯得滿足快活；
　　此刻一移動就把圖案補齊。　　114
美哉星星，寶石何其亮啊何其多！
　　他們已向我展示，凡間的公道
　　是你裝飾的天穹所帶來的成果。　　117
你的運行和力量由大靈啟肇。

下界有一個地方，烏煙湧起，
　　遮暗了你的光芒。我謹此祈告，　　　　　120
求大靈俯察這個地方，對廟裏
　　買賣的勾當再發雷霆。那廟宇，
　　有神跡和殉道者築成牆壁。　　　　　　　123
天軍哪，我的思念在向你凝聚。
　　請你爲下界的迷途者祈禱。他們
　　給人帶壞了，都在歧路上前趨。　　　　　126
以前，戰爭的武器一向是劍刃；
　　今天，戰爭的武器是到處把麵包
　　扣發——扣發慈父普施的洪恩。　　　　　129
那個傢伙呀，起稿只爲了易稿。
　　你記住，彼得和保羅仍活著。遭你
　　蹂躪的葡萄園，獲他們以生命殉道。　　　132
你當然可以說：「此刻，我已經屬意
　　一心要離群索居的聖者。當年，
　　舞蹈把他向殉難之局牽羈。　　　　　　　135
漁夫或波羅，我都不再去認辨。」

註　釋：

1.　　**那面幸福的鏡子**：指卡查圭達。卡查圭達反映上帝的聖智、
　　　聖思、聖光，因此稱爲「鏡子」；身在天堂蒙恩，所以說「幸
　　　福」。

3.　　**甘美**：在上一章，卡查圭達預言但丁會有詩名，其敵人會遭

木星天
天軍哪，我的思念在向你凝聚。／請你為下界的迷
途者祈禱。他們／給人帶壞了，都在歧路上前趨。
（《天堂篇》，第十八章，一二四—二六行）

懲罰。這一預言是「甘美」。**澀苦**：在上一章，卡查圭達預言但丁會遭放逐。這一預言是「澀苦」。

4.　**領我走向上帝的娘娘**：指貝緹麗彩。

6.　**糾錯者**：指上帝。

12.　**心靈……情意**：指但丁的心靈無從追憶當時的情意。《天堂篇》第一章七—九行有類似的說法。

18.　**重現的景象**：指貝緹麗彩雙眸中的永欣和聖美。這永欣和聖美來自上帝，由貝緹麗彩的雙眸反映。

20.　**「你轉身聽聽」**：貝緹麗彩叫但丁轉身聽卡查圭達說話。

25-27.　**我回望時……跟我說**：但丁回望時，發覺卡查圭達精神貫注，要跟他說話的熱情集中而凝定，結果要說話的欲念全部反映在熊熊炯焰裏。

28.　**這棵樹**：指天堂。

28-29.　**從頂部／下生**：指由上帝賦生。上帝在上，諸天在下，所以說「從頂部下生」。

30.　**第五層**：指樹的第五層，即火星天。

31-33.　**他們身在下界……創作盛業**：這些光靈在世時都有大名，是詩人的重要題材。

36.　**天火**：指閃電。

37.　**約書亞**：以色列領袖，繼承摩西，帶領以色列人到達迦南地。參看《申命記》第一章第三十八節；《煉獄篇》第二十章一零九——一一一行；《天堂篇》第九章一二四——二五行。從這一行的約書亞開始，卡查圭達所點的光靈，都是神的衛士。

39.　**幾乎是聲起光停**：指卡查圭達的聲音剛起，光芒的飛射已結束。但丁在這裏極言光靈速度之高，與卡查圭達的聲音同起同止。

40. **馬卡比**：指猶大・馬卡比（Judas Maccabaeus，又譯「瑪加伯」、「馬加比」），是公元前二世紀領導以色列人反抗敍利亞侵略的領袖。於公元前一六零年遭敍利亞人殺害。參看《聖經次經・馬卡比傳上》第二章第六十六節─第九章第二十二節。

43. **查理大帝**：Charlemagne，又稱「查理曼」，法蘭克王國加洛林王朝國王，約生於公元七四二年，卒於公元八一四年。於公元八零零年的聖誕節由教皇利奧三世(Leo III)加冕，成爲西神聖羅馬帝國皇帝。在位期間，法蘭克王國擴張爲查理帝國，幅員極廣：東達易北河和波希米亞，南至埃布羅河(Ebro)和意大利中部，西瀕大西洋，北臨北海。查理大帝在世時極力捍衛基督教；卒後，於一一六五年獲教皇諡聖。參看《地獄篇》第三十一章十六─十八行註。**羅蘭**：查理大帝的外生兼勇將，與撒拉遜人戰鬥時全軍覆滅。參看《地獄篇》第三十一篇十六─十八行註。

46. **威廉**：William of Orange，奧倫治(Orange)公爵，生年不詳，卒於公元八一二年。旣是歷史人物，也是中世紀古法語武功歌（chanson de geste，一譯「英雄史詩」）的主要人物；任奴阿德(Renouard)皈依基督，完全歸功於他。爲了捍衛基督教，曾在法國南部力戰撒拉遜人。**任努阿德**：Renouard，傳奇中的撒拉遜人，因威廉而皈依基督教。於公元八世紀末、九世紀初與威廉一起抵抗撒拉遜人。

46-47. **公爵／戈弗利**：戈弗利(Godfrey)公爵，布伊雍(Bouillon)人，生於一零六一年，卒於一一零零年。一零九六年任十字軍的首位領袖，捍衛聖城有功，成爲基督徒中的第一個耶路撒冷王。其事跡是法國史詩的題材。

48.　**霍貝・圭斯卡**：Robert Guiscard，一零一五年生於諾曼底，卒於一零八五年。諾曼人(Normans)領袖，從撒拉遜人手中奪回意大利南部的土地。參看《地獄篇》第二十八章第十二行註。

49.　**和我談話的光靈**：指卡查圭達。

50-51.　**並向我表現，／天堂……何等超卓**：指卡查圭達加入光靈的隊伍中，繼續歌唱，讓但丁知道，他的歌藝如何超卓。

57.　**最近**：指但丁和貝緹麗彩進了火星天後的時間。

62.　**仙貌增妍**：指貝緹麗彩的美顏變得更美。

62-63.　**也感到……範圍**：這時，但丁和貝緹麗彩已升到更廣、更大的木星天（第六重天），所以說「感到……擴大了圓弧的範圍」。

64-69.　**肌膚白皙的女子……映進我雙目**：但丁由紅色的火星進入木星，發覺木星溫和而潔白。這由紅變白的過程，就像皮膚白皙的女子因害羞而臉紅；臉紅過後，皮膚再恢復白皙。參看Fraticelli, 610。這一比喻，大概出自《變形記》第六卷四五—四九行：

> sola est non territa virgo,
> sed tamen erubuit, subitusque invita notavit
> ora rubor rursusque evanuit, et solet aer
> purpureus fieri, cum primum Aurora movetur,
> et breve post tempus candescere solis ab ortu.

> 　　　只有那少女〔指阿拉克涅〕沒有驚恐。
> 不過赧顏一現即逝間，她的臉頰
> 仍不禁泛起紅暈，就像天空

在曙光初露的俄頃變赤，

片刻後，因太陽上升而轉白。

70. **宙斯的愉快火炬**：指木星。原文"giovial facella"。"giovial"
（"gioviale"的縮略）是意大利語 Giove（宙斯）的形容詞，
意爲"di Giove"（「宙斯的」），在這裏也有「愉快」之意。
因爲據歐洲傳說，在宙斯之星（木星）之下出生的人，性情
開朗而愉快。木星的英文名字是 Jupiter，直譯是「朱庇特」。

70-71. **摯愛／在閃爍**：指光靈在閃爍。

71. **我們的言語**：指意大利語的字母。

79. **隨自己的歌聲飛騰**：衆光靈唱著歌，按歌聲的節奏跳舞。

82. **飛馬女神**：原文"diva Pegasea"，指繆斯。至於指哪一位繆
斯，但丁沒有明言。有些論者（參看 Sinclair, *Paradiso*, 264 ）
認爲指史詩女神卡莉奧佩(Καλλιόπη, Calliope)，有的論者
（參看 Singleton, *Paradiso 2*, 309)認爲指專司木星天的歐忒
爾佩(Εὐτέρπη, Euterpe)。Chiappelli, 430; Mattalia, *Paradiso*,
353; Pasquini e Quaglio, *Paradiso*, 294；都沒有專指哪一位繆
斯。有關其他說法，可參看 Bosco e Reggio, *Paradiso*, 305;
Sapegno, *Paradiso*, 234; Vandelli, 882。在希臘神話中，佩爾
修斯(Περσεύς, Perseus)殺了梅杜薩(Μέδοισα, Medusa)後，
把她的頭顱割下，鮮血流滴處生出雙翼飛馬佩伽索斯
(Πήγασος, Pegasus)。後來，佩伽索斯蹄蹴處，赫利孔
('Ελικών, Helicon)山湧出希坡克瑞涅('Ιπποκρήνη,
Hippocrene)泉（希臘文是「馬泉」之意），爲繆斯所鍾愛。
因此，這裏的"diva Pegasea"也就指繆斯。佩伽索斯
(Πήγασος)之名，源出希臘文πηγή（泉水），因爲梅杜薩在

泉水（πηγαί，πηγή的複數）旁被殺。有關卡莉奧佩的典故，參看《煉獄篇》第一章七—十一行註。

82-83. **你給天才……耆英**：繆斯給詩人靈感，讓他們寫下不朽的作品，卒後聲名長留，等於把他們的生命延長，使他們成為耆英。

84. **他們也靠你……鴻福**：詩人藉繆斯所賜的靈感歌詠城邦，城邦也因而不朽（得到「鴻福」）。

88-89. **光靈……輔音**：光靈一共組成三十五個元音和輔音字母。

91-93. **"DILIGITE IUSTITIAM"……後覽**：整幅圖案以一個動詞（"DILIGITE"）和一個名詞（"IUSTITIAM"）開頭（二字的直譯是「熱愛」「正義」），以"QUI IUDICATIS TERRAM"（直譯是「審裁凡塵的人」）結尾。四個詞都是拉丁文，出自《所羅門智訓》（天主教思高聖經學會本《聖經》《智慧篇》）第一章第一節。意為「世上的統治者們，熱愛正義吧。」（趙沛林等譯，《聖經次經・所羅門智訓》）思高本《聖經》為：「統治世界的人，你們應愛正義……」木星天司公義，因此在裏面出現的都是正直的光靈。參看 *Convivio*, IV, XVII, 6。

94. **第五字的 M 中**：原文"ne l'emme del vocabol quinto"。"emme"是 M 字母的意大利語稱呼，這裏指"TERRAM"最末的一個字母"M"。由於 M 是 Monarchia（「帝制」或「帝國」）的第一個字母，在這裏也代表帝制、帝國。但丁相信，帝制是凡塵最穩定、最理想的統治體制。他在這裏強調 M，流露了心中的政治理念。有關但丁對帝制的看法，參看《煉獄篇》第十六章一零六、一零七、一零九——一一零、一一零——一一二行的註釋和他的《帝制論》(*Monarchia*)。

96. **銀底**：木星色白，所以說「銀底」。參看本章第六十八行。

97-99.　**我看見……善靈**：但丁看見其他光靈從最高天下降，停駐在 M 的上方，形成一個百合徽號（參看本章第一一三行），同時以歌聲讚美上帝（「善靈」）。百合是法國王朝和翡冷翠圭爾佛黨的徽號。

101-02.　**愚夫愚婦／習慣……否臧**：在古代的意大利，迷信的人喜歡在冬天的夜晚敲擊柴火，按迸發的火星卜休咎、臧否。

105.　**高度呢……遣佈**：光靈上升的高度，完全遵照上帝（「太陽這火源」）的意旨。

107.　**神鷹**：指羅馬的徽號，象徵神聖羅馬帝國。

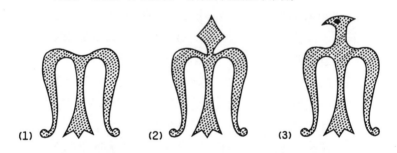

(1)　　　　　(2)　　　　　(3)

眾光靈組成 M、百合、神鷹過程示意圖

109.　**在那裏繪圖的畫師**：指上帝。

110-11.　**從他那裏，／我們……賦形**：鳥兒不必教導，就有天賦的造巢本能。這種本能，彰顯了潛藏在萬事萬物的創造力。而這種創造力，全部來自上帝。參看 Venturi, Tomo III, 254。

114.　**一移動就把圖案補齊**：指光靈由百合變為神鷹，不需太多的動作。圖案由百合變為神鷹，象徵無論是教皇黨（圭爾佛黨）或法國王朝的勢力，最後都會退下，把位置讓給神聖羅馬帝國。

115.　**星星**：指木星。**寶石**：指眾光靈。

116-17.　**他們已向我展示……所帶來的成果**：指光靈組成拉丁句子

"DILIGITE IUSTITIAM QUI IUDICATIS TERRAM"，顯示人間的公道來自木星天。參看本章九一——九三行註。

118. **大靈**：指上帝。

119. **一個地方**：指羅馬教廷。**烏煙湧起**：指教廷貪污腐敗。

120. **遮暗了你的光芒**：遮暗了木星所象徵的公道。

121-22. **對廟裏／買賣的勾當再發雷霆**：據《聖經》記載，耶穌曾把廟裏買賣的人趕走。參看《馬太福音》第二十一章第十二節："Et intravit Iesus in templum Dei; et eiiciebat omnes vendentes et ementes in templo, et mensas numulariorum et cathedras vendentium columbas evertit."（「耶穌進了　神的殿，趕出殿裏一切做買賣的人，推倒兌換銀錢之人的桌子，和賣鴿子之人的凳子……」）在這裏，但丁求基督再度發怒。參看但丁在《地獄篇》第十九章九零——一一七行對尼古拉和其他神棍的斥責；《天堂篇》第二十七章四零—六零行彼得對教廷的聲討。

122. **那廟宇**：象徵基督教。

124. **天軍**：指木星天中的光靈。

126. **給人帶壞了**：給教會的牧者帶壞了。

128-29. **今天……把麵包／扣發**：今天，教皇以聖事（sacrament，又稱「聖禮」）為武器，以褫奪教權的禁令(interdict)剝奪異己享受聖事的權利。

129. **慈父**：指上帝。**普施的洪恩**：聖事是人人都可以享受的恩典，由上帝向所有基督徒普施。

130. **那個傢伙**：指教皇約翰二十二世(Joannes XXII)，一三一六——一三三四年在位。**起稿只為了易稿**：一三一七年（當時，但丁正在創作《神曲》），教皇約翰二十二世剝奪坎・格蘭德

的教籍。約翰二十二世常常濫發開除教籍的公告；爲了斂財，又常把這些公告撤銷。在這裏，但丁對這一劣行加以聲討。參看 Bosco e Reggio, *Paradiso*, 309。有關其他說法，可參看 Mattalia, *Paradiso*, 361; Sapegno, *Paradiso*, 236; Vandelli, 886。

131. **彼得和保羅仍活著**：指彼得和保羅仍在信徒的心中活著。言下之意是：有一天，這些信徒會向你施罰。

132. **葡萄園**：指教會。參看《天堂篇》第十二章八五—八七行。**他們**：指彼得和保羅。**獲他們以生命殉道**：彼得和保羅都爲了教會而犧牲性命。

133-34. **屬意／一心要離群索居的聖者**：「離群索居的聖者」指施洗約翰。翡冷翠的弗羅林(fiorino)金幣鑄有施洗約翰像。後來，約翰二十二世在阿維雍(Avignon)自鑄金幣，以弗羅林金幣爲模子。說教皇約翰二十二世「屬意……離群索居的聖者」，指教皇只顧斂財，「屬意」鑄有施洗約翰像的弗羅林金幣。**離群索居**：施洗約翰，曾在曠野居住。參看《路加福音》第一章第八十節。

135. **舞蹈把他向殉難之局牽羈**：指施洗約翰被莎樂美(Salome)陷害。莎樂美是希羅底的女兒，於希律王生日時在眾人面前跳舞，令希律王殺了施洗約翰，把首級放在盤子上送給她。參看《馬太福音》第三章第一節；第十四章第一—十二節。

136. **漁夫**：指彼得。彼得跟隨耶穌前是個漁夫。教皇約翰二十二世不說「彼得」("Pietro")，而說「漁夫」（原文"pescator"），有輕蔑的意思。**波羅**：原文"Polo"，Paulo（保羅）的另一說法。教皇約翰二十二世不說「保羅」(Paolo)，而說不太莊重的「波羅」，也有輕蔑的意思。

第十九章

由光靈組成的鷹徽舒張雙翅，然後發言，說自己唯正義是趨，所以
升到了木星天的榮光。但丁告訴鷹徽，他心中有一個疑問，一直望
人解答而不得要領。鷹徽不待但丁明言，已知道他要問甚麼：一個
人，思想行為都循規蹈矩，只因出生的地方無人傳播福音，卒前沒
有領洗，結果被判有罪；這樣無辜的人遭罰，上帝的公理又何公之
有？對於但丁的疑問，鷹徽沒有直接回答；只是屬斥其非，強調上
帝的聖裁非俗人所能詮釋。然後，鷹徽逐一聲討下界的壞君王。

共聚的光靈享受著甜蜜的歡暢。

　　他們組成的美麗景象在我

　　眼前出現，雙翅正燁燁舒張。　　　　3

每個光靈，像一顆紅寶石閃爍，

　　裏面有太陽的光輝燃燒不停，

　　向我的眸中反射，炯炯灼灼。　　　　6

現在，我要用文字描繪的情景，

　　從未經言語傳達或筆墨呈現；

　　即使想像，也不曾給它賦形；　　　　9

因為，我目睹並聽到鷹喙在發言。

　　當聲音說「我」和「我的」兩個詞語，

　　所指是「我們」、「我們的」兩個意念。12

鷹喙說：「我由於虔誠，唯正義是趨，

鷹徽

共聚的光靈享受著甜蜜的歡暢。／他們組成的美麗
景象在我／眼前出現，雙翅正燁燁舒張。

（《天堂篇》，第十九章，一—三行）

結果獲抬舉，升到這裏的榮光——
　　超出了欲望所求的最高品序。　　　　　15
在凡間，我的不朽事迹已顯彰，
　　結果連壞人見了也要稱道；
　　可惜没有獲他們延續加長。」　　　　　18
像同一股熱，來自衆炭的燃燒，
　　眼前的圖案裏，懷著仁愛的光魂
　　以同一個聲音把信息昭告。　　　　　　21
我答道：「百花呀，你們永不消損，
　　又恆綻欣悅；你們把所有香氣
　　凝聚，再散發渾似一體的芳醇。　　　　24
呼出芬芳救我吧！大齋之禮
　　已經長時間叫我捱餓受苦。
　　我在凡間哪，找不到食物充飢。　　　　27
我十分明白，上帝公平的法度
　　要由另一層天穹鑑照反映；
　　你們這一層，卻能直視而無阻。　　　　30
你們知道，我是怎樣凝神要聆聽
　　你們。你們也知道，哪種疑難，
　　我一直望人解答而不得要領。」　　　　33
像頭罩裏鑽出的獵鷹一般，
　　兩翅拍擊間頭顱仰伸奮振，
　　整飭著羽毛隨時要高騫舒展，　　　　　36
眼前的徽記振翼翹首，爲神恩
　　頌讚間結爲一體；所唱的光輝
　　歌曲，高天的享福者才聽得明審。　　　39

接著，徽記說：「向八極伸出圓規，
　劃出世界的範圍，然後在裏面
　創造各種顯隱之物的那一位，　　　　42
不會因自己的大能像印鈐
　蓋在一整個宇宙之上，其道
　就失去充溢無窮的力量而收斂。　　　45
第一個天使，就是明證。他驕傲，
　地位處於所有造物的峰頂，
　卻因爲不願等光而下墮早夭。　　　　48
由此可見，所有次一等的生靈，
　都是淺小的容器，載不下至善。
　至善以本身量本身，沒有止境。　　　51
一切事物，都爲大智所充滿；
　我們的視力，只會是大智照向
　萬方的衆光之一。大智旣沛然　　　　54
充溢於無窮，我們的視覺力量
　就不會稟性短小，無從知悉
　其源頭遠遠超越所見的視疆。　　　　57
因此，你們凡界獲賜的視力
　穿入無始無終的正則時，情形
　就像眼睛在深海裏潛移。　　　　　　60
在岸邊，海底讓眼睛看得分明；
　水一深就隱没。其實海底無殊；
　只是被深水掩藏，眼睛看不清。　　　63
在永無陰霾的晶空，光芒在流佈；
　此外再没有光，到處都是黑暗——

軀體的陰影或軀體本身的流毒。　　　66
藏匿之所此刻已開啓，坦然，
　　把所藏的萬世公理向你揭掀。
　　就這一公理，你多次提出詰難。　　　69
你說過：『有一個人，在印度河邊
　　出生。那裏，基督的福音無人
　　傳播，也無人記述或宣之於言。　　　72
按照倫理道德的準則衡審，
　　這個人的思想行爲都蹈矩循規；
　　旣不出惡聲，生活也守紀安分；　　　75
只因死前未領洗，欠信仰之惠
　　而遭定罪，公理又何公之有？
　　他只是沒信教，究竟有甚麼大罪？』　78
你到底是誰？想坐在椅子上頭，
　　隔著千萬里之遙當起法官來！
　　因爲呀，你的眼光短小如豆。　　　81
要是你們得不到《聖經》當主宰，
　　不管是誰，跟我這樣子詭辯，
　　都會有充分理由去妄疑瞎猜。　　　84
凡塵的衆生啊，你們的心靈眞粗淺。
　　太初的意志，本身自然而善，
　　本身是至善，永不從本身乖偏。　　　87
唯此志是遵的，都正直不凡。
　　這意志，不讓後創之善去牽馭；
　　卻燁燁外鑠，是後善之所以然。」　　90
母鸛餵飽了幼雛，就會飄擧

而起，繞著鸛巢盤旋；而幼雛
　　吃飽了食物後，則會仰首上盱。　　　　　93
當時，天堂的情形也如此：我舉目
　　仰望，獲洪福庇佑的徽記則盤旋
　　迴翔，雙翅由眾志鼓動而騫翥。　　　　　96
徽記盤旋著歌唱，然後說：「永遠
　　正確的公理對於凡人，就像
　　我為你唱的歌，非你所能釋詮。」　　　　99
聖靈的璀璨火焰停止了宣講
　　不久，那個令天下對羅馬人
　　尊崇的徽記再度有聲音上揚。　　　　　102
聲音說：「能上登這個國度的莘莘
　　光靈，在塵世間都相信基督──
　　或先於，或後於基督被釘的時辰。　　　105
你看，許多人在呼喊：『基督哇基督！』
　　不過他們在最後審判的一刻，
　　會比不識基督的更遠離基督。　　　　　108
當眾魂分成兩路（一路振翮
　　往恆富，一路下沉向永窮），這些
　　基督徒會遭埃塞俄比亞人譴責。　　　　111
你們的君王行徑卑鄙，罪孽
　　都錄在那冊書裏。波斯人得睎
　　翻開的書頁，對他們能不攻訐？　　　　114
這本書會展示阿爾貝特的事跡
　　（其中包括即將命筆的行動；
　　該行動令布拉格王國荒蕪頹圮）。　　　117

這本書會展示降臨塞納河的慘痛
　　（慘痛隨僞造貨幣的人來犯；
　　這個人，最後會死於野豬的進攻）。　　120
這本書會展示叫人口渴的傲慢
　　（傲慢使蘇格蘭人、英格蘭人發狂，
　　使兩者難以守著本分而心安）。　　123
會展示西班牙王和波希米亞王
　　如何淫逸放蕩（後者從不懂
　　甚麼叫榮光，也從不希求榮光）。　　126
會展示耶路撒冷瘸子的事功：
　　用一個「一」字記錄其優點；其惡行，
　　則用一個「千」字來描述形容。　　129
會展示一個懦夫的貪婪之情
　　和膽小性格。懦夫會管治火之島；
　　島上有安基塞斯享過遐齡。　　132
爲了表明這個人地位不高，
　　有關的文字記錄會殘缺不全；
　　内容雖多，句子卻簡短稀少。　　135
他叔父和哥哥行徑卑穢，昭宣
　　劣跡讓天下目睹；令赫赫家族
　　和兩頂王冠受到污辱而含冤。　　138
葡萄牙和挪威的兩個傢伙，這本書
　　也會介紹。此外還會有拉沙王。
　　他因爲得睹威尼斯錢幣而蒙污。　　141
幸福的匈牙利呀，但願她一改舊況，
　　不再遭惡人虐待！幸福的納瓦拉呀，

但願她以周圍的群山爲武裝！ 144
要在這方面取得鑒戒，大家
　得記住，尼科西亞、法馬古斯塔曾經
　呻吟呼號在他們的禽獸之下。 147
這禽獸，和上述一類並行。」

註　釋：

7-9. **現在……賦形**：但丁的意思是：他即將描寫的景象，前人的
文字、言語都未曾表達過，想像也從未賦予形態。

10. **我目睹……發言**：參看《啓示錄》第八章第十三節："vidi et
audivi vocem unius aquilae volantis per medium caeli…"（「我
又看見一個鷹飛在空中，並聽見牠大聲說……」）。

13. **我**：神鷹雖然由許多光靈組成，說話時卻如一體，因此用「我」
（原文第十四行的"io"）爲主詞，而不用"noi"。光靈如一體，
象徵他們的意志統一而和諧。

22. **百花**：指衆光靈。

25. **大齋之禮**：指但丁在凡間有疑問，卻一直得不到解答，彷彿
經歷隆重的齋戒。

29. **另一層天穹**：指土星天（第七重天）。土星天由上座天神掌
管。參看《天堂篇》第九章六一——六二行。

30. **你們這一層**：指木星天。**卻能直視而無阻**：其餘諸天，要藉
土星天才能看到「上帝公平的法度」（第二十八行）；木星
天卻能直觀上帝，從中看到「公平的法度」，無須循間接途
徑。

34.　　**頭罩**：獵鷹的主人出獵，把獵鷹釋放前，會先用頭罩把它蓋住，以免它遭受干擾。

37.　　**徽記**：指眾光靈所組成的神鷹徽號。

40-42.　**向八極……那一位**：指上帝。

43-45.　**不會……收斂**：上帝創世，會施展大能。大能施展後，仍無窮無盡，不會因創世而減少。**其道**：指上帝最早的創意。

46.　　**第一個天使**：指明亮之星或早晨之子(Lucifer)，即撒旦墮落前的稱呼。參看《地獄篇》第三十四章第十八行註。

47.　　**地位……峰頂**：撒旦是第一位天使，在所有的造物中地位最高。

48.　　**不願等光而下墮早夭**：撒旦太驕傲，不願等上帝聖光的啓迪，結果墮入地獄而「早夭」，無從安享天福。

49.　　**次一等的生靈**：次於撒旦的生靈。

50.　　**至善**：指上帝的至善。

51.　　**至善以本身量本身**：至善無窮大，只有本身能量度本身，不受任何事物、想像或思維量度。

52.　　**大智**：指上帝的聖智。

55-57.　**我們的視覺力量／……視疆**：意爲：我們的視力不會不知道，無窮的聖智（「其源頭」）遠遠超越我們所見。

59.　　**無始無終的正則**：原文（第五十八行）爲 "giustizia sempiterna"。指上帝無始無終的聖理、法則。參看《拉丁通行本聖經》《詩篇》第三十五章第七節（欽定本第三十六篇第六節）："Iudicia tua abyssus multa."（「你的判斷如同深淵。」）

61-63.　**在岸邊……眼睛看不清**：指上帝的聖思深不可測。參看《天堂篇》第七章九四—九五行。

64-66. **在永無陰霾的晶空……流毒**：在上帝的晶空，眞理之光在流佈。光明如非來自上帝，就不是眞光，只是黑暗，是感官所引起的無知（「軀體的陰影」）或罪孽（「軀體本身的流毒」）。

67. **藏匿之所**：指上帝的公理隱伏之處。上帝的聖裁藏於無底的深邃，此刻向但丁展現（「開啓」）。

68. **萬世公理**：原文"la giustizia viva"，指上帝的天律和聖裁。由於天律和聖裁永遠不變，萬古常新，所以稱「萬世」。

69. **就這一公理，你多次提出詰難**：參看本章二五—二七行。

76-77. **只因死前……何公之有？**：只因死前沒有信仰基督而遭定罪；那麼，上帝的公理何公之有？

79-80. **你到底是誰……當起法官來**：這幾行是神鷹對但丁的訓斥，上承《羅馬人書》第九章第二十節："O homo, tu quis es, qui respondeas Deo？"（「你這個人哪，你是誰，竟敢向　神強嘴呢？」）

82-84. **要是你們……妄疑瞎猜**：神鷹代表上帝的公理，在這裏斥責但丁，勸凡間的人相信《聖經》，以《聖經》爲依歸，不該尋根究底；否則，詭辯會沒完沒了。

86. **太初的意志**：指上帝的意志。

89-90. **這意志……所以然**：上帝的意志不會受後創之善左右制宰；反而會自發光華，創造所有的後善（「是後善之所以然」）。這句話的言外之意是：凡塵之善（包括倫理道德）要服從上帝的至善。上帝的聖裁是一切公理（包括人間公理）的源頭，只能由聖裁本身來衡量評鑑（即第五十一行的「至善以本身量本身」）。

96. **雙翅由眾志鼓動而騫翥**：神鷹的雙翅因眾光靈的意志鼓動而上飛。

97-99.　**「永遠／正確的公理……釋詮」**：凡人無從理解上帝的聖裁，猶但丁此刻不能明白神鷹所唱的歌。

100.　　**聖靈的璀璨火焰**：指組成神鷹徽號的眾光靈。

101-02.　**那個令天下……徽記**：指神鷹。神鷹象徵羅馬帝國。羅馬帝國東征西討，武功顯赫，天下的人見了這徽號，都會尊崇羅馬人。所以說「令天下對羅馬人／尊崇」。

105.　　**或先於……時辰**：在基督受難前或受難後相信基督。

107-08.　**不過他們……更遠離基督**：參看《馬太福音》第七章第二十二—二十三節。一零四、一零六、一零八行都以「基督」("Cristo")與「基督」("Cristo")押韻。《天堂篇》第十二章七一、七三、七五行，第十四章一零四、一零六、一零八行，押韻的方式也相同。

110.　　**恆富**：指永遠在天堂享福。**永窮**：指永遠在地獄受刑。地獄的亡魂遠離天堂，所以「永窮」。

110-11.　**這些／基督徒會遭埃塞俄比亞人譴責**：意為：這些基督徒，只有基督徒之名，其實連非基督徒（「埃塞俄比亞人」）也不如，非基督徒也有資格譴責他們。在這裏，「埃塞俄比亞人」的意義和一一三行的「波斯人」相近。

113.　　**那册書**：指載錄上帝聖裁之書。《啓示錄》第二十章第十二節也提到此書："Et vidi mortuos magnos et pusillos stantes in conspectu throni; et libri aperti sunt, et alius liber apertus est, qui est vitae : et iudicati sunt mortui ex his quae scripta erant in libris secundum opera ipsorum."（「我又看見死了的人，無論大小，都站在寶座前。案卷展開了，並且另有一卷展開，就是生命册。死了的人都憑著這些案卷所記載的，照他們所行的受審判。」）**波斯人**：指不信基督的人。

115. **阿爾貝特**：指奧地利國王阿爾貝特一世。阿爾貝特一世是波希米亞王瓦茨拉夫二世（Václav II 或 Wenceslaus II）的妻舅，一三零四年進侵波希米亞王國。參看《煉獄篇》第六章第九十七行註。從阿爾貝特開始，但丁逐一列舉「行徑卑鄙」的「君王」（一一二行）。原詩一一五——一四一行，每三行爲一單位，共九個單位，每個單位第一行的開頭分別爲 "Lì si vedrà …,""Lì si vedrà …,""Lì si vedrà…,""Vedrassi…,""Vedrassi…,""Vedrassi…,""E…,""E…,""E…,"是修辭學所謂的「首語重複法」(anaphora)，即「一個單詞或短語出現在連續數句或數行的開頭」（《新英漢詞典》，頁三九）。同時，九個單位的第一個字母，組成 LVE。在意大利文裏，V 和 U 相通；LVE 就是 LUE，是「公害」的意思（參看 Bosco e Reggio, *Paradiso* 327-28）。但丁以這種修辭法在二十七行裏面概括壞君王的例子，表現了不少心思。可惜這一效果，是翻譯理論所謂的「不可譯」(untranslatability)；結果譯者只能在第一至第六個單位保留首語重複法：「這本書……，」「這本書……，」「這本書……」；「會展示……，」「會展示……，」「會展示……」。

116. **命筆**：驅使但丁揮筆去記述。

117. **布拉格王國**：即波希米亞王國。布拉格是波希米亞的首都，在伏爾塔瓦(Vltava)河兩岸。

118-20. **這本書……（……野豬的進攻）**：法國卡佩王朝國王腓力四世（美男子）（Philippe IV le Bel，公元一二八五——一三一四），一三零零年侵佔佛蘭德斯。一三零二年在庫爾特雷(Courtrai)戰役中敗北後，鑄僞幣以籌集軍費，給巴黎（「塞納河」）帶來「慘痛」。一三一四年，腓力四世出獵時因坐

騎遭野豬驚嚇，墮馬而死。參看《煉獄篇》第七章一零九行
註。

121-23. **這本書……（……而心安）**：英王愛德華一世（Edward I，
一二三九——一三零七）曾入侵蘇格蘭，與威廉・華萊士
(William Wallace)、羅伯特・布魯斯(Robert Bruce)交戰。其
後，愛德華二世又與布魯斯相爭。「口渴的傲慢」，指雙方
由於傲慢而動怒，結果感到「口渴」，不再滿足於本國的幅
員。

124. **西班牙王**：指卡斯蒂利亞費迪南德四世(Ferdinand IV)。費迪
南德於一二九五年——一三一二年任卡斯蒂利亞(Castilla)和
萊昂(León)國王。一二九六年從撒拉遜人手中奪回直布羅
陀，之後再無作爲。**波希米亞王**：指瓦茨拉夫二世（Václav
II 或 Wenceslaus II）。一三零四年，奧地利國王阿爾貝特一
世進侵波希米亞，瓦茨拉夫二世無力抵抗。

127. **耶路撒冷瘸子**：原文"Ciotto di Ierusalemme"。指安茹的沙爾
二世(Charles II d'Anjou)，那波利和耶路撒冷君王，普羅旺
斯伯爵。其耶路撒冷君權傳自父親沙爾一世。沙爾二世由於
腿瘸，乃有「瘸子」("Ciotto")的綽號。"Ciotto"是意大利語
中的古詞，相等於現代意大利語的"zoppo"。參看《煉獄篇》
第七章第一二六行註；《煉獄篇》第二十章七九——八一行註。

128. **用一個「一」字記錄其優點**：「一」字，原文爲"I"，是羅
馬數目字中的「一」。這行指沙爾二世乏善可陳。

129. **則用一個「千」字……形容**：「千」字，原文爲"emme"，
意大利字母"M"的名稱，也是羅馬數目字中的「千」。這行
指沙爾二世的惡行多不勝數，要用「千」字來形容。

130-31. **會展示一個懦夫……火之島**：指費德里戈二世（「懦夫」），

即佩德羅三世的三子。一二九六——一三三七年任西西里國王
（參看《煉獄篇》第七章第一一九行註）。曾與那波利的沙
爾二世爭戰，其後娶其女爲妻。由於沙爾二世是圭爾佛黨的
領袖，神聖羅馬帝國皇帝亨利七世卒後，費德里戈即背離吉
伯林黨。但丁不值費德里戈所爲，因此說他是「懦夫」，「貪
婪」而「膽小」。**火之島**：西西里有火山，因此稱爲「火之
島」("l'isola del foco")。

132. **島上有安基塞斯享過遐齡**：埃涅阿斯的父親安基塞斯卒於西
西里島，在那裏安享遐齡。參看《埃涅阿斯紀》第三章七零
七——七一五行。

135. **內容雖多……稀少**：意爲：惡行雖多，記錄惡行的句子卻稀
少。表示費德里戈二世「地位不高」（第一三三行）。

136. **他叔父**：指巴利阿里群島(Baleares)國王海梅(Jaime)。海梅
是阿拉貢海梅一世的次子，佩德羅三世的弟弟。爲了爭奪巴
倫西亞(Valencia)，一二八四年與法王腓力三世聯手攻打阿
拉貢國王佩德羅三世，結果敗績。**哥哥**：指阿拉貢國王海梅
二世，佩德羅三世的次子。參看《煉獄篇》第七章一一九——
二零行註。

138. **兩頂王冠**：指巴利阿里群島和阿拉貢的王冠。

139. **葡萄牙和挪威的兩個傢伙**：指葡萄牙勃艮第王朝國王迪尼斯
（Diniz，公元一二六一——一三二五）和挪威國王哈康五世
(Haakon V)。迪尼斯是阿爾豐沙三世(Alfonso III)的兒子，在
位期間（一二七九——一三二五年），「削弱教會勢力」，對
農業、貿易、文化都有貢獻，是位出色的君主。有「農夫國
王」(O Rei Lavrador)之稱（見《世界歷史詞典》頁四零三）。
但丁何以對他抑貶，迄今沒有定論。其中一說是：但丁以爲

他没收聖殿騎士的財產，據爲己有；同時對妻子不忠；且與繼承人交戰；因此加以撻伐。參看 Singleton，*Paradiso 2*, 327-38; Sisson, 703。哈康五世於公元一二九九——一三一九年任挪威國王，在位期間與丹麥交戰。

140. **拉沙王**：指斯特凡・烏羅什二世（Stevan Uroš II，一二七五——一三二一），塞爾維亞國王，斯特凡・烏羅什一世之子。在位期間，與希臘、土耳其交戰。仿威尼斯錢幣鑄造僞幣，對威尼斯和波隆亞的兌換造成混亂。「拉沙」（"Rascia"）是塞爾維亞中世紀的名稱。參看 Bosco e Reggio, *Paradiso*, 330; Sapegno, *Paradiso*, 249; Toynbee, 537; Singleton, *Paradiso 2*, 328-29。

141. **他因爲……蒙污**：斯特凡・烏羅什二世因得睹威尼斯錢幣而鑄造僞幣，結果聲名「蒙污」。

142-43. **幸福的匈牙利呀……虐待**：匈牙利在名義上屬沙爾・馬特（Charles Martel，一譯「查理・馬特」，一二七一——一二九五），其後遭安德魯三世(Andrew III)篡奪。安德魯三世於一三零一年卒後，匈牙利再度落入安茹家族手中，由沙爾・馬特的兒子統治；也就是說，落入了法王腓力四世的勢力範圍。由於但丁極度痛恨腓力四世，這句的言下之意是：一三零一年後，匈牙利未能「一改舊況」，仍然「遭惡人虐待」。神鷹說話時（一三零零年），匈牙利在安德魯治下。參看《天堂篇》第八章六五——六六行註。

143-44. **幸福的納瓦拉呀，／……爲武裝**：納瓦拉(Navarra)本是獨立國家，由女王胡安娜(Juana)統治。胡安娜嫁法王腓力四世，一三零五年卒，其子路易一世成爲納瓦拉國王。一三一四年，腓力四世卒，路易一世繼位爲法國國王，成爲路易十世，

納瓦拉乃與法國合併。「周圍的群山」，指比利牛斯山脈西部。神鷹言下之意是：儘管納瓦拉有比利牛斯山脈環抱，仍不能抵禦法國的兼併。

146. **尼科西亞、法馬古斯塔**：尼科西亞(Nicosia)和法馬古斯塔(Famagusta，但丁原文爲"Famagosta")是塞浦路斯的兩個城鎮，一三零零年由法國呂辛雍(Lusignan)的亨利二世統治。亨利二世爲人放蕩，統治不得人心，卒於一三二四年。亨利二世與法國的卡佩王朝有親屬關係，因此神鷹的意思是：在法國人統治下，命運如何，尼科西亞和法馬古斯塔的經驗可資借鑒。

148. **這禽獸**：指亨利二世。**上述一類**：指上文所提的壞君王。

第二十章

鷹徽發言完畢，變得更明亮，並且開始唱歌。接著，有聲音從鷹頸
升起，叫但丁注視鷹眼；然後，聲音逐一介紹組成鷹眼的六個光靈：
瞳孔是大衛；從最接近鷹喙的一邊數起，組成眼眉的五個光靈，依
次是羅馬皇帝圖拉眞、猶大王希西家、羅馬皇帝君士坦丁、西西里
和普利亞國王威廉二世、特洛亞人里佩烏斯。但丁感到奇怪：圖拉
眞和里佩烏斯並非基督徒，怎麼也能升天？鷹徽知道但丁心中所
想，就告訴但丁：圖拉眞和里佩烏斯兩人，去世前已經堅信基督。
解釋完畢，鷹徽就強調上帝的聖恩深邃，如何運作，連徽內的福靈
也無從得窺。

把全世界照亮的那個天體，
　　從我們的半球下沉，白晝
　　就會從大地各處銷光匿跡。　　　　　3
在白晝消失之前，天空全由
　　該天體燃亮。這時，它突然會重現：
　　一光燦耀於密密的衆光裏頭。　　　　6
當凡世及其諸王的旗號發言
　　完畢，當聖喙沉默不語，我在
　　腦海裏想起上述天空的幻變。　　　　9
因爲這時，所有活著的光彩
　　變得更明亮，並且開始唱歌；

歌聲甫起，就逸出我的記憶外。　　　　12
溫柔的崇愛呀，你讓微笑掩遮；
　　升自眾笛時，卻那麼熾熱輝煌。

　　笛子呀，只容聖思的氣息來充塞！　　15
那些名貴的寶石燁燁發光，
　　在我眼前鑲於第六朵炯焰。

　　當寶石沉默，不再像天使歌唱，　　　18
我彷彿聽見溪水潺潺在石間
　　下瀉，粼粼的清漪瑩澈而澄明，
　　把山頂充沛的水源向人展現。　　　　21
一如聲音的抑揚在詩琴之頸
　　形成，又如氣流吹入風笛，
　　在其孔洞化為調子的重輕，　　　　　24
光鷹的喃喃從鷹頸悠悠升起，
　　不再讓我等候。從聲音聽來，
　　鷹頸彷彿是一個中空的形體；　　　　27
低語在頸部化為聲音，離開
　　喉部時變成言語。那些言語，
　　一如我心中所寫，心中所待。　　　　30
「凡鷹中，專司視覺的器官能直覷
　　太陽。我的這一部分，」聲音說：
　　「你現在必須目不轉睛地仰盱。　　　33
構成吾形的，是眾多的烈火。
　　說到這些烈火，在我的頭顱中
　　燁燁閃爍的眼睛，地位最超卓。　　　36
在中間照耀的火焰是我的瞳孔。

鷹徽

因為這時，所有活著的光彩／變得更明亮，並且開
始唱歌；／歌聲甫起，就逸出我的記憶外。

（《天堂篇》，第二十章，十一─十二行）

　　這火焰是歌者，頌唱時受感於聖靈；

　　　　曾經把約櫃從甲城向乙城運送。　　　　　39

現在，他知道付出了多少才情

　　　　去創作《詩篇》，得到了甚麼好處。

　　　　他所得的好處，按功勞來決定。　　　　　42

五朵火焰組成我眼眉的彎弧。

　　　　五朵火焰中，最接近喙部的一朵，

　　　　曾經安慰那失去兒子的寡婦。　　　　　　45

現在，經歷了這麼幸福的生活

　　　　和相反的境況，他已經知道，

　　　　不跟隨基督，要嚐多大的苦果。　　　　　48

在我所說的彎弧裏面，在升高

　　　　上翹的部分，緊跟著另一朵火焰；

　　　　這火焰，以衷心懺悔把死亡暫撓。　　　　51

現在，他知道，恰當的禱告在凡間

　　　　令今天的事情在明天發生，

　　　　永恆的天律也不曾因此而改變。　　　　　54

接著的一朵，為了對牧者獻奉，

　　　　帶著律令和我，變成了希臘人。

　　　　他用意雖好，卻以惡果為收成。　　　　　57

現在，他知道，他的善行之根

　　　　所生的惡果雖然摧毀了世界，

　　　　對於他本人，卻沒有損害半分。　　　　　60

你還看得見另一位，隨彎弧下斜——

　　　　是威廉，因沙爾、費德里戈的折磨

　　　　而哭泣的土地正為他悲切。　　　　　　　63

現在，他知道明君怎樣能榮獲

　　天宇的大愛。這一點，他仍藉顏面

　　所發的光華向眾眸昭告申說。　　　　66

哪一個人，在誤入歧途的凡間，

　　會信特洛亞的里佩烏斯在圓弧，

　　在裏面成為第五朵神聖的光焰？　　　69

現在，凡間看不到的聖恩洪福，

　　他已經了解得頗深——儘管他視疆

　　有限，不能看到聖恩最深處。」　　　72

雲雀飛到了高空，首先會嘹亮

　　歌唱，然後沉默，因餘音動聽

　　娛心而怡然感到滿足昂揚。　　　　　75

這時候，鷹徽也露出同樣的神情。

　　鷹徽呀，由永恆的歡欣印就；遵照

　　這歡欣的意旨，萬物乃得以成形。　　78

此刻，我個人之於疑惑困擾，

　　雖然像彩色玻璃之於色彩，

　　卻已忍受不了默等的煎熬；　　　　　81

沉重的疑惑把我的嘴唇衝開，

　　猛然逼出「怎麼可以呢？」這問題。

　　眾光聽罷，輝煌地閃晃起來。　　　　84

接著，鷹眼更亮得炯炯熠熠；

　　享受神恩的徽號開始回答我，

　　以免我繼續受驚詫之情牽羈：　　　　87

「我知道，上述的事物由我陳說，

　　所以你相信；卻不諳背後的情形，

結果獲信的事物仍在藏躲。　　　　　90
你是這樣的一個人：事物之名
　　能夠牢牢地掌握；名外之實，
　　卻要別人指陳才能夠看清。　　　93
Regnum celorum 願意受暴力控持——
　　也就是熾愛和殷切期望的迫挾。
　　二者夾攻，能征服神聖的天志。　96
這種征服，跟人際的征服有別：
　　天志被征服，是因爲有意被征服；
　　它被征服後，又以至善征服世界。99
眉內，第一和第五個光靈映入
　　你的眸子，叫你驚詫，皆因
　　你看見他們裝飾著天使的國度。102
他們離體前已經對基督堅信；
　　非你所想的異教徒。他們分別
　　堅信，苦足將臨或苦足已臨。　105
一個人進了地獄，回心的境界
　　就永難重返。上述的光靈之一
　　卻重返血肉，殷望得到了酬謝。108
殷望把力量給予禱告，求上帝
　　使他從死亡復活而重返陽間，
　　讓他的意志隨著感召而奮起。111
我所描述的光靈，輝煌赫顯；
　　重返血肉之後，在短暫的時空
　　相信有人能給他幫助。這信念，114
使他在眞愛的火焰之中

燃得更熾盛；結果到了第二度

　　崩殂，乃能分享這慶典的光榮。　　　　117

另一個人，憑藉聖恩的幫助，

　　在下界專慕正義。因此上帝

　　施恩後再施恩，讓他張開雙目，　　　120

凝望我們未來的救贖，並得以

　　成爲信徒。從那時開始，再容忍

　　不了異教的惡臭，進而詬詈　　　　　123

信奉異教的徒衆。上述的聖恩

　　湧自深邃的源泉；泉底的流波，

　　芸芸衆生的視力都無從得臻。　　　　126

剛才的三位女士，你已經見過

　　（在右輪之側出現）。洗禮開始前

　　千多年，她們就爲這光魂洗濯。　　　129

宿命啊，你的根本與衆生之眼

　　相距太遠了；原因呢，是這些

　　眼睛看不到第一原因的全面。　　　　132

你們這些凡軀呀，請不要苟且

　　判斷；因爲，連得睹上帝的我們，

　　也認不全所有選民的行列。　　　　　135

而這一局限，是我們的福分：

　　聖善中，我們的善會變得完美；

　　我們的意願會以神願爲根本。」　　　138

上面所述，是神聖的光徽

　　給我的妙藥。光徽所以這樣做，

　　是爲了治好我視力的短小卑微。　　　141

　　出色的詩琴彈奏者把琴弦彈撥，

　　　　會使之顫動去伴隨出色的歌手，

　　　　讓歌曲變得更加動聽裊娜。　　　　　　　144

　　鷹徽說話時，在我的記憶裏頭

　　　　也如此：兩朵幸福的光芒隨話語

　　　　閃著小小的火焰，恰恰像雙眸　　　　　　147

　　眨動著，開合間有一致的秩序。

註　釋：

1.　　　**把全世界……天體**：指太陽。

2.　　　**從我們的半球下沉**：從我們的地平線下沉。

5-6.　　**這時……裏頭**：中世紀的天文學家相信，群星的光全部來自
　　　　太陽。因此群星在天空出現時，等於太陽（「它」）突然出
　　　　現。天上所有的星星（「密密的眾光」），只反映太陽的輝
　　　　耀。參看《天堂篇》第二十三章二九—三零行。

7.　　　**凡世及其諸王的旗號**：象徵凡塵權力（指羅馬帝國）及帝國
　　　　君主的鷹徽（「旗號」）。

8.　　　**聖喙**：指鷹徽的喙。

10.　　**活著的光彩**：指組成鷹徽的光靈。

12.　　**逸出我的記憶外**：指聖景的境界太高，但丁的記憶不能捕
　　　　捉。參看《天堂篇》第一章五—六行。

13.　　**溫柔的崇愛**：原文為"dolce amor"。論者有兩種解釋。一說
　　　　指光靈對上帝的敬愛。參看 Pasquini e Quaglio, *Paradiso*,
　　　　329; Villaroel, *Paradiso*, 163-64。一說指上帝的慈愛，在這

裏由光靈反映。參看 Porena, 798; Sapegno, *Paradiso*, 253。
按照文意，第二說比較可信。**讓微笑掩遮**：以聖欣覆裏。

14. **眾笛**：指光靈組成的鷹徽所發出的聲音。

16. **那些名貴的寶石**：指組成鷹徽的光靈。

17. **第六朵炯焰**：指第六顆行星，即木星。

22. **詩琴**：原文"cetra"，一譯「齊特拉琴」（《意漢詞典》），
是歐洲古代的一種樂器。

23. **風笛**：原文（第二十四行）"sampogna"，又作"zampogna"。

31-32. **專司視覺的器官……太陽**：「專司視覺的器官」，指眼睛。
據說鷹眼能逼視太陽。

32. **我的這一部分**：我（即鷹徽）的眼睛。

34. **烈火**：指光靈。

38. **歌者**：指大衛。大衛是《詩篇》的作者。

39. **曾經……運送**：大衛把神的約櫃從阿比拿達的家運往耶路撒
冷。參看《撒母耳記下》第六章第一——九節。

40-41. **現在……好處**：現在，大衛知道，歌頌上帝會得到甚麼好處。

44. **最接近喙部的一朵**：指圖拉真，羅馬皇帝。參看《煉獄篇》
第十章七三——九六行註。

45. **曾經安慰……寡婦**：參看《煉獄篇》第十章七三——九六行及
其註釋；此外，參看本章一零六——一零八行。

46-48. **現在……苦果**：圖拉真入過地獄，現在身處天堂，知道不信
基督和相信基督有甚麼分別。

50. **另一朵火焰**：指猶大王希西家。

51. **這火焰……暫撓**：先知以賽亞預言猶大王希西家即死。希西
家向耶和華禱告，結果壽命延長了十五年。參看《列王紀下》
第二十章第一——七節。

52-54. **現在……改變**：現在，圖拉眞知道，即使祈禱把事情推遲，
上帝的天律也沒有改變，因爲在上帝的安排中，祈禱是天命
的一部分。參看《煉獄篇》第六章二八—四二行；*Summa
theologica*, II, II, LXXIII, 2。

55. **接著的一朵**：指君士坦丁大帝。

55-56. **爲了對牧者奉獻，／……希臘人**：傳說君士坦丁大帝，因教
皇西爾維斯特一世治好了他的痲瘋而遷都拜占庭，把帝國西
部的世俗統治權及羅馬以外的一些教區贈予西爾維斯特一
世及其繼承人。拜占庭是希臘的城市，所以說「變成了希臘
人」。參看《地獄篇》第十九章一一五—一一七行註。

57. **惡果**：但丁相信，由於教會得到了財富和權力，結果敗壞貪
污，世俗世界和精神世界也彼此混淆。因此君士坦丁的贈禮
是「惡果」。

60. **沒有損害半分**：儘管君士坦丁的行爲造成了禍害，他本人仍
進了天堂，沒有受損半分。

62. **威廉**：意文"Guiglielmo"，英文 William，即 William the
Good。指威廉二世，諾曼人，一一六六—一一八九年任西
西里和普利亞（即那波利）國王，行仁政，有「仁君」（英
文 the Good，意文 il Buono）之稱。其父威廉一世，爲人殘
忍，有「暴君」(the Bad)之稱。

62-63. **因沙爾……悲切**：沙爾：指安茹的沙爾二世。參看《天堂篇》
第十九章一二七行註。**費德里戈**：指阿拉貢的費德里戈二
世。參看《天堂篇》第十九章一三零—三一行註。一三零零
年，普利亞和西西里分別由沙爾二世和費德里戈二世統治，
人民遭受了不少禍害。以前，在威廉治下，兩國幸福得多；
此刻由暴君統治，都要「哭泣」。「哭泣」的同時又想起威

廉昔日的仁政，於是產生懷念之情，深感「悲切」。

64-66. **現在……昭告申説**：現在，威廉知道，當仁君會獲天堂寵愛。此刻所發的光華，就昭然說明了這點。

67-69. **哪一個人……光焰？**：在不走正路（「誤入歧途」）的凡塵，有誰會相信，里佩烏斯也能進天堂，成爲第五朵光焰？**里佩烏斯**：意大利文原文"Rifeo"，拉丁文 Ripheus，是特洛亞戰爭中陣亡的特洛亞人。見《埃涅阿斯紀》第二卷四二六——二七行："cadit et Rhipeus, iustissimus unus / qui fuit in Teucris et servantissimus aequi." （「里佩烏斯也倒下。特洛亞人當中／數他最公道，也最熱愛正義。」）在同卷三三九行、三九四行，里佩烏斯也有出現。里佩烏斯地位不高，生於基督降生前，沒有機會皈依基督，因此世人難以相信，他會進天堂。這幾行的言外之意是：只要爲人正直，即使沒機會皈依基督，也可進天堂。上帝的聖裁，塵眸無從窺測。

70. **現在**：本章第四十行開始，四十六行、五十二行、五十八行、六十四行、七十行，都以「現在」（"ora"或"Ora"）一詞開頭，是修辭學所謂的「首語重複法」（意大利語 anafora；英語 anaphora）。

71-72. **視疆／有限……最深處**：里佩烏斯是創造物，視境有限，不能看到神思最隱秘的深處。參看《天堂篇》第十九章五八——六三行。

76. **這時候……神情**：神鷹說完了話，想起有關聖恩的最後幾句，仍感欣悅，就像雲雀唱完了歌而怡然自得（「露出同樣的神情」）。

77. **永恆的歡欣**：上帝的歡欣。

79-80. **我個人……色彩**：但丁的疑惑雖在他的顏容上清楚展現，無

須直說，一如彩色透過玻璃外彰，但仍忍不住沉默。參看 *Convivio*, III, VIII, 9-11; *Convivio*, III, IX, 10。

90. **結果……藏躲**：意爲：結果你所信的事物仍隱而不顯。也就是說，但丁信其然而不知其所以然。

92. **名外之實**：拉丁文 quidditas，意大利文"quiditate"，英語 quiddity，漢譯「本質」，「實質」，是經院哲學的概念。參看 Porena, 803。

94-96. **Regnum celorum……天志**：天國樂於讓凡人的熾愛和殷切的期望征服。**Regnum celorum**：拉丁文，意爲「天國」（"celorum"又作"coelorum"）。出自《馬太福音》第十一章第十二節："Regnum coelorum vim patitur et violenti rapiunt illud."（「天國是努力進入的，努力的人就得著了。」）同一句也見於《路加福音》第十六章第十六節。不過和合本《聖經》的漢譯，未能傳遞拉丁原文的矛盾修辭法。拉丁原文的意思是：「天國樂於遭強暴」。**神聖的天志**：指上帝的意志。

99. **它被征服後**：天志被「熾愛和殷切期望」（第九十五行）征服後。

100. **第一和第五個光靈**：指圖拉眞和里佩烏斯。

103. **他們……堅信**：意爲：他們卒前已堅信基督。

104-05. **他們分別／堅信……已臨**：里佩烏斯相信基督會降臨，並在十字架上被釘；圖拉眞相信，基督已經降臨，在十字架上被釘。**苦足**：原文"piedi"，指基督被釘的腳。這裏以「苦足」代基督，以局部代表全部，是修辭學上的舉隅法（又稱「提喻法」），意文 sineddoche，英文 synecdoche。

106-08. **一個人……酬謝**：一個人進了地獄，就永難重返容許悔過（「回心」）的人間；圖拉眞是個例外。參看《煉獄篇》第

十章第七十六行；第二十四章第八十四行。**殷望得到了酬謝**：指教皇格列高利一世切望圖拉眞重返陽間，結果祈禱得到了上帝的酬謝，圖拉眞終於復活。參看 *Summa theologica,* III, suppl., q. LXXI, 5。

109-17. **殷望……這慶典的光榮**：殷切的期望（期望圖拉眞復活）使祈告更有力量，結果圖拉眞復活，返回陽間，充滿對上帝的愛（「眞愛」），並開始信仰基督，再卒時得以飛升天堂，分享那裏的永欣（「這慶典」）。

118. **另一個人**：指里佩烏斯的光靈。

118-24. **憑藉聖恩……異教的徒眾**：里佩烏斯卒前，基督尚未降世，但獲上帝的厚恩（「施恩後再施恩」）和啓迪（「讓他張開雙目」）而專慕正義，相信人類可以獲救，結果不再容忍異教。根據阿奎那的說法，得救者所靠的信仰，旣可外鑠，也可內發。參看 *Summa theologica,* II, II, q. II 7:"multis gentilium facta fuit revelatio de Christo…Si qui tamen salvati fuerunt quibus revelatio non fuit facta, non fuerunt salvati absque fide Mediatoris; quia etsi non habuerunt fidem explicitam, habuerunt tamen fidem implicitam in divina providentia, credentes Deum esse liberatorem hominum secundum modos sibi placitos et secundum quod aliquibus veritatem cognoscentibus Spiritus revelasset." （「基督的啓示會施諸許多異教徒……不獲這種啓示的人當中，如果有人終於獲救，也不是因爲他們不靠中介信仰而獲救；他們即使得不到外鑠的信仰，也有內發的信仰——相信神聖的天道，相信上帝是人類的拯救者。這種信仰是甚麼方式的信仰，要看上帝的意旨如何，看聖靈賜他們多少慧根，讓他們認識眞理。」）

126. **芸芸眾生的視力都無從得臻**：指上帝的聖恩深不可測，非人智所能窺探。

127. **剛才的三位女士**：指《煉獄篇》第二十九章一二一—二九行的三超德(tre virtù teologali)：信德(Fede)、望德(Speranza)、愛德(Carità)。這三位女士，曾在象徵花車(carro mistico)的右輪旁出現。

128-29. **洗禮開始前／……洗濯**：意爲：約翰爲耶穌施洗前千多年，信、望、愛（由三位女士象徵）就爲里佩烏斯施洗了。參看Porena, 804。

130. **宿命**：原文"predestinazion"，指上帝的預先安排，又譯「命運」或「預選」。**根本**：最終的根源。

132. **第一原因**：原文"la prima cagion"，英文 the First Cause，又譯「上帝」或「第一推動力」。參看 *Convivio*, III, VI, 5："Dio è universalissima cagione di tutte le cose…"（「上帝是宇宙萬物的第一推動力……」）

134. **我們**：Sapegno (*Paradiso*, 261)指出，在一三四—三八行，神鷹說話時不再用第一人稱的單數，而用第一人稱的複數「我們」("noi")，表示所指不僅是木星天的光靈，也包括天堂的所有福靈。

135. **所有選民**：指天堂的所有福靈。

136. **而這一局限，是我們的福分**：光靈不覺得一三四—三五行所提到的局限是局限；相反，他們會因這局限感到幸福。參看《天堂篇》第三章七零—七二行；七九—八七行。

138. **我們的意願會以神願爲根本**：參看《天堂篇》第三章第八十五行：「君王的意志是我們的安寧所居」("E 'n la sua volontade è nostra pace")。

141.　**我視力的短小卑微**：指但丁聽神鷹說話前，未知神道如何深
邃，未知圖拉眞和里佩烏斯何以能置身天堂，就膽敢質詢上
帝的聖裁。神鷹說話，是爲了治好他的無知。

142.　**詩琴彈奏者**：原文"citarista"，指彈奏詩琴(cetra)的人。參看
本章第二十二行註。

146.　**兩朵幸福的光芒**：指圖拉眞和里佩烏斯。

147-48. **恰恰像雙眸／眨動著……秩序**：雙眸開合時，動作完全一
致；閃爍的火焰也如此。參看《天堂篇》第十二章二六—二
七行。

第二十一章

但丁和貝緹麗彩到了土星天，也就是第七重天。貝緹麗彩不再微笑，因為但丁的視力再不能承受她微笑時的光華。這時，但丁見一張梯子上凌高天，上面有數不盡的光靈沿梯級下降。其中一個是伯多祿・達米安。但丁問他，天樂在這裏何以聲噤。達米安說，福靈知道但丁承受不了這裏的天聲，所以停止了歌唱。然後，達米安開始聲討今日的牧者。最後一句說完，有更多的小光輝下降旋動，圍著達米安聚攏，止步且高呼。巨響中，但丁目瞪口呆，完全不明所以。

這時候，我的眼睛已經再度
　　凝望著娘娘的面龐；我渾然忘我；
　　全神貫注，擺脫了萬念的束縛。　　　3
娘娘沒有微笑，卻這樣對我說：
　　「要是我微笑，你的結局就會像
　　瑟美蕾一樣：剎那間化為燼末。　　　6
因為，你已經看見，我映麗漂亮，
　　在這座永恆的宮殿裏越是沿階梯
　　向上，美顏發出的光華就越強。　　　9
這樣的美顏，如果不加以調劑，
　　你這凡軀的力量一觸其光輝，
　　就會像樹枝被一刃響雷擘劈。　　　12
我們已升到第七朵光芒的方位。

貝緹麗彩
這時候，我的眼睛已經再度／凝望著娘娘的面龐……
（《天堂篇》，第二十一章，一——二行）

　　這光芒，此刻在熱獅的胸膛下面
　　　生輝，混著其勇力向下界懸垂。　　　15
讓精神貫注，在後面緊跟兩眼；
　　　再以兩眼爲鏡，以便有人物
　　　在這面大鏡出現時加以彰顯。」　18
於是，我把精神轉移到另一處。
　　　有誰知道，在享福的容顏上，
　　　甚麼樣的美食餵養著我的雙目，　21
知道如何把二喜衡量得恰當，
　　　誰就會明白，服從指引我登躋
　　　上升的天堂嚮導是何等歡暢。　　24
繞著世界旋轉的是水晶天體，
　　　上面有爲人熟悉的君主之名。
　　　在這位君主的治下，萬邪滅熄。　27
水晶裏，我看見一張梯子在上凌
　　　高天，梯身閃晃著太陽的金光。
　　　我的視力卻攀不到梯頂。　　　　30
同時，我還看見數不盡的光芒
　　　沿著梯級下降，叫我以爲，
　　　天穹所有的光華在向下流淌。　　33
出於自然的習性，黎明在光輝
　　　初露時，穴鳥會一同起飛，去曬暖
　　　冷羽。然後，有的一去不歸；　　36
有的飛回起點；另一些則緩緩
　　　打著圈，盤旋不去。沿梯子滂沱
　　　下瀉的光華，也是這樣的景觀。　39

土星天

水晶裏，我看見一張梯子在上凌／高天，梯身閃晃
著太陽的金光。／我的視力卻攀不到梯頂。

（《天堂篇》，第二十一章，二八—三零行）

在我眼前出現的，是相同的動作：

　　閃爍的光華在一起下降，一觸附

　　某一梯級，就如穴鳥散擴。　　　　42

有一朵，最接近我們時駐足，

　　光輝奪目，叫我在心中暗忖：

　　「你表示的仁愛，我已經看得清楚。」　45

我應否說話，怎麼說話，都依遵

　　娘娘的吩咐。我等待著，但不見

　　動靜，只好強忍著沒有發問。　　　48

天主能燭照一切；娘娘以慧眼

　　瞻望天主間，明白我何以沉默，

　　就對我說：「你儘管滿足渴念。」　51

「我的德性，」我聞言就這樣說：

　　「未足以使我蒙受你的啓迪；

　　不過，享福的活靈啊，是娘娘讓我　54

提問。你隱身在自己的欣悅裏，

　　就看在她分上，告訴我，甚麼原因

　　叫你這樣近距離向我徙移。　　　57

天堂動聽的交響在這一輪聲噤

　　音沉；在下面各輪卻虔誠嘹亮——

　　道理何在呢，也請你啓迪我心。」　60

「你的聽力平凡，跟視力一樣，

　　所以這裏沒有人歌唱，」光靈說：

　　「原因跟貝緹麗彩不微笑相像。　63

我沿著聖梯一級級地降落

　　這個地方，是爲了向你歡迎，

以話語，以覆蓋我的輝光炯火。　　　66
我來得快，非出於特熾的深情。
　　煌煌的光焰已爲你闡申，
　　上面燒得同樣旺——甚至更彪炳。　　69
正如你所見，衆職由深慈派分；
　　深慈使我們敏於服務天志。
　　那天志，負起管治天下的責任。」　　72
「聖燈啊，」我說：「我已經看得確實，
　　知道這個宮廷裏，自由之愛
　　怎樣服從永恆天道的操持。　　　　75
不過有一點我還是不太明白：
　　這件事，爲甚麼你的同伴不去做；
　　卻偏偏是你，注定要獲得遣派？」　78
話語的最後一字我還沒有說，
　　光芒就把中央當做圓心
　　團團旋轉，恍如飛快的石磨。　　　81
然後，裏面的慈愛發出了聲音：
　　「上主的輝芒向我的身體聚集，
　　穿越這裏著的光明之錦，　　　　　84
其力量跟我的視力合而爲一，
　　把我高高擎起，讓我看見
　　至尊的本質——那輝芒之所由起。　87
結果，我得以欣然發出炯焰；
　　因爲我的視力無論多澄明，
　　炯焰都會以相等的亮度彰顯。　　　90
不過，天堂裏，最獲寵照的光靈——

最能凝望上主的六翼天使，
　　也不能滿足你的求知心情；　　　　93
因爲呀，你所求的答案，一直
　　深隱在天律的深淵，所有衆生
　　窮目力去探索，都越不了雷池。　　96
回到凡間之後，你要當見證，
　　向人類複述這些話。這樣，他們
　　就不再妄圖向這一目標攀登。　　99
心靈在這裏發光；在凡間卻蒙塵。
　　那麽，試問獲天堂收納尚無從
　　完成的事功，下界又怎能勝任？」　102
他的話，大大約束了我的行動。
　　結果我不再探詢；只是問他
　　姓甚名誰，問時卑微而謙恭。　　105
「夾在意大利東西兩邊的海涯，
　　離你的故鄉不太遠，有巉岩聳起，
　　高得連下方的響雷也難以到達。　108
巉岩聳成卡特里亞這個山脊。
　　山脊之下，有聖修院一座，
　　以前專用來行欽天大禮。」　　　111
到了第三次開腔，光靈這樣說。
　　然後繼續陳述：「在那個地方，
　　我服侍上帝，煉就了堅貞的氣魄。　114
結果有欖油調劑的食物品嚐，
　　就可以從容度過暑熱和酷寒；
　　光靠冥想，就感到滿足開朗。　　117

那所隱修院，給諸天的出產
　　一向豐盛；此刻卻荒蕪冷清，
　　相信轉眼間就會弱點盡展。　　　　120
在那裏，我以伯多祿‧達米安爲名；
　　在亞德里亞海之濱——在聖母
　　之家，卻是罪人伯多祿在修行。　123
當我在凡間的生命快要結束，
　　有人邀請我，把大帽蓋落我的頭。
　　戴帽的衆人，後來越來越可惡。　126
聖靈的巨皿，在磯法之後
　　也跟著來臨。他們赤著腳，身體
　　消瘦，所有旅館的殘羹都接受。　129
今日的牧者，卻處處要找憑依：
　　兩邊要扶持，前邊要有人帶路
　　（他們太胖了），後邊要有人抬起。132
他們用大披風把坐騎蓋住，
　　一皮乃蓋著走動的牲畜一對。
　　耐性啊，你竟要忍受這樣的痛苦！」135
此語一出，只見更多的小光輝
　　從梯上一級一級地下降旋動，
　　每旋一次，都變得更加瑰瑋。　　138
一朵朵的光輝圍著光靈聚攏，
　　止步且高呼；呼聲洪亮無比，
　　非塵物所能摹狀。雷音的巨響中，141
我目瞪口呆，完全不明其所以。

註　釋：

1-2. **這時候……忘我**：但丁再度凝望貝緹麗彩的面龐；由於太專
注，到了渾然忘我之境。

6. **瑟美蕾**：Σεμέλη, Semele，希臘神話中卡德摩斯(Κάδμος,
Cadmus)和哈爾摩尼亞(Ἁρμονία, Harmonia)的女兒。宙斯
愛上了瑟美蕾，答應滿足她的任何要求。赫拉出於妒忌，使
瑟美蕾求宙斯展現全部神貌。宙斯被迫以神貌出現，所發的
雷電把瑟美蕾燒成了灰燼。酒神狄奧尼索斯是瑟美蕾與宙斯
所生的兒子，曾入陰間把母親救上天堂。在天上，瑟美蕾的
名字是忒奧妮(Θυώνη, Thyone)。參看《變形記》第三卷二
五三—三一五行。

7-9. **因為……就越強**：指貝緹麗彩越是向最高天飛升，顏貌就越
美麗。參看《天堂篇》第八章十三—十五行；第十四章七九—
八一行；第十八章五五—五七行。**永恆的宮殿**：指天堂。

13. **第七朵光芒的方位**：指水星天。

14-15. **這光芒……懸垂**：土星乾而冷，獅子座乾而熱。此刻，兩者
會合，在一起影響下界。在《筵席》中，但丁曾提到土星：
"Giove è stella di temperata complessione, in mezzo de la
freddura di Saturno e de lo calore di Marte." (「木星的成分中
和，介乎土星的寒冷與火星的灼熱之間。」) 見 *Convivio*, II,
XIII, 25。此外，參看《煉獄篇》第十九章第三行；《天堂
篇》第二十二章一四五—四六行。土星和獅子座的性質相
混，等於沉思與勤快兩種性情結合。參看 Sapegno, *Paradiso*,
266。

18. **這面大鏡**：指土星。土星閃閃發光，所以稱爲「鏡」。

20-24. **有誰知道，在享福的容顏上，／……歡暢**：意爲：有誰知道，但丁凝望貝緹麗彩的美顏（「享福的容顏」）是甚麼樣的享受，「誰就會明白，服從……嚮導是何等歡暢」。

22. **二喜**：凝望貝緹麗彩的容顏是一喜；服從她的指示，把視線轉向土星是另一喜（參看二三—二四行）。

25. **繞著世界旋轉**：指土星繞著地球旋轉。**水晶天體**：指土星。土星閃閃生光，所以說「水晶天體」。

26-27. **上面……萬邪滅熄**：水星的名字源出羅馬神話中的神祇薩圖諾斯（拉丁文 Saturnus，英文 Saturn）。相等於希臘神話中的克洛諾斯，朱庇特（宙斯）的父親。薩圖諾斯把生下的兒女全部吞掉，只剩朱庇特、尼普頓（波塞冬）、普路托。後來被朱庇特推翻。薩圖諾斯是播種和收穫之神，在一般描寫中，總是手握長柄鐮刀。治內天下太平，稱爲黃金時代。參看《地獄篇》第十四章第九十六行註；《煉獄篇》第二十八章一三九—四零行。

28. **水晶裏**：指土星裏。

28-30. **我看見……梯頂**：這裏描寫的梯子，源出《創世記》第二十八章第十二節："Viditque in somnis scalam stantem super terrram , et cacumen illius tangens caelum, angelos quoque Dei ascendentes et descendentes per eam."（「〔雅各〕夢見一個梯子立在地上，梯子的頭頂著天，有　神的使者在梯子上，上去下來。」）在意大利文學中，這類描寫極多。參看 Sapegno, *Paradiso*, 267。《天堂篇》第二十二章七零—七二行也提到這張梯子。梯子在這裏象徵默禱。默禱能通向天堂，直達神的天聽。

35. **穴鳥**：原文"pole"（pola 的複數），是威尼托(Veneto)方言，又稱 mulacchie。穴鳥又叫「寒鴉」，是類似烏鴉的鳥，學名 *corvus monedula*，體黑，產於歐洲。根據本文努托(Benvenuto)的看法，穴鳥靈快，又喜歡獨處，最適宜象徵默禱或沉思。參看 Sapegno, *Paradiso*, 267-68。

49-50. **天主⋯⋯何以沉默**：上帝能燭照全人類已形或未形的思想。貝緹麗彩瞻望上帝，即能看到但丁想甚麼，知道他何以沉默。參看《天堂篇》第九章七三—七五行。

51. **滿足渴念**：參看《天堂篇》第十五章五二—五三行；第十九章二五—二六行。

55. **欣悦**：指福靈向但丁展示的光芒。

58. **天堂動聽的交響**：指土星天以下諸天的歌聲。**這一輪**：這一重天。

61-63. **「你的聽力平凡，」⋯⋯相像**：但丁的聽力平凡，不能承受這裏的歌唱，因此光靈停止歌唱，怕歌聲摧毀但丁的聽力；一如貝緹麗彩不再微笑，怕微笑時所發的光華會摧毀但丁的視力。

68. **煌煌的光焰**：指其他光靈所發的光芒。

69. **上面⋯⋯彪炳**：意爲：上面的光焰跟我的光焰一樣旺，甚至有過之而無不及。

70. **眾職**：各光靈的職能、任務。**深慈**：指上帝的慈愛。上帝的慈愛深不可測，所以說「深慈」（原文"l'alta carità"）。

71. **天志**：指上帝的意志，也就是天命。光靈以服務天志爲樂；迎接但丁的光靈，執行上帝給他派遣的任務時，已經在享受至樂。參看《天堂篇》第三章七三—七八行。

72. **天下**：原文（第七十一行）"mondo"。在這裏指宇宙。

73. **「聖燈」**：但丁對光靈的稱呼。參看《天堂篇》第二十三章第二十八行。

74. **這個宮廷**：指天庭，也就是天堂。參看《地獄篇》第二章一二五行；《天堂篇》第三章第四十五行；第十章第七十行；第二十四章一一二行。

74-75. **自由之愛／……操持**：自由之愛樂於受天道操持。

77. **這件事**：指歡迎但丁的任務。

80-81. **光芒……石磨**：光靈聽了但丁的問題，樂於回答，所以「團團旋轉，恍如飛快的石磨」。參看《天堂篇》第十二章第三行；第十八章第四十二行。

84. **裹著我**：原文"m'inventro"，為但丁所創的新詞，由"in"（在……裏）和"ventre"（內部）構成。《天堂篇》原文第七章第六行的"s'addua"；第九章第七十三行的"s'inluia"，第八十一行的"m'intuassi"和"t'inmii"）；第十章第一四八行的"s'insempra"；第二十二章第一二七行的"t'inlei"，也是但丁自創的新詞，可參看。

87. **至尊的本質**：指上帝。**那輝芒**：指八十三行「上主的輝芒」。

88. **結果……炯焰**：光靈因得睹上帝而欣悅；因欣悅而發出炯焰。

89-90. **因為……彰顯**：光靈的視力（指得睹上帝的程度）和光芒的亮度成正比。參看《天堂篇》第十四章四零——四二行。

91. **最獲寵照的光靈**：最獲上帝的恩光照耀的光靈。指聖母瑪利亞。聖母瑪利亞最接近上帝，最清楚上帝的聖思，是最獲神寵的人。

92. **最能凝望上主的六翼天使**：指最能看到上主意旨的六翼天使。參看《天堂篇》第四章第二十八行。六翼天使是最獲神寵的天使。

99.　　**就不再妄圖向這一目標攀登**：就不再設法找上述問題（爲甚麼光靈各有遣派）的答案。

101-02.　**「獲天堂收納……勝任？」**：意爲：獲上帝恩寵而飛升天堂的光靈尚且不能回答上述問題，凡人又怎能回答呢？

103.　　**約束了我的行動**：指但丁聽了光靈的話，不再追問上帝意旨之所以然。參看《天堂篇》第二十四章第六行；第二十五章五六——五七行。

106-07.　**「夾在……聳起」**：指亞德里亞海和第勒尼安海之間的亞平寧山脈，離翡冷翠（「你〔但丁〕的故鄉」）不太遠。

108.　　**高得……到達**：響雷在雲中形成。亞平寧山脈高出雲端，所以說「高得連下方的響雷也難以到達」。

109.　　**卡特里亞**：原文"Catria"，亞平寧山脈的一座山，位於古比奧(Gubbio)和佩爾戈拉(Pergola)之間，是翁布里亞(Umbria)和近海沼澤區毗連處，海拔一千七百公尺。

110.　　**聖修院**：指榛泉聖十字修道院(Santa Croce di Fonte Avellana)。屬本篤會(Benedictine Order)。據說但丁曾在這裏住過。

111.　　**欽天大禮**：對天主所行的大禮。原文"latria"，源出希臘語λατρεία。大概來自奧古斯丁的《論上帝之城》(*De civitate Dei*)、托馬斯・阿奎那的《神學大全》(*Summa theologica*)或中世紀的字典。參看 Pasquini e Quaglio, *Paradiso*, 354-55; *A Lexicon Abridged from Liddell and Scott's Greek-English Lexicon*, 407, "λατρεία"條："……*hired labour, service, servitude*：esp. *the service of the gods, worship.*"

118-19.　**給諸天的出產／一向豐盛**：一向爲天堂出產獲上帝聖寵的許多福靈。隱修院的修士，生時虔敬，唯上帝的意旨是遵，卒

後乃飛升天堂。

121. **伯多祿・達米安**：意大利文原文"Pietro Damiano"，拉丁文 Petrus Damiani，約於一零零七年生於拉溫納的卑微人家，年輕時學文學和法理學，不久即名成利就，三十歲出家當僧侶，一零四三年當榛泉聖十字修道院院長，一零五七年成為奧斯提亞(Ostia)主教。一零七二年卒於法恩扎(Faenza)。在著作中宣揚苦行，抨擊世俗的敗壞風尚。服務過多任教皇，致力於教會改革。他出於謙遜，簽名時常寫"Petrus peccator"（「罪人伯多祿」）。參看 Bosco e Reggio, *Paradiso*, 359; Mattalia, *Paradiso*, 414-46; Sapegno, *Paradiso*, 272-73; Toynbee, 212, "Damiano, Pietro"條；Singleton, *Parardiso 2*, 355。

122-23. **聖母／之家**：指波爾托(Porto)的聖瑪利亞(Santa Maria)修道院。

123. **卻是罪人伯多祿在修行**：論者對這一行有兩種詮釋：第一種詮釋是：罪人伯多祿另有其人，並非一二一行的伯多祿・達米安。第二種詮釋是：罪人伯多祿和一二一行的伯多祿・達米安是同一人；也就是說，到了聖母之家，達米安改用另一名(Petrus peccator)。參看 Bosco e Reggio, *Paradiso*, 359; Pasquini e Quaglio, *Paradiso*, 355-56; Sapegno, *Paradiso*, 272-73; Villaroel, *Paradiso*, 177; Chiappelli, *La Divina Commedia*, 446; Vandelli, 916-17; Singleton, *Paradiso 2*, 354-55; Sisson, 706; Musa, *Paradise*, 255-56。這裏的漢譯像原文一樣，可以容納兩種詮釋。

124-25. **當我在凡間……我的頭**：在塵世的最後歲月，達米安獲任為樞機主教，戴上樞機主教的大帽（「有人邀請我，把大帽蓋

落我的頭」）。

126. **戴帽的眾人……越可惡**：後來繼承主教之位的人，每況愈下，變得越來越窳劣。

127. **聖靈的巨皿**：原文"il gran vasello / de lo Spirito Santo"（原文一二七一二八行），指聖保羅。聖保羅有"vas electionis"（「我所揀選的器皿」）之稱。見《使徒行傳》第九章第十五節。在《地獄篇》原著第二章第二十八行，"vas electionis"譯爲"Vas d'elezione"（「獲選的器皿」）。**磯法**：原文"Cefàs"，出自阿拉米語(Aramaic)的 cephas（希伯來文也用此詞），指彼得。彼得的拉丁名字 Petrus（磐石）譯自 cephas。參看《約翰福音》第一章第四十二節："Intuitus autem eum Iesus, dixit：Tu es Simon filius Iona; tu vocaberis Cephas, quod interpretatur Petrus."（「於是領他去見耶穌。耶穌看見他，說：『你是約翰的兒子西門，你要稱爲磯法。』」（「磯法」也就是「彼得」。）此外，參看《哥林多前書》第三章第二十二節；第九章第五節；第十五章第五節；《加拉太書》第二章第九節。

129. **所有旅館……都接受**：指彼得和保羅生活清苦，甘於化緣度日。此行與一三零一三二行形成鮮明對比。參看《路加福音》第十章第五—八節："'In quamcumque domum intraveritis…, in eadem manete edentes…Et in quamcumque civitatem intraveritis, et susceperint vos, manducate quae apponuntur vobis.'"（「『無論進哪一家……，你們要住在那家，吃喝他們所供給的……無論進哪一城，人若接待你們，給你們擺上甚麼，你們就吃甚麼。』」）此外，參看《哥林多前書》第十章第二十七節。

130. **今日的牧者**：指今日的教皇。

131. **兩邊要扶持**：教皇的兩邊有攙扶者（意大利文稱為 "braccieri"）攙扶。

132. **後邊要有人抬起**：教皇華麗的長袍拖地，後面的衣裾要有隨從抬起。替教皇抬長袍的，意大利文叫 caudatario（複數 caudatari）。

134. **一皮……一對**：教皇的披風太大、太豪華，教皇坐在馬上，披風就覆蓋了「兩頭牲畜」（指教皇和他的坐騎）。但丁借伯多祿‧達米安之口稱教皇為「牲畜」，鄙夷之情可見一斑。教皇的大披風以毛皮為襯裏，所以說「一皮」。

135. **耐性**：指上帝的耐性。**忍受……痛苦**：忍受教皇的敗壞墮落所帶來的反感。

136-38. **此語一出……瑰瑋**：達米安的慨嘆一出，其餘的光靈以增光方式表示同意，結果所發的光芒變得更明亮、更璀璨（「更加瑰瑋」）。

139. **一朵朵的光輝圍著光靈聚攏**：指其他光靈圍著達米安的光靈聚攏。

140. **高呼**：眾光靈「高呼」，是祈求上帝懲罰敗壞的神職人員。

141. **雷音的巨響**：指其他光靈的高呼。由於聲音洪亮，所以說「雷」，說「巨」。

142. **完全不明其所以**：但丁完全不明白呼聲要表達甚麼。

第二十二章

驚恐間，但丁轉向貝緹麗彩。貝緹麗彩安慰但丁，並且預言，他會
看到敗壞的牧者受懲。然後，聖本篤的光靈前趨，向但丁自我介紹。
但丁求本篤揭開面紗。本篤說，到了天堂，這一願望就會得償。接
著，本篤指出，他留在凡間的戒律再無人遵守，隱修院變成了匪窟。
話語說畢，就和同伴旋風般向高處上沖。但丁和貝緹麗彩也升到了
恆星天，進入雙子星座。貝緹麗彩告訴但丁，他已經過近至福之疆；
叫他在上趨至福前俯眺下方的景物。但丁遵照指示回望了七重天，
發覺地球微不足道。

在惶駭得難以自持間，我馬上
　　轉向嚮導，就像受驚的小孩，
　　總奔向最能給他信心的地方。　　　　3
貝緹麗彩則像母親，趕快
　　安慰蒼白氣喘的兒子，聲音
　　一如過去，總能叫兒子舒懷。　　　　6
她說：「不知道你身在天堂嗎？如今，
　　在完全聖潔的天堂，一切按義誠
　　行事。這一點，難道你沒有留心？　　9
這一聲呼喊已經嚇得你發愣，
　　那麼，此刻你可以想像，你會
　　怎樣受震於歌聲和我的笑聲。　　　12

要是你明白他們的禱告，是誰

　　會受到懲罰，呼聲已向你說清楚。

　　這結局，去世前你注定會得窺。　　　　15

上界之劍出擊時，不會過速，

　　也不會過緩。有這種感覺的人，

　　不是畏劍，就是望利劍來殺戮。　　　　18

現在，你且回身向著他們，

　　只要按我的指示凝望，就可以

　　把許多顯赫的靈魂看個逼真。」　　　　21

我按照她的指示回望之際，

　　只見千百個小光球彼此以輝芒

　　照耀對方，並因此變得更美麗。　　　　24

我站在那裏，就像一個被欲望

　　鞭策的人壓制欲望，不敢

　　發問，生怕一發問就顯得孟浪。　　　　27

然後，在那叢珍珠中，最璀璨、

　　最碩大的一顆走到了前頭

　　來自我介紹，使我意足心滿。　　　　　30

我聽到珍珠之內說：「要是你能夠

　　像我，看得見慈愛在我們中間

　　燃燒，你就會把觀感宣之於口；　　　　33

為了不讓你久久等候而拖延

　　鴻圖，我現在就回答你的問題。

　　這問題，由你緊藏在胸懷裏面。　　　　36

有一座高山，山坡是卡西諾所倚。

　　山頂之上，曾經人來人往。

那些人行爲墮落，只走斜蹊。　　　　39
是我，最先把救世主之名帶上
　　山頂。救世主哇，把眞理帶到
　　人間；眞理把我們高擧向上方。　　42
然後，上天的洪恩向我垂照，
　　使我把周圍的城鎮，從誘奪
　　世人的邪教異端裏引向節操。　　45
在凡間的時候，這一朵朵的火
　　都是默禱之士，熱力把他們
　　燃亮，並生出聖潔的奇葩碩果。　　48
馬卡里烏斯、羅穆阿爾度斯二人
　　都在這兒；還有我的弟兄，修院裏
　　足不出戶，心懷堅定的熱忱。」　　51
我答道：「你跟我說話，表現了厚意
　　隆情。在你們所有的火焰中，我看到──
　　並覺察──你們顯示的仁愛心跡。　　54
這一切，把我的信心大大提高，
　　就像太陽對玫瑰一樣：使它
　　綻放時儘量舒展衆瓣的嬌嬈。　　57
因此我求你揭開自己的面紗，
　　讓我得瞻尊顏──大爺呀，告訴我，
　　我的恩典會不會這麼浩大。」　　60
「兄弟呀，你的宏願，」光靈對我說：
　　會在最高的一重天得償。那裏，
　　我和別人的願望都會結果。　　63
那裏，每一個願望都完美無比，

　　而且成熟齊全。只有在該處，

　　　　每一部分的位置都始終如一。　　　　66

　　該處不在空間，兩極俱無，

　　　　我們的梯子一直通到上面；

　　　　因此，你的眼睛就無從得睹。　　　　69

　　族長雅各，倒見過梯子之顛

　　　　直達該處。當時，梯子以滿載

　　　　天使的形象出現於他的眼前。　　　　72

　　可是，今天誰也不提起腳來，

　　　　從地面攀梯而上；我的戒律

　　　　徒然留了下來，叫紙張蒙哀。　　　　75

　　修道院的牆壁已經不像過去，

　　　　此刻變成了匪窟。神聖的僧衣

　　　　是布囊，腐爛的粗粉在裏面堆聚。　　　78

　　靠高息的高利貸榨取暴利，

　　　　也不像盜用聖果那樣令天主

　　　　怫然。那聖果，叫僧侶意亂心迷；　　81

　　因為呀，凡是教會所有，全部

　　　　歸於藉上帝之名去祈求的人，

　　　　不歸於僧侶的親戚或更壞的從屬。　　84

　　凡人的肉體呀，真是柔弱得很；

　　　　即使善始於下界，也不能由嫩櫟

　　　　萌芽，維持到巨櫟結果的時辰。　　　87

　　彼得立教，沒有金銀去仗依；

　　　　至於我本人，只靠齋戒和祈禱；

　　　　而方濟開宗，則憑謙卑兼克己。　　　90

要是你細察諸派怎樣啓肇，

　　再看它們走了哪一條歧途，

　　你就會見到由白變黑的寢貌。　　　93

儘管如此，上帝驅約旦河裏足

　　後退，驅大海分擘竄逃的事功，

　　比這裏獲得救援要神奇矚目。」　　96

光靈說完，就向同伴叢中

　　後退；他的同伴則聚攏在一起；

　　然後，旋風般全部向高處上沖。　　99

和藹的娘娘用一個手勢示意，

　　就令我跟著光靈沿梯子上翔——

　　我的本性在服從她的神力。　　　102

在下界，我們按自然的定律下降

　　或上升。那裏，任何高速都不能

　　和我當時的飆舉齊觀等量。　　　105

讀者呀，但願有一天，我能夠重登

　　那裏的凱旋聖境！　爲了這一天，

　　我常常搥著胸，爲悔過而痛哭失聲。　108

你還來不及把手指抽離火焰

　　並插進去，我已經看見緊隨

　　金牛的星座，而且置身在裏面。　　111

啊，輝煌的雙星，你的光輝

　　充滿了大能；我的才華——別理

　　其性質如何——都是這大能的厚饋。　114

凡界眾生的父親，跟你們一起

　　顯現、一起隱退的時候，我在

托斯卡納的空氣裏開始呼吸。　　　　117
然後藉著天賜的恩典，我前來
　　這裏，進入把你運轉的高輪，
　　並蒙天恩向你們的天域遣派。　　120
此刻，對著你們，我的靈魂
　　虔誠地讚嘆，求你們給它力量，
　　讓它受使命召喚時不覺疲困。　　123
「現在，你已經逼近至福之疆，」
　　貝緹麗彩說：「你的眼睛必須
　　變得更澄明，視力要比過去強。　126
因此，趁你未向這境界前趨，
　　請你俯眺下面的景物，留意
　　我置於你腳底的，是多大的寰宇。　129
這樣，你的心就可以充滿欣喜，
　　向勝利的一群自薦。他們
　　正穿越渾圓的太清前來這裏。」　132
我隨著視線一層層地探伸，
　　回望了七重天，發覺我們的小球
　　微不足道，不禁笑意難忍。　　135
以地球的一切爲至小的末流，
　　是最佳的觀點；馳思凡界
　　之外的，其爲人才算正直無咎。　138
我還看見麗酡的女兒燁燁
　　發光，只是沒有了陰影。那陰影，
　　曾令我以爲月面有稀稠之別。　141
許佩里昂啊，你兒子臉上的光明，

> 我可以逼視了；我還可以目睹
> 　邁雅和蒂姻妮在附近繞圈運行。　　　144
> 在那裏，看得見主神宙斯在其父
> 　及其子之間折衷；這些天體
> 　移位時，我也看得清清楚楚。　　　147
> 七個天體把本身的體積
> 　向我展示，同時也讓我看到
> 　它們的速度和彼此之間的距離。　　150
> 我跟著永恆的雙子星座旋繞，
> 　得睹叫我們發狂的小小打穀場，
> 　由丘陵以至河口都無從遁逃。　　153
> 然後，我兩眼再朝著美目上望。

註　釋：

2.　　**嚮導**：指貝緹麗彩。

2-3.　**就像受驚的小孩，／……地方**：參看《煉獄篇》第三十章四三—四五行。

8.　　**義誠**：原文（第九行）"buon zelo"，指正直而富公義之心。眾光靈聽到達米安斥責教皇，不值他們所爲，產生強烈的義憤，因此高聲呼喊。

10-12.　**這一聲……笑聲**：貝緹麗彩解釋，但丁此刻承受不了歌聲和笑聲，因此眾光靈和貝緹麗彩收歌斂笑，天堂乃變得寂靜。參看《天堂篇》第二十一章四—十二行；五八—六三行。

15.　　**這結局……得窺**：第二十一章結尾所述的教皇，在但丁去世

前會受到懲罰；至於受罰者是誰，論者有不同的說法，迄今尚無定論。參看 Steiner, *Paradiso*, 296。不過，正如帕斯圭尼 (Pasquini) 等人所說："La profezia è intenzionalmente generica"（「預言沒有確指，是出於刻意安排」）。參看 Pasquini e Quaglio, *Paradiso*, 366。

16.　　**上界之劍**：指上帝的懲處，也就是天罰。

17-18.　**有這種感覺的人，／……來殺戮**：害怕天罰的，覺得上帝之劍出擊過速；望上帝早日施罰的，覺得上帝之劍出擊過緩。

28.　　**珍珠**：指小光球。

28-29.　**最璀璨、／最碩大的一顆**：指聖本篤（Benedictus，一譯「本尼狄克」），出身意大利斯波萊托(Spoleto)的貴族家庭，公元四八零年在翁布里亞(Umbria)的諾爾齊亞(Norcia)出生，卒於公元五四三年。少年時期即厭惡教廷敗壞，隱居羅馬附近的蘇比亞科(Subiaco)山洞，苦行潛修，追隨者極眾。其後任維科瓦洛(Vicovaro)隱修院院長。由於他訂立的規則太嚴，門徒不服，於是離開隱修院，到卡西諾山摧毀阿波羅和丘比特的神廟，在原址建立天主教隱修院，提倡苦行克己。後來，隱修院規模漸大，發展為本篤會，也就是天主教的第一個修會。參看 Bosco e Reggio, *Paradiso*, 371-72; Mattalia, *Paradiso*, 422; Pasquini e Quaglio, *Paradiso*, 367-68; Sapegno, *Paradiso*, 178-79; Vandelli, 921, Singleton, *Paradiso 2*, 359-60; Toynbee, 89, "Benedetto"條

35.　　**鴻圖**：指但丁飛升天堂的主要目標，即享見天主。

37.　　**有一座高山**：指開羅山(Cairo)的支脈卡西諾山(Monte Cassino)，在拉齊奧(Lazio)和坎帕尼亞(Campania)之間。**卡西諾**：Cassino，是卡西諾山麓的一個鄉鎮。

38-41. **山頂之上……山頂**：卡西諾鎮的人曾相信異教。卡西諾山頂有阿波羅和維納斯的聖林。後來給本篤摧毀。本篤到了卡西諾鎮後，建立了基督教信仰，把基督（「救世主」）之名帶到山頂。

41. **真理**：指上帝之道。

42. **真理……上方**：指真理把基督的信眾帶往天堂的永福。

47. **熱力**：對上帝的熾愛。

48. **聖潔的奇葩碩果**：指聖潔的思想和行動。

49. **馬卡里烏斯**：Macarius，基督教史上有多個馬卡里烏斯。但丁究竟指誰，難以確定。論者指出，最著名的馬卡里烏斯有兩個。一個叫大馬卡里烏斯，又叫埃及人馬卡里烏斯；一個叫小馬卡里烏斯，埃及亞歷山大人。前者卒於三九零年；後者卒於四零四年。都是聖安東尼（Antonius，約二五一—約三五六）的門徒，是東方寺院制度的代表。參看 Bosco e Reggio, *Paradiso*, 372-73; Mattalia, *Paradiso*, 423-24; Pasquini e Quaglio, *Paradiso*, 369; Sapegno, *Paradiso*, 279;Vandelli, 922; Singleton, *Paradiso 2*, 361; **羅穆阿爾度斯**：拉丁名字 Romualdus，意大利文"Romoaldo"，拉溫納奧內斯提(Onesti)家族出身，約生於九五六年，卒於一零二七年，一零一八年創立卡馬爾多利(Camaldoli)修會，是本篤會改革後的一個修會，注重沉思默禱。《煉獄篇》第五章第九十六行所提的卡馬爾多利修道院，就由羅穆阿爾度斯創立。參看 Bosco e Reggio, *Paradiso*, 373; Singleton, *Paradiso 2*, 361; Toynbee, 551。

51. **心懷堅定的熱忱**：抵抗世間邪惡的熱忱堅定。

55-57. **這一切……嬌嬈**：《地獄篇》第二章一二七—二九行有類似

的意象。此外，參看 *Convivio*, IV, XXVII, 4。

58.　　**面紗**：指覆裹光靈的焖芒。

62.　　**最高的一重天**：指最高天。

63.　　**我和別人的……結果**：意爲：我和別人的願望都會實現。

65-66.　**只有在該處，／……始終如一**：在但丁的理念中，未臻完美
　　　　的天體才會轉動。最高天一切完美，無須運轉，因此位置始
　　　　終如一。參看 *Epistole*, XIII, 71-72：“Omne quod movetur,
　　　　movetur propter aliquid quod non habet....Omne ergo quod
　　　　movetur est in aliquo defectu, et non habet totum suum esse
　　　　simul. Illud igitur celum quod a nullo movetur, in se in qualibet
　　　　sui parte habet quicquid potest modo perfecto, ita quod motu
　　　　non indiget ad suam perfectionem.”（「一切轉動的物體之所
　　　　以轉動，是因爲有所欠缺……。因此，一切轉動之物都有某
　　　　種缺陷，本身並不完全。所以不爲任何事物所轉動的一重天
　　　　〔即最高天〕，本身的每一部分都應有盡有，而且都臻完美，
　　　　結果無須向完美趨臻而轉動。」）

67.　　**該處不在空間，兩極俱無**：最高天在空間之外，沒有兩極（也
　　　　就是說，不會像其他天體一樣轉動）。「空間」，原文“loco”，
　　　　是亞里士多德學說中的「空間」：“spazio contenente un corpo”
　　　　（「包含一個物體的空間」）。參看 Pasquini e Quaglio,
　　　　Paradiso, 370。「兩極俱無」，原文是“non s'impola”。“impola”
　　　　（不定式 impolarsi），意爲“ha due poli fermi intorno ai quali
　　　　girare”（「有靜止的兩極，並繞著該兩極旋轉」）。參看
　　　　Dizionario Garzanti della Lingua Italiana “impolarsi”條。此詞
　　　　爲但丁所創，在但丁作品中只出現過一次。

68.　　**我們……上面**：「梯子」既指但丁眼前的梯子，同時也象徵

瞻想、沉思、默禱；表示人智光靠推理或邏輯到不了天堂（「上面」）；要到達天堂，必須靠瞻想、沉思、默禱。

70-72. **族長……眼前**：這三行寫以色列三大聖祖之一的雅各夢見天梯的經歷。參看《創世記》第二十八章第十二節："Viditque in somnis scalam stantem super terram et cacumen illius tangens coelum; angelos quoque Dei ascendentes et descendentes per eam."（「〔雅各〕夢見一個梯子立在地上，梯子的頭頂著天，有　神的使者在梯子上，上去下來。」）

73-74. **可是……攀梯而上**：可是，今天誰也不願意放棄塵世的欲念，去瞻想、沉思、默禱，以求天堂的永福。

74-75. **我的戒律／……蒙哀**：指本篤會的教規，再沒有人遵守，徒耗印刷用的紙張。

76-77. **修道院……匪窟**：參看《馬太福音》第二十一章第十三節："Domus mea domus orationis vocabitur; vos autem fecistis illam speluncam latronum"（「『我的殿必稱為禱告的殿，／你們倒使它成為賊窩了。』」）

77-78. **神聖的僧衣／……堆聚**：神職人員所穿的衣服，徒有莊嚴的外表；衣服裏面卻腐敗不堪。

80. **聖果**：指教會的收入。

82-84. **因為呀……從屬**：參看《天堂篇》第十二章八九—九一行。在《帝制論》中，但丁也說："Poterat et vicarius Dei recipere non tanquam possessor, sed tanquam fructuum…pro Christi pauperibus dispensator."（「……可以代上帝收取，其身分並不是聖果的占有人，而是聖果的分配人，負責把聖果分配給基督的窮人。」）參看 *Monarchia*, III, X, 17。**更壞的從屬**：指神職人員的情婦和私生子。參看 Bosco e Reggio, *Paradiso*,

375。

85-87. **凡人的肉體呀⋯⋯時辰**：指凡人的肉體柔弱，即使善於開始，也鮮克有終，維持的時間還沒有檪樹由萌芽到結果的時間（約二十年）那麼長。參看 Bosco e Reggio, *Paradiso*, 376; Pasquini e Quaglio, *Paradiso*, 371-72；《天堂篇》第二十七章一二一—一三八行；*Moncarchia*, I, XV, 3-5。

94-95. **上帝驅約旦河⋯⋯事功**：指上帝命約旦河後退、紅海分擘的事功，會比上帝改造敗壞的教會要神奇。也就是說，上帝要改造教會，實在很容易。參看《約書亞記》第三章第十四—十七節；《出埃及記》第十四章第二十一—二十九節。《詩篇》第一一四篇（《拉丁通行本聖經》第一一三篇）第三節說："mare vidit et fugit：Iordanus conversus est retrorsum."（「滄海看見就奔逃；／約旦河也倒流。」）

99. **高處**：指最高天。

102. **我的本性**：指但丁本身的重量。**服從她的神力**：貝緹麗彩用一個手勢，就能叫但丁上翔，可見她的力量如何神奇超凡。

104-05. **那裏⋯⋯齊觀等量**：《天堂篇》第一章九二—九三行已經提過但丁升天的高速。

107. **凱旋聖境**：指天堂。「凱旋」二字使人想起得勝的教會(Chiesa trionfante)。

108. **爲悔過而痛哭失聲**：深切悔過，才有上天堂的機會。

109-10. **你還來不及⋯⋯並插進去**：但丁再以先後倒置法，強調飛升天堂的高速：飛升的起止同時。參看《天堂篇》第二章第二十三行及其註釋。

110-11. **緊隨／金牛的星座**：指黃道上緊隨金牛座的星座，即雙子座。

112-14. **啊，輝煌的雙星⋯⋯厚饋**：每年五月二十一日至六月二十一

日，雙子座與太陽會合。而但丁恰在這段時間出生。中世紀
的人相信，在雙子座之下出生的人，都長於學問、才智、文
藝。因此但丁認爲，自己的才華是雙子座所賦。

115. **凡界眾生的父親**：指太陽。

115-16. **跟你們一起／……隱退的時候**：指太陽與雙子座會合的時
候。

116-17. **我在／……開始呼吸**：意爲：我在托斯卡納出生。

119. **高輪**：指恆星天。

120. **你們的天域**：指雙子座所佔的天域。

123. **受使命召喚時不覺疲困**：「使命」，指天堂經驗中最難描寫
的部分。但丁求雙子星給他力量，讓他描寫天堂經驗中最困
難的部分時能勝任自如。

127. **前趨**：原文“t'inlei”（不定式 inleiarsi），是但丁所創的詞。
參看第九章七三—七五行註。見 *Dizionario Garzanti della
lingua italiana*, 866, “inlearsi”條：“verbo coniato da Dante col
significato di 'entrare in lei'.”（但丁所創的動詞，「進入某人、
某物」的意思。）

129. **我置於你腳底的**：指落在下面的諸天。貝緹麗彩帶但丁上
飛，諸天一個個的落在下面，所以說「置於你〔但丁〕腳底」。

131. **勝利的一群**：指天堂的福靈。天堂的福靈都歌頌基督的勝
利，所以說「勝利的一群」。參看《天堂篇》第二十三章十
九—二一行。

132. **渾圓的太清**：指凹面的天空。「太清」，原文“etera”，源出
拉丁文 aethera，即 aether 的賓格。aether 出自希臘文αἰθήρ，
指天上最清、最純的物質。

133-34. **我隨著……我們的小球**：但丁下望諸天，由上至下，依次是

土星天、木星天、火星天、太陽天、金星天、水星天、月亮天，最後看到了地球（「我們的小球」）。

136-38. **以地球……無咎**：這三行馳思天外，卑視塵寰。Bosco e Reggio, *Paradiso*, 380; Sapegno, *Paradiso*, 285;Pasquini e Quaglio, *Paradiso*, 375; Vandelli, 928 都指出，這思想遙應西塞羅 (Cicero)的著作："si tibi〔sedes hominum〕parva, ut est, videtur, haec caelestia semper spectato, illa humana contemnito."（「如果你覺得人間渺小（事實也的確如此），就恆望諸天，卑視塵寰吧。」）

139. **麗酡的女兒**：指月亮。參看《煉獄篇》第二十章第一三一行；《天堂篇》第十章第六十八行。

140-41. **只是沒有了陰影……稀稠之別**：在這裏，但丁指出自己的謬誤。參看《天堂篇》第二章五九—六零行。

142. **許佩里昂**：Ὑπερίων (Hyperion)，巨神烏拉諾斯和蓋亞的兒子，忒亞(Θεία, Theia)的丈夫，太陽神和月亮女神的父親。根據某些版本，許佩里昂和太陽神同為一神。**你兒子**：指許佩里昂的兒子，即赫利奧斯(Ἥλιος, Helios)，也就是太陽神，是許佩里昂和忒亞所生。有時候，赫利奧斯也是太陽本身。由於神話有不同版本，太陽和太陽神常有不同的名字和身分，有時相互重疊，甚至彼此混淆。參看齊默爾曼著(張霖欣編譯)的《希臘羅馬神話辭典》頁一六五「赫利奧斯」條；《變形記》第四卷第一九二行稱太陽為"Hyperione nate"（「許佩里昂之子」）；二四一行稱太陽為"Hyperione natus"（「許佩里昂之子」）。不過"nate"是呼格，"natus"是主格。

143. **我可以逼視了**：意為：我可以直望太陽了。但丁此刻目力大增，已能抵受太陽的強光。

144. **邁雅**：Μαîα（Maia），巨神阿特拉斯("Ατλαs, Atlas)和普勒奧涅(Πληιόνη, Pleione)的女兒，與宙斯生墨丘利（即水星）；在這裏代表水星。**蒂婀妮**：Διώνη(Dione)，烏拉諾斯和蓋亞（一說奧克阿諾斯和忒提斯）的女兒，與宙斯生愛神維納斯（即金星）。「蒂婀妮」在這裏代表金星。

145. **主神宙斯**：指木星。宙斯，羅馬神話叫「朱庇特」，也是木星的名字。參看《天堂篇》第十八章六七—六九行。**其父**：指土星。土星得名於宙斯之父薩圖諾斯（拉丁文 Saturnus，英文 Saturn）。

146. **其子**：指火星。火星得名於戰神馬爾斯（拉丁文和英文均爲 Mars）。戰神馬爾斯是朱庇特的兒子。**折衷**：土星性冷；火星性乾；木星熱而濕。木星能以其熱調和土星之冷；以其濕調和火星之乾；所以說「折衷」。參看 *Convivio*, II, XIII, 25。

148. **七個天體**：指月亮、水星、金星、太陽、火星、木星、土星。

152. **叫我們發狂的小小打穀場**：「小小打穀場」指地球。地球叫人類爭權奪利，以致發狂。但丁在這行嘲諷人類愚不可及。但丁之前，也有作者描寫地球渺小。譬如羅馬哲學家波伊提烏(Boethius)，就曾經稱地球爲"angustissima area"（「微不足道的打穀場」）。見 *De consolatione philosophiae*, II, pr. 7。在《帝制論》裏，但丁也稱地球爲"areola ista mortalium"（「凡人的那個小地方」）。見 *Monarchia*, III, XVI, 11。

154. **美目**：指貝緹麗彩美麗的眼睛。

第二十三章

貝緹麗彩在恆星天等待。不久，但丁見天空越來越亮，轉眼間充滿了光彩，得勝的教會出現，基督如太陽照亮信眾。但丁遵貝緹麗彩的吩咐，望向她的容顏，發覺她美得不可名狀。接著，但丁再遵貝緹麗彩的吩咐，望向得勝的教會，發覺基督已高升，一群群的光靈由灼灼的光輝照亮；光輝來自何處，卻無從看清。光靈之中，以聖母瑪利亞的光華最盛；一把火炬從天而降，形成一個王冠，在她周圍盤旋翱翔。之後，瑪利亞隨基督升上了高天，眾光靈悠然唱起 **"Regina celi"**。

一隻鳥兒，整夜在鍾愛的樹枝間
　　棲息巢內，看顧可愛的幼雛；
　　由於景物被周圍的黑暗所掩，　　　　3
黎明將臨的時候，為了讓雙目
　　重睹心愛的樣貌，為了找餵養
　　幼雛的食物——她樂於接受的辛苦——　6
會一邊期待，一邊望向
　　樹隙，凝眸等待破曉的時分，
　　看心中渴望的太陽放亮。　　　　　　9
我的娘娘也如此：佇立凝神，
　　回首望著天際。在她顧昐
　　所及的下方，太陽凌空的馳奔　　　　12

顯得較慢。見了她翹企的容顏，
　　我變成了另一人：一方面滿懷
　　渴思；一方面憧憬渴思已實現。　　　15
不過一霎的時間流逝得極快——
　　我是說，期待間，很快就看見天空
　　越來越亮，轉眼間充滿了光彩。　　　18
貝緹麗彩說：「這就是信從
　　基督的勝利之軍；是全部
　　果實——收成自諸天的旋轉運動！」　21
說時，滿臉彷彿叫紅光佈覆；
　　眸中更是歡欣的神情盈滿，
　　令我詞窮間只好略而不述。　　　　24
一如滿月的夜裏，晴空朗然，
　　特麗維亞微笑時，上下四方
　　是永恆仙女點綴著深邃的霄漢，　　27
我看見千千萬萬的明燈之上，
　　一個太陽照亮了每盞燈火，
　　就像凡間的暐日給眾星光芒。　　　30
透過活光，發亮的靈體燋爍
　　閃耀，奪目的炯輝皓皓杲杲，
　　叫我的眼睛承受不了其昭焯。　　　33
貝緹麗彩呀，是和藹可親的嚮導。
　　她對我說：「把你征服的力量，
　　萬物都無從抵擋其分毫；　　　　36
裏面的智慧和大能，為凡界到天疆
　　開闢了多條道路。這些道路，

自古以來就爲人類所渴想。」　　　39
天火脫雲，勁竄著霍霍疾舒
　　勁射，到雲間再沒有空隙容納，
　　就會一反常態向地面擊撲。　　　42
我的心，當時也如此：因盛宴而擴大；
　　到了後來，竟越出本身的界限。
　　結果怎樣，自己也無從憶察。　　　45
「張開眼睛吧，看看我的眞顏。
　　你目睹了這些景象，現在
　　已經夠康強，能凝望我的笑臉。」　48
我像入睡的人從夢中醒來，
　　忘了剛才夢中所見的情景，
　　竭力去回憶追記，卻終歸失敗。　　51
就在這時，我聽到上述的邀請。
　　這邀請，值得衷心感謝，此後
　　在記述過去的書中永遠留名。　　54
珀琳妮亞和姐妹，以最豐稠、
　　最香甜的奶汁哺育了許多詩宗。
　　可是這一刻，即使他們都能夠　　57
吟唱，助我歌頌那聖潔的笑容，
　　歌頌笑容使聖潔的面龐發光，
　　實況的千分之一也欲說無從。　　60
由於這緣故，要描繪天堂的實況，
　　這首聖詩也只好跳過障礙，
　　與行人看見道路被阻時相仿。　　63
不過，有誰想到這沉重的題材，

體察負荷題材的平凡雙肩，

　　雙肩在擔下顫抖，就不會遭責怪。　　66

無畏的船首破浪駛過的海面，

　　並不是小舟可以航行的旅程；

　　貪生怕死的船夫，也休想履險。　　69

「怎麼只望著我的臉龐發愣，

　　而不轉身看看美麗的花園？

　　在基督的靈光下，百花萌生。　　72

園裏是玫瑰；玫瑰裏，獲得成全

　　而化爲肉身的是聖道。園裏是百合；

　　百合的芬芳叫眾人正道是選。」　　75

貝緹麗彩說。我呢，則急於立刻

　　服從她的意願，乃再度全力

　　叫柔弱的眼睛去應付困厄。　　78

太陽的光線澄澈地透過雲隙

　　下瀉時，在陰影裏，我的眼睛

　　曾見過繁花點綴著草地。　　81

這時，我則看見一群群的光靈，

　　璀璨奪目，由灼灼的光輝照亮；

　　光輝來自哪裏呢，卻無從看清。　　84

仁慈的大能啊，你把自己的形象

　　印落他們身上。我的俗眼

　　太弱，你就高升，讓我去瞻仰。　　87

美麗的花朵呀，令名無論在白天

　　或黑夜都被我呼喚，此刻正叫我

　　凝神向著最亮的炯焰諦鑒。　　90

這顆活星，在天堂之上勝過

　　衆星，就像她勝過凡人一樣。

　　她在我雙目映出了形狀和規模，　　　　93

就有一把火炬從高天下降，

　　轉動之間形成了一頂王冠，

　　同時在她的周圍盤繞翱翔。　　　　　　96

下界的旋律，聽來無論多婉轉、

　　多醉魂，方諸盤繞的豎琴娓娓

　　而發的樂音，都顯得吵耳，像撕穿　　　99

雲層的焦雷在轟然填填咂咂。

　　那里拉，正為美麗的藍寶石加冕。

　　藍寶石呢，則為最亮的天穹點綴。　　　102

「我是天使之愛，至高的歡忭

　　讓我環繞。那歡忭，由母腹飄出。

　　母腹是旅館，住著我們的渴念。　　　　105

天堂的聖母哇，我會圍著你旋舞，

　　到你隨兒子進入最高天，叫那裏

　　變得更神聖，我才會駐足。」　　　　　108

至此，盤繞的旋律就像火漆

　　一般封了起來。其餘的光芒，

　　則使瑪利亞的名字迴盪不息。　　　　　111

宇宙諸天運行旋繞間，有君王

　　以大袍覆裹。這大袍，在神的吐納、

　　神的大能中最為熾烈盛昌。　　　　　　114

可是這一刻，大袍向內的一匝

　　仍遙不可及；在我置身的一點

眺望，其外在形貌仍無從觀察。　　　117
因此，我的視力未能讓雙眼
　　追隨戴冕的炯焰。那炯焰，這時
　　正跟著自己的後裔升向高天。　　　120
嬰兒吃完了奶，内在的心智
　　會燃燒成外在的火焰，結果
　　會伸出雙手，向媽媽。白焰熾熾，　123
這時顯示的形象也相同：每一朵
　　炯焰都上揚著火舌，向我表明，
　　它對瑪利亞的敬愛深厚昭焯。　　　126
然後，衆焰在我的視域裏暫停，
　　把 "Regina celi" 之歌悠然唱起，
　　動聽得叫欣悅永留我的心靈。　　　129
這樣的豐登啊，竟可以這樣儲積！
　　儲積於這麼富有的穀倉。凡界中，
　　這些穀倉是善於播種的黔黎。　　　132
在巴比倫流放時，他們目空
　　黃金，以眼淚取得這些珍寶，
　　然後在這裏的永生中享用。　　　　135
掌握這殊榮之匙的長老
　　和古今賢人，獲聖子庇蔭而勝利
　　凱旋。這位聖子，地位崇高，　　　138
母爲瑪利亞，父爲至尊的上帝。

註　釋：

1-9. **一隻鳥兒……太陽放亮**：這九行是典型的但丁意象：透明易感，叫讀者具體地領會作者要表達的主題。

2. **可愛的幼雛**：原文"dolci nati"，上承維吉爾的《農事詩集》(Georgics)第二卷第五二三行："interea dulces pendent circum oscula nati…"（「這時候，可愛的幼雛引喙受吻……」）。

3. **景物被周圍的黑暗所掩**：原文"la notte che le cose ci nasconde"，上承維吉爾《埃涅阿斯紀》第六卷二七二行："et rebus nox abstulit atra colorem"（「黑夜把萬物的顏色盜去」）。

11-13. **在她顧盼／……顯得較慢**：太陽在地平線時，速度顯得較高；到了中天，速度顯得較低。參看《煉獄篇》第三十三章一零三——零五行。

15. **一方面……已實現**：此行強調但丁迫不及待的心情。

16. **一霎**：指但丁回顧下方到天空放亮所佔的時間。「一霎」，形容時間之短。

20. **基督的勝利之軍**：指獲得基督拯救的衆光靈，包括基督生前在地獄邊境徘徊的賢人。說「勝利」，是因爲基督爲衆靈贖罪，戰勝了魔鬼。

20-21. **全部／果實……運動**：諸天旋轉運動，給凡間積極的影響，產生善人。善人此刻都成了天堂的福靈，即諸天旋轉運動的全部成果。

24. **詞窮**：此語強調最高境界的經驗，但丁的文字無從描寫。

26. **特麗維亞**：原文"Trivia"，月亮和狩獵女神狄安娜（拉丁文Diana，即希臘神話中的阿爾忒彌斯）的另一稱呼，在這裏指月亮。參看《埃涅阿斯紀》第六卷第十三行、第三十五行；第七卷五一六行、第七七四行；《變形記》第二卷第四一六

行。

27. **永恆仙女**：指群星。

29. **一個太陽**：指基督。**每盞燈火**：指每個光靈。參看《天堂篇》第二十一章第七十三行。

30. **凡間的暉日……光芒**：但丁時期的人相信，衆星因太陽的輝耀才會發光。

31. **發亮的靈體**：指基督。

37. **智慧和大能**：指基督的智慧和大能。參看《哥林多前書》第一章第二十四節："Christum Dei Virtutem et Dei Sapientiam."（「基督總爲　神的能力，　神的智慧。」）

37-39. **「爲凡界……渴想」**：亞當犯罪後，人類進天堂之路即被封閉。基督降生，爲人類重闢塵世到天堂之路。基督降生前，許多亡魂留在幽域(即地獄邊境或地獄外緣)等待(「渴想」)基督救贖他們。參看《煉獄篇》第十章第三十六行。

40-42. **天火脫雲……向地面擊撲**：但丁時期的人相信，熱蒸氣充塞雲堆，雲堆容納不下時就迸射而出，成爲閃電。參看《地獄篇》第二十四章一四五—五零行；《煉獄篇》第二十一章第五十二行；第三十二章一零九——一一二行；《天堂篇》第一章第九十二行。

43. **盛宴**：指但丁眼前的盛景。

44-45. **到了後來……無從憶察**：但丁經歷了超凡的盛景後，無從憶察事情的經過。參看 *Epistole*, XIII, 78-79。

46-48. **「張開眼睛吧……笑臉」**：這三行是貝緹麗彩的話。在《天堂篇》第二十一章，貝緹麗彩告訴但丁，她何以不微笑。Bosco e Reggio, *Paradiso*, 385-86, Sapegno, *Paradiso*, 292 都指出，貝緹麗彩到了水星天之後，一直沒有微笑過，因爲她

知道，但丁承受不了她微笑時所發的光華（「眞顏」）。此刻，但丁目睹了「基督的勝利之軍」（第二十行），視力加強，不再是凡軀的視力，已能承受這光華。

49-51. **我像……失敗**：參看《天堂篇》第三十三章五八—六六行。

52. **上述的邀請**：指貝緹麗彩在第四十六行的邀請（「看看我的眞顏」）。

54. **記述過去的書**：指記憶之書。參看 *Vita Nuova*, I："In quella parte del libro de la mia memoria"（「在我記憶之書的那一部分」）；*Rime*, LXVII, 59："nel libro de la mente"（「在回憶之書裏」）。

55. **珀琳妮亞**：Πολύμνια（拉丁文 Polyhymnia，英文 Polyhymnia 或 Polhymnia），九繆斯之一，是宙斯和記憶女神謨涅摩辛涅(Μνημοσύνη, Mnemosyne)的女兒，司聖歌（一說司抒情詩）、舞蹈、修辭。有的版本說珀琳妮亞即卡莉奧佩(Καλλιόπη, Calliope)。**姐妹**：指九繆斯的其餘八位。

58. **聖潔的笑容**：指貝緹麗彩的笑容。

62. **聖詩**：指《神曲》，原文"sacrato poema"。《天堂篇》第二十五章第一行稱爲"poema sacro"（「聖詩」）。Bosco e Reggio (*Paradiso*, 387)認爲專指《天堂篇》。**只好跳過障礙**：指難以形容的經驗（「障礙」），這首詩只好略而不提（「跳過」）。

64-66. **不過……責怪**：這幾行是比喻：天堂的題材是重擔；但丁的才華是雙肩。擔子太重，雙肩不能勝任，知情的人就會體諒。賀拉斯(Quintus Horatius Flaccus)在《詩藝》裏說過類似的話："Sumite materiam vestris, qui scribitis, aequam Viribus, et versate diu, quid ferre recusent, Quid valeant humeri."（「要選擇能力可以勝任的題材，並詳加斟酌：雙肩能勝任的有多

重；不能勝任的又有多重。」）參看 *Ars poetica*, 38-40。

67-69. **無畏的船首……休想履險**：這三行回應《天堂篇》第二章一——七行。

71. **美麗的花園**：指在基督的光華下輝耀的眾光靈。參看《天堂篇》第十九章二二—二三行；《天堂篇》第二十三章二八—三零行。在宗教的象徵文學中，以天堂比作花園，福靈比作百花，至為普遍。參看 Sapegno, *Paradiso*, 293-94。Vandelli (935)則要讀者注意，希臘文的παράδεισος（相等於意大利文的 Paradiso），本來就是「花園」的意思。"παράδεισος"的定義，可參看 *A Lexicon Abridged from Liddell and Scott's Greek-English Lexicon*, 521："a park or pleasure-grounds; an Eastern word used in the *Septuagint* for the garden of Eden."（「公園或遊樂場；源自東方，在《七十子譯本》〔即希臘舊約聖經〕中，指伊甸樂園。」）

73. **玫瑰**：指象徵聖母瑪利亞的玫瑰(Rosa mistica)。這裏指貞女瑪利亞本身。

73-74. **獲得成全／而化為……聖道**：基督（「聖道」）由瑪利亞生下，成為肉身。參看《約翰福音》第一節第十四行："et Verbum caro factum est"（「道成了肉身」）。

74. **百合**：指基督的眾使徒。

75. **百合的芬芳**：指使徒的嘉言懿行。

77-78. **乃再度……困厄**：但丁在上文（第三十三行）說過：「我的眼睛承受不了其昭焯」。現在為了服從貝緹麗彩的吩咐，再設法凝望眼前的光靈。

79-81. **太陽的光線……點綴著草地**：但丁先寫人間，以常見的經驗幫助讀者體會天堂的景物（八二—八四行）。

83. **由灼灼的光輝照亮**：原文"fulgorate di su da raggi ardenti"。
參看 *Summa theologica*, I, a. XII, 5： "Ipsum intelligibile
vocatur lumen vel lux. Et istud lumen est de quo dicitur quod
claritas Dei illuminabit eam (*Apocal.*, XXI, 23), scilicet
societatem beatorum Deum videntium. Et secundum hoc
lumen efficiuntur deiformes, idest Deo similes."（「可感之物
的本身稱爲光芒或光焰。〔《啓示錄》〕說到『神的榮耀光
照』，指的就是這種光芒。受「神的榮耀光照」的，是向神
默禱的衆福靈。藉著這種光芒，福靈得臻神形；換言之，是
與神相仿。」）**照亮**：原文"fulgorate"，意爲「（由光輝）
照亮」。"raggi"一般指「光芒」，不過"fulgorate"已暗含光
輝，因此譯文不再用「光芒」一詞。在有些版本（如 Petrocchi,
Bosco e Reggio, Sapegno, Singleton）裏，"fulgorate"由
"folgorate"取代。"folgorate"的不定式是 folgorare，與名詞
folgore（閃電）同源，意爲「打閃」；轉義是「閃亮」，「閃
耀」（《意漢詞典》頁三一四），明示或暗含強烈的閃電意
象。其他版本（如 Barbi et al.、Mattalia、Chiappelli、Sinclair、
Vandelli）都作"fulgorate"。*Dizionario Garzanti della lingua
italiana*, 722 引述但丁原文第八十三行時，也採用
"fulgorate"。其定義爲"render fulgido"（「使發光」）；
"illuminare"（「照亮，照明」）。譯者認爲，基督拱照，雖
然大光煒煒，但不應像電閃那樣凌厲苛酷，因此翻譯時取
"fulgorate"而捨"folgorate"。

84. **光輝來自哪裏呢，卻無從看清**：這裏的光源是基督，不過但
丁一時還看不到光輝所自來。**光輝**：原文"fulgori"（"fulgore"
的複數），意爲「閃光」，「光輝」。有的版本（如 Bosco

e Reggio, Sapegno, Singleton）以"folgori"（"folgore"的複數）代替"fulgori"。"folgori"意爲「閃電」。譯文沒有採取，原因和第八十三行的註釋所說相同。

85. **仁慈的大能**：指基督的大能。

85-86. **把自己的形象／印落他們身上**：基督把自己的形象（「光芒」）印在福靈身上。本文努托(Benvenuto)說："sigillas fulgore tuo."（「你以光輝蓋印。」）。參看 Sapegno, *Paradiso*, 294。印鈐意象在《神曲》裏一再出現，這裏又是一例。參看《天堂篇》第七章第一零九行；第十章第二十九行。

86-87. **我的俗眼／太弱……瞻仰**：意爲：但丁的肉眼在近處承受不了基督的盛大光華，基督就升上最高天，讓但丁隔著足夠的空間仰瞻。

88. **美麗的花朵**：指聖母瑪利亞。在本章第七十三行，貝緹麗彩已提到聖母瑪利亞（「園裏是玫瑰」）。在羅馬天主教的啓應禱文中，瑪利亞稱爲「象徵的玫瑰」（"Rosa mistica"，也可譯爲「神秘的玫瑰」）。參看 Sinclair, *Paradiso*, 338。

90. **最亮的炯焰**：指聖母瑪利亞所發的光華。福靈當中，以聖母瑪利亞的光華最盛大。

91. **這顆活星**：指聖母瑪利亞。在天主教禮拜儀式中，瑪利亞又稱爲「星」（拉丁文"stella"）、「晨星」（拉丁文"stella matutina"；"maris stella"）。

94-96. **就有一把火炬……翱翔**：「一把火炬」（原文"una facella"），一般論者認爲指六翼天使（又稱「熾愛天神」）加百列。加百列下降，是爲了重現聖母領報(Annunciation)的過程。有的論者則認爲，下降的是六翼天使之一；至於是六翼天使的哪一位，但丁沒有明言。有的論者則認爲，下降的天使不是

一位，而是一群。他們組成一把火炬，向聖母禮拜。參看
Bosco e Reggio, *Paradiso*, 389; Chiappelli, *La Divina
Commedia*, 455; Sapegno, *Paradiso*, 295; Pasquini e Quaglio,
Paradiso, 392; Villaroel, *Paradiso*, 191-92; Vandelli, 936;
Sayers, *Paradise*, 263; Singleton, *Paradiso 2*, 378; Musa,
Paradise, 279-80。在《天堂篇》第三十二章九四—九六行，
加百列再度出現。三種說法都言之成理，不過就結構和詩藝
而論，加百列出現一次（也就是說，在第三十二章才出現），
可以讓故事漸漸升向高潮，效果會更佳。

98.　　**盤繞的豎琴**：指第九十五行的「王冠」。天使組成的王冠在
齊聲歌唱，所發的樂音比凡間所有的旋律都動聽。就藝術效
果而言，眾天使一起歌唱會遠勝於一位天使獨唱。

101.　　**美麗的藍寶石**：指聖母瑪利亞。

102.　　**最亮的天穹**：指最高天。

103.　　**至高的歡忭**：指聖母瑪利亞的歡忭。

105.　　**母腹是旅館**：瑪利亞的子宮（「母腹」）懷過基督，就比喻
而言，是基督的「旅館」。**我們的渴念**：指基督，形容天使
對基督的熾愛強烈。

109-10.　**至此，盤繞的旋律……封了起來**：意為：至此，天使所唱的
歌曲沉寂。

110-11.　**其餘的光芒，／……迴盪不息**：其餘的光靈，都高聲齊唱瑪
利亞之名。

112.　　**宇宙諸天**：指七個行星天和一個恆星天。**君王**：指上帝。

113.　　**大袍**：指第九重天，即原動天(Primum Mobile)。

113-14.　**這大袍……熾烈盛昌**：諸天之中，原動天最接近上帝所居的
最高天，所以在他的吐納和大能中最為熾烈盛昌。參看《天

堂篇》第二十九章一三九—四一行；此外，參看 *Convivio*, II, III, 8-9: "fuori di tutti questi, li cattolici pongono lo cielo Empireo, che è a dire cielo di fiamma or vero luminoso....E questo è cagione al Primo Mobile per avere velocissimo movimento; ché per lo ferventissimo appetito ch'è 'n ciascuna parte di quello nono cielo, che è immediato a quello, d'essere congiunta con ciascuna parte di quello divinissimo ciel quieto, in quello si rivolve con tanta desiderio, che la sua velocitade è quasi incomprensibile." (「在所有的這些〔天穹〕外，天主教人士還設想了一個最高天，即淨火天或眞光天……原動天的極速由最高天而來。屬於第九層的原動天與最高天緊貼。由於原動天的每一部分都熾然要與至聖的寧靜天合而爲一，結果這一重天懷著熾情疾旋於最高天內，速度之快，簡直難以想像。」)

115-17. **大袍向內的一匝／……無從觀察**：此刻，但丁置身於恆星天，已被原動天（「大袍」）裹籠；不過原動天的內凹面離但丁太遠，展示的形貌仍無從得睹。

119. **那炯焰**：指聖母瑪利亞。

120. **自己的後裔**：指瑪利亞的兒子，即基督。**高天**：指最高天。

121. **嬰兒**：嬰兒或幼雛意象，在《神曲》裏一再出現。參看《煉獄篇》第三十章四三—四五行；《天堂篇》第三十章八二—八五行；本章一一六行。

123. **向媽媽**：這行以俗世意象間接點出了瑪利亞的母性。

125. **炯焰**：指眾光靈所發的炯焰。

128. **"Regina celi"**：拉丁文。原文的"celi"又作"coeli"；"Regina celi"是「天后」的意思。這兩個拉丁詞是天主教讚美詩中對

經(antiphon)的開頭，復活節在教堂誦唱。對經的其餘部分如下："Regina coeli, laetare, alleluia! / Quia quem meruisti portare, alleluia! / Resurrexit sicut dixit, alleluia! / Ora pro nobis Deum, alleluia! / Gaude et laetare, Virgo Maria, alleluia! / Quia surrexit Domius vere, alleluia!"

130. **豐登**：此詞強調光靈所享天福之厚。

131. **穀倉**：指衆福靈。

131-32. **凡界中，/……黔黎**：指福靈在凡界神道是遵。參看《加拉太書》第六章第七節（《拉丁通行本聖經》第八節）："Quae enim seminaverit homo, haec et metet."（「人種的是甚麼，收的也是甚麼。」）

133. **在巴比倫流放時**：指以色列人在巴比倫當俘虜時。參看《詩篇》第一三七篇（《拉丁通行本聖經》第一三六篇）第一節："Super flumina Babylonis illic sedimus et flevimus, cum recordaremur Sion."（「我們曾在巴比倫的河邊坐下，/一追想錫安就哭了。」）在基督教傳統中，「在巴比倫流放」，象微塵世生命。天堂的福靈活在凡塵，就像希伯來人在巴比倫流放。

133-34. **目空／黃金**：指天上的福靈在世時，輕視物質上的安舒。

134. **以眼淚取得這些珍寶**：以凡間的苦難（「眼淚」）取得天堂的福樂（「這些珍寶」）。

136. **掌握這殊榮之匙的長老**：指聖彼得。天國的鑰匙由聖彼得掌管。參看《地獄篇》第十九章第九十一行；《馬太福音》第十六章第十九節："Et tibi dabo claves regni caelorum."（「我要把天國的鑰匙給你。」）

137. **古今賢人**：指基督降生前和降生後的賢人，即《舊約》和《新

約》中的諸聖。這些賢人，最後會在最高天出現。**聖子**：指
基督。

137-38. **勝利／凱旋**：指基督戰勝塵世的各種誘惑（「勝利」），返
回天堂（「凱旋」）。

第二十四章

貝緹麗彩請光靈讓但丁分享天堂的真理。聖彼得聞言，從光靈群中
射出，回答貝緹麗彩，然後考問但丁有關信德的問題。見但丁的回
答完滿，就表示欣悅，唱著歌祝福他；一連三次，圍著他旋繞。

「兄弟呀，你們獲上帝挑選，
　　出席神聖的羔羊所設的盛大
　　晚餐。羔羊餵你們，讓你們心願　　3
永足。這個人，既然蒙神恩提拔，
　　能先嚐你們餐桌的落地餘屑
　　而不必等死亡排期才出發，　　6
他那無窮的渴念，請你們理解。
　　請稍稍沾濡他。他朝思暮想的甘露
　　湧自流泉——你們長飲的聖液。」　　9
貝緹麗彩說完，歡欣的光族
　　就繞著不同的極點組成圓圈，
　　光華奪目，情形和彗星相彷彿。　　12
時鐘的全部機件裏，齒輪迴旋，
　　在觀者看來，第一輪好像
　　靜止，最後一輪卻在飛捲。　　15
那些圓舞歌唱團也如此：洋洋
　　舞動著，以不同的速度，或疾

或徐地讓我把他們的財富估量。　　18
視域中，只見最富有的光靈裏
　　有一朵極爲歡愉的炯焰射出，
　　比其餘的光芒都清亮明晰。　　21
這光靈，圍著貝緹麗彩，一連三度
　　在旋繞；並且唱了一首歌，歌曲
　　神奇得連神思也無法向我複述。　　24
因此，我的筆只好略而不敘。
　　我們的描摹（尤其是言語），色彩
　　太鮮艷，繪不出歌聲褶子的縈紆。　　27
「聖潔的姐妹呀，你以虔誠的神態
　　向我們祈禱。你熱切的愛心，
　　把我從那個美麗的圈子召來。」　　30
那朵聖焰靜止了，不再前進，
　　就向著我的娘娘呼出信息；
　　信息的内容就如上文所引。　　33
貝緹麗彩答道：「永光啊，是你——
　　崇高的人傑，獲救主交付他帶來
　　凡間的鑰匙，把這裏的至樂開啓。　　36
這個人的信念，請隨意審裁——
　　小問題、大問題都不妨問他。依憑
　　這信念，你曾經徒步走過大海。　　39
他的愛心、希望、信仰貞定
　　與否，都瞞不過你；在你的來處，
　　萬象皆顯，眞相你早已洞明。　　42
不過，既然這天國按誠信取錄

公民，這個人也就有責任發言，

　　去講述天國，使天國的榮耀流佈。」　　45

老師提出問題供學生答辯——

　　不是裁決——之前，學生會保持

　　沉默，並做好準備。我發言之前，　　48

也是這樣：貝緹麗彩說話時，

　　我設法收集自己的理據，以回應

　　老師，以便答問時能夠稱職。　　51

「說吧，篤信基督的，把道理說明。

　　何謂信德？」我聞言，仰起頭來，

　　首先望向那發出聲音的光靈，　　54

再轉向貝緹麗彩。貝緹麗彩

　　立刻以眼神向我示意，叫我

　　把內心之泉的流水傾瀉向外。　　57

「我能向首席百夫長自白，」我說：

　　「皆拜恩澤之賜。但願這恩澤

　　使我表達意思時措詞穩妥。」　　60

我還說：「你跟親愛的兄弟驅策

　　羅馬呀，老爹，向正教之路奔馳。

　　正如他真誠之筆所寫：信德　　63

是所望之事的擔保，也是

　　未見之事的確證。在我看來，

　　這一論點就是信念的本質。」　　66

然後，我聽見：「道理你已經明白——

　　要是你洞達保羅把信德先後

　　與擔保、確證並論的原因所在。」　　69

我說：「天上的事物奧邃深幽，
　　慨然在這裏展現眞相。這眞相
　　藏而不露，下界的凡眸看不透，　　　72
其本質僅僅存在於人的信仰。
　　凡間的宏願，就以信仰爲基礎。
　　因此，信仰乃有了實體的質量。　　　75
我們申論時，也必須從信仰起步，
　　無須看別的實據才去推理。
　　因此，信仰又帶有確證的面目。」　　78
之後，我聽見：「下界所得的教義，
　　如果都能夠這樣加以理解，
　　詭辯者的小聰明，就無所施其技。」　81
燃燒的愛說完，並沒有停歇，
　　就繼續說：「這枚硬幣的合金
　　和重量已經檢驗得詳細確切；　　　　84
不過，告訴我，它可是你荷包的錢銀。」
　　我答道：「是的，而且渾圓生輝。
　　對於幣值，我沒有半點疑心。」　　　87
然後，那朵閃耀的光芒煒煒
　　由深處傳出聲音：「這珍貴的寶石，
　　一切美德以之爲基礎，爲依歸──　　90
你怎麼得來的？」我說：「那些羊皮紙──
　　舊的、新的──都有聖靈在上面
　　傾瀉滂沛的甘霖。這甘霖，不啻　　　93
演繹推理，已鑿然爲我證驗
　　這寶石；結果和這顆寶石相形，

別的論證都顯得模糊粗淺。」 96
之後，我聽見：「你竟能這麼肯定，
　相信新舊命題都無可置疑。
　你爲何覺得兩者都出自聖靈？」 99
我說：「證據來自命題後的奇跡。
　證據宣示了眞理；奇跡呢，物象
　休想靠煉鐵錘砧去僞造模擬。」 102
光芒答道：「告訴我，是誰對你講，
　奇跡的確發生過；你唯一的證據
　還未確定，還有待證明估量。」 105
「天下皈依基督的信仰而不需
　奇跡。」我說：「這，就是大奇跡，
　使別的奇跡變得輕微如羽。 108
因爲，貧困飢餓時，你走進田野裏
　播下良種。良種長成了葡萄樹；
　此刻卻變成了荊棘滿地。」 111
這話說完，崇高而神聖的天都，
　層層都響徹了《讚美頌》，其音調
　全按高天之上的旋律唱出。 114
那大人，在詰問的枝椏間，從這條
　到那條帶著我這樣移動；到後來，
　我們終於靠近了樹枝之杪。 117
大人說：「天恩對你的心寵愛
　有加，而且到目前爲止，都能
　讓你的口適當而得體地張開， 120
使我對出口的話表示贊成。

365

不過，此刻你必須表白信仰；

　　並且說明，這信仰怎樣產生。」　　　123

「神聖的長老哇，你所相信的景象，

　　跟你所見的相同，結果你奔赴

　　墳墓時，比年輕的捷足還強，」　　126

我說：「你是要我在這裏清楚

　　說明，我的速信是甚麼本體；

　　並且問我，皈依這信仰的緣故。　　129

我的答覆是：我相信一個上帝，

　　唯一的、永恆的上帝。他能夠嶷然

　　憑大愛、憑聖願使諸天運行不息。　132

我這一信仰的證據，不但

　　有物理和玄學為本，而且得到

　　真理的支持。真理像甘霖一般，　　135

藉摩西、藉先知、藉《詩篇》從這裏滔滔

　　下瀉；有你們，受燃燒的聖靈感動

　　而命筆；有福音傳導甘霖的灝灝。　138

同時，我相信永恆的三位，一同——

　　我相信——有一個本體，既是三，又是一，

　　單數、複數的繫詞都能夠包容。　　141

奧玄而神聖的本質是我的主題。

　　這一本質，福音書的教理已經

　　多次像印記蓋在我的腦海裏。　　　144

這是開端，也是閃現的火星。

　　火星後來擴展為熾盛的炯焰，

　　在我心中像天星放出光明。」　　　147

主人見僕從走到自己面前，

　　報告可悅的消息，等僕從報告

　　完畢，就會擁抱他，表示歡忭。　　　150

使徒的光焰也如此：待我按照

　　他的吩咐說完，就唱著歌

　　祝福我，且一連三次，圍著我旋繞。　　153

我的答覆，竟使他這麼快樂！

註　釋：

1-4.　　**「兄弟呀……心願／永足」**：這幾行是貝緹麗彩對眾光靈所
　　　　說的話。眾光靈是出席天堂盛宴（安享天堂永福）的賓客。
　　　　參看《路加福音》第十四章第十六節："Homo quidam fecit
　　　　cenam magnam et vocavit multos."（「『有一人擺設大筵席，
　　　　請了許多客。』」）《馬太福音》第二十二章第十四節："Multi
　　　　enim sunt vocati, pauci vero electi."（「『因爲被召的人多，選
　　　　上的人少。』」）《啓示錄》第十九章第九節："' beati qui ad
　　　　cenam nuptiarum Agni vocati sunt....'"（「『凡被請赴羔羊之
　　　　婚筵的有福了！』」）；《約翰福音》第六章第三十五節："Dixit
　　　　autem eis Iesus : Ego sum panis vitae; qui venit ad me non
　　　　esuriet."（「耶穌說：『我就是生命的糧。到我這裏來的，必
　　　　定不餓……。』」）據但丁的兒子皮耶特羅(Pietro)所說，貝
　　　　緹麗彩說話的主要對象是基督的十二使徒。參看 Bosco e
　　　　Reggio, *Paradiso*, 397; Mattalia, *Paradiso*, 401; Sapegno,
　　　　Paradiso, 301; Vandelli, 940; Singleton, *Paradiso 2*, 383。

2. **神聖的羔羊**：指基督。參看《約翰福音》第一章第二十九節："Ecce agnus Dei; ecce qui tollit peccatum mundi."（「看哪，神的羔羊，除去世人罪孽的！」）

4. **這個人**：指但丁。

4-6. **既然……才出發**：指但丁獲上帝恩准，卒前飛升天堂，先嚐盛宴的一點半點（「先嚐……餘屑」）。參看《煉獄篇》第三十二章七三—七五行；《天堂篇》第三十章一三四—三五行；《馬太福音》第十五章第二十七節："'et catelli edunt de micis, quae cadunt de mensa dominorum suorum.'"（「『但是狗也吃牠主人桌子上掉下來的碎渣兒。』」）

7. **無窮的渴念**：指但丁對天堂食物的渴念（見本章第五行）。

8. **甘露**：指天堂的真理。

9. **流泉**：指上帝的聖智。

11. **極點**：定點，指光靈的福樂。

12. **情形和彗星相彷彿**：彗星有光尾；光靈有欣喜發而為光，與彗星無異。

14. **第一輪**：Singleton (*Paradiso 2*, 385)指出，在時鐘的機件裏，第一輪最大，也轉得最慢。

17-18. **或疾／或徐地……估量**：在天堂，光靈所獲的聖寵越厚，就越顯得歡欣，旋轉的速度也越高。但丁憑光靈的旋轉速度，就能估量其所獲聖恩（「財富」）的厚薄。**以不同的速度**：原文"differente— / mente"，一詞跨越第十六和第十七行，成為詩律中 (prosody) 所謂的 "enjambment"（也作 "enjambement"）。一詞跨行，在詩中增加了節奏的延宕，也表現了光靈舞姿的婀娜。

19. **最富有的光靈**：指旋轉得最快的一組光靈。這組光靈獲聖欣

最厚，因此說「最富有」。「最富有」，原文“carezza”（Sapegno
和 Vandelli 的版本爲“bellezza”）。

20. **有一朵**：指聖彼得。

21. **比其餘……清亮明晰**：聖彼得的光靈比其餘的光靈清亮明
晰，是因爲他的欣悅最大。

24. **神思**：指接收外物形象，然後把形象傳諸心智的官能。在《煉
獄篇》原文第十七章第二十五行，《天堂篇》原文第十章第
四十六行，第三十三章第一四二行，但丁分別用了
“fantasia”、“fantasie”（fantasia 的複數）、“fantasia”，意義
也相同。參看 *Convivio*, III, IV, 9-11。但丁的想像不能全部
接收經驗，也就無從向他的心智傳遞該經驗。參看 Bosco e
Reggio, *Paradiso*, 399; Pasquini e Quaglio, *Paradiso*, 403;
Singleton, *Paradiso 2*, 386。

26-27. **我們的描摹……縈紆**：這兩行是繪畫意象，指的的經驗（如
二二—二四行的歌聲）極其細緻，非語言所能形容。意大利
繪畫有所謂“chiaroscuro”（明暗對照法）；音樂的抑揚頓挫，
稱爲“chiaroscuro musicale”（可直譯爲「音樂的明暗」）。
可見視覺和聽覺經驗彼此相通。

28. **「聖潔的姐妹」**：第二十二行的光靈（聖彼得）對貝緹麗彩
的稱呼。

30. **那個美麗的圈子**：指衆光靈組成的圓圈（第十一行）。

32. **呼出**：原文“lo spiro”。參看《天堂篇》第二十六章第三行。

35. **崇高的人傑**：指彼得。原文（第三十四行）“gran viro”的
“viro”源出拉丁文的“vir”（「男子」、「男子漢」、「大丈
夫」）。但丁在這裏用拉丁詞，使彼得顯得更崇高、更莊重。

35-36. **獲救主……開啓**：基督（「救主」）把鑰匙帶到凡間，交與

彼得，讓他把天堂的至樂開啓給此後的福靈。參看《天堂篇》第二十三章第一三六行。

37-38.　**這個人的信念……不妨問他**：貝緹麗彩請彼得考核但丁的信念。

38-39.　**依憑／這信念……走過大海**：參看《馬太福音》第十四章第二十八—二十九節："Respondens autem Petrus dixit : Domine, si tu es, iube me ad te venire super aquas. At ipse ait : Veni.　Et descendens Petrus de navicula, ambulabat super aquam ut veniret ad Iesum."（「彼得說：『主，如果是你，請叫我從水面上走到你那裏去。』耶穌說：『你來吧。』彼得就從船上下去，在水面上走，要到耶穌那裏去……」）在《馬太福音》第十四章第三十—三十一節裏，彼得「因見風甚大，就害怕，將要沉下去」，向耶穌呼救，被耶穌責爲「小信的人」。但丁在這裏只取故事的部分，來說明自己的論點。

40.　**愛心、希望、信仰**：指基督徒的三超德：愛德、望德、信德。

41-42.　**都瞞不過你……洞明**：彼得像天堂的其他福靈一樣，能目睹上帝，從上帝那裏看到但丁的思想、感覺。貝緹麗彩請他考問，純粹是儀式，因爲彼得早已知道，但丁會怎樣回答。參看《天堂篇》第十五章六一—六三行；第十七章三七—三九行；第二十六章一零六—一零八行。

43-44.　**不過……公民**：天國取錄公民前，要考核他們的誠信。

54.　**那發出聲音的光靈**：指聖彼得。

57.　**內心之泉的流水**：指但丁心中的思想。

58.　**首席百夫長**：「百夫長」，意文"primopilo"（原文第五十九行），羅馬軍隊的首領。在古羅馬，戰陣分三列，最前列的是矛士(hastati)，第二列是前鋒（principes；最初是最前列，

其後退居第二列），第三列是精銳(triarii)。第三列精銳的第一分隊叫 primus pilus；該分隊的首領叫 primipilus, primus pilus，或 centurio primi pili，也就是「百夫長」，在戰爭中負責掣舉該分隊的第一面軍旗，出擊時負責投擲第一矛。稱彼得爲「首席百夫長」，極言彼得在基督軍旅中地位崇高。

59.　　**恩澤**：指上帝的恩澤。

61.　　**親愛的兄弟**：指聖保羅。

63.　　**他眞誠之筆**：指聖保羅眞誠之筆。基督教相信使徒書信是保羅所寫。參看《彼得後書》第三章第十五節："sicut et carissimus frater noster Paulus, secundum datam sibi sapientiam, scripsit vobis."（「就如我們所親愛的兄弟保羅，照著所賜給他的智慧寫了信給你們。」）

63-65.　**信德／是所望之事……確證**：信德是望德的基礎，也是未由感官所察的事物的證明。參看《希伯來書》第十一章第一節："Est autem fides sperandarum substantia rerum, argumentum non apparentium."（「信就是所望之事的實底，是未見之事的確據。」）

70-73.　**「天上的事物……人的信仰」**：天堂的永生（「事物」）「奧邃」，藉上帝的恩澤慨然向但丁展示；在凡間卻無人得睹（凡人只能信而望之）。

74.　　**宏願**：盼得享天堂永福的願望。托馬斯・阿奎那說："dicitur fides esse substantia rerum sperandarum, quia scilicet prima incohatio rerum sperandarum in nobis est per assensum fidei, quae virtute continet omnes res sperandas. In hoc enim speramus beatificari...."（「稱信仰爲所望之事的擔保，是因爲所望之事的第一基礎，靠我們的首肯在心中奠定。這一信

仰，實際包含了爲我們盼望的所有事物。我們也的確藉著這一過程，希望得到永福……」）參看 *Summa theologica*, II, II, 4, 1。

77. **實據**：指感官可以看到的事物。

82. **燃燒的愛**：指聖彼得。

83-84. **「這枚硬幣的合金／和重量」**：指但丁信仰的本質和價值。

85. **「它可是你荷包的錢銀」**：意思是：這就是你本身的信仰（「錢銀」）嗎？

86-87. **「是的……沒有半點疑心」**：但丁繼續引申錢幣意象，強調自己信仰之堅。

88. **那朵閃耀的光芒**：指聖彼得。

89. **「這珍貴的寶石」**：指信仰。

91-92. **「那些羊皮紙──／舊的、新的」**：指《舊約》和《新約》。

93. **滂沛的甘霖**：指聖靈充沛的靈感，遍佈《舊約》和《新約》。

95. **這顆寶石**：指信仰。

98. **新舊命題**：指《新約》和《舊約》。

100. **奇跡**：指《聖經》所述的奇跡。

101-02. **奇跡呢……僞造模擬**：《聖經》所載的奇跡，大自然（「物象」）無從施工（「煉鐵錘砧」）去僞造。

103-05. **「告訴我……估量」**：彼得這樣問，是爲了進一步考核但丁的誠信。

106-07. **「天下……大奇跡」**：但丁的論點源出奧古斯丁的《論上帝之城》："hoc nobis unum grande miraculum sufficit, quod eis terrarum orbis sine ullis miraculis crediderit……"（「全天下無需任何奇跡就信仰〔基督〕，這現象，在我們看來，就是一大奇跡。」）參看 *De civitate Dei*, XXII, V。

110. **「良種」**：指基督的福音。

111. **「此刻……滿地」**：指教會走入了歧途，結果基督教變了質。

112. **天都**：指天堂。

113. **《讚美頌》**：拉丁文"Te Deum"，基督教讚美上帝的古老詩歌。但丁說畢，光靈齊聲唱起聖歌，讚美上帝。

115. **那大人**：原文"quel baron"，指聖彼得。**詰問的枝椏**：但丁把聖彼得的考問比作樹木一棵。

117. **靠近了樹枝之杪**：指到了問題之末。

118. **「天恩」**：上帝的恩典。

124. **「神聖的長老」**：指聖彼德。

124-26. **「你所相信的景象……還強」**：彼得在凡間的時候，相信有天堂；現在置身天堂，所見和昔日所信相同。由於這一信念，他在塵世聽聞耶穌升天後，首先進入墓穴，早於較年輕的約翰。參看《約翰福音》第二十章第三—九節："Exiit ergo Petrus et ille alius discipulus, et venerunt ad monumentum. Currebant autem duo simul, et ille alius discipulus praecucurrit citius Petro, et venit primus ad monumentum…, non tamen introivit. Venit ergo Simon Petrus sequens eum, et introivit in monumentum, et vidit linteamina posita; et sudarium, quod fuerat super caput eius, non cum linteaminibus positum, sed separatim involutum in unum locum. Tunc ergo introivit et ille discipulus, qui venerat primus ad monumentum, et vidit et credit. Nondum enim sciebant Scripturam, quia oportebat eum a mortuis resurgere."（「彼德和那門徒就出來，往墳墓那裏去。兩個人同跑，那門徒比彼得跑的更快，先到了墳墓，低頭往裏看，就見細麻布還放在那裏，只是沒有進去。西門・

彼得隨後也到了，進墳墓裏去，就看見細麻布還放在那裏，又看見耶穌的裹頭巾沒有和細麻布放在一處，是另在一處捲著。先到墳墓的那門徒也進去，看見就信了。（因爲他們還不明白聖經的意思，就是耶穌必要從死裏復活。）此外參看 *Monarchia*, III, IX, 16。

128. **速信**：指但丁出於自願、不需實證的熱切信仰。**本體**：經院哲學的術語，拉丁文 forma。

132. **聖願**：神聖的意願。Mattalia (*Paradiso*, 467)指出，一三零一三二行濃縮了基督教的重要教義：上帝只有一位（「唯一的」）；上帝無始無終（「永恆」）；上帝本身不受任何外力轉動（「巍然」），卻「憑大愛、憑聖願」轉動諸天。

134. **有物理和玄學爲本**：有科學和思辨哲學爲依據。阿奎那從物理和思辨哲學（玄學）觀點提出五個論據，證明有神存在 (*Summa theologica*, I, q. II, a. 3; *De veritate Catholicae fidei contra Gentiles seu Summa philosophica*, I, 13)：不假設有第一動力、第一動因、第一必然、第一善性、第一智能，就不能解釋宇宙之所以然。但丁深受阿奎那的影響，所指大概也是這些論點。參看 Singleton, *Paradiso 2*, 395; Sapegno, *Paradiso*, 310。

136. **摩西**：指《舊約》中的第一至第五卷，即《摩西五經》（亦譯《梅瑟五書》），又稱《律法書》，據說出自摩西之手。

   先知：指《舊約》中的歷史書（《約書亞記》、《士師記》、《撒母耳記》（上、下）、《列王記》（上、下），共六卷）和先知書（《以賽亞書》）。就先知書而言，猶太教、天主教、基督教的分法都不同，這裏只採其中一說。**《詩篇》**：據說是大衛所作。參看《路加福音》第二十四章第四十四節："Haec sunt verba quae locutus sum ad vos, cum adhuc essem vobiscum, quoniam necesse est impleri omnia quae scripta sunt in lege Moysi et prophetis et psalmis de me." (「『這就是我從前與你們同在之時所告訴你們的話說：摩西的律法、先知的書，和詩篇上所記的，凡指著我的話都必須應驗。』」)

137-38. **有你們……灝灝**：「你們」，指耶穌的使徒，包括彼得。他們所寫（「命筆」）的著作包括《使徒行傳》、使徒書信、《啓示錄》。「受燃燒的聖靈感動」，指聖靈在聖靈降臨節以火焰的形態顯現（「舌頭如火焰顯現」），降臨使徒的事件。參看《使徒行傳》第二章第一——四節。**福音**：指《新約》的四部福音（《馬太福音》、《馬可福音》、《路加福音》、《約翰福音》）。一三六——三八行所列，概括了整部《聖經》。**甘霖的灝灝**：指上帝真理的充沛淋漓。

141. **單數、複數的繫詞都能夠包容**：原文爲"che soffera congiunto 'sono' ed 'este'"。上帝是三位，又是一體，因此在意大利文（或拉丁文）裏，可以跟單數第三人稱繫詞"este"和複數第三人稱繫詞"sono"（不定式 essere）同用。"este"在早期的意大利語中，相等於è（是），源出拉丁文 est（sum 的單數第三人稱）。Sapegno (*Paradiso*, 310)指出，十三世紀托斯卡納的著作，仍用"este"一詞。

142. **奧玄而神聖的本質**：指三位一體的義理。

143-44. **這一本質……腦海裏**：指福音書一再闡發三位一體的義理，給但丁深刻的印象。參看《馬太福音》第二十八章第十九節；《哥林多後書》第十三章第十四節（《拉丁通行本聖經》第十三節）；《約翰福音》第十四章第十六節、第二十六節；《約翰一書》第五章第七節。

145-47. **這是開端……放出光明**：但丁的信德，始於三位一體這教

理；最後得以發揚，成爲熾盛的炯焰，如天上的星星在他心中發光。

151. **使徒的光焰**：指聖彼得的光焰。

153. **且一連三次，圍著我旋繞**：這行描寫聖彼得對但丁的祝福。聖彼得對貝緹麗彩祝福時，也是這樣（參看本章二二一二三行）。

第二十五章

但丁希望有一天能返回故土，在洗禮堂中戴上詩人的桂冠。接著，
聖雅各的光靈飄到，考問但丁有關望德的三個問題：希望是甚麼；
怎樣降臨他身上；怎樣在他心中萌發。貝緹麗彩代但丁回答了第一
道問題後，留下第二、三道給但丁回答。但丁回答完畢，"**Sperent in
te**"的歌聲響自上方。之後，聖約翰的光靈趨前，靠近聖彼得和聖雅
各。面對約翰的光靈，但丁凝神注目，看約翰的肉體是否像傳說所
言，已經隨靈魂升天。結果兩眼眩然，再看不到景物。約翰叫但丁
不要徒勞，說自己的肉體仍在下界；並且告訴但丁，能帶著肉體升
天的，只有基督和聖母瑪利亞。但丁回望貝緹麗彩，卻不見她的蹤影。

我的聖詩，由天地一起命筆，
　　多年來使我消瘦。那些人的殘忍，
　　一直把我與美麗的羊圈隔離。　　　　　3
在那裏，我是羔羊，可以安眠棲身。
　　群狼仇視我，此刻向羊圈進侵。
　　聖詩如打敗殘忍，到了該時辰，　　　　6
我會以詩人身分凱旋，聲音
　　和皮毛都異於往昔。在聖水器
　　之側，我會戴上桂冠頭巾。　　　　　　9
因爲在那裏，我得以皈依向上帝
　　引薦眾生的宗教。彼得圍繞

我額前運轉，就是這個道理。 12
接著，一道光芒向我們飄到，
　　來處是光靈之圈，曾產生碩果。
　　基督的代表中，這碩果結得最早。 15
之後，我的娘娘欣然提醒我：
　　「看這位爵爺。爲了他，凡間的善信
　　到加利西亞朝拜神聖的場所。」 18
一隻飛翔的鴿子向同伴靠近，
　　就會流露摯愛，並且一邊
　　盤旋，一邊發出咕咕的聲音。 21
我眼前的景象也如此：一位榮顯
　　而崇高的王侯獲另一位迎接，
　　一起歌頌著共享的天國盛宴。 24
不過，當歡欣的相迎停歇，
　　他們就 coram me 同時沉默，
　　所發的炯光叫我難以窺瞥。 27
貝緹麗彩嫣然而笑，說：
　　「顯赫的生靈啊，我們天庭的洪恩，
　　已經由你用文字記錄傳播； 30
請你讓希望在高天迴響奮振。
　　這能力，你肯定有——當耶穌深寵
　　三使徒，你一直是希望的化身。」 33
「仰起頭來呀，讓信心充滿胸中。
　　從凡界到這裏的一切，都必然
　　在我們的光輝裏成熟豐隆。」 36
貝緹麗彩說完，第二朵火焰就燦燦

發出上述的慰勉。於是，我仰望

　　剛才把我的雙眸壓低的兩座山。　　　39

「我們的聖皇，由於恩澤深廣，

　　在你壽終前決定容許你親赴

　　內廷，目睹他手下公侯的情狀。　　　42

這樣，聖殿的眞相一旦得睹，

　　你和別人的希望就會增強。

　　那希望，是下界的眞愛所由出。　　　45

那麼，你說說，希望是甚麼；怎樣

　　降臨你身上，在你心中萌發。」

　　這番話，仍由第二朵火焰宣講。　　　48

慈悲的娘娘一直把我牽拉，

　　教我鼓翼向眼前的高度飛升；

　　此刻不等我啓口，就代我回答：　　　51

「戰爭教會的眾男兒當中，不可能

　　有更富希望的人。關於這點，

　　照耀眾靈的太陽已錄有明證。　　　54

因此，他獲得准許，從埃及那邊

　　來到耶路撒冷，在戰鬥任務

　　完成之前，能親自看到天顏。　　　57

另外兩點，你問時不在乎找出

　　答案；而在乎讓此人闡發，

　　希望這美德怎樣獲你愛護。　　　60

這兩點對他並不難，也不會使他

　　矜誇；因此我就留給他本人，

　　請上帝施佈恩典幫助他回答。」　　　63

一如學生回答老師的提問，
　　隨時樂意就本身的專長表態，
　　好讓自己的優點得以展陳，　　　　66
我說：「所謂『希望』，是毅然期待
　　未來的榮耀。它由神的恩德
　　以及一個人所積的事功帶來。　　　69
照耀我的光芒來自赫赫
　　群星；不過最先把光芒滴至
　　我心的，是歌頌至尊的至尊歌者。　72
在聖詠中，他這樣說：『凡認識
　　你名號的，必仰望你』；篤依
　　正教如我的，誰不會聖名是持？　　75
和他的甘霖一起，使徒書裏，
　　你也把你的甘霖灑滿了我，
　　然後再由我灑向別人的身體。」　　78
我說話的時候，疾光霍霍，
　　在那炯焰的活核裏一直顫動，
　　就像電閃急促地不斷晃爍。　　　　81
然後說：「你喜愛的美德，始終
　　跟隨著我，直到我離開戰場，
　　戴上棕櫚冠。這美德，仍叫我烘烘　84
傾心。此情叫我再向你舒張。
　　此刻，我倒想聽你說明，
　　希望對你承諾的，是甚麼獎賞。」　87
「蒙上帝視爲朋友的英靈，
　　其目標都獲《新約》和《舊約》楬櫫。

這目標，為我指出了何獎可膺。　　　　90
以賽亞說：人人都在本土
　　獲兩重衣服去覆蓋身體。
　　他們的本土，是這裏的永生之福。　93
令弟在著述中更提到白衣，
　　並把同樣的啓示向我們明言；
　　明言時，比以賽亞說得更清晰。」　96
我的話聲剛落，就首先聽見
　　"Sperent in te"響自上方，
　　而所有歌者也回應於高天。　　　99
之後，眾光裏，一光杲杲增芒。
　　巨蟹座有這樣的一顆光晶，
　　冬季就會有一個月是白晝長長。　102
這時候，只見增亮的炯芒盈盈
　　趨前，靠近兩朵大光，就如
　　一個欣喜的少女起立，婷婷　　　105
步進舞蹈的行列——不是要藉故
　　矜誇；只是向新娘致敬。兩朵
　　大光，則用熾愛隨歌聲旋舞。　　108
第三朵光芒加入了歌聲的聖火，
　　我的娘娘就聚精會神地凝望，
　　完全像新娘一般，嫻靜而沉默。　111
「當年，在我們那隻鵜鶘的胸膛
　　倚伏的就是他。是他，在十字架前
　　獲得甄選，負責把重任擔當。」　114
我的娘娘說出了上述的美言。

不過說話後，目光和說話前相同：

　　依然凝神望著同一個焦點。　　　　　117

面對第三朵光芒，我像仰空

　　觀看日偏蝕的人，勞累地注目

　　凝神間，設法窺太陽的真容。　　　　120

結果呢，兩眼再也看不到景物。

　　這時，光芒說：「何必在這裏尋覓

　　虛無，叫眼睛受強光炫射之苦？　　　123

我的肉體是泥土，埋葬在泥土裏。

　　我們的人數和永恆的名額相等前，

　　它還會跟其餘的肉體一起。　　　　　126

在至福的庭院裏，只有光焰

　　兩朵，曾披著雙袍飛升天國。

　　這一信息，你務必帶回凡間。」　　　129

熊熊的火焰之圈，因這番申說

　　而歇舞，由三位一體的呼息

　　所發的美妙和音也同時沉默；　　　　132

情形就像划動的眾槳，在水裏

　　一直拍擊，為避免勞累或兇險，

　　全部在一聲唿哨中停歇沉寂。　　　　135

我回望貝緹麗彩——哦，兩眼

　　卻不能視物，不禁憂慮惶恐。

　　我置身福界，而且在她身邊，　　　　138

竟會在刹那之間欲睹無從！

註　釋：

1.　　**聖詩**：原文"poema sacro"，指《神曲》。有的論者認爲專指
　　　《天堂篇》。參看 Pasquini e Quaglio, *Paradiso*, 421。稱爲聖
　　　詩，是因爲作品以神和天堂爲題材。參看《天堂篇》第二十
　　　三章第六十二行。

2.　　**那些人**：旣可泛指但丁的敵人，也可專指翡冷翠的黑黨。

3.　　**美麗的羊圈**：指但丁的故城翡冷翠。在那裏，但丁度過了天
　　　眞無邪的童年，一如純潔的羔羊。**隔離**：把但丁逐出翡冷翠。

5.　　**群狼**：指兇惡的翡冷翠人。參看《煉獄篇》第十四章第五十
　　　一行。

7.　　**以詩人身分凱旋**：但丁流放在外，一直希望以詩人身分重返
　　　翡冷翠（「凱旋」）；可惜終其一生，都未能如願。

7-8.　**聲音／和皮毛都異於往昔**：指回歸翡冷翠時但丁會有新的風
　　　格（「聲音」），題材異於往昔（以宗教爲焦點），風格更
　　　加成熟（「異於往昔」）。**聖水器**：指聖約翰洗禮堂，在翡
　　　冷翠，是但丁小時候領洗之所。參看《地獄篇》第十九章第
　　　十六行。

9.　　**桂冠頭巾**：指大詩人的榮耀。

10-11.　**向上帝／引薦眾生的宗教**：指天主教。

11-12.　**彼得……運轉：**參看《天堂篇》第二十四章一五二—五三行。

15.　　**基督的代表中……最早**：「基督的代表」，指教皇。天主教
　　　視聖彼得爲首任教皇。「碩果」，形容彼得地位尊崇，事功
　　　顯赫。

17-18.　**「看這位爵爺……場所」**：指雅各（大），即大雅各。雅各

又稱「雅各伯（大）」、「雅各（長）」，父親爲漁夫西庇太(Zebedee)。和弟弟約翰經施洗約翰引薦，追隨耶穌，是耶穌最喜愛的門徒之一。據說曾經在西班牙傳佈福音，其後返回耶路撒冷，約於公元四十四年遭猶太的希律王（即希律・亞基帕一世）殺害。卒後，遺體在一次神跡中移到了加利西亞(Galicia)首府聖地亞哥・德孔波斯特拉(Santiago de Compostela)。據說公元八三五年，有教徒獲天上的星光帶領，到達該處，發現了雅各的聖物。因此該地的拉丁文名稱爲 Campus Stellae （星原），西班牙語叫 Compostela。在中世紀的歐洲，往聖地亞哥・德孔波斯特拉朝聖的人極夥。參看《基督教詞典》頁五六四；Bosco e Reggio, *Paradiso*, 414; Sapegno, *Paradiso*, 315; Singleton, *Paradiso 2*, 400-401。

22-23. **一位榮顯／而崇高的王侯**：指聖雅各。

23. **獲另一位迎接**：獲聖彼得迎接。

26. **coram me**：拉丁文，「當著我」、「在我面前」的意思。Singleton (*Paradiso 2*, 402)指出，但丁在《神曲》用拉丁文，是爲了給作品增添莊嚴的色彩。這情形，頗像出色的漢語作家在白話中使用文言，創造特別效果。同樣，在《天堂篇》第十五章二八—三零行，但丁先讓卡查圭達說拉丁文，到了四四—四五行，但丁再這樣形容卡查圭達："che 'l parlar discese / inver lo segno del nostro intelletto." （「話語就降向較低的高度，／讓凡人之智明白他的信息。」）所謂「降向較低的高度」，是指卡查圭達所說的話，已經進入人智的理解範圍。既然進入了人智的理解範圍，話語就用意大利文，而不再用拉丁文表達。

29. **顯赫的生靈**：指聖雅各。

29-30. **我們天庭的洪恩，／……記錄傳播**：參看《雅各書》第一章
第十七節："Omne datum optimum, et omne donum perfectum
desursum est, descendens a Patre luminum, apud quem non est
transmutatio nec vicissitudinis obumbratio."（「各樣美善的恩
賜和各樣全備的賞賜都是從上頭來的，從眾光之父那裏降下
來的；在他並沒有改變，也沒有轉動的影兒。」）

31-33. **「請你……化身」**：耶穌在三大事件中，只讓三個愛徒（彼
得、雅各、約翰）在場。這三大事件為：耶穌使睚魯的女兒
復活；耶穌改變形象；耶穌在客西馬尼禱告。第一事件載於
《路加福音》第八章第四十一—五十六節；第二事件載於《馬
太福音》第十七章第一—九節；《路加福音》第九章第二十
八—三十六節。第三事件載於《馬可福音》第十四章第三十
二—四十二節。Benvenuto 指出，在這些事件中，三個門徒
代表了三超德：彼得代表信德(la fede)；雅各代表望德(la
speranza)；約翰代表愛德(la carità)。因此，貝緹麗彩在詩中
說：「你〔雅各〕一直是希望的化身。」參看 Campi, *Paradiso*,
524-25; Sapegno, *Paradiso*, 317。

34. **仰起頭來……充滿胸中**：但丁被彼得和雅各所發的炯光照得
難以睜眼（第二十七行），因此雅各（即第三十七行所說的
「第二朵火焰」）鼓勵但丁，叫他抬頭。

35-36. **從凡界……成熟豐隆**：從凡間來到天堂的，起先會在聖光中
目眩。但視力會漸漸增強，在我們（既可以專指三大門徒，
也可以泛指眾福靈）的光輝中成熟，獲得承受炯光的力量。

37. **第二朵火焰**：指聖雅各的光焰。

39. **剛才……兩座山**：指彼得和雅各。兩位光靈的炯光太盛，如
大山下壓，結果但丁連眼睛也睜不開。這意象出自《詩篇》

第一百二十一篇（《拉丁通行本聖經》第一百二十篇）第一節：“Levavi oculos meos in montes, / unde veniet auxilium mihi.”（「我向山舉目；／我的助力就從那裏來。」）《和合本聖經》的漢譯爲：「我要向山舉目；／我的幫助從何而來？」這一譯法和《拉丁通行本聖經》有別。《英譯欽定本聖經》中，這兩句爲："I will lift up mine eyes unto the hills, from whence cometh my help."《和合本聖經》由英譯本轉譯，譯者把關係副詞"whence"當作疑問副詞，結果與英譯本、拉丁文本有別。天主教思高聖經學會譯釋的《聖經》（《聖詠集》第一二一篇第一節），意思大致與和合本同：「我舉我目向聖山瞻望，／我的救助要來自何方？」參看 Campi, *Paradiso*, 525。

40. **我們的聖皇**：指上帝。

42. **內廷**："l'aula più secreta"，指天堂最隱秘的地方，即天堂的核心。**公侯**："conti"，但丁繼續用封建制度的職銜，引申第十七行「爵爺」("barone")的比喻。

49. **慈悲的娘娘**：指貝緹麗彩。

50. **眼前的高度**：指天堂。

52. **戰爭敎會**：指戰爭的敎會，意大利文"La Chiesa militante"，英語 Church Militant。指身在凡間，長期與肉慾、邪惡、與基督的敵人（魔鬼）作戰的基督徒。與得勝的敎會(la Chiesa trionfante，英文 Church Triumphant)相對。得勝的敎會，指身在天堂，戰勝了肉慾、邪惡，也戰勝了基督敵人的基督徒。參看 *The Random House Dictionary of the English Language* (second edition, unabridged), 371。

53. **希望**：指三超德中的望德。

54. **照耀……明證**：上帝（「照耀眾靈的太陽」）的聖智中，已有這一事實（指但丁比教會的其他男兒都富望德）的記錄。福靈瞻望上帝，即可得睹。Vellutello 指出，詩人但丁要貝緹麗彩代旅人但丁回答，是為了不讓旅人但丁自伐其功。參看 Sapegno, *Paradiso*, 318。

55. **埃及**：指凡塵。在希伯來人眼中，埃及和巴比倫都是異教之地；與撒路撒冷之別，猶凡塵與天堂之別。

56. **耶路撒冷**：指天堂。《聖經》經常以埃及（希伯來人流放的地方）比喻塵世，耶路撒冷比喻天堂。參看《加拉太書》第四章第二十六節；《希伯來書》第十二章第二十二節；《啓示錄》第三章第十二節；第二十一章第二節和第十節；《煉獄篇》第二章第四十六行；*Convivio*, II, I, 7; *Epistole*, II, 5; XIII, 21。**戰鬥任務**：指但丁在凡間與邪惡、與基督之敵戰鬥的任務。參看《約伯記》第七章第一節："Militia est vita hominis super terram."（「人在世上豈無爭戰嗎？」）

57. **天顏**：指天堂的真貌。

64-66. **一如……展陳**：有關學生答問的比喻，參看《天堂篇》第二十四章四六—四八行。

67-69. **「所謂『希望』……事功帶來」**：這一定義源出中世紀基督教神學家彼得・郎巴德（Petrus Lombardus，約一一零零—一一六零年）的 *Sententiarum libri quatuor*, III, 26："Spes est certa exspectatio futurae beatitudinis, veniens ex Dei gratia et ex meritis parecedentibus."（「希望是對未來至福的肯定期待，來自神恩和過去的事功。」）參看 Sapegno, *Paradiso*, 319。

70. **照耀我的光芒**：指真理之光。是比喻。

71. **群星**：也是比喻，指《聖經》和教父等人。參看《但以理書》

第十二章第三節："Qui autem docti fuerint fulgebunt quasi splendor firmamenti; et qui ad iustitiam erudiunt multos quasi stellae in perpetuas aeternitates."（「智慧人必發光如同天上的光；那使多人歸義的，必發光如星，直到永永遠遠。」）

72. **歌頌至尊的至尊歌者**：指以《詩篇》歌頌上帝（「至尊」）的大衛（「至尊歌者」）。

73-74. **『凡認識／你名號的，必仰望你』**：參看《詩篇》第九章第十節（《拉丁通行本聖經》第十一節）："Et sperent in te qui noverunt nomen tuum."（「認識你名的人要倚靠你。」）

74-75. **篤依／正教如我的**：意爲：像我一樣相信基督的。

75. **聖名是持**：認識上帝之名。

76. **他**：指大衛。**甘霖**：指啓示。**使徒書**：指《雅各書》。參看該書第五章第七—八節："Patientes igitur estote, fratres, usque ad adventum Domini. Ecce agricola exspectat pretiosum fructum terrae patienter ferens donec accipiat temporaneum et serotinum. Patientes igitur estote et vos et confirmate corda vestra; quoniam adventus Domini adpropinquavit."（「弟兄們哪，你們要忍耐，直到主來。看哪，農夫忍耐等候地裏寶貴的出產，直到得了秋雨春雨。你們也當忍耐，堅固你們的心，因爲主來的日子近了。」）

78. **然後再由我灑向別人的身體**：然後再由我（但丁）在詩中，把雅各和大衛的甘霖（啓示）灑給別人。

79-81. **我說話的時候……晃爍**：光靈聽了但丁的答覆，感到欣喜而晃爍。原文的「電閃」，意大利文是"baleno"。參看《馬可福音》第三章第十七節："Boanerges, quod est filii tonitrui…"（「還有西庇太的兒子雅各和雅各的兄弟約翰

（又給這兩個人起名叫半尼其，就是雷子的意思）……」）

活核：光焰的核心。那裏的炯光最強，因此稱「活核」。

82. **你喜愛的美德**：指信德。

83. **直到我離開戰場**：意爲：直到我離開塵世。塵世是基督徒與邪惡、與基督之敵鬥爭的戰場。「離開戰場」就是離開塵世。雅各約於公元四十四年遭希律王殺害而殉教，「離開戰場」。參看《使徒行傳》第十二章第二節。

84. **戴上棕櫚冠**：指殉教。殉教在基督徒眼中代表勝利。雅各殉教，得以戴上象徵勝利的棕櫚冠。

85. **再向你舒張**：再向你說話。

89. **其目標**：指天堂。

90. **何獎可膺**：這裏的「獎」，指天堂的永福。阿奎那在《神學大全》裏說："Obiectum spei est beatitudo aeterna"（「希望的目標是永恆的至福」）。見 *Summa theologica*, II, II, q. XVII, 2。

91-92. **以賽亞說……覆蓋身體**：參看《以賽亞書》第六十一章第七節："Propter hoc in terra sua duplicia possidebunt, laetitia sempiterna erit eis."（「在境內必得加倍的產業；／永遠之樂必歸與你們（拉丁文的"eis"不是「你們」，而是「他們」的意思）。」）但丁把"duplicia possidebunt"（「必得加倍的產業」）譯爲"vestita / ……di doppia vesta"（「獲兩重衣服去覆蓋身體」），意義與《拉丁通行本聖經》有出入。**本土**：指天堂。天堂是一切福靈的故鄉，所以稱「本土」。**兩重衣服**：Benvenuto 稱爲"luce animae et corporis"（「靈魂和肉體的光輝」）。參看 Sapegno, *Paradiso*, 321。

93. **永生之福**：原文"dolce vita"。這個詞組在《天堂篇》原文第

四章第三十五行也曾出現，漢譯「甜蜜的生活」（譯文第四章第三十六行）。

94. **令弟**：指雅各的弟弟約翰。

94-96. **令弟在著述中……更清晰**：約翰在《啓示錄》第七章第九節說："vidi turbam magnam, quam dinumerare nemo poterat ex omnibus gentibus et tribubus et populis et linguis：stantes ante thronum et in conspectu Agni, amicti stolis albis, et palmae in manibus eorum."（「見有許多的人，沒有人能數過來，是從各國、各族、各民、各方來的，站在寶座和羔羊面前，身穿白衣，手拿棕櫚枝……」）Sapegno (*Paradiso*, 321)指出，原文第九十五行"Le *bianche stole*"（譯文第九十四行的「白衣」）「是福靈發光的肉體」（"sono i corpi luminosi dei beati"）。參看《煉獄篇》第一章七四—七五行。

98. **Sperent in te**：拉丁文，意爲「要倚靠你」，英譯是"Let them hope in thee."出自《詩篇》第九章第十節（《拉丁通行本聖經》第十一節）。參看本章七三—七四行註。"Sperent"是拉丁文不定式 sperare（希望，仰靠）的複數第三人稱虛擬式。

99. **所有歌者**：指圍成光環舞蹈的光靈。參看《天堂篇》第二十四章第十六行。

100. **一光**：指聖約翰的光靈。

101. **光晶**：原文"cristallo"，指光芒的亮星。

101-02. **巨蟹座……白晝長長**：在黃道帶上，摩羯宮(Capricornus)和巨蟹宮(Cancer)的位置相對。每年十二月二十一日到一月二十一日，太陽位於黃道摩羯宮。日落時，巨蟹座就上升；日出時，巨蟹座就下沉。但丁在這裏假設，如果巨蟹座有眼前所見的「光晶」爲其中的一顆星，太陽西沉後，光芒大增的

巨蟹座就會像另一個太陽，把黑夜照耀得如同白晝。結果一天二十四小時再沒有黑夜，整個冬季就會變成長長的白晝。

103-08. **這時候……旋舞**：彼得、雅各、約翰三大使徒，代表信德、望德、愛德這三超德向貝緹麗彩致敬，回應了《煉獄篇》第二十九章一二一—一二九行。在《煉獄篇》的片段裏，繞圈向貝緹麗彩舞蹈的是三超德本身。

104. **兩朵大光**：指彼得和雅各的光靈。

110. **我的娘娘**：指貝緹麗彩。

112-14. **「當年……把重任擔當」**：「鵜鶘」，又名「塘鵝」，學名 *Pelecanus onocrotalus*。傳說中，鵜鶘以胸中的血飼養幼雛。這一無私行動，象徵愛的偉大。因此基督教把基督比作鵜鶘。參看《詩篇》第一零二篇第六節（《拉丁通行本聖經》第一零一篇第七節）："Similis factus sum pellicano deserti…"（「我如同曠野的鵜鶘……」）在最後的晚餐中，約翰聽到有人要出賣耶穌，曾挨近（「倚伏」）耶穌的懷。參看《約翰福音》第十三章第二十三節："Erat ergo recumbens unus ex discipulis eius in sinu Iesu, quem diligebat Iesus."（「有一個門徒，是耶穌所愛的，側身挨近耶穌的懷裏。」）耶穌在十字架上，曾吩咐約翰照顧瑪利亞。參看《約翰福音》第十九章第二十六—二十七節："Cum vidisset ergo Iesus matrem, et discipulum stantem, quem diligebat, dicit matri suae : Mulier, ecce filius tuus. Deinde dicit discipulo : Ecce mater tua. Et ex illa hora accepit eam discipulus in sua."（「耶穌見母親和他所愛的那門徒站在旁邊，就對他母親說：『母親，看，你的兒子！』又對那門徒說：『看，你的母親！』從此，那門徒就接她到自己家裏去了。」）「獲得甄選……

把重任擔當」，指約翰獲耶穌挑選，負起照顧耶穌母親瑪利亞的責任。

122-23. **何必在這裏尋覓／虛無**：關於約翰升天這一事件，有頗爲流行的一則傳說：約翰的精神和肉體同時飛升天堂。旅人但丁也相信這一傳說，因此在天堂見了約翰的光靈，就「勞累地注目／凝神」（一一九—二零行），要看（「尋覓」）他的肉體。約翰就告訴他，傳說並不可靠，但丁要「尋覓」的目標還未升天，此刻只是「虛無」。參看《約翰福音》第二十一章第二十一—二十三節。因爲根據基督教的說法，最後審判前，靈魂和肉體同時升天的，只有基督和聖母瑪利亞。

124-26. **我的肉體……一起**：約翰的肉體仍然埋葬在塵世，到獲選升天的人數相等於壞天使的數目（「永恆的名額」），也就是最後審判之後，肉體才會飛升天堂，與靈魂相會。所謂「壞天使」，指背叛上帝，被逐出天堂的天使。但丁認爲，壞天使的數目，約爲好天使數目的十分之一。參看 *Convivio*, II, V, 12。

127-28. **在至福的庭院裏……飛升天國**：在天堂（「至福的庭院裏」），只有基督和瑪利亞（「光焰／兩朵」），曾帶著靈魂和肉體（「曾披著雙袍」）飛離凡塵。靈魂和肉體各爲一袍。帶著兩者升天，就是「披著雙袍」。參看本章第九十二行。

131. **三位一體**：指彼得、雅各、約翰三個使徒。由於三位光靈的聲音和諧一致，所以說「一體」。這裏的「三位一體」，有別於聖父、聖子、聖靈的三位一體。

133-35. **情形就像……停歇沉寂**：Vandelli, 961 指出，這比喻源自 Statius, *Thebais*, IV, 805 以下；同書 VI, 796 以下；Ariosto, *Orlando Furioso*, XVIII, 143。

136-39. **我回望……無從**：《天堂篇》第二十五章以這樣的懸疑結束，叫讀者欲罷不能。但丁的敘事技巧，於此可見一斑。

第二十六章

聖約翰考問但丁有關愛德的問題；問他的靈魂以甚麼爲鵠的，誰引
導他向鵠的奮進。但丁回答完畢，高天響起仙音，貝緹麗彩隨著眾
光靈唱起「聖哉！聖哉！聖哉！」的詩篇，但丁的視力也恢復過來，
而且勝於往昔。接著，亞當的光靈出現；不待但丁發問，就回答但
丁的問題：上帝何時把亞當安置在伊甸園；他在園裏逗留了多久；
何以會觸犯天怒；所説是哪一種語言。

我正因視力喪失而猶豫震驚，
　　那強光，滅了我的視力後突然
　　呼出聲音，迫使我凝神傾聽。　　　　3
「你的目力，在我體內銷殫，」
　　聲音說：「恢復原狀前，你大可以
　　藉言語達意，補償一時的傷殘。　　6
說吧！你的靈魂以甚麼爲鵠的。
　　你可以放心；此刻，你只在強光中
　　目眩，並沒有眞正喪失視力。　　　9
因爲，在這個聖境中帶你飛動
　　攀升的女士，眼中有大能，神奇處
　　跟昔日亞拿尼亞的妙手相同。」　12
「但願她遲早醫好我的雙目。
　　當年，她熊熊燒進來，使我燃燒

恆星天

「說吧！你的靈魂以甚麼為鵠的。／你可以放心；此
刻，你只在強光中／目眩，並沒有真正喪失視力。」
（《天堂篇》，第二十六章，七—九行）

不息時，這雙眼睛是入門之途。　　　15
大愛以高聲或低聲向我教導
　　百典；而滿足天庭的至善，是所有
　　教導的終極、所有教導的始肇。」　18
我因強光猝耀而驚惶的時候，
　　獲一個聲音安慰而鎮定。這聲音，
　　此刻叫我再產生說話的念頭。　　21
因為聲音說：「可是呀，你還要更細心，
　　用更密的篩子篩理由：你還須
　　說明，誰引導你的弓向鵠的奮進。」　24
我聞言答道：「憑藉哲學的論據，
　　憑藉從這裏降落人間的威靈，
　　大愛都須複印於我的凡軀。　　27
因為，憑藉本身所有的善性，
　　善端一為人知悉，就會燃點
　　大愛。善性越多，大愛越光明。　30
至尊的本體裏，善性至為明顯。
　　本體外的諸善，只是一道微熹
　　從它的光輝外射。誰的慧眼　　33
看得出支撐這一論點的真理，
　　誰的精神就會充滿愛忱，
　　寧棄其他事物而直趨該本體。　36
為我的心智說明這道理的人，
　　也曾為我揭示那太初之愛。
　　這種愛，從所有永恆的物質展伸。　39
這道理，至真的作者也說得明白。

他的聲音,自述間對摩西說:

　　『我會讓你來目睹眾善所在。』　　42

而你,在大福音裏開始傳播

　　信息,就爲我說明,凡間宣佈

　　天機時,你的福音比誰都昭焯。」　45

接著,我聽見:「藉人間心智的穎悟,

　　按照符合人心的權威感召,

　　你懷著至高的愛意敬仰上主。　　48

不過你還得說說,你可曾感覺到

　　別的力量牽你向上主,讓你

　　能詳細敘述所有愛齒的嚙咬。」　51

此刻,基督之鷹的神聖心意

　　並不隱晦;反之,我已經明白,

　　他要怎樣引導我表露心跡。　　54

於是我繼續說:「所有牽帶

　　人心走向上帝的嚙咬奔競

　　而來,一起造就了我的敬愛。　　57

因爲世界的本性、我的本性、

　　基督爲了救我而忍受的死亡、

　　信衆和我一起期待的永寧,　　60

加上我剛才提到的啓悟炯光,

　　把我從乖戾之愛的大海救出,

　　然後安置於公義之愛的岸上。　63

永恆的園丁有一座花園。蔭覆

　　全園的綠葉都爲我所愛;深淺

　　則看衆葉如何獲善於上主。」　66

我的話聲一落，整個高天
　就仙音迴盪；我娘娘也隨著衆靈
　唱起「聖哉！聖哉！聖哉」的詩篇。 69
一個人，因強光的照耀而驚醒，
　視覺的精靈就會向炯芒奔赴，
　炯芒則射過層層薄膜。從睡境 72
驟醒的人，見了眼前的景物
　就退縮，因爲這時候，他精神惝怳；
　到辨析之力來助，才不再恍惚。 75
貝緹麗彩的雙眸，所發的輝光
　能照到千里外；這時也熠熠
　驅散我眼中所有的翳障迷惘。 78
結果我的視力更勝於往昔。
　這時候，當我愕然見身邊閃出
　第四朶火焰，就詢問其來歷。 81
我的娘娘說：「由太初的大能首度
　創造的靈魂，在這朶火焰中
　滿懷愛敬地望向他的造物主。」 84
一陣強風吹過，樹枝會抖動
　搖擺，枝頂由高處向下彎曲，
　然後憑自己的力量再度上聳。 87
娘娘說話時，我也是這樣：驚懼
　莫名後，說話的念頭熾然燒起。
　由於這緣故，信心也再度蘊蓄。 90
於是我說：「碩果呀，誕生時就已
　成熟的只有你。元祖哇，所有新婦

　　都是你的女兒、你的兒媳。　　　　　93
我以最謙卑的態度求你講述
　　至理。我的意願你已經明白；
　　我不再多講，想快點聽你傾吐。」　96
有時候，一隻動物會置身布袋；
　　竄動時，布袋就隨著起伏；結果
　　其行動就會由袋內傳到袋外。　　99
上帝在太初創造的靈魂，對我
　　也是這樣：透過裹魂的焰光
　　表示，他十分樂意向我陳說。　　102
接著，他答道：「你不說自己的願望，
　　我也看得分明，而且勝於
　　你自己熟悉了解的任何情況。　　105
這願望，至眞之鏡正向我栩栩
　　反映。至眞之鏡，能反映萬殊，
　　卻不容任何外物去反映窺覷。　　108
你想知道，上帝在崇高的樂土
　　安置我，究竟始於何時。這位
　　女士，曾在樂土裏教你踏足　　111
這長梯。你還想知道，我游目樂土內
　　有多久；天怒的眞相是甚麼；由我
　　創造、由我使用的是哪一語類。　114
孩子呀，告訴你，口嚐該樹的鮮果，
　　本身並不是長期放逐的原因；
　　僭越界限才是眞正的過錯。　　117
在你娘娘差遣維吉爾的近鄰，

我等待這聚會，等了四千三百

　　零二次日轉，一直等到如今。　　　　120

在凡間，我則見過太陽的光彩

　　在本身的軌跡一再重返眾光，

　　先後的次數相等於九百三十載。　　123

我說的語言，寧錄的族人希望

　　大展妄圖前已經完全滅絕。

　　那妄圖，不過是無從實現的莽撞。　126

因為，任何由理智產生的謀略

　　都不會持久；人的愛惡之情，

　　會隨天穹的運轉而湧升減卻。　　129

人類說話的能力是天賦的資稟；

　　不過怎樣說，說時用何種語言，

　　則由他們按自己的喜好決定。　　132

在我墜落地獄受折磨之前，

　　I 是凡間對至善的稱呼；把我

　　覆裹的欣悅就由這至善彰顯。　　135

後來，至善又稱 EL——也恰當不過。

　　凡人的用語和樹枝的葉子相彷彿：

　　按時序一一萌發，一一脫落。　　138

我曾在凌海最高的高山居住，

　　蒙羞前生活純潔，由第一小時

　　到跟著第六的小時，即太陽越出　141

九十度弧的時辰，都在那裏棲止。

註　釋：

2. **那強光**：指聖約翰的強光。參看《天堂篇》第二十五章一三六—三九行。

4. **「你的目力……銷殫」**：指但丁的目力，因向聖約翰凝望而耗盡。

10-11. **在這個聖境……女士**：指貝緹麗彩。

12. **亞拿尼亞**：《聖經》中助保羅復明的人。參看《使徒行傳》第九章第十七—十八節："Et abiit Ananias, et introivit in domum; et imponens ei manus dixit : Saule frater, Dominus misit me Iesus, qui apparuit tibi in via qua veniebas, ut videas et implearis Spiritu Sancto. Et confestim ceciderunt ab oculis eius tamquam squamae, et visum recepit; et surgens baptizatus est."（「亞拿尼亞就去了，進入那家，把手按在掃羅〔保羅的希伯來名字〕身上，說：『兄弟掃羅，在你來的路上向你顯現的主，就是耶穌，打發我來，叫你能看見，又被聖靈充滿。』掃羅的眼睛上，好像有鱗立刻掉下來，他就能看見。於是起來受了洗……」）

14-15. **當年……入門之途**：當年，貝緹麗彩的倩影進入但丁的神魂，燃起他的熱烈愛情時，也取道雙目。意大利的新風格詩人，尤其是卡瓦爾坎提(Cavalcanti)，常常把眼睛視為愛情的入口。參看《煉獄篇》第三十章四零—四二行。

17-18. **滿足……始肇**：滿足上帝（「天庭的至善」），是所有教導的一切。阿奎那說："amor Dei quo diligitur ut beatitudinis obiectum, ad quod ordinamur per fidem et spem"（「對上帝之

愛……上帝是永福，也因此成爲愛的目標。我們受信德和愛
德的推動而移向這一目標。」）見 *Summa theologica*, II, I, q.
LXV, 5。**終極**：原文"O"，代表希臘文最後的一個字母Ω（小
寫ω），唸ὦ μέγα（英譯 omega）。有些《神曲》版本，如
Andrea Lancia, *L'Ottimo commento della Divina Commedia*
(Pisa, 1827-29), Pietro di Dante, *Petri Allegherii super Dantis
ipsius genitoris Comoediam Commentarium* (Firenze, 1845),
Benvenuto, *Benvenuti de Rambaldis de Imola Comentum super
D. Alagherij Comoediam* (Firenze, 1887), Buti, *Commento di
Francesco da Buti sopra la Divina Commedia di Dante* (Pisa,
1838-62)，則不用"O"，而直接用 omega。參看 Sapegno,
Paradiso, 327-28。**始肇**：原文"Alfa"，指希臘字母表中的第
一個字母A（小寫α），唸ἄλφα（英譯 alpha）。參看《啓
示錄》第二十二章第十三節："Ego sum Alpha et Omega,
primus et novissimus, principium et finis." （「我是阿拉法，我
是俄梅戛；我是首先的，我是末後的；我是初，我是終。」）
參看《啓示錄》第一章第八節；第二十一章第六節；*Epistole*,
XIII, 90。

20. **一個聲音**：指聖約翰的聲音。

23. **用更密的篩子篩理由**：此話是比喻。約翰的意思，是要但丁
把理由說得更詳細。

24. **誰引導……向鵠的奮進**：意爲：誰引導你的靈魂去愛上帝。

25-26. **「憑藉……威靈」**：意爲：憑凡人的理智（如哲學家、神學
家的著作）和神的啓示（指《聖經》所載）。但丁在別的著
作裏也提到這兩個途徑。參看 *Monarchia*, II, I, 6。

27. **大愛**：指人心對上帝的愛。

29-30. **燃點／大愛**：燃點對上帝之愛。

31. **至尊的本體**：指上帝。

32-33. **本體外的諸善……外射**：指上帝以外的諸善，只是上帝至善的一小部分。參看《天堂篇》第十三章五二─五三行。

35. **充滿愛忱**：指充滿對上帝的愛忱。

36. **直趨該本體**：指直趨上帝。

37-39. **爲我的心智……展伸**：亞里士多德指出，諸天都充滿渴求，要極力接近上帝，也就是造物主（參看《天堂篇》第二十四章第一三零─一三二行）。按照但丁的理解，亞里士多德的諸天也包括推動諸天的天使。這種要直趨上帝的愛，天使和人類（「所有永恆的物質」）都有。「爲我的心智說明這道理的人」確指何人，論者有不同的說法。參看 Mattalia, *Paradiso*, 493; Bosco e Reggio, *Paradiso*, 431; Pasquini e Quaglio, *Paradiso*, 443; Sapegno, *Paradiso*, 329; Singleton, *Paradiso*, 2, 414。

40. **至眞的作者**：指上帝本身。

41. **摩西**：摩西是《出埃及記》的作者，獲上帝啓示，在《聖經》中複述聖言。

42. **『我會讓你來目睹眾善所在』**：參看《出埃及記》第三十三章第十九節："Ego ostendam omne bonum tibi."（「我要顯我一切的恩慈，在你面前經過。」）

43. **大福音**：指《約翰福音》。

45. **天機……比誰都昭焯**：《約翰福音》一開始就傳播基督教義中最奧秘的信息（「天機」），包括上帝的至善、上帝創世的義理、三位一體的概念、基督降生的事實。參看《約翰福音》第一章第一─十六節："In principio erat Verbum, et

Verbum erat apud Deum, et Deus erat Verbum…Omnia per ipsum facta sunt; et sine ipso factum est nihil quod factum est. In ipso vita erat, et vita erat lux hominum…Et Verbum caro factum est, et habitavit in nobis…Et de Plenitudine eius nos omnes accepimus, et gratiam pro gratia." (「大初有道，道與神同在，道就是　神。……萬物是藉著他造的；凡被造的，沒有一樣不是藉著他造的。生命在他裏頭，這生命就是人的光。……道成了肉身，住在我們中間……從他豐滿的恩典裏，我們都領受了，而且恩上加恩。」) 就這方面而言，《約翰福音》要勝過其他福音 (「比誰都昭焯」)。

46.　**我聽見**：指但丁聽見約翰的光靈說話。**人間心智的穎悟**：指哲學家的申論。

47.　**符合人心的權威**：指《聖經》。《聖經》的道理和哲學家的申論吻合，所以說「符合人心」。

51.　**愛齒**：指激起但丁去深愛上帝的力量。

52.　**基督之鷹**：中世紀的基督徒常把約翰喻爲鷹。《啓示錄》第四章第七節提到四個活物，其中之一就是飛鷹。其餘三個是獅子、牛犢、人。四個活物代表福音的四個作者，其中的飛鷹代表約翰。奧古斯丁的 *In Ioann.*, XXXV 說："aquila ipse est Ioannes, sublimium praedicator…" (「鷹是約翰本身，傳播崇高義理的教士……」) 參看 Sapegno, *Paradiso*, 330。

56.　**嚙咬**：這一比喻是第五十一行的引申，仍然指激發但丁去深愛上帝的力量。

61.　**我剛才……炯光**：指二五─三六所提到的啓悟。

62.　**乖戾之愛的大海**：指凡間錯誤的愛欲。參看《地獄篇》第一章二二─二七行；《煉獄篇》第十七章九一─一三九行。

63. **公義之愛**：指正確的愛，也就是以上帝爲對象的愛。

64. **永恆的園丁**：指上帝。**花園**：指由基督救贖出來的世界。園丁和花園意象，源出《約翰福音》第十五章第一節："Ego sum vitis vera, et Pater meus agricola est."（「『我是眞葡萄樹，我父是栽培的人。』」）

65. **全園的綠葉**：指上帝所造的萬物。

65-66. **深淺／則看⋯⋯上主**：但丁指出，他愛上帝所造的萬物；至於愛多還是愛少，則看各物所獲的上帝之善的分量。上帝本身，我們則要完完全全、毫無條件地去深愛。

68. **仙音迴盪**：指最高天的福靈齊聲頌唱。**我娘娘**：指貝緹麗彩。

69. **聖哉！聖哉！聖哉！**：源出《以賽亞書》第六章第三節，寫撒拉弗（即六翼天使）歌頌耶和華："Sanctus, sanctus, sanctus Dominus Deus exercituum, plena est omnis terra gloria eius."（「聖哉！聖哉！聖哉！萬軍之耶和華；他的榮光充滿全地！」）在《啓示錄》第四章第八節，四個活物在寶座周圍也「晝夜不住地說」："Sanctus, sanctus, sanctus Dominus Deus omnipotens, qui erat et qui venturus est."（「聖哉！聖哉！聖哉！／主　神是昔在、今在、／以後永在的全能者。」）彌撒儀式第一部分結束時，教徒所唱的《三聖頌》(*Sanctus*)也有這樣的頌讚。《三聖頌》的用詞，出自《以賽亞書》第六章第三節。參看《基督教詞典》四零七頁。

70-72. **一個人⋯⋯薄膜**：這三行寫視力運作的過程：人的眼睛都有「視覺的精靈」("lo spirto visivo")。光線從外面射來，精靈就會從大腦沿神經奔向瞳孔，再迎向從外面射來的光線；光線則穿過眼睛一層接一層的薄膜，產生視象。參看 *Convivio*, II, IX, 4-5; III, IX, 7-9。

81.　　**第四朵火焰**：指亞當的光靈。Bosco e Reggio (*Paradiso*, 434)
　　　　認爲，亞當的光靈在但丁失去視覺時來臨。

82.　　**太初的大能**：指上帝。

84.　　**造物主**：指上帝。

91.　　**碩果**：指亞當這樣的人只有一個，因爲亞當不是胎生，直接
　　　　由上帝創造；而亞當之後的人都是胎生。

91-92.　**誕生時就已／成熟**：亞當由上帝創造出來的一瞬，就已經成
　　　　年，無須像他的子孫，要經過嬰孩期、童年期、少年期、青
　　　　年期漸漸長大。

95.　　**我的意願……明白**：指亞當瞻視上帝，即能看見但丁的意願。

99.　　**其行動……傳到袋外**：《天堂篇》第八章第五十四行，以另
　　　　一意象（蠶繭）寫炯光裏籠福靈。

100.　　**上帝……靈魂**：指亞當。

106.　　**至眞之鏡**：指上帝。

107-08.　**至眞之鏡……窺覰**：上帝能映照宇宙萬物；宇宙萬物卻無從
　　　　映照上帝。也就是說，無窮可以包納有限，有限不能承載無
　　　　窮。類似的論點，《天堂篇》第十九章第五十一行曾以另一
　　　　種說法表達：「至善以本身量本身，沒有止境。」

109-10.　**上帝……何時**：意爲：上帝究竟在何時創造我。**崇高的樂土**：
　　　　指伊甸園。上帝創造了亞當後，把他放在伊甸園裏。這裏所
　　　　謂「崇高」，既有比喻意義（伊甸園地位尊崇，高於塵世的
　　　　任何地方），也有字面意義（伊甸園位於煉獄山之頂，在凡
　　　　間海拔最高）。

110-11.　**這位／女士**：指貝緹麗彩。

111-12.　**踏足／這長梯**：踏足向天堂飛升之路。

112-13.　**我游目……有多久**：我在伊甸園裏逗留了多久。

113. **天怒的眞相是甚麼**：上帝爲甚麼對我發怒。

113-14. **由我／……哪一語類**：伊甸園的動物，由亞當賜名。參看《創世記》第二章第二十節："appellavitque Adam nominibus suis cuncta animantia…"（「那人便給一切牲畜和空中飛鳥、野地走獸都起了名……」）這兩行的意思是：由我創造、使用的是哪一種語言。

115-17. **口噕……過錯**：亞當吃禁果的行爲本身，並不是被逐出樂園的原因；眞正的原因是，偷吃禁果，等於僭越上帝所定的界限。也就是說，亞當不守本分，犯了驕傲之罪。參看《創世記》第三章四—六節。因此，阿奎那說："primum peccatum hominis fuit in hoc, quod appetivit quoddam spirituale bonum supra mensuram, quod pertinet ad superbiam."（「人類的第一罪是僭越本分，貪嗜精神之善，而這一行爲，屬於驕傲罪。」）參看 *Summa theologica*, II, II, q. CLXIII, 1。

118. **在你娘娘……近鄰**：在貝緹麗彩差遣維吉爾的地方，即幽域（地獄邊境）。參看《地獄篇》第二章五二—六九行。

119. **這聚會**：指福靈在天堂相聚。

119-20. **四千三百／零二次日轉**：四千三百零二年。

121-23. **在凡間……九百三十載**：在凡間，我看見太陽在黃道重返黃道十二宮（「衆光」）各宮九百三十次（即九百三十年）。這樣說來，由亞當出生到基督受難，爲時共九百三十年加四千三百零二年，即五千二百三十二年（參看《煉獄篇》第三十三章六一—六三行）。由基督受難到但丁升天，爲時一千二百六十六年（參看《地獄篇》第二十一章一一二—一一四行）。那麼，由亞當出生到但丁升天，爲時共六千四百九十八年。但丁心目中的年表如下：

亞當出生： 公元前五一九八年。

亞當卒，降落幽域： 公元前四二六八年。

基督進地獄拯救《舊約》諸聖：公元三十四年。

參看 Villaroel, *Paradiso*, 216; Sinclair, *Paradiso*, 380。關於亞當在塵世的壽命，《創世記》第五章第五節這樣記載："Et factum est omne tempus quod vixit Adam anni nongenti triginta, et mortuus est."（「亞當共活了九百三十歲就死了。」）

124-25. **我説的語言……滅絕**：亞當的語言，在寧錄族人（妄圖建造巴別通天塔的族人）大展妄圖前（建造巴別塔前）已經消失。據傳說，巴別塔由寧錄設計。參看《創世記》第十一章第四—九節；《地獄篇》第三十一章七七—七八行；《煉獄篇》第十二章三四—三六行。在《俗語論》中，但丁指出，上帝造人時，就造了語言；這一語言，永遠不滅，代代相承。巴別塔的妄圖失敗後，這一語言成爲希伯來文，也就是聖子基督的語言、聖父的語言。參看 *De vulgari eloquentia*, I, VI, 4-7。日後，但丁顯然另有想法，因此這裏所說與以前的論點有別。**寧錄**：參看《地獄篇》第三十一章第七十六行註。

127-29. **任何由理智……減卻**：人類既然受諸天影響而變化，其理智所產生的一切也就不會持久。參看《天堂篇》第五章九八—九九行。在《俗語論》裏，但丁也說："…et homo sit instabilissimum atque variabilissimum animal, nec durabilis nec continua esse potest…"）「由於人類是最反覆、最易變的動物，〔語言〕就不能恆久不變……」）見 *De vulgari eloquentia*, I, IX, 6。此外，參看 Chimenz, 868。

130-32. **人類……決定**：參看 *Summa theologica*, II, II, q. LXXXV, 1："significare conceptus est homini naturale, sed determinatio

signorum est ad placitum humanum.”（「人類生來就會用符號
表達自己的思想；至於用甚麼符號，則取決於其喜好。」）

134.　　**I**：I 或 J（唸 Jah）相等於希伯來文的詞首字母 *yod*，是 Jehovah
（耶和華）的第一個字母，用來代表 Jah 或 Jehovah。猶太
教的人對耶和華異常崇敬，除了在極隆重的場合，通常不會
直接用 Jehovah 一詞，而只用 I 或 J 來代替。到今日，“Jah”
仍是 “Hallelujah”的一個音節：jah。參看 Chimenz, 868;
Sayers, *Paradise*, 290; Sinclair, *Paradiso*, 380。**至善**：指上帝。

136.　　**EL**：希伯來名字，「偉大」的意思，在古代指上帝。伊西
多爾（Isidorus，約五六零─六二六）在 *Etymologiae*（《語
源》）VII, I, 3 說：“Primum apud Hebraeos Dei nomen *El*
dicitur”（「在希伯來人的語言中，神的第一個名字是 El」）。
根據但丁的 *De vulgari eloquentia*, I, IV, 4，亞當誕生，所說
的第一個字就是 El：“Quid autem prius vox primi loquentis
sonaverit, viro sane mentis in promptu esse non titubo ipsum
fuisse quod Deus est, scilicet *El*, vel per modum interrogationis,
vel per modum responsionis.”（「我可以確信，就常理而言，
第一個說話的人〔指亞當〕，不論是發問還是回答，所說的
第一個字肯定相等於「上帝」，也就是 *El*。」）參看 Pasquini
e Quaglio, *Paradiso*, 452; Sapegno, *Paradiso*, 336; Sayers,
Paradise, 290; Singleton, *Paradiso 2*, 423。

137-38.　**凡人的用語……一一脫落**：這是但丁的語言學觀點，意象出
自賀拉斯的 *Ars poetica*（《詩藝》），60-62：

　　　　ut silvae foliis pronos mutantur in annos,

　　　　　prima cadunt; ita verborum vetus interit aetas,

et iuvenum ritu florent modo nata vigentque.

一如樹林，在一年將盡時更換葉子；

早生的先落。言詞也如此：老的死去；

新萌的像年輕人，朝氣勃勃地開花。

139-42. **我曾在……棲止**：這幾行答覆但丁的第二個問題（一一二—
一一三行）。亞當因偷吃禁果被逐前（「蒙羞前」），在伊甸
樂園（「凌海最高的高山」）逗留了六個多小時，即由上午
六時（神創造亞當的時間）到中午稍過，也就是太陽由第一
個九十度弧(quadrant)進入第二個九十度弧的時間。亞當在
伊甸園逗留的時間有多長，《聖經》沒有明言。但丁在這裏
選了書蠹彼得(Petrus Comestor) *Historia scholastica, Liber
Genesis* XXIV 的說法："Quidam tradunt eos fuisse in paradiso
septem horas."（「有些人說，他們〔指亞當和夏娃〕在樂
園裏逗留了七小時。」參看 Singleton, *Paradiso 2*, 424。有關
書蠹彼得的生平，參看《天堂篇》第十二章第一三四行註。
關於煉獄山的伊甸園，參看《煉獄篇》第三章十四—十五行。

第二十七章

整個天堂開始高唱《聖三光榮頌》。彼得的光靈發出更盛的強光，
彤然怒斥敗壞的教皇。貝緹麗彩和其餘的福靈聞言，也赧然變色。
之後，彼得預言，天意會叫援救早日到達，並囑但丁把這一信息向
人世揭示。彼得說完了話，就和眾福靈升上最高天；貝緹麗彩則叫
但丁回望來處。但丁向來處俯眺完畢，再望向貝緹麗彩，跟她升到
原動天。貝緹麗彩向但丁解釋原動天的運作詳情；並告訴他，凡界
走上歧途，是因為無人管治。最後，貝緹麗彩進一步預言，大家期
待的巨變就會出現。

「榮耀歸於聖父、聖子、聖靈，」
　　整個天堂開始高聲歌唱，
　　美妙的聲音叫我酕然傾聽。　　　　　　　3
我眼前所見，彷彿是遍佈四方
　　上下的微笑，結果陶醉的感覺
　　藉視、藉聽向我的內心流溢。　　　　　6
啊，這歡欣！這無從表達的怡悅！
　　這永生，因慈愛安寧而變得完整！
　　這富足哇，不再遭渴念凌虐！　　　　9
在我眼前，四朵光輝耿耿
　　勁射著炯芒。最先來臨的一朵，
　　這時發出的亮光比剛才更旺盛。　　　12

恆星天

「榮耀歸於聖父、聖子、聖靈，」／整個天堂開始
高聲歌唱，／美妙的聲音叫我酕然傾聽。
（《天堂篇》，第二十七章，一——三行）

那景象，就像木星和火星焯焯
　　變成了鳥兒，剎那間彼此換羽，
　　結果木星變得彤彤如烈火。　　　　　15
然後，在天堂負責把工作次序
　　調配的天意，驟令天佑的合唱團
　　肅靜，四方不再飄揚起天曲。　　　　18
這時候，我聽到：「我的顏色變換，
　　你也不須要驚詫；在這一俄頃，
　　你會看見眾光的顏色改觀。　　　　　21
在凡間佔我宗座，藉簒奪行徑
　　佔我宗座、佔我宗座的傢伙，
　　把我的墓地化為污水溝；邪佞　　　　24
從這裏下墮後，因溝裏的血腥、穢濁
　　而沾沾自喜。不過在聖子眼中，
　　那宗座依然是無人填補的空廓。」　　27
這時，我看見整個天堂彤彤
　　流溢著光輝。那是太陽在黃昏
　　和黎明直照雲朵時所繪的嫣紅。　　　30
而貝緹麗彩的容貌，在這一瞬
　　也改變了顏色，一如淑女，自己
　　無愧於心，卻僅僅因為耳聞　　　　　33
他人的過失而變得腼腆不已。
　　情形又像——我相信——萬能之主
　　受難時，天上的太陽被雲層掩蔽。　　36
然後，光靈繼續說話，發抒
　　胸臆時聲音和剛才大有分別；

其變化，和剛才的顏貌一樣突出： 39
「我和利奴、阿拿克萊托的血液
　　哺育了基督的新娘，並不是企圖
　　用這位新娘做獲取黃金的媒介； 42
反之，爲了享快樂永生之福，
　　西斯克特、庇護、卡利斯克特、烏爾班
　　潸然淚下後要忍受濺血之苦。 45
從來，我們都沒有想過，要分散
　　基督的子民，要他們在我們
　　繼承人的左右，各自把座位分佔； 48
也沒有想過，在日後某一時辰，
　　我所接的鑰匙，會在軍旗上
　　成爲標誌，向受洗者佈陣； 51
沒想到我的樣貌，會刻於印章
　　去出賣特權，做撞騙的生意。
　　爲此，我常常赧然迸發出怒芒。 54
在這裏下望，見得到餓狼身披
　　牧者的外衣，在所有牧地來回。
　　上帝的防禦呀，爲何仍躺臥不起？ 57
卡奧爾和加斯科尼的惡人，正準備
　　吸飲我們的血。美好的開端哪，
　　你竟然會墮落，面對可恥的結尾！ 60
不過我知道，巍巍天意使羅馬
　　靠斯克皮奧而世光不墜；須臾，
　　天意就會叫援救早日到達。 63
孩子呀，你負著凡俗之體，仍須

向下界回歸。屆時你務必開口；

　　我向你揭示的，你也要宣諸語句。」　　66

蒼穹的羯角被太陽照射的時候，

　　我們的天空就有凝結的水氣

　　飄落。這時，眼前的景象也相侔：　　69

凱旋的水氣在飄飛，藉著燦麗

　　多彩的以太冉冉向上方湧升。

　　那水氣，曾經在我們眼前聚集。　　72

我的視線一直向上方飛騰，

　　追隨著那些形態，到廣漠太深窅、

　　太高遠而仰望無從，才不再上登。　　75

娘娘見我不再向上方凝眺，

　　就這樣對我說：「且把視線向下方

　　縱拋，看你所繞的空間多敻遼。」　　78

這時我發覺，由第一次下望

　　算起，我繞著第一帶旋轉的圓弧，

　　已凌越中間到末端的所有遼曠。　　81

彼端，我看見尤利西斯的瘋道路

　　越過加的斯；此端，則幾達海隅

　　（那裏，歐羅巴婉然讓神牛背負）。　　84

下方的塵寰，還有更廣的地區

　　向我展示，可惜腳下的太陽

　　已經移過了一宮以上的青虛。　　87

我的心，一直在追求我的娘娘

　　而常懷深情，這時挾空前的熾烈

　　引導我的目光向著她回翔。　　90

如果天工或人巧設法誘劫

　　目光，並且藉此去佔據心靈，

　　所靠的無論是肉體或其摹寫，　　　　　93

在我轉向娘娘笑顏的俄頃，

　　這一切手段會變得毫無價值，

　　因爲，神聖的歡欣正向我照映。　　　　96

娘娘的目光把力量向我惠施，

　　把我拉出麗達漂亮的窠巢，

　　推著我向最快的天穹飛馳。　　　　　　99

這重天，最接近聖恩而又最高；

　　由於各處相類，貝緹麗彩爲我

　　選了哪部分，我也無從知道。　　　　　102

不過貝緹麗彩見我疑惑

　　索解，就怡然微笑，容顏彷彿

　　展示了神的欣喜。貝緹麗彩說：　　　　105

「宇宙的本性使中心靜止，使各處

　　繞著中心旋轉。這一本性，

　　以這裏爲起點，向所有空間展舒。　　　108

這重天，除了燃點大愛的神靈，

　　再沒有別『處』。這重天，由大愛推動，

　　再把大能向諸天流瀉下傾。　　　　　　111

光明和大愛圍著這一層，如同

　　這一層圍著諸天。了解這圍繞

　　之道的，只有圍繞一切的神聰。　　　　114

這一層的運動不需外力引導，

　　諸天卻隨著這一層旋轉不息，

一如數目十，由二乘五始肇。　　　　117
現在，時間怎樣在這個花瓶裏
　　扎根，怎樣在別的器皿裏散佈
　　枝葉，你已經得到有關的啓迪。　　120
貪婪哪，你使凡間的眾生陷入
　　你的深淵，結果沒有一個人
　　能從你的浪濤裏向上舉目！　　　　123
人的意志本來能綻吐花芬，
　　只不過霪雨綿綿，以致積水
　　過多，摧毀了李子的康健之身。　　126
信念和童眞，只在小孩中得窺。
　　之後，小孩的雙頰尚未生鬚，
　　這兩種特性就已經一去不回。　　　129
有的人，牙牙學語時齋戒禁欲；
　　之後，舌頭一鬆就胡亂嚥呑；
　　嚥呑於那個月份也不再考慮。　　　132
有的人，牙牙學語時對母親心存
　　敬愛，聽母親的話；有能力
　　說話啦，就想看母親埋入土墩。　　135
帶來早晨、留下黃昏的神祇
　　有漂亮的女兒。白晳的潔膚
　　一見她，就會刹那間變成黑皮。　　138
請注意，人類的家庭會走上歧途，
　　是因爲凡間無人管治。想到
　　這一點，你就不會感到驚怵。　　　141
不過，整個一月份因下界干擾

百分之一而離開冬季之前，

這些高天就會把光芒遍照。　　　　144

屆時，大家期待已久的巨變

就會出現，使船頭轉爲船尾，

使艦隊沿正確航道駛過海面；　　　　147

而嘉果，就會在麗花之後緊隨。」

註　釋：

1.　　「**榮耀……聖靈**」：這是天主教堂崇拜儀式中的啓應頌讚文
《聖三光榮頌》(Gloria Patri)的開頭。《聖三光榮頌》，又
稱「榮耀頌」，或稱《小榮耀頌》，以別於《大榮耀頌》。
《大榮耀頌》是《榮歸主頌》(Gloria in Excelsis)和《讚美頌》
(Te Deum)的合稱。《聖三光榮頌》歌頌三位一體。原文爲：
"Gloria Patri et Filio et Spiritui Sancto, sicut erat in principio et
nunc et semper et in saecula saeculorum."。

2.　　**整個天堂**：這裏指第八重天，即恆星天。參看 Chimenz, 870。

4.　　**我眼前所見**：指參與合唱的所有福靈。

4-5.　　**遍佈四方／上下的微笑**：指所有福靈對上帝的歌頌。

8-9.　　**這永生……凌虐**：福靈此刻到了眞正富足的至高境界，旣不
患得，也不患失。**完整**：完美無瑕。參看《天堂篇》第二十
二章第六十四行。

10.　　**四朵光輝**：指彼得、雅各、約翰、亞當的光輝。

11.　　**最先來臨的一朵**：指彼得的光靈。

15.　　**結果……烈火**：木星色白，與火星交換顏色，乃由白變紅。

這裏指聖彼得因下文所述的緣故開始發怒。有關木星和火星的顏色，參看《天堂篇》第十八章第六十八行和九十六行；《天堂篇》第十四章八六—八七行。

17.　**天意**：上帝的意旨。

19.　**我的顏色變換**：聖彼得因下文所述的緣由感到羞恥，所以臉色變紅。

21.　**眾光……改觀**：其餘的光靈也改變了顏色。

22-23.　**佔我宗座……佔我宗座、佔我宗座**：聖彼得一再重複「佔我宗座」，是爲了強調心中的憤慨。「宗座」，指教皇的權位。在基督教傳統中，聖彼得是第一任教皇。「藉篡奪行徑／……的傢伙」，指教皇卜尼法斯八世。參看 Chimenz, 871。

24.　**我的墓地**：羅馬有墓地紀念彼得及其他殉教的信徒。參看《天堂篇》第九章一三九—四二行。

　　邪佞：指撒旦。

26-27.　**不過在聖子眼中，／……空廓**：意爲：凡間雖把卜尼法斯八世推選爲教皇，但在基督眼中，卜尼法斯不配當教皇，因此宗座其實是空置。

28-30.　**這時……嫣紅**：對於卜尼法斯，整個天堂都引以爲恥，因此所有福靈都赧顏，天堂也就變成嫣紅。

31-32.　**而貝緹麗彩……也改變了顏色**：貝緹麗彩也爲之臉紅。

35-36.　**情形又像……掩蔽**：指基督受難時天象爲之改變。參看《馬太福音》第二十七章第四十五節："A sexta autem hora tenebrae factae sunt super universam terram usque ad horam nonam."（從午正到申初，遍地都黑暗了。」）《馬可福音》第十五章第三十三節有同樣的記載。此刻的情形，就像基督受難時一樣。

39. **其變化……一樣突出**：聖彼得的聲音也有變化；變化之大，和顏貌的變化一樣突出。

40. **利奴**：Linus，聖彼得的繼承人，公元六七—七六年任教皇。其後遭斬首殉教。**阿拿克萊托**：指阿拿克萊托一世（Anacletus I，一譯「阿納克雷一世」）。公元七六—八八年任教皇。在古羅馬皇帝杜米提安努（Titus Flavius Domitianus，一譯「圖密善」，公元五一—九六）統治期間殉教。

41. **基督的新娘**：指天主教會。

44. **西斯克特**：西斯克特一世(Sixtus I)，羅馬教皇，公元一一五——二五年在位。**庇護**：庇護一世(Pius I)，羅馬教皇，公元一四零——五五年在位。**卡利斯克特**：卡利斯克特一世（Callistus I，又譯「加里斯都一世」），羅馬教皇，公元二一七——二二年在位。**烏爾班**：烏爾班一世(Urban I)，羅馬教皇，公元二二二——二三零年在位。四個教皇都是殉教之士。

46-48. **我們……分佔**：意爲：我們沒有想過，要一部分基督徒（指圭爾佛黨）坐在教皇右邊，受他寵愛；另一部分（指吉伯林黨）坐在教皇左邊，遭他迫害。《馬太福音》第二十五章第三十三節，提到牧羊人「把綿羊安置在右邊，山羊在左邊」，是這兩行所本。

49-51. **也沒有想過……佈陣**：意爲：也沒有想過，基督交給我的鑰匙，有一天會成爲標誌，在攻打基督徒的軍旗上出現。一二二九年，教皇的軍隊向腓特烈二世(Friedrich II)出擊，以鑰匙爲徽號，士兵稱爲「戴匙兵」(chiavisegnati)。有關聖彼得的鑰匙，參看《煉獄篇》第九章一一七——二零行；《天堂篇》第二十四章三四—三六行；《馬太福音》第十六章第十

九節。

52. **我的樣貌……刻於印章**：教皇的印章，刻有聖彼得的樣貌。教皇以這個印章免罪。這裏指教皇藉免罪之舉撞騙斂財。

56. **牧地**：指教會的公職。

58. **卡奧爾**：Cahors，法國南部城市，以高利貸活動著稱，是教皇約翰二十二世（Joannes XXII，一三一六—一三三四年在位）的老家。《天堂篇》第十八章一三零—三六行曾經提到他。**加斯科尼**：法語 Gascogne，英語 Gascony，一譯「加斯科涅」。加斯科尼在法國西南部，是教皇克萊門特五世（Clement V，一譯「克雷芒五世」）的老家。《地獄篇》第十九章八二—八七行和《天堂篇》第十七章第八十二行曾提到他。

59. **吸飲我們的血**：意思是：彼得等人殉教流血，現在供兩個壞教皇吸飲。

59-60. **美好的開端哪，／……墮落**：教皇的職位，本來始於尊榮，結果卻走向墮落。

62. **斯克皮奧**：指大斯克皮奧（Publius Cornelius Scipio Africanus，又譯「大西庇阿」，公元前二三六—公元前一八四），古羅馬統帥，曾打敗漢尼拔，拯救了羅馬。參看《地獄篇》第三十一章一一六—一一七行；*Convivio*, IV, V, 19; *Monarchia*, II, X, 7。

62-63. **須臾，／……到達**：但丁的預言隱晦，頗像《地獄篇》第一章一零一—一零二行；《煉獄篇》第三十三章四三—四五行。

64-65. **你負著凡俗之體……回歸**：指但丁以凡軀升天，之後還要返回人間。

67. **蒼穹……時候**：指冬天（十二月二十一—一月二十一日），

太陽位於摩羯宮。這時，天空就會下雪。

70-71. **凱旋的水氣……湧升**：這兩行描寫光靈上升，其方向恰巧與雪飄相反。**以太**：原文"etera"（現代意大利語的拼法是etere），即古人心目中的空氣，大概相等於中國古籍所謂的太清。以太至純、至清，光明剔透，位於大氣層之上。

78. **看你所繞的空間**：指但丁繞著地球旋轉所經過的空間。

79-84. **由第一次下望／……神牛背負**：在《天堂篇》第二十二章一二七—五四行，但丁首次下望地球。從那時算起，他已經隨雙子星自東向西運行了九十度，經歷了六個小時，也就是從耶路撒冷的子午線（「中間」）移到了直布羅陀，與西班牙的加的斯（Cádiz，意文 Gade）成正交，也就是垂直於加的斯上空。歐洲古代的地理學家，把當時人類所居的地面由赤道依次向北劃分為七帶（意文 clima，複數 climi）。第一帶由恆河到加的斯，共一百八十度，耶路撒冷在兩者中間。這時，但丁向西可以望出加的斯以外，看到大西洋，也就是尤利西斯要凌越的水域（「尤利西斯的瘋道路」）；向東（「此端」），幾乎可以看到腓尼基(Phoenicia)，即詩中的「海隅」。太陽此刻已在腓尼基下沉，所以但丁說「幾達」而不說「直達」。根據希臘神話，宙斯曾在腓尼基化為白牡牛(「神牛」)，把腓尼基國王阿格諾爾(Ἀγήνωρ, Agenor)和忒勒法薩(Τηλέφασσα, Telephassa)的女兒歐羅巴(Εὐρώπη, Europa)擄到克里特島(Κρήτη, Crete)，然後與她交歡，生下三個兒子。參看《變形記》第二卷八三二—七五五行。有關「尤利西斯的瘋道路」，參看《地獄篇》第二十六章一二四—四二行。有關古代歐洲人所劃分的七帶，參看但丁的 *Convivio*, III, V, 12; *Questio de aqua et terra*, 53。

85. **塵寰**：原文（第八十六行）爲 "aiuola"，直譯是「打穀場」，指地球。參看《天堂篇》第二十二章第一五二行。

85-87. **還有……青虛**：黃道十二宮共佔三百六十度，宮與宮之間相隔三十度。此刻但丁身在雙子宮，太陽在白羊宮；雙子宮和白羊宮之間是金牛宮。因此，太陽這時候位於但丁西邊三十度以上，不能照亮東邊；不然但丁還可以看到東邊更多的土地。

91-96. **如果……照映**：這幾行強調貝緹麗彩目光（「神聖的歡欣」）之美。

98. **麗達漂亮的窠巢**：指雙子星座。宙斯愛上麗達(Λήδα, Leda)，化爲天鵝，把她強姦，結果麗達生蛋兩枚，其一誕下海倫('Eλένη, Helen)，其二誕下孿生兄弟卡斯托爾(Κάστωρ, Castor)和波呂丟克斯(Πολυδεύκης, Pollux)。兄弟二人死後，獲父親宙斯放在天上，成爲雙子星。麗達是忒斯庇奧斯（Θέσπιος, Thespius；一說忒斯提奧斯(Θέστιος, Thestius)）的女兒，斯巴達國王廷達柔斯(Τυνδάρεως, Tyndareus)的妻子。有關麗達的傳說，參看奧維德的《列女誌》(*Heroides*) 第十七卷五七─五八行；*The Concise Dictionary of Classical Mythology*, 241；《希臘羅馬神話詞典》頁二二九。

99. **最快的天穹**：指原動天（拉丁文 Primum Mobile；意大利文 Primo Mobile），即第九重天，又叫「水晶天」(Cristallino)。原動天沒有天體，也沒有行星或恆星，最接近最高天，速度最高。原動天的動量傳諸其下的八重天，八重天才能運轉，所以稱爲「原動」。參看 *Convivio*, II, III, 8-9。

100. **最接近聖恩而又最高**：原動天直接由神推動，速度最高；由

於最接近神，因此也最明亮。參看《天堂篇》第二十三章一一三——一四行。

101-02. **由於各處……無從知道**：水晶天不像其下的八重天，沒有行星，也沒有恆星，到處一致。但丁進了原動天後，無從辨認方位，因此身在水晶天的哪一部分，也無從得知。

104-05. **容顏……欣喜**：從貝緹麗彩的微笑中，但丁彷彿看見了神的欣喜。

106. **中心**：指地球。在托勒密天文體系中，地球在宇宙的中心靜止，九重天繞著地球旋轉。參看 *Convivio*, II, XIV, 15。

108. **這裏**：指原動天。

109-10. **這重天……別『處』**：除了最高天（「燃點大愛的神靈」），原動天再沒有別的天把它包覆。「處」字要用引號，是因為最高天在時間和空間之外，並不是甚麼「處」；以「處」字形容，只是為了方便。「處」的意大利文為"dove"；拉丁文為"ubi"，是經院哲學的術語。

110-11. **這重天……流瀉下傾**：神出於大愛，以大能推動水晶天；水晶天再把神的大能向其餘諸天傳播。參看 *Convivio* II, III, 8-11。

112. **光明和大愛**：指最高天。最高天全是上帝的光明和大愛。

113-14. **了解這圍繞／……神聰**：只有上帝能全部了解諸天運行、包覆的深奧原理。

115-17. **這一層……始肇**：原動天推動其餘諸天，是諸天運行的標準，本身卻不受諸天推動衡量。最高天由上帝至高的智慧包覆、掌控，充滿大愛和光明，在時間和空間之外，因此不與諸天同等。其餘八重天之於原動天，猶如數目「十」始於「五」（十的一半）和「二」（十的五分之一）一樣。有關原動天

的概念，參看 *Monarchia*, I, IX, 2。

118-20. **現在……啓迪**：時間在凡目看不到的原動天（「這個花瓶」）
裏形成，然後在其下的行星（「別的器皿」）開枝散葉（「散
佈」），成爲年、月、日、時、分、秒，一如植物的根長在
花瓶裏，在瓶外顯現枝葉。參看 *Convivio*, II, XIV, 14-17。
Benvenuto 稱第九重天爲 "radix temporis"（「時間之根」）。
參看 Singleton, *Paradiso 2*, 443。

121-23. **貪婪哪……舉目**：這三行的中心思想和《煉獄篇》第十四章
一四八—五零行所寫的相通。

124. **人的意志**：指人的向善之心。

125-26. **只不過……康健之身**：參看《地獄篇》第十二章四九—五一
行。

128. **之後……生鬚**：指小孩尚未成長。這一意象，曾於《煉獄篇》
第二十三章一一零——一一行出現。

129. **這兩種特性**：指第一二七行的「信念」和「童眞」。

136-38. **帶來早晨……黑皮**：這三行的意思迄今未有定論。大致指善
或童眞（「白皙的潔膚」）容易變惡（「變成黑皮」）。**帶
來早晨……神祇**：指太陽。**有漂亮的女兒**：「女兒」指誰，
也沒有定論。或指象徵引誘、使人變爲畜生的克爾凱
(Κίρκη,Circe)；或指曙光女神厄奧斯（Ἠώς，Eos，又稱
"Aurora"）；或指教會。有關各種說法，參看 Bosco e Reggio,
Paradiso, 455-56; Mattalia, *Paradiso*,523; Pasquini e Quaglio,
Paradiso, 473; Sapegno, *Paradiso*, 348-49; Singleton,
Paradiso 2, 444。

139. **人類的家庭**：指人類社會。

140. **凡間無人管治**：教會和帝國都不堪信靠，因此說「凡間無人

管治」。

142-43. **不過……之前**：這行是但丁典型的曲筆。根據當時的儒略曆，一年的時間跟標準年相較，長了百分之一日（這一錯誤，後來由教皇格列高利十三世糾正），也就是說，每過一百年，時間就會後移一日；不到九千年，一月份就會被推離冬天，成爲春天。三行的意思不過是：「不久」或「短期之內」。但丁的筆法可以如何迂迴，在此可見一斑。

144-47. **這些高天……海面**：屆時，諸天會影響凡間，使之離惡趨善，如艦隊扭轉航向。「巨變」的原文("fortuna")可解作"tempesta"（「暴風雨」）。參看 Rossi e Frascino, *Paradiso*, 374。

148. **而嘉果……緊隨**：此行與本章一二四—二六行對比，用的是果樹意象。

第二十八章

但丁見貝緹麗彩的眸子映出炯光，於是回望，目睹一個極小的小點，輻射出無與倫比的強光。這個小點，就是上帝的聖光，是諸天的原動力。繞著聖光，九圈火焰在旋轉，最接近聖光的一圈轉得最快，速度比原動天還高；其餘各圈的速度，取決於本身與第一圈的距離；距離越遠，速度越舒徐。但丁感到奇怪：凡間所見諸天，以處於最外面的原動天轉得最快；其餘諸天，則越是向內，速度就越低，情形恰與眼前的聖景相反。於是，貝緹麗彩解釋諸天運作的原理，詳述天使的品級；指出丟尼修有關天使的命名和分類正確；格列高利另訂的規模錯誤。

使天堂在我心中出現的人
　　把真相揭露，讓我得知可憐
　　眾生在現世的實況後，我就轉身　　　　3
回望，一如站立在鏡前、後面
　　有蠟燭映照的人，於真正的燭火
　　進入視覺或思維前在鏡中看見　　　　　6
光芒，於是回頭，看鏡子所說
　　是否真實，發覺前景和後景
　　像歌曲和韻律一樣，互不相左。　　　　9
我所記憶的，也是這樣的實情。
　　那雙美目，是愛神捕我的長繩。

我凝望美目，乃有上述的反應。　　　　　12

有誰集中諦視天穹的這一層

　旋動，就會看到聖景。我再度

　回首時，兩眼恰巧與聖景相逢：　　　15

我看見一個小點，炯炯輻射出

　強烈的光芒。觀者被這樣的強光

　一燒，就得在刺眸的炯焰下閉目。　　18

貼著這一點炯光並列成雙，

　如二星會合，凡眸中最小的星星，

　體積也會像月亮那樣粗壯。　　　　21

水氣最濃時形成的暈輪霧影

　受光源點染，會隔著固定的空間

　把光源圍繞。我眼前出現的情景　　24

也如此：隔著差不多的距離，火焰

　正繞著那點強光如圓圈疾旋，

　快於繞世界轉得最速的高天。　　　27

這個圓圈外是另一個圓圈；

　第二圈又由第三、第四圈圍繞；

　第四圈外，是第五、第六個渾圓。　　30

再向外，是巨大的第七圈向周遭

　舒展，即使天后朱諾的使女

　滿成圓圈，也無從把它攬包。　　　33

第八、第九圈更龐大。每一圈在天宇

　轉動的速度，由該圈和首圈的距離

　來決定：距離越遠，速度越舒徐。　　36

離純光最近的，所發的炯焰最清晰。

這是因為，我相信，純光傾瀉

　　真如時，該圈最能夠蒙受注渥。　　　39

我的娘娘見我大惑不解

　　而又急於求知，就說：「那一點，

　　在牽引諸天，牽引大自然的一切。　　42

看哪，核心的一圈就在你目前。

　　告訴你，該圈轉得這麼快，是由於

　　受到熊熊大愛的推動驅掀。」　　　　45

我答道：「要是宇宙排列的秩序

　　跟我所見的轉輪相同，你向我

　　展示的聖景，已驅散我的疑慮。　　　48

不過，感官在凡界觀察天國，

　　所見的情形卻不同：天體的軌跡

　　離中心越遠，所享的聖寵越多。　　　51

這座天使的聖殿，美妙神奇，

　　只以大愛和光明為界。假如

　　這座聖殿是我的願望所詣，　　　　　54

我仍須繼續聆聽，複本和原圖

　　為甚麼不按同一個模樣形成。

　　這一點，我一直尋思都想不清楚。」　57

「要是你的手指欠靈巧，不能

　　解開這個結，你也不必驚愕。

　　此結無人去解，才這樣緊繃。」　　　60

接著，娘娘繼續說：「如果要獲得

　　完滿的答案，請記住我要說的話，

　　讓你的智力觀物時觀得更透徹。　　　63

物質諸天，是狹小還是廣大，
　　要看大能在諸天的物質裏
　　流佈分散時，分量是多還是寡。　　66
善性越大，天恩越厚。物體
　　各部分同樣完美時，越厚的天恩
　　需要越大的體積去接受承吸。　　69
這重天，既然把宇宙的其餘部分
　　疾捲著旋動，乃以大愛最充盈、
　　感悟最深微的圓圈爲相應樣本。　　72
因此，如果你不以外在之形，
　　而以大能的多少爲衡量標準，
　　然後測度眼前繞圈的光靈，　　75
你就會看出，諸天都從屬於轉輪；
　　其大小和天使大能的強弱神奇
　　呼應，彼此配合得有條不紊。」　　78
北風神從較柔的面頰把氣息
　　吹出，空氣的穹窿就會瑩瑩
　　保持明亮晴澈，而一度低迷　　81
晦暗的霧靄，也會被吹散掃清。
　　於是，萬里長空的所有方向，
　　就嫣然對我們微笑。我的情形　　84
當時也是這樣。我的娘娘
　　給我惠賜清晰的答案後，眞理
　　就像星星，燦然在天空發亮。　　87
我的娘娘把上述的話語說畢，
　　各個圓圈就閃閃發光，一如

　　鐵水沸騰時精光晃爍著湧起。　　　　　　90
每一點精光，都隨著本焰飛舞。
　　精光之多，簡直是億億萬萬，
　　超過了棋盤格子的幾何級數。　　　　　　93
我聽見眾天使向著定點，翕然
　　齊唱和散那。他們從太初到永遠，
　　都旋於原位，並且由定點控攬。　　　　　96
我心中的疑問雖沒有言宣，
　　卻已叫娘娘發覺。「熾愛天神、」
　　普智天神，」她說：「在首、二兩圈。　99
他們以這樣的高速隨引力旋奔，
　　是要儘量仿擬定點；其效果，
　　要看他們能理解多高的聖恩。　　　　　102
充滿慈愛、繞他們旋轉的星火
　　叫上座天神——是反映聖裁的光靈。
　　在第一個三合一裏，他們居末。　　　　105
告訴你，他們都按本身的視境
　　諦觀眞理，並爲此而感到歡欣。
　　在眞理裏，眾志都獲得安寧。　　　　　108
由此可見，能否享受到福蔭，
　　不繫於愛敬，而繫於視力的淺深。
　　視力之後，才是愛敬這比鄰。　　　　　111
視力的淺深，取決於各自的福分，
　　福分又生自洪恩和向善的渴想。
　　整個過程，就這樣一級級地緊跟。　　　114
這個永恆的春天，不會遭白羊

水晶天

各個圓圈就閃閃發光，一如／鐵水沸騰時精光晃爍
著湧起。

（《天堂篇》，第二十八章，八九—九零行）

摸黑劫掠。第二個三合一，也絢然

　　吐艷，綻放於這樣的一個春疆。　　　117

他們不歇地唱著『和散那』的頌讚。

　　三重旋律，迴盪於三重歡欣裏；

　　三重歡欣，則由三合一包含。　　　120

在這個結構中，品級也分高低：

　　首先是宰制天神；異力天神

　　居次；大能天神則是第三級。　　　123

末層之前，也有舞隊在緊跟——

　　是統權天神、宗使天神在旋轉。

　　在末層，則全是奉使天神在欣奔。　126

這些品級，都滿懷驚喜地仰觀，

　　同時又駕馭下方，結果在引控

　　之際，都被引向上帝的一端。　　　129

這些品級，丟尼修曾經思縱

　　天上，滿懷熱忱地探討思索，

　　結果命名和分類時都與我相同。　132

後來，格列高利卻另訂規模。

　　由於這緣故，他在這重天一睜眼，

　　就不禁莞爾，哂笑自己的差錯。　　135

下界有一個凡人，能夠展現

　　奧秘的眞象，你也不必驚奇；

　　親歷這裏的，曾向他揭示高天，　　138

也揭示有關衆圈的許多眞理。」

註　釋：

1. **使天堂……出現的人**：指貝緹麗彩。「使天堂……出現」，
原文（第三行）"'mparadisa"（不定式 imparadisare），是但
丁所創的詞。參看《天堂篇》原文第三章第九十七行的
"inciela"。

2-3. **可憐／眾生**：原文（第二行）"miseri mortali"，上承維吉爾的
"miseris mortalibus"。參看 *Aeneis*, XI, 182; *Georgica*, III, 66。

7-8. **看鏡子所說／是否眞實**：看鏡子所反映的是否眞正的實景。

11. **那雙美目**：指貝緹麗彩的雙眸。

13. **天穹的這一層**：指原動天。

14. **聖景**：指下文（十五—二一行）所述。有關「聖景」，論者
有不同的詮釋：有的說是實景；有的說是象徵之景。不過就
藝術效果而，詮釋爲實景較能配合作品的上下文。

16. **小點**：指上帝所發的光芒。

19-21. **貼著這一點……粗壯**：但丁指出，他所見到的光芒，面積之
小，亮度之強，所有的星星都無從比擬。

25. **差不多的距離**：即第二十三行的「固定的空間」。也就是說，
「火焰」（第二十五行）和「強光」（第二十六行）的距離，
相等於「暈輪霧影」（第二十二行）和「光源」（第二十四
行）的距離。

27. **繞世界轉得最速的高天**：指繞著地球（「世界」）旋轉的原
動天。有關原動天的描寫，參看《煉獄篇》第三十三章第九
十行；《天堂篇》第一章第一二三行；第十三章第二十三行；
第二十七章一零六—一零八行。

28-34. **這個圓圈……更龐大**：這幾行寫繞著上帝旋轉的各級天使。
「這個圓圈」，指第一級天使所組成的圓圈，也就是二五—
二六行所寫。**天后朱諾**：拉丁文 Iuno，英語 Juno，即希臘
神話中的赫拉，也就是宙斯的妹妹兼妻子。按拉丁文發音，
天后的名字可譯爲「優娜」。**天后朱諾的使女**：指彩虹女神
伊麗絲（ Ἴρις，拉丁文和英文 Iris ）。伊麗絲是眾神（尤其
是宙斯和赫拉）的使女；這裏借指彩虹。**滿成圓圈，也無從
把它攬包**：指第七級天使所圍成的圓圈巨大，即使彩虹的兩
個半圓合成一圓，也容納不下。

37. **純光**：指上帝的光。參看 Bianchi, 591。

39. **眞如**：指上帝最高的眞理。這眞理，是眞理的極致。參看本
章一零七—一零八行。

41-42. **「那一點，／……一切」**：這兩行由但丁譯自亞里士多德《形
而上學》(XII, 7)的拉丁譯文："Ex tali igitur principio dependet
caelum et natura……"（「因此，天穹和自然界的運作，又取
決於這一原理……」）參看 Bosco e Reggio, *Paradiso*, 464;
Rossi e Frascino, *Paradiso*, 381; Sapegno, *Paradiso*, 355。

43. **核心的一圈**：指熾愛天神。熾愛天神，又譯「撒拉弗」（英
語 Serpah ）或「色辣芬」（英語 Seraphim ）。熾愛天神掌
控原動天，最接近上帝，轉動得最快，一如原動天最接近最
高天，在諸天中速度最高。

45. **大愛**：指上帝之愛。

49-57. **「不過……想不清楚」**：從凡界觀點看，諸天中，離中心（地
球）越遠，就越近上帝（接近最高天），所享的聖寵也越多；
離中心越遠，軌跡所繞的圈子越大，運轉的速度也越高。可
是，掌管諸天的天使，情形恰巧相反：越接近中心（上帝），

所獲的聖寵越厚，所繞的圈子越小，運轉的速度越高。既然諸天的結構以天使爲楷模，諸天（「複本」）和天使組成的圈子(「原圖」)爲甚麼不一致,(「不按同一個模樣形成」)。

天使的聖殿：指原動天。在原動天裏，但丁看得見天使圍成的圈子，所以稱爲「天使的聖殿」。**只以大愛和光明爲界**：原動天之上，只有最高天；也就是說，以最高天爲邊界。最高天全是神的大愛和光明，所以說：「只以大愛和光明爲界」。

60. **此結無人去解**：意爲：在但丁之前，無人去理會這一問題(「此結」)。

70-71. **這重天……旋動**：九重天之中，原動天面積最廣，速度最高，把其餘八重天包覆疾旋。

71-72. **乃以大愛最充盈、／……爲相應樣本**：意爲：乃以熾愛天神圍成的圓圈爲原圖。

76. **諸天都從屬於轉輪**：諸天都與旋轉如輪的圓圈相應。旋轉如輪的圓圈，由衆天使組成。

77-78. **其大小……呼應**：也就是說，最大的一重天（原動天）與大能最強的一圈天使(熾愛天神)相應；軌跡的面積次一等的，則與大能次一等的一圈天使相應……。其餘類推。

79-80. **北風神從較柔的……吹出**：在中世紀及其後的地圖上，往往繪有四個風神的四張臉孔。四張臉孔都鼓著腮，由東、南、西、北四個方向吹氣成風。北風神（又譯「玻瑞阿斯」，希臘文Βορέας，英文 Boreas）從口的中部（即正北）吹出北風，帶來雲，帶來寒冷；其餘的臉，從口的左邊（即東北）吹出東北風；從口的右邊（即西北）吹出西北風，也就是最柔和的風。不過這說法只是衆說之一。風神的圖像，也見於

波提切利的名作《維納斯誕生》(*Nascita di Venere*)和《春天女神》(*Primavera*)。參看 Bosco e Reggio, *Paradiso*, 466; Sapegno, *Paradiso*, 358; Pasquini e Quaglio, *Paradiso*, 486; Mattalia, *Paradiso*, 534; Villaroel, *Paradiso*, 230; Singleton, *Paradiso 2*, 454; Vandelli, 989。

80. **空氣的穹窿**：指圍繞地球的空氣。

91. **每一點精光……飛舞**：每一個天使都隨本身所屬的圓圈(「本焰」)飛舞，速度、節奏和其餘的天使一致。

92-93. **精光之多……幾何級數**：天使之多，超過了棋盤的幾何級數。但丁的這一比喻，出自東方的一個典故。傳說波斯王爲了酬答發明圍棋的人，問他要甚麼。圍棋的發明人要求波斯王給他下列數目的小麥：在棋盤的第一格放一粒麥子，在第二格放兩粒，在第三格放四粒……如是以倍數一格接一格地遞增，直到棋盤的最後一格，也就是第六十四格。波斯王不以爲意，一口答應了。可是計算後，發覺傾全國倉庫的小麥都不足以履諾。因爲由棋盤的第一格按幾何級數遞增，到了第六十四格，所需的小麥數目，約等於十八萬五千億億("quasi diciotto quintillioni e mezzo")粒（參看 Pasquini e Quaglio, 487），以數學公式表達，是 2^{64}-1（參看 Sapegno, 359）。本註釋的數目，以意大利（而不是英國）方式計算。由於漢語的「兆」字古代指一萬億，現代指一百萬；爲了避免混淆，註解沒有採用。**億億萬萬**：原文爲"s'immilla"（第九十三行）。這個詞像《天堂篇》第九章第四十行的"s'incinqua"和第十三章第五十七行的"s'intrea"一樣，都是但丁所創。"s'immilla"的不定式爲 immillarsi, *Dizionario Garzanti della lingua italiana* (812)的定義是："moltiplicarsi a migliaia, crescere indefinitamente"（「自乘千萬次，無限遞增」）。

94. **定點**：指上帝。

95. **齊唱和散那**：意文原文（第九十四行）爲"osannar"。「和散那」，又譯「和散哪」、「賀三納」，英語"Hosanna"，爲「阿拉米文的音譯，原意爲『求你拯救』。最早見於《舊約聖經・詩篇》第一一八篇第二十五節。在《新約聖經》中演變爲一個歡呼的感嘆詞」（《基督教詞典》第一九八頁），用來讚美上帝。

96. **旋於原位**：在本身所屬圓圈中的位置旋轉。

98. **熾愛天神**：原文（第九十九行）"Serafi"（單數 Serafo），英語 Serpahs 或 Seraphim（單數 Seraph）。又譯「撒拉弗」或「色辣芬」。有關九品天神(the nine choirs of angels)，參看王昌祉著《天主教教義詞彙》各有關詞條。

99. **普智天神**：原文"Cherubi"（單數 Cherubo），英語 Cherubim 或 Cherubin（單數 Cherub）。

101. **仿擬定點**：指設法仿擬上帝。《約翰一書》第三章第二節，提到人必要像神："Carissimi, nunc filii Dei sumus : et nondum apparuit quid erimus. Scimus quoniam cum apparuerit, similes ei erimus : quoniam videbimus eum sicuti est."（「親愛的弟兄啊，我們現在是　神的兒女，將來如何，還未顯明；但我們知道，主若顯現，我們必要像他，因爲必得見他的眞體。」）

102. **要看……聖恩**：意爲：越能理解神恩的天使，運行的速度越高。

103. **他們**：指第一、二圈的天使。

104. **上座天神**：意文"Troni"，英文 Thrones。稱爲「上座」，是

因爲這一級天使恍如上帝的御座，是上帝審裁之所出。參看《天堂篇》第九章六一——六二行。**聖裁**：上帝的審裁。

105. **第一個三合一**：九級天使，分爲三組，每組是一個三合一。

109-11. **由此可見……比鄰**：但丁根據托馬斯・阿奎那的神學理論，把視力的地位放在愛敬之上。

112. **各自的福分**：指光靈福分的厚薄。

113. **洪恩**：指上帝的恩典。**向善的渴想**：指光靈本身的向善之想。參看《天堂篇》第二十九章六一——六六行。

115-16. **這個永恆的春天……劫掠**：天堂的福境是永恆的春天，不會有秋冬。春天開始時，太陽在白羊宮，白羊座和太陽同降同升，因此在夜裏看不見。到了秋天（九月二十一日至十月二十一日），太陽位於天秤宮，剛好與白羊宮相對。這時，白羊座可以在夜空看見。**劫掠**：指劫掠春天的綠葉、鮮花。也就是說，叫春天消逝，叫草本零落。天堂的情形卻不像凡間：春天永恆不變，花朵和綠葉不會遭白羊座劫掠。

116. **第二個三合一**：指第二組天使。這組天使，也分三種。

120. **由三合一包含**：原文"s'interna"，不定式爲 internarsi，意爲"farsi trino"（「組成三重」），爲但丁所創之詞。參看 *Dizionario Garzanti della lingua italiana*, 884。指天使的三重歡欣，包含在三重結構裏。第十三章第五十七行的"s'intrea"（「一起結合爲三位一體」），也是但丁所創之詞。

122. **宰制天神**：原文"Dominazioni"，英文 Dominations。**異力天神**：原文"Virtudi"，英文 Virtues。

123. **大能天神**：原文"Podestadi"，英文 Powers。

124. **舞隊**：指第七、八圈的天使。他們歌舞著頌讚天主，所以稱爲「舞隊」。

125. **統權天神**：原文"Principati"，英文 Principalities。**宗使天神**：原文"Arcangeli"，英文 Archangels。

126. **奉使天神**：原文"Angelici"，英文 Angels。**欣奔**：原文"ludi"，有「遊戲」、「歡慶」、「喜悅」之意。表示天使都樂於歌頌上帝。

127-29. **這些品級……上帝的一端**：天使分九品，每三品組成一個等級。熾愛天神、普智天神、上座天神、宰制天神、異力天神、大能天神、統權天神、宗使天神、奉使天神，分別統御原動天、恆星天、土星天、木星天、火星天、太陽天、金星天、水星天、月亮天。在 *Convivio* II, V, 7-11，但丁指出，三個等級依次瞻想三位一體的三位：第一級瞻想聖父的大能；第二級瞻想聖子的智慧；第三級瞻想聖靈的大愛。每一級的三種天使，又分別瞻想三位中每一位的本身及該位與其餘兩位的關係。各品天使，一方面影響次一品的天使，同時又仰瞻其上的一品。熾愛天神和奉使天神則屬例外。熾愛天神是最高的一品，再無「其上」，因此直瞻上帝。奉使天神地位最低，因此再無「下方」可供「駕馭」。參看 Singleton, *Paradiso 2*, 458-59。有關天使的等級，托馬斯・阿奎那的 *Summa theologica*, Prima Qu. cviii 和希臘的神學書 *De caelesti hierarchia*（《天階體系》）都有論及。

130. **丟尼修**：Dionysius Areopagita，大法官，聖保羅在雅典所收的信徒，約公元六世紀人。著有 *De caelesti hierarchia*（《天階體系》），論述天使的品級（《使徒行傳》第十七章第三十四節曾提到丟尼修）。據說聖保羅進過天堂（參看《哥林多後書》第十二章第一—四節），丟尼修的天堂「真相」，由聖保羅傳授。不過一般論者認為，有人偽託丟尼修之名寫

成《僞丢尼修叢書》（其中包括《天階體系》、《教階體制》、《論神名》、《奧秘神學》和十一封信）。參看《基督教詞典》頁一一零——一一。

133. **格列高利**：指教皇格列高利一世(Gregorius I)，基督教拉丁教父，公元五九零—六零四年在位。其《倫理叢談》(*Moralium libri*)對天使的等級有不同的論述，其次序爲：熾愛天神、普智天神、大能天神、統權天神、異力天神、宰制天神、上座天神、宗使天神、奉使天神。但丁寫《神曲》前，曾採用這一說法。參看 *Convivio*, II, V, 6。參看 Bosco e Reggio, *Paradiso*, 471; Singleton, *Paradiso 2*, 460。

134-35. **由於這緣故……差錯**：意爲：格列高利一世升天後，看見了正確的天使品位、次序，也哂笑自己在凡間的錯誤論述。

136. **下界有一個凡人**：指丢尼修。

138. **親歷這裏的**：指親歷這裏的人，即聖保羅。參看《地獄篇》第二章第二十八行及該行的註釋。

第二十九章

貝緹麗彩凝望上帝，知道但丁有未提的疑問。於是為他解惑，說明上帝為甚麼創造天使，怎樣創造天使；敘述第一位天使如何背叛上帝；忠於上帝的天使此後處於甚麼樣的福境。接著，貝緹麗彩就天使的稟賦進一步闡發，澄清凡間的謬誤；同時斥責騙人的講道者；指出天使稟賦之眾多，超乎凡人的想像；上帝能按稟賦的不同而施光。結尾時強調上帝崇高廣博，把自己無限擘分後仍渾然一體，與過去無異。

麗酡所生的兩個孩子，被白羊
　　和天秤覆蓋時，會一起把地平
　　拉成長帶。一瞬間，天頂會等量　　　3
牽引他們，直到此端上凌，
　　彼端下墮，雙方變換半球間
　　在帶上失去平衡。在同樣的俄頃，　　6
貝緹麗彩露出光輝的笑顏，
　　同時在沉默不語的剎那，妙目
　　凝神，瞻望著把我震懾的一點。　　　9
然後說：「我不是詢問，而是要宣佈：
　　你想聽甚麼。我看見你的心意
　　反映於所有 ubi 和 quando 的凝聚處。　12
永恆的大愛綻放於各種新愛裏，

並非為了使本身的至善增多

（這種可能不會有）；真正的目的，　　15

是讓自己的光華四射，並且說

'Subsisto'——按他的意旨，在他的永恆中，

超越時間和其他任何規模。　　18

之前，他沒有所謂的怠惰不動，

因為在上帝移過大水之前，

並沒有所謂『之前』或『之後』的時空。21

本質和物質，彼此獨立或相連，

出生時，完全沒有瑕庇的痕跡，

像三弦之弓射出的三枝飛箭。　　24

同時，如玻璃、琥珀或水晶裏

有一道光芒射入，由外界入內界，

在時間上完全沒有空隙。　　27

上主三種形態的創造，燁燁

飛射而出；出時已全部完成。

就肇始而言，三者並無分別。　　30

而秩序也同時叫天使的級等

井然。這些天使是宇宙之巔；

純粹的行動在他們體內萌生。　　33

純粹的潛能則處於最低的層面。

在中間，潛能和行動由一股力量

結合，此後永不鬆弛生變。　　36

哲羅姆的著作已經向你們宣講：

天使誕生後，經過漫長的遠古，

上帝才創造世界的森羅萬象。　　39

不過我講的眞理，聖靈的文書
　　已經在多個篇章裏記錄傳達；
　　你只要諦觀，就可以看個清楚。　　　42
這一點，理智也頗能明察。
　　因爲，按道理，推動諸天的力量
　　不可能忍受這麼長久的匱乏。　　　45
此刻你已經知道，上帝怎樣
　　創造——於何處何時創造——這些愛靈；
　　三朵火焰，已熄於你的渴想。　　　48
然後，由一數起，而二十未竟，
　　衆天使的一部分，已經在這段時間
　　使你們最下層的要素動盪不寧。　　　51
其餘的天使留了下來，歡忭
　　無比地展開你所見的巧藝。
　　他們旋轉著，從不停止蹁躚。　　　54
最初，墮落由遭詛的傲慢引起。
　　你已經看見，那個傲慢的罪魁，
　　已經被全宇宙的重量壓在地底。　　　57
你在這裏見到的，謙虛而聰慧。
　　他們都感念至善；由於至善，
　　他們才能夠秉持明睿的思維。　　　60
因此，他們的眼光乃入聖超凡，
　　藉啓迪之恩和本身之德而高凌，
　　結果意志變得充盈而穩安。　　　63
你不應再狐疑，反而該肯定：
　　有德方能蒙恩；德之多少，

則視乎心意能納多大的恩情。　　　66
要是你領略我的話，就無須倚靠
　　其他幫助；此刻就可以清晰
　　而深入地思索這盛會的玄奧。　　69
不過，既然在凡間的學校裏，
　　老師所授的學說都認爲，就稟性
　　而言，天使有意志，有悟性，有記憶，72
我還得進一步解釋，讓你看清
　　純粹的眞理。這一眞理，在凡間
　　因模稜學說的混淆而不再澄明。　75
過去、未來，盡展於上帝的聖顏。
　　這聖顏，天使凝望著就會欣喜，
　　其目光永不轉移到別的焦點，　　78
所以從未遭到新事物隔離。
　　由於這個原因，他們乃能
　　避免因概念分割而去回憶。　　　81
於是，凡間就有人睜著眼做夢。
　　他們或清心直說，或蓄意欺人——
　　後者比前者更可恥，更罪加一等。84
在下界，你們推究哲理時，不肯
　　一以貫之，結果得意忘形，
　　只知道爲了外表而傾倒勞神！　　87
對於上界，即使這些行徑
　　所招的憤慨，也比蔑視或曲解
　　《聖經》所引起的天怒來得輕。　90
你們沒想到，耗了多少血液，

《聖經》才傳誦凡間；也沒有想到，

　　謙卑地親近它，效果會多和諧。　　　　93

為了炫才，人人都設法自造

　　歪論；結果是福音沉默無言，

　　而歪論卻獲傳道者向世人詳告。　　　　96

有人說：基督受難時，月亮在高天

　　後退，把地球和太陽分隔於兩方，

　　結果太陽的光芒射不到地面。　　　　　99

有人說：是光芒本身把自己隱藏，

　　結果西班牙人、印度人和猶太人

　　一樣，都因日蝕而看不到光芒。　　　　102

翡冷翠的拉波和賓多，人數莘莘，

　　也少於這些謬說。這些謬說，

　　由佈道台經年向四方力陳，　　　　　　105

可憐的羊群卻懵然不知；結果

　　從牧場歸來，只吃得虛風滿肚。

　　以不察為藉口，並不能為他們開脫。　　108

基督可沒有告訴第一代門徒：

　　『去吧，去向世人傳播大話吧』；

　　只為他們提供了真理的基礎。　　　　　111

他們的雙唇，也只把真理傳達。

　　結果為點燃信仰而奮鬥時，

　　他們以福音為盾矛向敵人攻伐。　　　　114

今人呢，則插科打諢，靠惹人噗嗤

　　一笑來傳道。只要惹笑的效果好，

　　他們就兜帽膨脹而躊躇滿志。　　　　　117

不過，要是愚夫愚婦們知道，

　　惡鳥棲息在兜帽尖裏，他們

　　就明白，牧者赦罪的能力多可靠。　　　120

由於這原因，愚行乃大盛於凡塵，

　　結果世人未得到確實的證據，

　　就朝著所有的承諾聚集飛奔。　　　123

聖安東尼的豬玀和更下流的其餘

　　同類，就依靠這伎倆使用僞幣，

　　結果都因這緣故養肥了身軀。　　　126

不過，離題太遠了；我們且轉移

　　目光，再度望向正直的道路，

　　以便在漸短的旅程掌握這時機。　　　129

就數量而言，天使的稟賦超乎

　　想像；種類之多，凡間的語言

　　和思想始終不能夠形容測估。　　　132

但以理的揭示，如果加以細辨，

　　你就會發覺，在他的千千萬萬裏，

　　明確的數目始終隱而不顯。　　　135

太初的光源，把所有天使熠熠

　　照亮，並一一跟他們相融；而受光

　　方式的數目，跟光體的數目相匹。　　　138

由於情感按照受光的情狀

　　產生，光體內，大愛的溫煦就有少

　　有多，有熾熱到微溫等各種景況。　　　141

你看，永恆的至善多麼崇高！

　　多麼廣博！它呀，能夠把自己

無限擘分，向無數的鏡子投拋；　　　　　144

本身卻渾然一體，跟過去無異。」

註　釋：

1-6.　　**麗酡所生的兩個孩子……失去平衡**：太陽（麗酡所生的兒子）
和月亮（麗酡所生的女兒），春分時位於黃道的白羊宮和天
秤宮。在黎明或黃昏，兩者會在地平線相對的兩點分別上
升、下沉。在升沉過程中的某一瞬，地平線會把太陽和月亮
分成兩半，就像一條長帶把兩者在中腰繫住，爲時約一分
鐘。這一刻，太陽和天頂的距離，相等於月亮和天頂的距離，
就像天平的兩端。這一意象，複雜而迂迴，卻有突出的文學
效果：除了說明時間之短，也給場景、人物增添肅穆。**麗酡
所生的兩個孩子**：指阿波羅（太陽神）和阿爾忒彌斯（月神）。
在這裏借指太陽和月亮。

7-9.　　**貝緹麗彩……一點**：貝緹麗彩凝視上帝的光芒（「把我震懾
的一點」）的時間，相等於太陽和月亮在地平線上平衡的時
間。也就是說，時間極短。

10-11.　**我不是詢問，而是要宣佈：／你想聽甚麼**：貝緹麗彩凝望上
帝，知道但丁心中想甚麼，因此不是詢問，而是宣佈。

12.　　**ubi 和 quando 的凝聚處**：指上帝。上帝是永恆，沒有過去，
也沒有未來。對於上帝，一切空間都是「此地」，一切時間
都是「此時」；一切空間和時間都以上帝始，也以上帝終。
ubi：拉丁文，疑問詞「何處」、關係詞"where"（漢語沒有
關係詞，只可強譯爲「在那裏」）的意思，借指空間。**quando**：

拉丁文，「何時」、「當時」的意思，借指時間。

13. **永恆的……新愛裏**：上帝的大愛綻放舒張，創造了眾天使（「新愛」）。

16. **讓自己的光華四射**：讓自己的光華四射，並且讓有知的創造物（天使）反映自己的光華。參看《天堂篇》第七章六四—六六行。

17. **Subsisto**：拉丁文，「我在」的意思，不定式為 subsistere。"subsisto"相等於英文的 I am (Singleton, *Paradiso 2*, 465)；不定式 "subsistere" 相等於意大利文的 "esistere per se stesso"(Bosco e Reggio, *Paradiso*, 479)。

19. **之前……不動**：這句用來解答某些人的疑問：「那麼，上帝創世之前在做甚麼呢？」「創世之前，上帝是否怠惰不動呢？」

20. **在上帝移過大水之前**：在上帝創世之前。參看《創世記》第一章第二節："Et Spiritus Dei ferebatur super aquas." （「神的靈運行在水面上。」）

21. **並沒有所謂『之前』或『之後』的時空**：永恆之中，沒有「之前」或「之後」。參看奧古斯丁的《懺悔錄》第七卷第十五節："si autem ante caelum et terram nullum erat tempus, cur quaeritur, quid tunc faciebas？Non enim erat tunc, ubi non erat tempus." （「但是，如果在天地出現之前沒有時間，那麼，又何以要問，當時你在做甚麼？因為當時既沒有時間，就沒有『當時』」。）

22. **本質……相連**：「本質」獨立，指純粹的本質，即天使；「物質」獨立，指純粹的物質，指原始中渾然未判的原素；「彼此相連」，指本質和物質相連，即諸天。這一概念，源出亞

里士多德。參看 Singleton, *Paradiso 2*, 467。「本質」遙呼第三十三行的「純粹的行動」；「物質」遙呼第三十四行的「純粹的潛能」；「相連」遙呼第三十五行的「潛能和行動」。

24. **像三弦之弓射出的三枝飛箭**：這行強調「本質」、「物質」、「本質和物質相連」在同一瞬直接由上帝創造，不分先後；而「三」字則呼應三位一體中的「三」。

25-30. **同時……並無分別**：上帝的創造過程，就像光芒進入玻璃、琥珀或水晶：由進入到全部（即本質、物質、本質和物質）完成，都在同一瞬；由開始到結束，並沒有時間的先後；也就是說，不需任何時間。

31-32. **而秩序……井然**：天使由上帝創造的一瞬開始，其等級已井然形成。

32. **宇宙之巔**：由上帝創造的萬物中，天使的等級最高，因此是「宇宙之巔」。

33. **純粹的行動**：天使的本質十全十美，其力量所發揮的作用永無瑕疵。

34. **純粹的潛能……最低的層面**：原始物質（「純粹的潛能」）處於最下層。所謂最下層，就是塵世。

35-36. **在中間……生變**：在塵世和最高天之間，是運行的諸天（「一股力量」）把物質和本質相連。參看《天堂篇》第二十八章第一零零行。物質和精神永在諸天中結合，不會改變。

37. **哲羅姆**：拉丁文原名爲 Hieronymus。「哲羅姆」爲英文 Jerome 的音譯。約於三四二年生於斯特利同城（今日的南斯拉夫境內），四二零年卒。拉丁教父兼聖經學者。曾在羅馬求學，其後習希臘文和希伯來文。於公元四零五年據拉丁文《聖經》舊譯本並參照《七十子希臘文本》和希伯來文本編譯《聖經》

新譯本，即今日的《拉丁通行本聖經》。這一譯本，於十六
世紀定爲天主教法定本聖經。參看《基督教詞典》頁六三一。

37-39. **已經向你們宣講：／……森羅萬象**：指上帝創造了天使後好
久，才創造世界的說法。哲羅姆的這一說法，見於阿奎那的
Summa theologica, I, q. 61, a. 3。不過但丁並不同意哲羅姆的
說法（參看四零─四五行）。

40. **我講的眞理**：指貝緹麗彩所講的創世過程（十三─三六行）。
聖靈的文書：指《聖經》作者。《聖經》作者受聖靈感召而
命筆，因此是「聖靈的文書」。上帝創造天使時同時創造天
地，《創世記》第一章第一節已經說明：「起初，　神創造
天地」。由此可見，天地和天使同時由上帝創造，沒有「漫
長的遠古」（第三十八行）把兩個創造過程分隔。

43. **理智也頗能明察**：人的理智也頗能看出這一道理。

44-45. **推動諸天的力量／……長久的匱乏**：天使（「推動諸天的力
量」）不可能長期沒有諸天，也就是說，不可能等「漫長的
遠古」。

47. **愛靈**：指衆天使。天使充滿大愛，因此稱「愛靈」。

48. **三朵火焰……渴想**：指但丁心中的三個疑問（「三朵火焰」）
已獲解答（「熄」掉）。

49-51. **然後……動盪不寧**：部分天使（指撒旦及其隨從）由上帝創
造後不過俄頃，就因叛逆之罪墮落大地，把大地扭曲。古希
臘哲學家認爲，世界由四元素（土、水、氣、火）構成，而
大地的泥土在元素中等級最低下，所以說「最下層」。有關
天使的叛變，參看《地獄篇》第三十四章一二二─二六行。
「元素」又稱「要素」。

52-53. **其餘的天使……巧藝**：其餘的天使繼續忠於上帝，留在天

堂，繞著他旋轉（但丁「所見的巧藝」）。

55. **最初……引起**：明亮之星（撒旦墮落前的稱呼）墮落的主因
是傲慢。這傲慢叫人神共憤，因此說「遭詛」。

56. **你已經看見……罪魁**：指但丁已在地獄裏見過撒旦。參看《地
獄篇》第三十四章第二十行。

57. **已經……重量壓在地底**：參看《地獄篇》第三十四章第一一
一行。

58. **你在這裏見到的**：指留在最高天、服從上帝的衆天使。

65-66. **德之多少，／……恩情**：天使的福分，由神旨注定。關於這
點，參看 *Summa theologica*, I, q. 62, a. 5, rep.；《天堂篇》第
十四章四六—四八行；第二十五章六八—六九行；第二十八
章一一二—一一四行。

69. **盛會**：指衆天使的莊嚴集會，即但丁眼前的衆天使。

70. **凡間的學校裏**：指凡間各派對天使的說法。參看《煉獄篇》
第三十三章第八十六行。

72. **記憶**：其實，天使不必有記憶，因爲記憶是概念，只有實景
或實際情形消逝或過去才需要。天使凝望上帝的聖顏，過去
的一切就在目前，因此不需記憶。阿奎那和大阿爾伯特，則
認爲天使有某一程度的記憶。

77. **這聖顏……欣喜**：天使直望上帝的聖顏，即能知道過去、未
來，因此感到欣喜。

81. **因概念分割**：人類所以會忘記，是因爲在他們的意識中，前
起的概念會遭後至的概念阻障。

86. **一以貫之**：意爲：遵循達到眞理的途徑。

87. **外表**：表象。

88. **上界**：天堂。

91. **耗了多少血液**：指為了傳道而殉教的基督徒所耗的血液。

101-02. **結果……光芒**：結果，日蝕由極東伸展到極西。

103. **拉波和賓多**：意大利文為"Lapo"和"Bindo"。在中世紀的翡冷翠，「拉波」和「賓多」是男孩子最常用的名字。

106. **羊群**：指信衆。參看《天堂篇》第十一章一二四——二九行。

110. **『去吧……大話吧』**：參看《馬可福音》第十六章第十五節："Et dixit eis：Euntes in mundum universum, praedicate Evangelium omni creaturae."（「他又對他們說：『你們往普天下去，傳福音給萬民聽。』」）這行和《聖經》引文對照，有反諷效果，產生當代文學理論家姝莉亞・克里斯特瓦(Julia Kristeva)所謂的「互文關係」。

111. **提供了眞理的基礎**：參看《哥林多前書》第三章第十——十一節："Secundum gratiam Dei quae data est mihi, ut sapiens architectus fundamentum posui……Fundamentum enim aliud nemo potest ponere praeter id quod positum est, quod est Christus Iesus."（「我照　神所給我的恩，好像一個聰明的工頭，立好了根基。……因爲那已經立好的根基就是耶穌基督，此外沒有人能立別的根基。」）

117. **兜帽**：指神職人員所穿僧衣的帽。

118. **愚夫愚婦**：指愚蠢的信衆。

119. **惡鳥**：指魔鬼。在《地獄篇》第三十四章第四十七行，但丁提到魔鬼時，就以鳥的翅膀爲喻。在歐洲，民間常把魔鬼比作烏鴉。

120. **就明白，牧者……多可靠**：這行有反諷意味，指神職人員（「牧者」）赦罪的力量不可靠。

124. **聖安東尼的豬玀**：「安東尼」（Antonius，約二五一——約三

五六），生於埃及中部，在天主教的心目中，是古代隱修制的創始人。安東尼曾在利比亞和尼羅河岸隱修。其象徵是豬，表示聖人征服了肉慾的引誘。日後，豬的地位變得尊崇，結果安東尼信徒所養的豬，到處奔跑覓食，爲患社會，誰也不敢干涉。這些信徒背離正道後，也明目張膽地使用僞幣。這裏的豬玀，也可以影射墮落的教士。詳見《基督教詞典》頁十七；Toynbee, 46。

125. **這伎倆**：指教士所用的不正當手法（見一一五─二零行）。

126. **因這緣故**：因教士行騙，而信衆又愚蠢，輕信謊言。

128. **正直的道路**：指有關天使的創造眞相和但丁走向上帝的歷程。

129. **漸短的旅程**：指但丁在原動天所剩的時間不多。

130. **稟賦**：原文"natura"，即第七十一行的「稟性」（原文也是"natura"）。**超乎**：原文"s'ingrada"，是但丁所鑄的詞，直譯是「逐級上升」。

133-35. **但以理……隱而不顯**：《但以理書》第七章第十節，提到天使的數目："millia millium ministrabant ei, et decies millies centena millia adsistebant ei."（「事奉他的有千千，／在他面前侍立的有萬萬。」）但沒有明確指出，天使的數目究竟有多少。

136. **太初的光源**：指上帝之光，也就是聖光。上帝永恆，無始無終，是一切光明的源頭，所以說「太初的光源」。

137-38. **──跟他們相融……相匹**：上帝施惠聖光時，其分量要看每個天使能吸納多少。

139-40. **由於情感按照受光的情狀／產生**：「情感」，原文（一四零行）"l'affetto"，指天使對上帝之愛。「受光的情狀」，原

文"l'atto che concepe"，指認識上帝的行動。這句的意思是：天使愛上帝的程度，視乎聖恩給他多大的啓迪。參看《天堂篇》第二十八章一零九——一一一行。

140. **大愛的溫煦**：指天堂的永福。

142. **永恆的至善**：指上帝。參看《煉獄篇》第十五章第七十二行；《天堂篇》第一章第一零七行；第十章第一行。

143-45. **「它呀……跟過去無異」**：永恆的至善向無數的天使（「鏡子」）投射（「無限擘分」）後，再由這些天使反映，本身卻不會改變，仍「渾然一體」，一如天使受創造之前（「跟過去無異」）。

第三十章

九圈炯焰漸漸熄滅。但丁隨貝緹麗彩升入了最高天，發覺貝緹麗彩的美貌，詩歌再不能形容。接著，但丁獲奪目的炯輝煌煌包裹，首先是失明，然後發覺眸中燃起前所未有的視力；看見一條光河，活光在裏面燦燦激射起火星。但丁按貝緹麗彩的吩咐，彎身以雙眸吸飲光浪，在瞼檐觸光的刹那，看見光河由長形的帶狀變爲圓周，成爲巨大無比的玫瑰，一瓣瓣的向高處擴展，上面坐著芸芸福靈，數目與凡間升天的信眾相符。由於這裏不再受自然法則的局限，距離不再成爲視力的障礙，結果遠近的景物同樣清晰。貝緹麗彩帶領但丁飛向燦金的核心，並且告訴他，天城的座位已不需多少新人去坐滿。一張無人的大椅，此時正等待亨利七世蒞臨。然後，貝緹麗彩聲討教皇克萊門特五世，指他暗中與亨利七世爲敵；最後注定要墜進叫巫師西門受罪的洞穴，把卜尼法斯八世向更深處按攄。

> 大約在六千英里以外的遠方，
>> 第六時在燃燒。在我們所處的空間，
>> 地球的陰影差不多已經平躺。　　　　　3
> 這時候，在深窅莫測的中天，
>> 已經出現了變化：一些星星，
>> 陸續在穹窿深處消失隱潛。　　　　　6
> 在太陽最明亮的婢女盈盈
>> 移近的刹那，天空就逐一關燈；

末了，最美的一盞也失去了光明。　　9
勝利的光陣也如此：循永恆的旅程
　　繞光點旋舞間，漸漸在我眼前
　　熄滅。那光點，曾令我目眩不勝，　　12
包斂光陣間彷彿被光陣包斂。
　　由於我一無所見而又愛意
　　滿心，只好向貝緹麗彩回眄。　　15
假如我把這一刻之前，我提及
　　貝緹麗彩的一切，組合成一部
　　頌讚，此刻，頌讚會顯得無力。　　18
我所見到的麗顏，不但超出
　　凡間的極限，而且，我相信，能夠
　　全面欣賞的，只有創造者上主。　　21
這一刻，是我必須認輸的時候。
　　悲喜風格的詩人，叫題材的某一點
　　難倒，也不曾有我此刻的感受；　　24
因為，如弱眸之於太陽的光焰，
　　一想起貝緹麗彩的婉麗笑容，
　　我的心靈本身就馬上萎蔫。　　27
從我看見她那天起，我一直歌頌
　　不輟；即使在此刻之前的俄頃，
　　我的讚美之歌仍不曾告終。　　30
可是此刻，我卻須在詩中驟停，
　　再不能形容其美貌，情形一如
　　所有的藝術家到了才盡之境。　　33
那麼，就讓更強的號角奏出

頌讚之音吧；經我以小號吹唱，
　　我的艱難樂曲就快要結束。　　　　36
這時候，以嚮導完成任務的音嗓、
　　神情，貝緹麗彩說：「我們已離開
　　最大的天體，到了純光的天堂。　　39
這是靈智之光，充滿了大愛；
　　是眞善的大愛，充滿了歡愉；
　　是歡愉無限，超出所有的甜密外。　42
你會目睹天堂的兩支軍旅
　　在這裏出現。其中一支，會以
　　最後審判時的形貌跟你共聚。」　　45
視覺的精靈，霍然遭電閃轟擊，
　　就會向八方潰散，結果兩眼
　　連觀看最清晰的景物也沒有能力。　48
刹那間，我也是這樣：活光在四邊
　　照著我，炯輝的光紗把我煌煌
　　包裹著，其他景物再也看不見。　　51
「以永寧賜這層天穹的大愛，總讓
　　來者以這一方式接受歡迎，
　　好使蠟燭經得起愛焰的大光。」　　54
寥寥數語，還未爲我的心靈
　　充分掌握，我已經發覺自己
　　在超升，官能刹那間凌越了凡境，　57
眸中燃起前所未有的視力，
　　結果，無論是多明亮的光輝，
　　我的眼睛都不會承受不起。　　　　60

這時，我看見一條光河，煒煒
　　閃著奪目的輝彩在奔湧，兩岸
　　點綴著春花，絢麗得無比奇瑰。　　　　63
從這條浩蕩的大河中，活光燦燦
　　激射起火星，濺落兩岸的花朵，
　　就像紅寶石嵌落黃金一般。　　　　66
然後，火星彷彿因馥郁而醉酡，
　　霍霍再躍入神奇絢麗的光瀾裏。
　　一星落，就有另一星射出流波。　　　　69
「你目睹這景象，此刻心中已燃起
　　崇高的欲望，催你去探究原委。
　　欲望越高漲，我越會感到快意。　　　　72
不過，你必須吸飲這河流的大水，
　　嚴重的口渴才會得到紓解。」
　　我眼中的太陽，這樣對我訓誨；　　　　75
然後說：「這河流，與濺瀉而出再濺瀉
　　而入的黃晶以及繁花的笑容，
　　正朦朧讓你向它們的真貌預瞥。　　　　78
這，不是因景物本身欠盈充，
　　而是因為你本人尚有缺陷，
　　未具高超的視力把真貌看通。」　　　　81
即使嬰兒，因為醒來的時間
　　比平常遲了許多，而要急撲向
　　媽媽懷中喝奶，也不像我向前　　　　84
彎身時那麼快──為了把雙眸洗亮，
　　以便鑑照得更明晰。我連忙俯首，

　　浸入滔滔流來的致善之江。　　　　　87
我的瞼簷，剛在光浪裏頭
　　開始吸飲，整條光河彷彿
　　由長形的帶狀變成了圓周。　　　　90
戴著面具的人，如果脫除
　　自己賴以隱藏而又不屬於
　　自己的顏貌，就會有另一面目。　　93
繁花、火星也如此：剎那間栩栩
　　化爲更盛大的慶典，結果我看見
　　天庭盡展那列在兩邊的臣侶。　　　96
上帝的光華呀，藉著你，我得以看見
　　至眞的天國凱旋於至高的福境。
　　請賜我大能，讓我描述所見！　　　99
光華燁燁輝耀於高天，向生靈
　　昭示造物主的聖顏。只有瞻望
　　聖顏，這些生靈才得到安寧。　　　102
那光華，以圓形向四方上下擴張；
　　面積太廣了，圓周拿來做束繞
　　太陽的腰帶，也會過於寬廣。　　　105
整環龐大的光華，是炯芒一道，
　　反映於第九重天之頂。該重
　　高天的生命和大能，由炯芒始肇。　108
山坡長滿了花草時，會從空中
　　倒映進山麓的湖水，彷彿要盼顧
　　自己的麗妝。眼前的景象也相同：　111
只見超過千層的光靈，粲然映入

光中，結構是一層繞著一層，

　　數目與凡間升天的信眾相符。　　　114

如果最低的一層光靈都能

　　包容這樣的大光，那麼，這朵

　　玫瑰的最外瓣，是何等碩大無朋！　117

面對這朵玫瑰的高大廣闊，

　　我的視力呀，不再眩惑，卻可以

　　盡覽至樂的本質、至樂的規模。　　120

在這裏，遠近都不是增減的距離，

　　因為，在上帝直接統御的上蒼，

　　自然的法則不再有作用可起。　　123

永恆的玫瑰一層層向外、向上

　　舒張，朝著燦金的核心——那永行

　　春令的太陽——散發頌讚的芬芳。　126

我欲言又止間，貝緹麗彩已經

　　帶著我飛向燦金，並且說：「你看，

　　這盛會多壯觀！　都是衣雪的福靈。　129

看哪，我們的天城旋動得多浩瀚！

　　看哪，我們的座位，福靈已齊集，

　　再不需多少新人去一一坐滿。　　132

你的視線，已經叫那張大椅

　　上面的王冠吸引住。你出席這場

　　喜宴前，顯赫的亨利會魂蒞　　　135

椅上。這位亨利，注定要當

　　下界的皇帝；而且意大利還未有

　　準備，他就去整理該國的憲章。　138

盲目的貪婪使你們跟嬰孩相侔：

　　神志中了魔法，在餓得幾乎

　　命喪的時刻把自己的奶媽趕走。　　　　141

屆時，神聖的教廷會由新頭目

　　把持。這個人，明路和亨利相同；

　　暗中所走，卻是一條邪途。　　　　　　144

不過，上帝也不會讓他久擁

　　聖職了，因爲他注定被塞進

　　叫巫師西門受罪的那個穴洞，　　　　　147

把阿南夷人向更深處按揿。」

註　釋：

1-9.　**大約……失去了光明**：指將近黎明的時間。從但丁置身的地方計算，六千英里以外是正午（「第六時」）。在但丁所處的地方觀察，太陽把地球投入太空的圓錐形陰影，這時差不多貼住地平（「平躺」），與地平相疊成直線。但丁認爲，地球的圓周是二萬零四百英里，太陽每小時繞地球轉動八百五十英里。如果正午仍在六千英里外，但丁所處的地方，與日出相距約爲九百英里，也就是說，此刻是日出前一小時。這時，曙光女神（「太陽最明亮的婢女」）已經移近，天空的星星逐一熄滅（「關燈」）；最後連金星（「最美的一盞」）也消失（「失去了光明」）。有關但丁對地球圓周的看法，參看 *Convivio*, III, V, 11; IV, VIII, 7。有關金星的描寫，參看《煉獄篇》第一章十九——二一行。

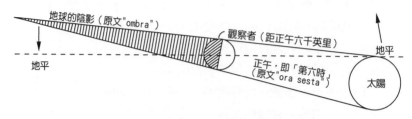

地球的陰影（原文"ombra"）

觀察者（距正午六千英里）

地平

地平

正午，即「第六時」
（原文"ora sesta"）

太陽

但丁心目中將近黎明的天空示意圖

10. **勝利的光陣**：指圍著上帝欣然旋轉的九圈天使。**永恆的旅程**：指天使旋轉時所循的圓圈。

11. **光點**：指上帝的聖光。

12. **目眩不勝**：參看《天堂篇》第二十八章十六—十八行。

13. **包斂光陣間……被光陣包斂**：上帝包斂一切；可是在但丁眼中，上帝彷彿被旋繞的天使包斂。參看《天堂篇》第十四章第三十行：「圍封萬物，本身卻不受圍封。」("non circunscritto, e tutto circunscrive.")

14. **一無所見**：指但丁再看不到任何景物。**愛意**：指但丁對貝緹麗彩的愛。

16-17. **假如……一切**：但丁曾多次頌讚貝緹麗彩。參看 *Rime, Convivio, Vita Nuova*。

23. **悲喜風格**：原文（第二十四行）"comico o tragedo"，按現代意大利語直譯，是「喜劇作家或悲劇作家」。不過在但丁時期，"comico"的意義較廣，指運用平易語言寫作的人；"tragedo"指運用高華語言寫作的人。"comico"和"tragedo"也可以形容平易風格和高華風格。參看 *De vulgari eloquentia*, II, IV; *Epistole*, XIII, 30。

24. **也不曾……感受**：此行強調，要形容貝緹麗彩之美是如何困難。

25-27. **因爲……萎蔫**：形容但丁的心靈無從勝任貝緹麗彩的美顏，一如柔弱的眼睛勝任不了太陽的光焰。參看 *Vita Nuova*, XLI, 6; *Convivio*, III ("Amor che ne la mente ragiona"), vv. 59-60; *Convivio*, III, VIII, 14。

28. **從我看見她那天起**：指但丁九歲第一次遇見貝緹麗彩時開始（參看 *Vita Nuova*)。「看見她」，原文爲"vidi il suo viso"。"viso"是「眼睛」的意思，也泛指貝緹麗彩的美顏。在《天堂篇》第十四章七九—八一行；第十八章八—十二行；第二十三章二二—二四行，但丁說過類似的話。在《天堂篇》第三十一章七九—九零行，但丁再度歌頌貝緹麗彩。

32-33. **情形一如／……才盡之境**：在《天堂篇》第十四章七九—八一行、第十八章八—十二行、第二十三章二二—二四行、五五—六三行，但丁也表示無力描寫貝緹麗彩之美。

36. **我的……結束**：指但丁的《神曲》即將結束。

39. **最大的天體**：指原動天。**純光的天堂**：指最高天。最高天在時間和空間之外，是精神天堂，不是物質天堂。參看 *Epistole*，XIII, 67-68。

43. **天堂的兩支軍旅**：指良善的天使和福靈。良善的天使戰勝了叛逆的天使；福靈戰勝了凡間肉慾的引誘，因此都是「軍旅」。

44. **其中一支**：指衆福靈。

45. **最後審判時的形貌**：指福靈的靈魂和肉體合而爲一。最後審判結束，靈魂就會與肉體結合，不再分離。參看《地獄篇》第六章九六—九八行；《煉獄篇》第一章七四—七五行。

46-48.　**視覺的精靈……沒有能力**：有關視覺精靈的運作過程，參看
　　　　《天堂篇》第二十六章七零—七二行及其註釋。

54.　　　**「好使蠟燭……大光」**：參看《天堂篇》第十一章第十五行。
　　　　但丁把進入最高天的福靈比作蠟燭。《箴言》第二十章第二
　　　　十七節，也把「人的靈」比作「耶和華的燈」。

61-62.　**這時……奔湧**：參看《但以理書》第七章第十節："Fluvius
　　　　igneus rapidusque egrediebatur a facie eius." （「從他面前有
　　　　火，像河發出。」）《啓示錄》第二十二章第一節："Et ostendit
　　　　mihi fluvium aquae vitae, splendidum tamquam crystallum,
　　　　procedentem de sede Dei et Agni." （「天使又指示我……一道
　　　　生命水的河，明亮如水晶，從　神和羔羊的寶座流出來。」）
　　　　河在這裏象徵上帝的恩典。「奔湧」原文"fluvido"（意大利
　　　　但丁學會版），有些版本（如 Petrocchi, Pasquini e Quaglio,
　　　　Villaroel），作"fulvido"（意爲「金色」）。

63.　　　**春花**：正如下文所交代，這些春花是蒙上帝甄選的福靈。

65.　　　**火星**：這些火星其實是天使，並非眞正的火星。

66.　　　**就像……一般**：參看《埃涅阿斯紀》第十卷第一三四行：
　　　　"qualis gemma micat fulvum quae dividit aurum" （「就像嵌在
　　　　黃金裏的寶石閃爍」）。

67.　　　**馥郁**：指福靈的馥郁。

71.　　　**崇高的欲望**：指探索聖景的欲望。意思與《天堂篇》第二十
　　　　二章第六十一行的「宏願」相近。

75.　　　**我眼中的太陽**：指貝緹麗彩。

82-85.　**即使嬰兒……那麼快**：但丁以常見的景物爲喻，向讀者傳遞
　　　　天堂經驗。

87.　　　**致善**：原文"s'immegli"，不定式 immegliarsi，意爲"divenire

migliore"（「趨善」），見 *Dizionario Garzanti della lingua italiana*, 812。是但丁所創之詞。

88.　　**瞼檐**：即睫毛，這裏借指眼睛。形容眼睛一觸光河，即有下文所寫的變化。

95-99.　**化爲……所見**：原文九五、九七、九九行均以"vidi"爲韻腳，譯文三行之末，也以「見」字爲韻腳，以傳遞相近的效果。

100.　　**生靈**：這裏的「生靈」，包括天使和人類。

101-02.　**只有瞻望／……安寧**：參看《煉獄篇》第三十章第九行；《天堂篇》第三章第八十五行；阿奎那 *Summa theologica*, II, I, q. v, 8 : "Appetere beatitudinem nihil aliud est quam appetere ut voluntas satietur; quod quilibet vult." （「求福之念，莫高於求所願得償；這一願望，人皆有之。」）奧古斯丁的《懺悔錄》也說："Inquietum est cor nostrum donec requiescat in te."（「我們的心，非在你懷中休憩，就得不到安寧。」）見 *Confessiones*, I, I。

103.　　**圓形**：圓形無始無終，始於本身，也終於本身；在這裏象徵完美，象徵永恆。

106.　　**炯芒**：指上帝的聖光。

107.　　**第九重天**：即原動天。

108.　　**高天的生命……始肇**：原動天的動力（生命和大能）來自上帝，再傳向其下諸天。參看《天堂篇》第二章一一二—二三行；第二十七章一零六—一一四行。

112-14.　**只見……相符**：但丁所見的聖景，像一個圓形劇場，向上方，也向四周舒展；裏面所坐的光靈，相等於升天的人數。

115-17.　**如果……碩大無朋**：這幾行強調聖景廣大無匹。最下一層的光芒，已經大於太陽；那麼，其上各層的體積，就超乎想像

了。

119.	**我的視力呀，不再眩惑**：但丁的眼睛吸飲了光河後，能看到聖景的全部。
121-23.	**在這裏……不再有作用可起**：在最高天，一切自然和物理的法則不再有效，因此不再有遠近之分。
124.	**永恆的玫瑰**：據但丁的描寫，這朵玫瑰的形狀像個圓形劇場，一層層由核心向上、向外舒展。
125.	**燦金的核心**：這裏描寫的玫瑰金黃（「燦金」）。玫瑰的核心，是雄蕊和雌蕊所在。而在這朵千瓣玫瑰中，核心是上帝。
125-26.	**那永行／春令的太陽**：指上帝。
126.	**散發頌讚的芬芳**：指眾福靈歌頌上帝。但丁在這裏仍用花朵意象。
129.	**衣雪的**：原文"de le bianche stole"，直譯是「穿白的」。參看《天堂篇》第二十五章第九十四行；《啓示錄》第三章第五節；第七章第九節；第七章第十三節："Hi qui amicti sunt stolis albis, qui sunt et unde venerunt？"（「『這些穿白衣的是誰？是從哪裏來的？』」）
130.	**天城**：上帝之城。基督教常以耶路撒冷或羅馬與之相比。參看《煉獄篇》第十三章第九十五行的「眞城」（"vera città"）；《煉獄篇》第三十二章第一零二行的「這個羅馬，是基督所在的城區。」（"…quella Roma onde Cristo è romano."）《啓示錄》第二十一章第九—十節："Et venit unus de septem Angelis…Et sustulit me in spiritu in montem magnum et altum, et ostendit mihi civitatem sanctam Ierusalem, descendentem de caelo a Deo."（「……七位天使中，有一位來……我被聖靈感動，天使就帶我到一座高大的山，將那由　神那裏、從天

而降的聖城耶路撒冷指示我。」）

132. **再不需多少新人去——坐滿**：參看但丁 *Convivio*, II, XIV, 13："noi siamo già ne l'ultima etade del secolo…"（「我們已經在世界末期……」）言下之意是：由於世人邪惡，世界接近末日，此後有資格升天並置身千瓣玫瑰的人，已經不多。

134-36. **你出席這場／……椅上**：意爲：你到天堂安享天福前。參看《煉獄篇》第三十二章七三—七四行；《天堂篇》第二十四章一——三行；《啓示錄》第十九章第九節："Et dicit mihi：Scribe：Beati, qui ad caenam nuptiarum Agni vovati sunt. Et dicit mihi：Haec verba vera Dei sunt."（「天使吩咐我說：『你要寫上：凡被請赴羔羊之婚筵的有福了！』又對我說：『這是　神眞實的話。』」）**亨利**：指神聖羅馬帝國皇帝亨利七世(Heinrich VII)。約生於一二七五年；盧森堡伯爵；一三零八至一三一三年任德意志國王；一三零八至一三一三年任神聖羅馬帝國皇帝（一三一二年加冕）。一三一零年率軍進入意大利，要行使皇帝之權，遭圭爾佛黨反抗而失敗。一三一三年八月卒於波恩康文托(Buonconvento)。參看 Bosco e Reggio, *Paradiso*, 503; Toynbee, 62；《世界歷史詞典》頁三三四—三五。

137-38. **而且意大利……該國的憲章**：言下之意是：意大利並不需要亨利七世。在凡間，但丁一直對亨利七世寄與厚望，盼他重振神聖羅馬帝國的聲威。

142-44. **新頭目／……一條邪途**：「新頭目」，指教皇克萊門特五世。有關克萊門特五世對亨利七世的陰險行徑，參看《地獄篇》第十九章八二—八三行註；《天堂篇》第十七章八二—八三行註。其初，克萊門特五世公開支持亨利七世；到亨利七世

親臨意大利行使皇帝之權時，卻暗中作梗。

145-48. **「不過……按撳」**：這幾行是預言，指出克萊門特五世注定要墮進地獄第八層第三個惡囊。參看《地獄篇》第十九章八二—八四行及八二—八三行註。**巫師西門**：參看《地獄篇》第十九章第一行及其註釋。**阿南夷**：參看《煉獄篇》第二十章八五—九零行及八六—八七行註。

第三十一章

但丁看見一朵白玫瑰，上面坐著蒙選的眾福靈；無數天使在來回飛翔，傳送上帝的熾愛和安寧。面對這樣的聖景，但丁驚詫歡欣，如蠻夷初到羅馬，因該城的宏偉而魄奪魂搖。在活光裏，但丁向上方縱目，見福靈的容顏溫恭而虔愛是從。然後回望，見到的不是貝緹麗彩，而是貝爾納。詢問貝緹麗彩的下落，知道她已經飛回玫瑰高處的座位。距離雖遙，容顏卻清晰可見。於是，但丁向貝緹麗彩祈禱致謝；貝緹麗彩則嫣然望著但丁，然後轉身向上帝回顧。貝爾納告訴但丁，他此來是應貝緹麗彩的祈求，助但丁走畢完美的旅程。解釋完畢，就吩咐但丁極目至夐至高處。但丁按吩咐舉目，見聖母瑪利亞在嫣然看眾天使歌舞。貝爾納見但丁全神貫注，於是也回首向聖母凝矚，結果使但丁的仰瞻更充滿渴望。

> 然後，一支神聖的軍隊，以一朵
>
> 　　白玫瑰的形態向我顯現。該軍隊
>
> 　　是基督的新娘，以基督之血為媒妁。　　3
>
> 另一支則一邊飛翔，一邊瞻窺
>
> 　　歌頌上帝的榮光，以及使他們
>
> 　　昇華的至善。他們哪，為上帝而陶醉。　　6
>
> 一群飛舞的蜜蜂，會時而紛紛
>
> 　　鑽進花叢中，時而飛回巢裏，
>
> 　　勤勞地釀蜜。第二支勁旅的軍陣　　9

最高天
然後，一支神聖的軍隊，以一朵／白玫瑰的形態向
我顯現。

（《天堂篇》，第三十一章，一——二行）

也如此：下翔間他們向巨花飛集，

　　再從艷麗的繁瓣飛回來處。

　　在來處，他們的愛心永不徙移。　　　　12

他們的臉龐全部是活火佈舒，

　　翅膀是黃金閃閃；臉翅之外，

　　則白得任何白雪都無從比附。　　　　15

他們的翅膀左右鼓動時，扇來

　　熾愛和安寧，在降落巨花的刹那間，

　　一行接一行的傳諸花中的同儕。　　　18

這麼浩蕩的軍旅，雖然在高天

　　和巨花之間飛翔，眼前的視域

　　和光輝，卻沒有因此而受到遮掩。　　21

因為，在整個宇宙之中，哪一區

　　值得聖光照耀，聖光就照到

　　哪裏，任何事物都不能牽拘。　　　　24

這個天國，歡欣而又可靠；

　　古往今來的人群在裏面聚攏，

　　其視野、愛心受同一目標感召。　　　27

三位一體的大光啊，在一顆星中，

　　你向他們閃耀，使他們滿足！

　　請看下界的暴風雨如何潰洞！　　　　30

赫麗凱和愛子運行處，天天燾覆

　　同一個地區。該地區的蠻夷如果

　　南下，看見拉特蘭宮上矗　　　　　　33

霄漢，凌駕凡間的一切，魄奪

　　魂搖間，必定會愕然驚視羅馬

及其宏偉的景物。那麼，我超脫　　　36
人寰，飛升聖境，由時間抵達
　　永恆，由翡冷翠飛到健康
　　正直的人群裏，一瞬間身歷的驚詫，　39
會到達怎樣的程度，就不言而彰。
　　其實在驚詫和歡欣之間，我已
　　甘心於無聞，甘心於緘口一旁。　　42
然後，彷彿朝聖者環顧自己
　　曾許願朝拜的神殿而感到鼓舞，
　　希望有一天能複述殿中的經歷，　　45
在活光裏，我向著上方縱目，
　　視線一行接一行的移動於福靈中；
　　時而上，時而下，時而向四周盼顧。　48
只見眾顏溫恭而虔愛是從，
　　因聖光，因自己的笑容而更顯璀璨，
　　一舉一動都充滿莊穆尊榮。　　　51
這時候，我的視線已經縱覽
　　天堂的全貌，看到了它的大概，
　　不過還沒有向局部凝看諦觀；　　54
於是回首，再一次熱望滿懷，
　　想詢問我的娘娘，請她為我
　　把當時糾結於心的疑團解開。　　57
然而所想和所見卻彼此相左：
　　想見貝緹麗彩；卻見到一位
　　長者，衣著和榮耀的同伴相若。　60
他的眸中和頰上，欣悅的柔輝

渥然靜泛，神態溫厚而和藹；

　　慈父的身分，他可以當之無愧。　　　　63

「她去了哪兒呢？」我問得迫不及待。

「為了解除你的渴思，」他說：

　　「貝緹麗彩把我從座中遣來；　　　　66

你舉目仰望，從最高──也是最末──

　　一圈數到第三圈，就會見到她。

　　她身懷懿德，因此在那裏列坐。」　　69

我不再言語，就向上方盱察，

　　見貝緹麗彩的頭上，永恆的光芒

　　反射間聚成光冕向四方映發。　　　　72

這時，凡眸向深海最深處潛藏，

　　再望向行雷的最高處，視域所及，

　　都不若此刻貝緹麗彩在天堂　　　　　75

高處和我在下方相隔的距離。

　　不過，遠近都無妨了；她的顏容

　　下照時，中間已沒有翳障遮蔽。　　　78

「娘娘啊，我的希望因你而豐隆。

　　當日，為了拯救我，你甘於

　　把自己的足跡留在地獄中。　　　　　81

這麼多的事物，我已經全部窺覷。

　　憑藉你的美善、你的大能，

　　它們的恩澤和力量我方能瞻盱。　　　84

是你，把我從奴役向自由提升──

　　為了這目標，只要是能力所及，

　　就依循所有的方法、所有的路程。　　87

把你的洪恩哪,留在我體裏;

　　這樣,我的靈魂因你而康復後,

　　脫離肉體時就能取悅於你。」　　　　　90

我這樣祈禱間,貝緹麗彩在上頭

　　顯得極遙遠,可是仍嫣然望著我;

　　然後轉身,向永恆的源泉回首。　　　　93

「祈告和聖慈,」年長的聖者說:

　　「派我來助你走畢完美的旅途。

　　爲了在此旅獲得最終的成果,　　　　　96

請讓雙眸在這座花園裏飛舞。

　　觀覽間,你的眼睛就會有力量

　　升入聖光,向更高處騫翥。　　　　　　99

天堂之后,我一直敬愛渴仰。

　　她會賜我們一切大恩典,因爲

　　我是貝爾納,對她忠誠滿腔。」　　　　102

教徒從克羅地亞等邊鄙來瞻窺

　　韋羅尼卡的汗巾時,一旦得睹

　　該聖物,凝視之間,歷久的饑餒　　　　105

會持續如故,心中會這樣驚呼:

　　「我主哇,耶穌基督,唯一的眞神,

　　這顏容啊,就是您當日的眞面目?」　　108

望著聖者的眞慈,我這個人

　　也如此。這位聖者呀,在凡間已經

　　藉冥思獲得親嚐永寧的福分。　　　　　111

「蒙恩的孩子呀,要是你一直緊盯

　　腳下,」貝爾納說:「目光不再他顧,

這歡欣之境，你就不能夠洞明。　　　114
仰望眾圈哪，極目至敻至高處，
　　你就會看見天后身在寶座上。
　　整個天國，都向她效忠臣服。」　　117
於是我舉目……在黎明的東方，
　　地平的光輝會使日落的一邊
　　在奪目的炯芒下顯得黯然不彰。　　120
這時候，恍如從山谷攀向山巔，
　　我的眼睛在至敻至高的部分，
　　看見一朵光，遠勝於周圍的炯焰。　　123
昔日，法厄同曾控轡失誤。在我們
　　待轡的地方，光輝最是明亮；
　　左右兩邊，則漸漸顯得昏沉。　　　126
和平的金火旗，也是這樣的景象：
　　中間的光芒勃發；然後，亮度
　　向兩邊減弱，漸漸遜於中央。　　　129
圍著中央，逾千的天使在翔舞
　　展翅，像欣然慶祝盛典一般，
　　彼此的光華各異，職能互殊。　　　132
在那裏，只見一位聖美，嫣然
　　微笑著看眾天使歌舞。所有
　　聖者的眼睛，都欣然向她仰瞻。　　135
不過，我即使言詞富贍，能夠
　　和想像為匹，也不敢妄圖
　　把這種歡欣的萬一宣之於口。　　　138
貝爾納見我全神貫注，舉目

天后

「你就會看見天后身在寶座上。／整個天國，都向
她效忠臣服。」

（《天堂篇》，第三十一章，一一六──一一七行）

仰瞻著暄然使他暖和的焰光，

　就滿懷敬愛，回首向天后凝矚，　　　　141

結果使我的仰瞻更充滿渴望。

註　釋：

1.　　　**神聖的軍隊**：指得勝的教會（意大利文 chiesa trionfante；英
　　　　文 church triumphant），即戰勝了邪惡和基督之敵，此刻置
　　　　身天堂的基督徒。在凡塵不斷與邪惡和基督之敵鬥爭的基督
　　　　徒，叫「戰爭的教會」（意大利文 chiesa militante；英文 church
　　　　militant），與得勝的教會相對。

1-2.　　**一朵╱白玫瑰**：指《天堂篇》第三十章第一二九行所提到的
　　　　「衣雪的福靈」。在該章裏面，但丁把這些福靈比作玫瑰的
　　　　花瓣。

2-3.　　**該軍隊╱⋯⋯爲媒妁**：指基督以血救贖了天堂的福靈。參看
　　　　《使徒行傳》第二十章第二十八節："Ecclesiam Dei, quam
　　　　〔Christus〕acquisivit sanguine suo."（「神的教會，就是他
　　　　〔基督〕用自己血所買來的。」）

4.　　　**另一支**：指眾天使。

11.　　**艷麗的繁瓣**：指玫瑰中的福靈。**飛回來處**：飛回聖光。

12.　　**他們的愛心永不徙移**：天使對上帝的愛心永遠不變。

13-15.　**他們的臉龐全部是活火佈舒，╱⋯⋯無從比附**：但丁的描
　　　　寫，回應《聖經》的類似片段。參看《以西結書》第一章第
　　　　十三節："aspectus eorum quasi carbonum ignis ardentium
　　　　etquasi aspectus lampadarum."（「至於四活物的形像，就如

燒著火炭的形狀，又如火把的形狀。」）《但以理書》第十章第五節："...et renes eius accincti auro."（「……腰束烏法精金帶。」）《馬太福音》第二十八章第三節："aspectus eius sicut fulgur, et vestimentum eius sicut nix."（「他的像貌如同閃電，衣服潔白如雪。」）《啓示錄》第十章第一節："et vidi angelum fortem descendentem de caelo..., et facies eius erat ut sol.")（「我又看見另有一位大力的天使從天降下，……臉面像日頭。」）此外，參看《煉獄篇》第二章十六—二四行；第八章三四—三六行；第十五章二二—三零行；第十七章五二—五四行；第二十四章一三六—三九行。

16-17. **扇來／熾愛和安寧**：從上帝那裏扇來熾愛和安寧。

18. **花中的同儕**：指花中的福靈。

20. **眼前的視域**：指福靈仰瞻上帝的視域。

21. **光輝**：指上帝的炯光。

卻沒有因此而受到遮掩：天使全身透明，因此不妨礙視線。參看 *Convivio*, III, VII, 5。

26 **古往今來的人群**：指《舊約》和《新約》裏的福靈。

27. **同一目標**：指上帝。

28. **三位一體的大光**：原文爲"trina luce"，指三位凝於一體（「光」）之中。

30. **請看……湨洞**：參看波伊提烏(Boethius)的《論哲學的慰藉》(*De consolatione philosophiae*, I, C. V : "O iam miseras respice terras...Homines quatimur fortunae salo."（「啊，請看下界的痛苦……人類在遭命運之海顛簸。」）

31. **赫麗凱和愛子運行處**：指大熊星座和小熊星座運行處。**赫麗凱**：Ἑλίκη (Helice)，希臘神話中的仙女，曾撫養宙斯。

宙斯的父親克洛諾斯(Κρόνος, Cronus ,Cronos, Kronos)要懲罰她時，宙斯把她化為大熊星座。有的版本認為赫麗凱即卡麗絲酡(Καλλιστώ, Callisto)。參看《煉獄篇》第二十五章第一三零—三二行的註釋。**愛子**：指阿卡斯(Ἀρκάς, Arcas)，阿卡狄亞王，為宙斯和赫麗凱所生。後來被宙斯化為小熊星座，位於大熊星座之後。

32. **該地區**：大熊星座和小熊星座位於北方的天空。「該地區」指北方地區。

33. **拉特蘭**：羅馬的宮殿，原屬羅馬皇帝，後來歸教皇所有。參看《地獄篇》第二十七章第八十六行註。

34. **凡間的一切**：指凡間的一切建築物。

38-39. **由翡冷翠……人群裏**：但丁在這裏以天堂和翡冷翠對比，間接抨擊該城邪惡墮落。「健康／正直的人群」一語，暗示翡冷翠人不正直。

42. **甘心於無聞**：指但丁甘心不聽任何聲音。

59-60. **一位／長者**：指貝爾納（明谷的），Bernard de Clairvaux（一零九零——一一五三），一譯「伯爾納多」（意大利語譯音）。生於法國第戎(Dijon)附近的鄉村楓丹(Fontaines)，出身貴族家庭，曾在巴黎求學。一一一三年加入本篤會的西多(Cîteaux)會，一一一五年創立明谷隱修院。一一三零年，支持教皇英諾森二世擊敗對手。一一四零年參與桑城(Sen)會議，在譴責阿伯拉爾(Abelard)的行動中至為賣力。鼓吹第二次十字軍東征，組建聖殿騎士團，致力隱修院改革。思想有神秘主義傾向；主張默想祈禱，藉此與上帝契合。在 *Epistole*, XIII, 80 裏，但丁曾提到他的著作。貝爾納對建立瑪利亞的崇奉貢獻極大，有「聖母的掌上明珠」、「聖母娘娘的愛徒」

之稱。但丁在《天堂篇》讓貝爾納帶引他直趨上帝，主要因爲貝爾納善於瞻想祈禱，而且爲聖母所寵。有關其生平，參看 Sapegno, *Paradiso*, 397; Singleton, *Paradiso 2*, 525; Toynbee, 93-94；《基督教詞典》頁六六。但丁在天堂之旅中，到了最後一程需要貝爾納引導，說明貝爾納的力量高於貝緹麗彩，就像貝緹麗彩高於維吉爾一樣。

60. **衣著⋯⋯相若**：這位長者（貝爾納）與其他福靈一樣，也穿白衣。參看《天堂篇》第三十章第一二九行：「都是衣雪的福靈」。

65. **渴思**：指但丁最終的渴思，即渴思的極致：直接仰瞻上帝的聖光。

69. **她身懷⋯⋯列坐**：指貝緹麗彩坐在該圈，是因爲她的懿德與該圈的地位相配。

74. **行雷的最高處**：指大氣層的最高處。大氣現象（包括行雷）都在該處發生。此語極言但丁和貝緹麗彩相距之遙。

79-81. **娘娘啊，我的希望因你而豐隆⋯⋯地獄中**：但丁的希望，藉貝緹麗彩之助而實現。當日，貝緹麗彩爲了拯救但丁，曾親臨地獄，求維吉爾助但丁脫險，並率領他走上地獄和煉獄之旅。有關貝緹麗彩進地獄的描寫，參看《地獄篇》第二章五二——一一八行。Singleton (*Paradiso 2*, 520)指出：旅人但丁，一直以意大利文的敬稱"voi"對貝緹彩麗說話，在這裏改用親切的"tu"（原文"soffristi"的省略主詞）。

85. **是你**：意大利語用動詞時，主詞通常可省。在原文("Tu m'hai di servo tratto a libertate / per tutte quelle vie, per tutt'i modi / che di ciò fare avei la potestate.")，但丁用了主詞 "Tu"（「你」），以強調語氣，因此譯文也保留主詞，設法把強

調語氣譯出。**從奴役向自由提升**：指貝緹麗彩助但丁擺脫罪
惡。參看阿奎那 *Summa theologica*, II, II, q. CLXXXIII, 4：
"quia homo secundum naturalem rationem ad iustitiam
inclinatur, peccatum autem est contra naturalem rationem,
consequens est quod libertas a peccato sit vera libertas…et
similiter vera servitus est servitus peccati." （「因爲按照與生
俱來的理性，人愛好正義；罪惡呢，則違背這稟賦。因此，
脫離罪惡的自由才是眞正的自由；同理，受罪惡奴役是眞正
的奴役。」）

88-90. **把你的洪恩……取悅於你**：但丁請貝緹麗彩讓這種眞正的自
由（「洪恩」）留在他體内。這樣，他離開凡塵時，自由的
靈魂（不受罪惡奴役的靈魂）就仍能取悅於貝緹麗彩。

93. **永恆的源泉**：指造物主上帝。

94. **祈告和聖慈**：指貝緹麗彩對貝爾納的祈遣（「祈告」）和貝
緹麗彩的慈愛（「聖慈」）。參看本章六五—六六行。**年長
的聖者**：指貝爾納。

97. **讓雙眸在這座花園裏飛舞**：意爲：讓眼睛掃視整朵玫瑰（「這
座花園」）。

100. **天堂之后**：原文"regina del cielo"，與拉丁文"Regina coeli"
呼應，指聖母瑪利亞。參看一一六行的「天后」。

102. **我是貝爾納**：在第六十行，但丁以「長者」稱呼貝爾納；到
這裏才交代「長者」的名字，增加了作品的懸宕。

104. **韋羅尼卡的汗巾**：印有耶穌像的汗巾。據說耶穌往骷髏地途
中，一個女子（有的版本說這個女子叫「韋羅尼卡」）把一
條汗巾遞給他揩汗。耶穌揩汗後，樣貌留在汗巾上，成爲「布
上聖容」（見王毓華編著，《基督教詞語英漢漢英對照手册》，

頁一二二）。這條汗巾，目前留在羅馬聖彼得大教堂內，每年某些日子供各地信徒仰瞻。

110-11. **這位聖者呀……福分**：據說貝爾納曾藉默想（「冥思」）領略（「親嚐」）過天堂經驗（「永寧的福分」）。

112. **一直緊盯／腳下**：這句話是比喻，指但丁只顧望著貝爾納（「緊盯／腳下」），不仰瞻更高的聖境。

114. **歡欣之境**：指天堂福靈所處的至福之境。

116. **天后**：原文"regina"，指聖母瑪利亞。參看本章一零零行。

119. **地平的光輝**：指日出的光輝。

124. **法厄同**：阿波羅之子，因擅自駕駛日車而闖禍，結果遭宙斯殛斃。有關法厄同的典故，參看《地獄篇》第十七章第一零六行註。**控轅失誤**：指法厄同駕駛日車而失誤闖禍。

124-25. **我們／待轅的地方**：指日出的地方。

127. **和平的金火旗**：意文"pacifica oriafiamma"，指天堂玫瑰最亮的部分。「金火旗」，法文 oriflamme，源出拉丁文 aurea（金）+ flamma（火），是法王的軍旗。這軍旗紅旗金桿，據說是天使加百列所賜。「和平」在這裏有兩重意義：既指充滿天堂的和平寧謐；也指瑪利亞爲人類帶來永寧。

128. **中間的光芒**：指瑪利亞所發的紅光最盛大。在這裏，但丁以東方上升的太陽比喻瑪利亞，強調其光華赫戲。

131. **展翅**：展翅是天使致敬的姿勢。在這裏，眾天使向瑪利亞致敬。

132. **職能互殊**：參看《天堂篇》第二十九章第五十三行。

133. **一位聖美**：指聖母瑪利亞。

140. **暄然使他暖和的焰光**：指聖母瑪利亞。瑪利亞有如「焰光」，能「暄然使」貝爾納（「他」）「暖和」。

第三十二章

貝爾納爲但丁描述玫瑰：中間自上而下的一行福靈是界線。界線的一半以聖母瑪利亞爲首，其下是夏娃、拉結等希伯來婦女；另一半以施洗約翰爲首，其下是方濟、本篤等男性聖徒。界線這邊的福靈，施信於基督降生前，下層是未曾領洗的小孩；界線另一邊的福靈，施信於基督降生後，下層是已經領洗的小孩。之後，貝爾納叫但丁凝望聖母瑪利亞。但丁按吩咐上瞻，看到了最肖上帝的面貌；看見天使加百列唱著"Ave Maria, gratia plena"的讚歌向聖母致敬；聽到回答讚歌的頌唱從四邊響起。然後，貝爾納向但丁介紹兩邊的福靈；並叫但丁以敬愛緊隨他的禱告向聖母祈恩，以便望入上帝的大光耿耿。

那位瞻想者怡然自得，沉醉間
　　欣然負起了老師訓誨的職守，
　　對我說出下列的一番聖言： 　　　　3
「由瑪利亞縫合敷療的傷口
　　被另一人撕刺。那個人美麗
　　非常，此刻坐在瑪利亞下頭。　　　6
再向下，第三行的座位井然圍集。
　　就在該行座位裏，你可以目睹
　　拉結和貝緹麗彩坐在一起。　　　　9
撒拉和利百加，猶滴和另一賢婦，

你也全部看得到。最後一位，

　　悔罪時喊'Miserere mei'的歌者叫曾祖母。　12

這些先人，一個接一個相隨。

　　我循一瓣瓣的玫瑰向下點名，

　　你就可以一層接一層的類推。　　　　　15

由第七行繼續向下，情形

　　和一至七行相同：都是希伯來

　　婦女，一個接一個把瓣界分清；　　　18

因為，這些人都按照他們看待

　　基督的觀點而成為一堵牆壁，

　　把神聖的梯階在中間分開。　　　　　21

牆壁的一邊，花朵在盛放，開啓

　　所有的麗瓣；裏面所坐的人，

　　都相信有一位基督會帶來福禧。　　　24

牆壁的另一邊，空置的座位列陳，

　　把一個個半圓切斷。該邊

　　所坐，都仰瞻基督來後的洪恩。　　　27

在此方，天堂娘娘的座位赫顯

　　榮耀。該座位和其下的座位組成

　　鴻界，把眾瓣分為左右兩面。　　　　30

在彼方，界線也如此：首先是畢生

　　聖潔的約翰。這大賢捱過荒野，

　　殉過教，然後有兩年在地獄久等。　　33

其下，則輪到別的人物去分界：

　　方濟、本篤、奧古斯丁以及其他

　　聖者，一圈圈的從上方向這裏排列。　36

你看，聖慮是何等深遠宏大！

　　因爲呀，信仰的兩種形態，會莘莘

　　坐滿這花園，數目没有等差。　　　　39

兩條界線，由一行座位中分。

　　請注意，該行之下的福靈，非因

　　本身的功德而列坐，而因他人　　　　42

施功，在特殊的情況下到臨。

　　因爲，他們還未能眞正按心性

　　選擇，就已脱離軀體的拘禁。　　　　45

你如果留神凝視，並且傾聽，

　　就可以憑他們的臉顏以及

　　稚嫩的聲音把他們的身分辨清。　　　48

你默不做聲，卻感到困惑不已——

　　是巧思以頑結捆住了你。不過，

　　我會爲你把這個頑結開啓。　　　　　51

這個天國，雖然十分廣闊，

　　在裏面，偶然卻完全和饑渴、憂愁

　　一般，絕對不會有立足的處所。　　　54

因爲，你所見到的一切，都由

　　永恆的天律訂立，結果手指

　　能精確地穿進戒指裏頭。　　　　　　57

因此，這群福靈，提前從人世

　　進入眞生；在這裏有高下之分，

　　非 sine causa，而是在依循天敕。　　60

這個天國，憑藉其君王的洪恩，

　　在大愛和至樂中安享永寧，

結果願望再不敢向外延伸。　　　　　63

欣然眷注間，君王創造了眾靈，

　　並且按自己的心意把恩典

　　佈施。這一點，已經有事實證明。　66

這一點，《聖經》也說得清晰昭顯。

　　在《聖經》裏，孿生兄弟在母腹

　　動怒，就證明了這一觀念。　　　69

由於這原因，至高的光華展舒，

　　為福靈加冕時，就得恰如其分，

　　按恩典所賜的髮色把天福施佈。　72

因此，這些人不靠德行蒙恩

　　就各居其位；彼此間唯一的分別，

　　是他們先天的目力有淺有深。　　75

在上古之世，嬰兒只要純潔

　　無邪，而父母又對基督存信，

　　就可加入獲上帝拯救的行列。　　78

上古期結束，新的時代來臨，

　　男孩就得行割禮，純潔的翅膀

　　才能獲得力量向高天奮進。　　　81

不過，到恩典時代降臨了下方，

　　這樣的純潔如果不受基督

　　完美的洗禮，就只會在下面拖宕。　84

現在，請你凝望那張跟基督

　　最相像的容顏。該容顏的光明，

　　才能使你有目力看到基督。」　　87

我舉目凝望，只見神聖的光靈

在上面傾注歡欣，過去的一切
　　都不像我此刻所見：叫我息屏　　　　90
神凝、充滿驚詫間為我展揭
　　最肖上帝的面貌。這高天所在，
　　神聖的光靈生來就能夠飛躍。　　　　93
那最先下降的光靈充滿敬愛，
　　唱著"Ave Maria, gratia plena"，
　　在聖顏面前把翅膀展開。　　　　　　96
剎那間，在至福的天庭裏，回答
　　那神聖讚歌的頌唱從四邊響起，
　　每張面龐都更加容光煥發。　　　　　99
「聖潔的長者呀，您按永恆的天意
　　列席福境；可是此刻，為了我，
　　卻甘願離開原位，下降到這裏。　　　102
那位天使是誰呀？他雙眸灼爍，
　　正充滿喜悅地望著天后的眼睛；
　　敬慕之情，使他熾烈如火。」　　　　105
我再度求聖者為我講解說明。
　　這時候，他因瑪利亞而變得更璀璨，
　　一如晨星因太陽而變得更晶瑩。　　　108
聖者答道：「一切自信、風範，
　　不管是天使或生靈所有，都叫他
　　兼備了──這一安排至為完善。　　　111
因為，神子要忍辱負重，設法
　　披上肉體時，就是他降落凡塵，
　　把棕櫚葉子親自獻給瑪利亞。　　　　114

我的話，此刻請你以視線緊跟。

　　請注意顯赫的貴族。他們的帝國

　　極度公正，而且充滿了慈恩。　　　　　117

列席上方的兩位，由於寶座

　　最接近天后，所以最是幸福。

　　他們簡直是玫瑰的兩條根絡。　　　　　120

坐在天后左邊的，是人類的始祖。

　　由於這位始祖魯莽，依從

　　口腹之慾，人類嚐盡了痛苦。　　　　　123

在右邊，你可以看見聖教的老祖宗——

　　這朵美麗的鮮花有多條鑰匙。

　　這些鑰匙，由基督向他傳送。　　　　　126

坐在他旁邊的，卒前就預知，

　　漂亮的新娘會歷盡慘痛的處境。

　　這新娘，要藉矛釘所加的羞恥　　　　　129

來迎娶。另一人的旁邊，是那位首領。

　　在他的引導下，那些忘恩、善變

　　而又倔強的族人靠嗎哪活命。　　　　　132

你看，安娜就坐在彼得對面。

　　她望著女兒，就已經十分知足；

　　唱著和散那，也不轉動雙眼。　　　　　135

面對人類全族的元始親父，

　　坐著露娃。當日，你睫向滅亡時，

　　她曾遣你的娘娘救你於末路。　　　　　138

不過你神遊靈境的時間在飛馳；

　　我們就談到這裏——出色的裁縫

總按布料的多少把裙子裁製。　　　　141

下一刻，就該向太始的大愛眄衡，

　以便你望向他的時候，能就

　本身的力量望入大光耿耿。　　　　144

爲了不讓你鼓翼時徒勞不休，

　不讓你一心前飛間向後面倒退，

　就必須祈恩；祈恩的途徑是禱求。　　147

這大恩，由能夠助你的天后施惠。

　請你跟隨我，在後面以敬愛緊靠，

　不讓你的心和我的話相違。」　　　　150

接著，貝爾納開始了下面的聖禱：

註　釋：

1.　　**那位瞻想者**：指貝爾納。**沉醉**：沉醉於聖母瑪利亞的聖美。

4-6.　　**「由瑪利亞……下頭」**：意爲：瑪利亞妊娠，誕下救世主基督，縫合、敷療原罪所造成的傷口。該傷口由夏娃（「另一人」）造成（「撕刺」）。夏娃美麗非常，此刻坐在瑪利亞之下。

9.　　**拉結**：亦譯「辣黑耳」，《聖經》人物。拉班的次女，雅各的妻子。起先無子。向耶和華祈求而生約瑟。其後，生便雅憫時死於難產。在《聖經》中，拉結象徵性格中沉靜的一面，適宜瞻想。參看《煉獄篇》第二十七章一零四——一零五行和《地獄篇》第二章一零二行註。

10.　　**撒拉**：《聖經》人物，亞伯拉罕之妻。見《創世記》第十七

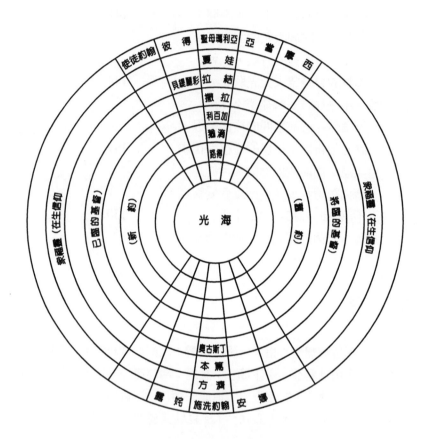

天堂玫瑰示意圖

章第十五節。**利百加**：以撒之妻。見《創世記》第二十四章第六十七節。**猶滴**：以色列寡婦，殺死何樂弗尼，拯救了以色列人。事跡見《聖經次經・猶滴傳》。參看《煉獄篇》第十二章五八—六零行。

另一賢婦：指第十一行的「最後一位」，即第十二行（「悔

罪時……曾祖母」）所指，也就是路得。參看第十二行註。

12. **悔罪時……曾祖母**：指路得。路得爲波阿斯之妻。生俄備得，俄備德生耶西，耶西生大衛。大衛是《詩篇》的作者，與拔示巴交歡，使她懷孕，然後殺害其夫赫人烏利亞。上帝因此而震怒，大衛就在《詩篇》第五十一章（《拉丁通行本聖經》第五十章）求情。其中一句是"Miserere mei"（拉丁文「求你憐恤我」的意思）。大衛誘姦拔示巴，然後殺害其夫的事，見《撒母耳記下》第十一——十二章。Singleton (*Paradiso 2*, 535)指出，但丁不說「路得」，而說「悔罪時……曾祖母」，是用了「迂迴修辭法」("circumlocution")。

14. **我循……點名**：貝爾納由本章第一一八行開始點名。

16-21. **由第七行……中間分開**：與瑪利亞同列，直接坐在瑪利亞之下的（直到第七行），是希伯來婦女。這一列婦女，和對面一列（即玫瑰的另一邊，即三一——三六行所寫的）福靈（也是由上而下），組成兩條分界線，把整朵玫瑰的福靈分成兩半：一半在基督降臨前相信基督會降臨；另一半在基督降臨後相信基督。也就是說，在希伯來婦女的左邊，施洗約翰（又譯「洗者約翰」或「若翰・保弟斯大」）、方濟、本篤、奧古斯丁的右邊，是《舊約》人物；在希伯來婦女的右邊，施洗約翰、方濟、本篤、奧古斯丁的左邊，是《新約》人物。

18. **瓣界**：指一行行座位的界線，也就是第二十一行的「神聖的梯階」。

19-20. **按照他們看待／基督的觀點**：看他們相信未降臨的基督還是相信已降臨的基督。

22. **牆壁的一邊**：即瑪利亞、夏娃、拉結……等人（「牆壁」）的左邊，施洗約翰、方濟、本篤……等人（也是「牆壁」）

的右邊。

23. **麗瓣**：指天堂玫瑰裏的座位。

23-24. **裏面所坐的人，／……帶來福禧**：這些人都是《舊約》人物，相信基督會降臨。這些人物所處的一邊，福靈已滿，再無空置的座位。

25. **牆壁的另一邊**：指瑪利亞、夏娃、拉結……等人（「牆壁」）的右邊，施洗約翰、方濟、本篤……等人（也是「牆壁」）的左邊。這邊尚有空置的座位。

28. **在此方**：在聖母瑪利亞的一邊。**天堂娘娘**：指瑪利亞。

29. **該座位和其下的座位**：指瑪利亞的座位及同一列中向下的座位。

31. **彼方**：玫瑰中與瑪利亞相對的一邊。

32. **聖潔的約翰**：約翰的父親爲祭司撒迦利亞，母爲以利沙伯。撒迦利亞夫妻年老無子。其後，天使向撒迦利亞預告，說以利沙伯會生下一個兒子，成爲彌賽亞的先驅；並吩咐撒迦利亞夫妻給兒子取名約翰。約翰爲人聖潔，幼年即隱居曠野，以蝗蟲、野蜜充饑。長大後，在約旦河畔講道，並爲人施洗，宣揚「天國近了，你們應當悔改」的信息。一見耶穌，即視爲彌賽亞。後來因抨擊猶太君王希律・安提帕娶弟媳希羅底而遭殺害。參看 Bosco e Reggio, *Paradiso*, 527; Mattalia, *Paradiso*, 608; Toynbee, 321-22 "Giovanni[1]"條；《基督教詞典》四五八頁。在《馬太福音》第十一章第十一節裏，耶穌這樣提到約翰："Non surrexit inter natos mulierum maior Ioanne Baptista."（「凡婦人所生的，沒有一個興起來大過施洗約翰的……」）此外，參看《路加福音》第七章第二十八節。但丁的《神曲》處處都是結構的對稱。天堂玫瑰以瑪利

亞和約翰爲首，中分《舊約》和《新約》人物，也是但丁匠
心的安排：兩者的一生，都橫跨基督降生前和降生後的時
間。有關約翰如何聖潔，參看《路加福音》第七章第二十八
節："Spiritu Sancto replebitur adhuc ex utero matris suae."（「從
母腹裏就被聖靈充滿了。」）**這大賢捱過荒野**：指約翰曾隱
居曠野。

33.　　**殉過教**：指約翰因抨擊猶太統治者希律・安提帕而遭殺害。
然後……久等：基督受難後，即往地獄拯救亡魂。施洗約翰
卒於基督受難前兩年，也就是說，要在地獄邊境（即幽域）
等待兩年，才獲基督拯救。

35.　　**方濟**：參看《天堂篇》第十一章五八—六三行註。**本篤**：參
看《天堂篇》第二十二章二八—二九行註。**奧古斯丁**：《天
堂篇》第十章第一二零行曾提到奧古斯丁。參看《天堂篇》
第十章一一八—二零行註。

36.　　**向這裏**：指從上而下，向貝爾納說話的地方（玫瑰的核心）
排列而來。玫瑰的核心在下方。

37.　　**聖慮**：指上帝的思慮。

38.　　**信仰的兩種形態**：兩種形態，一種是相信基督將臨，另一種
是相信基督已臨。

40.　　**兩條界線……中分**：在圓形玫瑰的橫向中線，有一行座位把
福靈中分。其下的福靈非因本身的信仰而獲福，因爲他們在
心智成長前已離開凡塵。他們獲福，是因爲他們的父母信仰
基督。換言之，這些福靈都是清白無罪的小孩。

44-45.　**按心性／選擇**：按自由意志選擇。

45.　　**脫離軀體的拘禁**：指夭逝。

49-51.　**你默不做聲……開啓**：貝爾納看出了但丁心中的困惑：這些

孩子，既然不因自己的事功而在玫瑰中列坐，地位何以有差等？

53. **偶然**：指偶然性或偶然事件。

54. **絕對……處所**：天國沒有偶然，猶天國沒有饑渴和憂愁一樣。換言之，天國的一切早由上帝的天律訂立。

56-57. **結果手指／……戒指裏頭**：指一切都恰如其分，毫釐不爽，與手指戴上大小合度的戒指無異。

58-59. **提前從人世／進入眞生**：指小孩夭逝，提前離開人間，來到天堂（「眞生」）。天堂的永生才是眞正的生命，所以稱「眞生」。**眞生**：原文爲"vera vita"。

60. **非 sine causa**："sine causa"，拉丁文，直譯是「沒有」("sine")「理由」("causa")。「非 sine causa」，「不是沒有理由」的意思。

62. **至樂**：福靈到達天堂前，最大的願望是得瞻上帝的聖顏。現在宏願得償，是到了「至樂」之境。**永寧**：到了「至樂」之境，再無他求，乃得享「永寧」。

63. **願望……延伸**：福靈的最終願望已經達到，再不會有其他願望。

65-66. **並且……佈施**：參看彼得・郎巴德(Petrus Lombardus)《教父名言錄》(*Sententiarum libri quatuor*) III, xxxii, 2："Electorum ergo alios magis, alios minus dilexit ab aeterno."（「因此，遠自亙古，獲選的福靈當中，有的獲他的愛寵多些；有的獲他的愛寵少些。」）轉引自 Vandelli, 1029。

67-69. **這一點……這一觀念**：意爲：以撒的孿生兒子以掃和雅各，在母親利百加之腹已經彼此相爭；一個討神厭，一個獲神寵。原因何在，非凡智所能解釋。參看《創世記》第二十五

章第二十二—二十六節；《瑪拉基書》第一章第二—三節：
"Dilexi vos, dicit Dominus, et dixistis：In quo dilexisti nos？
Nonne frater erat Esau Iacob？dicit Dominus; et dilexi Iacob,
Esau autem odio habui."（「耶和華說：『我曾愛你們。』你
們卻說：『你在何事上愛我們呢？』耶和華說：『以掃不是
雅各的哥哥嗎？我卻愛雅各，惡以掃……』」）對於這點，
保羅有所闡發。參看《羅馬人書》第九章第十一—十六節。

70.　　**至高的光華**：指上帝的聖光。

72.　　**按恩典所賜的髮色**：按上帝所賜的恩典。

75.　　**先天的目力**：指與生俱來、能瞻視上帝的目力。

76.　　**在上古之世**：原文"ne' secoli recenti"，指亞當到亞伯拉罕時
　　　　期。根據各論者的詮釋，自上帝創世之後，上古有兩個時期：
　　　　第一時期始於亞當，終於挪亞；第二時期始於挪亞，終於亞
　　　　伯拉罕。原文的"recenti"是「最近」、「新近」的意思，相
　　　　對於上帝創世的時間而言。參看 Bosco e Reggio, *Paradiso*,
　　　　530; Sapegno, *Paradiso*, 409; Pasquini e Quaglio, *Paradiso*,
　　　　560; Singleton, *Paradiso 2*, 545。

79-81.　**新的時代……向高天奮進**：大約到了亞伯拉罕時期，由於信
　　　　仰漸弱，人類受肉慾引誘，嬰孩出生就要行割禮，表示信仰
　　　　上帝。參看阿奎那的 *Summa theologica*, III, q. LXX, a. 2。

82.　　**到恩典時代降臨了下方**：指基督降臨後。

84.　　**完美的洗禮**：割禮是不完美的洗禮；真正的洗禮才算完美。
　　　　下面：指幽域，即地獄邊境。

85-86.　**那張跟基督／最相像的容顏**：指瑪利亞的容顏。

88.　　**神聖的光靈**：指天使。

89.　　**上面**：指瑪利亞的容顏。

92. **最肖上帝的面貌**：指瑪利亞的面貌。基督是三位一體中的第二位；瑪利亞的面貌最肖兒子（基督）的面貌，等於最肖上帝的面貌。

93. **神聖的光靈……飛躍**：天使生來就能在高天飛翔（「飛躍」）。

94. **那最先下降的光靈**：指天使長加百列。參看《天堂篇》第二十三章九三——一一一行。

95. **"Ave Maria, gratia plena"**：拉丁文。直譯是：「萬福瑪利亞，充滿恩典。」這是聖母領報時，天使加百列所說的話。見《路加福音》第一章第二十八節："Et ingressus angelus ad eam dixit：Haue gratia plena, Dominus tecum：benedicta tu in mulieribus."（「天使進去，對她說：『蒙大恩的女子，我問你安，主和你同在了！』」）

96. **在聖顏面前把翅膀展開**：指天使向瑪利亞（「聖顏」）致敬。「把翅膀展開」是天使致敬的姿勢，可以在基督教的圖畫中看到。參看《煉獄篇》第十章第四十行。在這裏，聖母領報的情景再度展現。

102. **這裏**：指玫瑰的蕊心，也就是玫瑰的底部。

105. **「使他熾烈如火」**：在《天堂篇》第二十三章第九十四行，但丁曾把加百列比作「火炬」。

108. **晨星**：即金星。

112. **神子要忍辱負重**：意為：基督要披上血肉之軀的重量。

113. **他**：指加百列。

114. **棕櫚葉子**：棕櫚葉子象徵勝利。

115. **我的話……緊跟**：意為：請你以視線跟著我的指示移動。

116. **顯赫的貴族**：指坐在玫瑰裏的福靈。**帝國**：指上帝的天國。

119. **天后**：指聖母瑪利亞。

121.　　**人類的始祖**：指亞當。

122-23.　**由於……痛苦**：由於亞當魯莽，吃了禁果，犯了原罪，所有子孫都要受苦（「嚐盡了痛苦」）。

124.　　**聖教的老祖宗**：指天主教的第一位教皇彼得。

126.　　**這些鑰匙……向他傳送**：參看《馬太福音》第十六章第十九節；《地獄篇》第十九章九一——九二行；第二十七章一零三——一零五行；《煉獄篇》第九章一一七——二零行。

127-30.　**坐在他旁邊的……來迎娶**：指福音書作者約翰坐在彼得旁邊。在《啓示錄》裏，約翰預言教會將遭受種種苦難。**漂亮的新娘**：指教會。基督教傳統常把教會比作基督的新娘。**矛釘**：基督要在十字架上被釘，並且遭利矛捅刺。參看《約翰福音》第十九章第三十四節："Sed unus militum lancea latus eius aperuit."（「惟有一個兵拿槍扎他的肋旁……」）

130.　　**另一人**：指亞當。**那位首領**：指摩西。

131-32.　**在他的引導下……活命**：摩西帶領以色列人離開埃及，途中以嗎哪為糧，才能活命。據《聖經・出埃及記》第十六章第十三——三十五節所載，以色列人獲摩西帶領，離開埃及往迦南地時，在曠野絕糧，幸好天降白霜似的食物（即「嗎哪」）給他們充飢，達四十年之久。**嗎哪**：一譯「瑪納」；英語 *manna*，拉丁語 *manna*，希臘語 μάννα，希伯來語 *mān*，阿拉伯語 *mann*；源出阿拉米語(Aramaic)疑問句 *man hū*？（「這是甚麼」的意思）。參看《基督教詞典》頁三三七；《出埃及記》第十六章第十三——三十五節；*The Shorter Oxford English Dictionary on Historical Principles*, "Manna"條。

133.　　**安娜**：瑪利亞的母親。

136.　　**人類全族的元始親父**：指亞當。

137. **露婭**：參看《地獄篇》第二章九七—九八行註。

137-38. **當日……末路**：指但丁被母狼逼得無路可逃（見《地獄篇》第一章五二—六零行）；露婭敦促貝緹麗彩營救但丁（見《地獄篇》第二章一零三——一零八行）。

139. **神遊靈境**：原文"t'assonna"，不定式 assonnare, "provocare sonno, far addormentare"（「引起睡意，使入睡」）的意思，見 *Dizionario Garzanti della lingua italiana*, 153。但不是一般所謂的入睡，而是指但丁此刻脫離了凡軀束縛，神遊竅外，飛升天宇。不過這珍貴的經驗快要結束；不久，但丁就要重返塵世，再受肉體的羈絆。參看《天堂篇》第二十七章六四—六五行：「孩子呀，你負著凡俗之體，仍須／向下界回歸。」("E tu, figliuol, che per lo mortal pondo / ancor giù tornerai…")；參看《天堂篇》第三十三章三一——三二行：「足以求你用禱告給他幫忙，／把眾霾驅離其肉體」("perché tu ogni nube li disleghi / di sua mortalità co' prieghi tuoi")。

140-41. **出色的裁縫／……裁製**：意爲：善於分配時間的人，就像出色的裁縫分配布料一樣。

142. **太始的大愛**：原文"primo amore"，直譯是「最初（或最早）的愛」，也就是上帝。參看《地獄篇》第三章第六行的「衆愛所自出」("'l primo amore")；《天堂篇》第六章第十一行的「大愛」("primo amor")；《天堂篇》第二十六章第三十八行的「太初之愛」("primo amore")。Sapegno (*Paradiso*, 413) 指出，《地獄篇》第三章第六行的「衆愛所自出」和《天堂篇》第六章第十一行的「大愛」，僅指「三位一體的第三位」("la terza persona della Trinità")。

143-44. **能就／本身的力量……耿耿**：能按照本身的能力、本身的福

分望入聖光：能力和福分大的，望得深些；能力和福分小的，望得淺些。

146. **不讓你⋯⋯倒退**：參看《煉獄篇》第十一章十四—十五行：「沒有甘露，人類在這個荒漠裏／越是用力向前，就越會後折。」（"sanza la qual per questo aspro deserto / a retro va chi più di gir s'affanna."）。

148. **天后**：指聖母瑪利亞。

149. **請你跟隨我，在後面以敬愛緊靠**：意為：以心（不是以口）在後面跟隨我。

第三十三章

貝爾納向聖母瑪利亞禱告，求她給但丁幫忙，讓但丁目睹至高的欣悅。聖母聽了貝爾納的禱告後，雙眸向永光上馳，爲但丁祈求最高的恩典。接著，貝爾納叫但丁舉目上瞻。但丁不等貝爾納指示，已經抬頭仰眺。因爲這時候，他的視力已趨澄明，射入了崇高而自眞的眞光裏，向著更深更高處騫舉，最後看到了無窮的至善；看見光芒深處，宇宙萬物合成三巨冊，用愛來訂裝。凝望間，但丁的目力增強，見高光深邃無邊的皦皦本體，出現三個光環；三環華彩各異，卻同一大小；第二環映自第一環，第三環如一二環渾然相呼的火焰在流轉。但丁向著第二環諦視有頃，在光環本身的華彩上，看到了人類的容顏。但丁苦苦揣摩，仍無法明白，人類的容顏怎能與光環相配而又安於其所。幸虧他的心神被靈光燿然一擊，願望乃垂手而得。至此，但丁的神思再無力上攀；其願、其志，已見旋於大愛。那大愛，迴太陽而動群星。

「童貞之母哇，你兒子也是你父親；
　　你比眾生卑微，比眾生高貴；
　　永恆的意旨以你爲恆定的中心。　　　　　3
是你，使人性變得崇高巍巋，
　　使人類的創造者欣然願意
　　受人類創造而不覺得卑微。　　　　　6
在你的體內，大愛再度燃起；

藉著大愛在永寧中的溫煦，
　　這朵花得以萌發這樣的生機。　　　　　9
在這裏，你是我們仁愛的火炬，
　　燃燒於正午；而在下面的凡間，
　　你是希望的源泉，永遠豐裕。　　　　12
聖母哇，你這麼偉大，力量赫顯，
　　誰想獲得神恩而不向你祈求，
　　渴望就不會有翅膀去高騫。　　　　　15
不但祈求的人能獲你援救，
　　常常，世人的祈求仍蘊藏於心，
　　你的仁愛已經沛然奔流。　　　　　　18
你一身蘊含寬恕，蘊含悲憫，
　　蘊含蕩蕩洪恩；眾生諸善，
　　都在你一人之身發揮淨盡。　　　　　21
這個人，從宇宙最深的坑坎
　　來到這裏，眾魂一生的歷程，
　　他已經一個接一個的細覽。　　　　　24
現在，他求你惠然賜他大能，
　　使他的雙眸憑藉你的恩典
　　朝著至福繼續向高處上升。　　　　　27
而我，要親身目睹至福的欲念
　　也從未如此強烈。現在謹奉上
　　所有的禱告，盼禱告的誠虔　　　　　30
足以求你用禱告給他幫忙，
　　把眾霾驅離其肉體，讓他可以
　　目睹至高的欣悅在眼前顯彰。　　　　33

心想事成的天后哇，我還求你，
　　在他見過這麼奇偉的景象後，
　　使他的心靈能康強如昔。　　　　　　36
庇蔭他，以免他受到俗念引誘。
　　看哪，貝緹麗彩跟芸芸福靈
　　正為我的禱告向你合手！」　　　　　39
為神所喜、為神所敬的眼睛
　　望著禱告者——目睹這神態，可知
　　虔誠的禱告使聖母何等高興。　　　　42
之後，聖母的雙眸向永光上馳；
　　在所有生靈之中，再沒有誰
　　能這樣深入，並瞭然向永光諦視。　　45
而這時候，我離欲望之最
　　已經越來越近，必須把內燎
　　心中的渴思推向至高的炯輝。　　　　48
貝爾納藹然向我示意微笑，
　　示意我舉目上瞻；不過我無須
　　等他指示，已經抬頭仰眺。　　　　　51
因為這時候，我的視力已趨
　　澄明，射入了崇高而自真的真光，
　　此刻正向著更深更高處騫舉。　　　　54
從那時起，我的視力強旺，
　　所見的偉景，凡語再不能交代；
　　記憶呢，也禁受不住過盛的輝煌。　　57
如睡者在夢中能視，一旦醒來，
　　夢中的深情成為僅有的殘餘，

其他印象，再不能重返腦海，　　　　　　60
　我的夢境，也幾乎完全褪去；
　　不過夢境醞釀的甜蜜，仍然
　　繼續在我的心裏滴注凝聚，　　　　　63
一如雪上的痕跡，因日暖而消殘；
　　又如一張張輕纖的葉子上，
　　西比拉的預言在風中飄散。　　　　　66
至尊之光啊，你如此迥出萬方，
　　塵界無從想像；在我心眼前，
　　請你重展當時的部分炯芒，　　　　　69
並且把力量賜給我的語言，
　　使它能稍微向後世的人
　　轉達你光輝的一點半點；　　　　　　72
因為，稍微向我的記憶回臻，
　　在這些詩句裏稍加傳揚，
　　你的顯赫就更易為人熟諗。　　　　　75
我承受的活光是那麼明亮，
　　當時如果把眼睛移往他處，
　　相信眩惑間我會失去方向。　　　　　78
而我記得，正是為了這緣故，
　　我的勇氣增加，凝注不斂，
　　直到無窮的至善得以目睹。　　　　　81
啊，我藉著沛然流佈的恩典，
　　大著膽諦視那永恆之光，
　　結果凝望全部消耗於炯焰！　　　　　84
在光芒深處，只見宇宙中散往

四方上下而化爲萬物的書頁，

　　合成了三一巨册，用愛來訂裝。　　　　87

各種實體和偶性，以及連接

　　兩者的關係，彷彿熔在一起——

　　我現在描述的，只是大光的一瞥。　　90

我相信，自己已目睹這總體

　　呈現的普遍形式，因爲我複述

　　所見時，心中就更覺欣喜。　　　　　93

事後只一瞬，我彷彿已昏睡不寤，

　　印象比海王二十五個世紀前

　　驚視阿爾戈船倒影的故事還模糊。　　96

就這樣，我全神貫注，兩眼

　　緊緊地凝視著，目不轉睛，

　　越是凝望，心焰就越難收斂。　　　　99

面對這樣的光芒，一個人肯定

　　不會再願意把雙眸移開，

　　讓視線在其他景物上暫停；　　　　　102

因爲善性——願望的目標所在——

　　全部聚在光中；萬物在光中

　　就盡善盡美，不然就殘缺衰敗。　　　105

現在，即使把所餘印象傳誦，

　　我的言辭也短絀無能；舌頭

　　仍在吮乳的嬰兒會比我成功。　　　　108

其所以如此，並非因爲我雙眸

　　凝視的活光不止有一個模樣；

　　因爲呀，活光始終是原有結構；　　　111

不過，凝望時我的目力增強，

　　本身有了變化，同一的外表

　　就在我眼前呈現不同的形象。　　　114

在高光深邃無邊的皦皦

　　本體，出現三個光環；三環

　　華彩各異，卻同一大小。　　　117

第二環映自第一環，燦然

　　如彩虹映自彩虹；第三環則如

　　一二環渾然相呼的火焰在流轉。　　　120

言語呀，是那麼貧乏，不能描述

　　我的情懷！ 我的情懷與所見

　　相比，說「渺小」仍與其小不符。　　　123

永恆之光啊，你自身顯現，

　　寓於自身；你自知而又自明；

　　你自知，自愛，而又粲然自昑！　　　126

那光環，因你而誕生成形，

　　在你體內如反射的光芒；

　　當我的眼睛對著它諦視有頃，　　　129

在光環內，在光環本身的華彩上，

　　彷彿繪著我們人類的面容。

　　為了這緣故，我全神貫注地凝望。　　　132

像個幾何學家把精神盡用，

　　企圖以圓求方，苦苦揣摩

　　其中的規律，最後仍徒勞無功，　　　135

我對著那奇異的景象猜度，

　　一心要明瞭，那樣的顏容怎麼

與光環相配而又安於其所。　　　　　138
可是翅膀卻沒有勝任的勁翮——
　幸虧我的心神獲靈光燦然
　　一擊，願望就這樣垂手而得。　　　141
高翔的神思，至此再無力上攀；
　不過這時候，吾願吾志，已經
　　見旋於大愛，像勻轉之輪一般；　　144
那大愛，迴太陽啊動群星。

註　釋：

1-2.　　**童貞之母哇……高貴**：**童貞之母**：瑪利亞以童貞之身生下基督，成爲母親，所以是「童貞之母」。**你兒子也是你父親**：瑪利亞生基督，是神的母親。基督是神；神創造了瑪利亞，因此又是瑪利亞的父親。Sapegno (*Paradiso*, 416)指出，在基督教的禮拜儀式中，也有類似的說法："genuisti qui te fecit"（「你生下你的創造者」）；"Dei genitrix Virgo"（「神的童貞之母」）。**比眾生卑微，比眾生高貴**：瑪利亞虔誠謙卑，因此比眾生卑微；她是神的母親，因此又比眾生高貴。參看《尊主頌》(Magnificat)，即《路加福音》第一章第四十六——五十五節。在這裏，但丁指出，瑪利亞一人而包含三種對立的特性；三種對立的特性，在一個人當中獲得統一。關於這點，Benvenuto (Tomus Quintus, 507)說："colligit simul tres prerogativas, quibus beata Virgo superexcedit naturam humanam; unde videtur tripliciter implicare contradictionem per viam naturae." (〔瑪利亞〕同時具備三種特性。藉著這三種特性，超越了人性的局限。因此，就自然法則看來，瑪利亞一人而包含三種對立特性。)) 參看 Sapegno, *Paradiso*, 416。本章第一行到三十九行，是貝爾納對聖母瑪利亞的禱告。

3.　　**永恆的意旨……中心**：上帝的聖慮（「永恆的意旨」），決定讓瑪利亞以童貞之身感孕而生基督。結果，瑪利亞以一人之身，因感孕而洗脫了原罪，是原罪的終點；同時也開啓了新紀元，讓人類得救。這樣看來，瑪利亞是上帝聖慮的目標，早在太初，已經由上帝決定，所以說「永恆的意旨以你爲恆定的中心」。這一意念，可與《箴言》第八章第二十二—三十節並觀："Dominus possedit me in initio viarum suarum, antequam quidquam faceret a principio…Ab aeterno ordinata sum." (「在耶和華造化的起頭，／在太初創造萬物之先，就有了我。／……從亙古……／我已被立。」)

5-6.　　**使人類的創造者……不覺卑微**：神是人類的創造者，但基督藉瑪利亞童貞之身降生而成爲人子，成爲血肉之軀，又等於神接受人類創造。參看 *Convivio*, IV, V, 5。《約翰福音》第一章第十四節也說："Verbum caro factum est…." (「道成了肉身……」) 彼得・達米安（Petrus Damianus，一零零七—一零七二）有類似的說法："(Verbum) fit *factor* et *factura*, creans et creatura." (「（道）成爲造物者兼造物；既創造，又受造。」) 參看 Sapegno, *Paradiso*, 417; Mattalia, *Paradiso*, 624; Pasquini e Quaglio, *Paradiso*, 571。

7.　　**在你的體內，大愛再度燃起**：亞當犯了原罪後，上帝對人類的大愛受到損害；到瑪利亞受聖靈感孕，爲救贖人類而生下

基督，這大愛才再度燃起。安布羅斯（Ambrosius，約三三九—三九七）有類似的說法："in Virginis utero…lilii floris gratia germinabat."（「在貞女的子宮裏，百合的恩典萌芽。」）貝爾納也說："Virginis alveus floruit…, inviolata integra et casta Mariae viscera…florem protulerunt."（「貞女的腹內開花；瑪利亞聖潔而完好無玷的子宮萌發了一朵花。」）參看 Sapegno, *Paradiso*, 417。

8. **永寧**：最高天的永恆安寧。

9. **這朵花**：指眾福靈所坐的潔白玫瑰。因為有上帝的「大愛在永寧中的溫煦」（第八行），才有這朵玫瑰萌發，讓眾福靈在裏面永享天福。

11. **燃燒於正午**：像正午的太陽一樣熾盛。

12. **永遠豐裕**：永不枯竭。

14. **誰想……祈求**：要獲神恩，願望必須由瑪利亞轉達。這也是貝爾納學說的中心思想之一："nihil nos Deus habere voluit, quod per Mariae manus non transiret."（「神的意旨是：非經瑪利亞之手，人類就一無所得。」）見 *In vigilia nativitatis*, III, 10（轉引自 Pasquini e Quaglio, *Paradiso*, 572; Sapegno, *Paradiso*, 418）。也就是說，瑪利亞是人神的中介。

17-18. **常常……奔流**：意爲：世人未向你祈求，你已經有所回應，向他們施惠。

22. **這個人**：指但丁。**宇宙最深的坑坎**：指地獄。Anonimo fiorentino (Tomo 3, 609)認爲指「罪惡」，有點牽強。

27. **至福**：原文"l'ultima salute"，指直接仰瞻上帝的福分。參看本章第三十三行的「至高的欣悅」（"'l sommo piacer"）；第四十六行的「欲望之最」（"fine di tutt'i disii"）。尤其是第二十

二章第一二四行：「現在，你已經逼近至福之疆」("Tu se' sì presso a l'ultima salute")。在 *Convivio*(IV, XII, 17)裏，但丁提到"l'ultimo desiderabile"（「最終的欲求」）。參看 *Summa theologica, I, q. XII*, 1, 5：“In Deo…est ultima perfectio rationalis creaturae, quod est ei principium essendi….omne quod elevatur ad aliquid, quod excedit suam naturam, oportet quod disponatur aliqua dispositione, quae sit supra suam naturam…Cum igitur virtus naturalis intellectus creati non sufficiat ad Dei essentiam videndam, oportet quod ex divina gratia superaccrescat ei virtus intelligendi. Et hoc augumentum virtutis intellectivae illuminationem intellectus vocamus.” （「有靈的生物，與神契合才能到達完美的極致；這一境界，是他們生存的首要目標。……凡是超越本身稟賦而飛凌某一境界的，必須獲某一力量向這一境界推動，而該力量必須凌駕其所稟的能力。……由於受造的心智生來沒有足夠的力量瞻視上帝的本體，乃需靠神恩增加本身的理解力。這一理解力的增加，我們稱為心智的感悟。」）由於這緣故，貝爾納乃祈求上帝「賜〔但丁〕大能」（第二十五行）。

28-29. **而我……強烈**：貝爾納本身，也曾充滿瞻視聖顏的渴念（參看《天堂篇》第三十一章一一零——一一行）。不過當日的渴念，比不上此刻強烈，可見他如何關懷但丁。

31. **求你……幫忙**：此行再度強調，要獲聖恩，必須由瑪利亞代為祈求。

32. **眾靈**：指凡俗之軀所造成的種種障礙。

33. **至高的欣悅**：參看《天堂篇》第八章第八十六行：「這欣喜向你展現處，是眾善的始終」（在原詩為第八十七行："là 've

ogni ben si termina e s'inizia")。此外參看《煉獄篇》第三十一章第二十四行。

35-36. **在他見過⋯⋯康強如昔**：使見過上帝（「這麼奇偉的景象」）後的但丁康強依舊，不會重陷凡塵的罪惡。

40. **爲神所喜⋯⋯眼睛**：指瑪利亞的眼睛。

43. **永光**：原文"etterno lume"，指上帝的聖光。

44-45. **在所有生靈之中⋯⋯諦視**：瑪利亞在所有的生靈（包括天使）中，地位最崇高，瞻視聖光時瞻視得最深入。

46. **欲望之最**：指得睹聖光的欲望。參看《煉獄篇》第三十一章二三—二四行：「你曾讓愛意把你向至善引牽。／至善外，再無他物值得你求索。」("che ti menavano ad amar lo bene / di là dal qual non è a che s'aspiri⋯⋯")阿奎那稱這一欲望爲"ultimus finis humanae voluntatis"（「人類願望的最終目標」）；"ultimus finis humanae vitae"（「人類生命的最終目標」）。參看 *Summa theologica*, II, II, q. CXXII, 2; q. CLXXXIV, 1。

48. **推向至高的炯輝**：原文（第四十八行）爲 "finii"。Sapegno (*Paradiso*, 421)指出，在這裏，"finii"不再是「結束」，而是「推向高峰」、「推向極致」的意思。Norton (253)、Sinclair (*Paradiso*, 481)譯爲"ended"，Sayers (*Paradise* 344)譯爲"Quenched", Borchardt (464)譯爲"endigete"，與 Sapegno 的詮釋有別。

53. **崇高而自眞的眞光**：指聖光。聖光是眞光，其他衆光只是眞光的反映或外射。參看《詩篇》第三十六篇第九節。《約翰福音》第一章第九節稱聖光爲"vera lux"（「眞光」）。聖光不假外求而自明、自眞、自善、自美，也就是原文（第五

十四行)所說的"da sé è vera"。參看阿奎那 *Summa theologica*,
I, q. XVI, 5。

57. **記憶呢……輝煌**:指但丁的記憶再也不能勝任「所見的偉景」
（第五十六行）。

66. **西比拉**:希臘文Σίβυλλα,拉丁文 Sibylla,英文 Sibyl,一
般指女預言家或女巫。在這裏專指阿波羅在庫邁(Κύμη,
Cumae)的女祭司。埃涅阿斯曾求他指導,並獲她陪伴進入
地獄。西比拉的預言寫在纖葉上,並且隨風飄散。但丁的典
故出自《埃涅阿斯紀》第三卷四四——五一行:

> huc ubi delatus Cumaeam accesseris urbem
>
> divinosque lacus et Averna sonantia silvis,
>
> insanam vatem aspicies, quae rupe sub ima
>
> fata canit foliisque notas et nomina mandat.
>
> quaecumque in foliis descripsit carmina virgo,
>
> digerit in numerum atque antro seclusa relinquit.
>
> illa manent immota locis neque ab ordine cedunt;
>
> verum eadem, verso tenuis cum cardine ventus
>
> impulit et teneras turbavit ianua frondes,
>
> numquam deinde cavo volitantia prendere saxo
>
> nec revocare situs aut iungere carmina curat....

> 到了那裏,往庫邁這個城鎮,
>
> 往神湖,往林木蕭瑟的阿維諾斯湖,
>
> 你就會見到一個神巫,在岩洞深處
>
> 吟誦命運,把符號和名字寫在葉上。
>
> 這個女子,把寫在葉上的所有詩句

井然有序地排列，並且收藏在洞中。

葉子留在那裏，不會移離原位。

可是門樞一轉，微颼輕輕一揚，

門開時纖葉被吹散，紛紛在洞裏

飄盪，她也懶得去捕捉，懶得

把它們放回原位，或者把詩句重組。

67　　**至尊之光**：指上帝的聖光。Torraca (946)指出，這裏的光，是光(Luce)本身，而不是光的反射。

69-75.　**請你重展……熟諗**：Singleton (*Paradiso 2*, 574)指出，在《地獄篇》第二章第七行、《煉獄篇》第一章第八行，但丁祈呼的對象是繆斯；在《天堂篇》第一章第十三行，但丁祈呼的對象是阿波羅，因為繆斯的力量已不能幫他應付天堂這題材。此刻，到了天堂旅程的最後一刻，到了一切經驗的最高峰，阿波羅也不能為功了；因此但丁要向上帝本身祈呼。Singleton 的論斷，說明但丁能善用層層遞進的手法。這一手法，在詩人選擇嚮導時也可以看到：首先是維吉爾，然後是貝緹麗彩；到了最高天，逼近聖光，連貝緹麗彩也不能為功，要貝爾納前來幫忙。**光輝的一點半點**：參看《天堂篇》第一章二二—二四行。這裏極言但丁的經驗非文字或語言所能形容。

79.　　**為了這緣故**：為了避免讓眼睛他移而眩惑，失去獲聖恩增強的視力。

80-81.　**我的勇氣……目睹**：天堂的聖光與凡界的陽光不同：逼視陽光，眼睛會眩惑；藉聖恩凝望聖光，視力卻會增強，能越望越深。關於這點，Benvenuto 有詳盡的闡釋。參看

Sapegno,*Paradiso*, 424。

82.　**沛然流佈的恩典**：指上帝的恩典。

84.　**凝望全部消耗於炯焰**：指但丁用盡目力去凝望炯焰。

85-87.　**在光芒深處……訂裝**：在上帝本體的深處，但丁看見時間和宇宙萬物，以愛訂裝在一起，成為三位一體的巨册。也就是說，在神的本體中，書册統一而完整，渾然不可分割；離開神的本體，書册就成為書頁，飄散於四面八方，化為宇宙萬物。**合成了三一**：原文為"s'interna"（不定式 internarsi），是 "farsi trino"（「變成三位一體」）的意思。參看 *Dizionario Garzanti della lingua italiana*, 884。

88.　**實體**：指自身存在的一切，諸如天使、人、創造物。**偶性**：即偶有性，指自身不能存在而存在於實體的屬性、形態。參看阿奎那 *Summa theologica*, I, q. IV, a. 2："Cum ergo Deus sit prima causa effectiva rerum, oportet omnium rerum perfectiones praeexistere in Deo secundum eminentiorem modum…Et sic quae sunt diversa et opposita in seipsis, in Deo praeexistunt ut unum…."（「所以說，由於神是萬物的有效起因，萬物的完美狀態必須以更顯著的方式首先存在於神。……因此，彼此相異、對立的萬物，本來都是一體，預先存在於神。」）參看 Torraca, 947-48。

88-89.　**連接／兩者的關係**：原文"costume"，與拉丁文"habitus"同義，指實體和偶性的關係，也就是表現、傾向、性質。「實體」、「偶性」、「性質」等用語，源出亞里士多德學說。

90.　**我現在描述的，只是大光的一瞥**：指但丁所述，不能道大光的萬一。

91-92.　**這總體／呈現的普遍形式**：指貫注萬物的聖思，也就是造物

主造物的統一意念。這一意念，存在於造物主的聖慮之中。宇宙萬物、時間、空間，都源於這一總體。也就是說，但丁已看到上帝聖思中整個宇宙的構想。對凡眸而言，這一經驗簡直不可思議，非文字、言語所能描述。

93. **心中就更覺欣喜**：但丁目睹聖思，未知經驗眞確與否；不過由於心中「更覺欣喜」，於是知道，自己在詩中的複述正確，證明自己眞的進入了聖慮的宏謨。參看 Norton, 255。

94-96. **事後只一瞬……還模糊**：這三行的意思，歷來的論者有不同的說法，迄今尚無定論。較可信的詮釋應該是：但丁所見的景象，遠遠超出了記憶的負荷能力；一瞬的經驗，就叫他欲說無從，比海王二十五個世紀前驚見阿耳戈船倒影的故事還遙遠模糊；回顧間，自己彷彿仍「昏睡不寤」。這一意念，本章五五—六六行已有交代。阿爾戈船求取金羊毛的故事，中世紀的人相信發生於公元前一二二三年。參看《地獄篇》第十八章八三—九六行及其註釋；《天堂篇》第二章第十六、十七行註。

97-99. **就這樣……收斂**：在原詩裏，這三行的節奏一頓再頓，強調但丁在全神貫注，越是凝望，就越想凝望："Così la mente mia, tutta sospesa, / mirava fissa, immobile e attenta, / e sempre di mirar faciesi accesa."譯文也設法表現同樣的效果。

100-02. **面對這樣的光芒……暫停**：參看阿奎那 *Summa theologica*, I-II, q. 5, a. 4, resp. : "perfecta beatitudo hominis in visione divinae essentiae consistit.   Est autem impossibile quod aliquis videns divinam essentiam velit eam non videre…. Visio autem divinae essentiae replet animam omnibus bonis, cum coniungat fonti totius bonitatis." (「人的至福在於得睹神的本體。一個

人一旦得睹神的本體，再也不想把目光他移。……得睹神的本體後，靈魂就會爲萬善所充盈，因爲藉著該經驗，靈魂已經與衆善之源合而爲一。」）

103-05. **因爲善性……衰敗**：在上帝的聖光中，一切都盡善盡美；在上帝的聖光外，一切都殘缺不全。參看 Boethius, *De Consolatione philosophiae,* III, pr. 2: "Omnis mortalium cura... ad unum beatitudinis finem nititur pervenire. Id autem est bonum, quo quis adepto nihil ulterius desiderare queat. Quod quidem est omnium summum bonorum cunctaque intra se bona continens, cui si quid abforet, summum esse non posset, quoniam relinqueretur extrinsecus quod posset optari." （「人類都亟欲達到至福境界。那是他們唯一的目標。這境界就是至善；一旦到達這境界，就不可能有別的冀求。至善是衆善的極致，其他諸善都包含在內。離開了該境界，就不再是至善，因爲至善之外尚有可求。」）參看《天堂篇》第五章一——十二行；第二十六章三一——三三行。

106-07. **現在……短絀無能**：但丁要把聖景的全部宣諸言語，固然不能；要複述留在記憶中的剩餘經驗，也欲述無從。參看《地獄篇》第三十二章第九行。

107-08. **舌頭……比我成功**：此語強調但丁所見的聖景無從宣敘。參看本章六七——七五行；一二一——二三行。《天堂篇》第三十章八二——八五行也用了嬰兒意象。

109-14. **其所以如此……不同的形象**：神的形象始終如故，一點也沒有改變。不過但丁凝望時目力增強，眼前的景象乃有所變化，能看得更深、更多。參看阿奎那 *Summa theologica,* I, q. III, 7: "Cum in Deo non sit compositio quantitativarum partium, quia corpus non est; neque compositio formae et materiae...."（「上帝並非由可數的部分組成，因爲上帝不是肉體；也非由形態或物質構成。……」

115. **深邃無邊**：在這一瞬，但丁已直接望入了三位一體的聖光深處，所以說「深邃無邊」。**皦皪**：明亮的意思。

116. **本體**：原文（第一一五行）"sussistenza"，指上帝本身，Sapegno(*Paradiso*, 427)的解釋是"essenza, sostanza"（相等於英語的 essence，substance）。essence 一般譯「本體」，「本質」；substance 譯「本質」、「實體」、「本體」。參看本章第八十八行及註釋。**三個光環**：指象徵上帝的三個位格：聖父、聖子、聖靈。上帝的位格，是「基督教基本教義之一，認爲上帝具有理智和意志，能自由活動，與人類發生關係而具有位格和人稱的神靈，是獨一神。……這三個『位格』各具有理智和意志，能各自活動，相互區別，但在本性和實體上毫無差異。」見《基督教詞典》頁四一七「上帝之位格」條。此外，參看 *Enciclopedia dantesca*, vol. 5, 718-21, "Trinità"條。

117. **華彩各異，卻同一大小**：這一描寫，充分體現了三位一體的特性（參看第一一六行註中有關「三個光環」的解釋。

118. **第二環**：指聖子。**第一環**：指聖父。第二環是第一環的反映，指聖子生自聖父。根據《尼西亞信經》(Nicene Creed)的概念，聖子是「光明所生的光」("lumen de lunine")。參看 Sapegno, *Paradiso*, 427；《基督教詞典》頁三六三《尼西亞信經》條。

119. **如彩虹映自彩虹**：《天堂篇》第十二章十一—十五行，描寫了類似的彩虹意象。**第三環**：指聖靈。聖靈象徵大愛，出自聖

父和聖子，是聖父對聖子之愛、聖子對聖父之愛，如火焰從兩者呼出。

119-20. **則如／渾然相呼的火焰在流轉**：原文"parea foco / che quinci e quindi igualmente si spiri"。「相」是"quinci e quindi"的漢譯，指聖父和聖子的大愛「呼」("si spiri")向彼此。Vandelli (1045) 的解釋是："spirato, o procedente così dall'una come dall'altra Persona; egualmente dal Padre e dal Figlio."（「由三位一體的第一位和第二位彼此相呼、相發；均等地由聖父和聖子呼出、發出。」）Singleton(*Paradiso 2*, 582)指出，原文的"spiri"（漢譯「呼」，不定式 spirare）就像第十章第二行的"spira"（漢譯「散發著」，不定式 spirare），暗含「愛」的意思。有關聖父、聖子、聖靈的關係，參看《天堂篇》第十章一——四行；《天堂篇》第十三章五五——五七行。Sinclair (*Paradiso*, 486)指出："The Father, the eternal Begetter of the Son,—the Son, the eternal Word of the Father,—the Spirit, the eternal Love, at once the Father's and the Son's."（「聖父是聖子的永恆創造者；聖子是聖父的永恆之道；聖靈是永恆的大愛，同時屬於聖父和聖子。」）Singleton(*Paradiso 2*, 582)指出，意大利原文（一一六行）"giri"的單數"giro"，既指「圓圈」或「環」，也指「旋繞」("circling")；表示三位一體恆在運動，也就是說，三者是主動而非被動。在天堂，旋動是理性運行的表現。環或圓圈，象徵永恆。「流轉」的「火焰」象徵大愛的施展。在讀者眼前，三個光環同時在運轉，無始也無終，而三環之中的第三環，則如「火焰」在「流轉」。這樣的描寫，可謂匠心獨運，變哲學、神學爲至高的文學境界，非大師不能爲。

121-23. **言語呀……不符**：但丁再度強調，所見的聖景（神的三位一體）無從表達。參看本章一零六——零八行。「我的情懷」，指但丁寫《天堂篇》的時候對天堂所見的回憶。但丁得睹聖光後，留在記憶裏的，只是實景的極小部分，因此一零六行說「所餘印象」。「所餘印象」和但丁目睹的實景相比，說「渺小」仍未能形容其渺小。換言之，但丁所能回憶的，簡直是無物。

124-26. **永恆之光啊……粲然自哂**：指上帝自身顯現，只有自己能包含自己，也只有自己能明瞭自己。這幾行的原文 "O luce etterna che sola in te sidi, / sola t'intendi, e da te intelletta / e intendente te ami e arridi!"一再把主題申述，在節奏和句法上往復循環，眞正像三個光環在互旋，是意義、音聲、韻律合作無間的典型例子。三行漢譯，也設法表現同一效果。Torraca (950)指出，這裏的呼語，湧溢自心底的驚奇之情。

124. **永恆之光**：指上帝三位一體的聖光。

124-25. **自身顯現，／寓於自身**：指上帝自給自足，不假外求，自己包納自己，不受任何事物包納。參看《約翰一書》第一章第五節："Et haec est adnuntiatio quam audivimus ab eo et adnuntiamus vobis：quoniam Deus lux est, et tenebrae in eo non sunt ullae."（「神就是光，在他毫無黑暗。這是我們從主所聽見、又報給你們的信息。」）；第七節："ipse est in luce."（「神在光明中……」）參看 Mazzini, 618。

125. **你自知而又自明**：原文"sola t'intendi, e da te intelletta"。參看《馬太福音》第十一章第二十七節："nemo novit Filium, nisi Pater; neque Patrem quis novit, nisi Filius."（「除了父，沒有人知道子；除了子……，沒有人知道父。」《約翰福音》第

十章第十五節："novit me Pater, et ego agnosco Patrem…"
（「……父認識我，我也認識父……」）*Convivio*, II, V, 11：
"〔La luce〕sola se medesima vede compiutamente"（「只有
〔聖光〕本身能看到本身的全部〕〕。「自知」，指聖父全
面了解聖子；「自明」，指聖子能全面了解聖父。聖父奧秘
淵深，只有聖子能全面了解聖父；聖子也奧秘淵深，只有聖
父能全面了解聖子。關於這點，阿奎那（*Summa theologica*, I,
q. 34, a. I, ad 3)有類似的說法："Pater enim intelligendo se, et
Filium, et Spiritum sanctum…concipit Verbum."（「因為，聖
父在理解本身、聖子、聖靈間……產生了道。」）

126.　**自愛，而又粲然自昀**：指聖靈發出大愛，顯露聖欣。**粲然**：
　　　原文"arridi"（不定式 arridere），是「微笑」的意思。

127.　**那光環**：指生自第一環的光環，即第二環，也就是聖子基督。
　　　參看本章第一一八——一九行。

130-32.　**在光環內……凝望**：但丁此刻在全神貫注，凝望在第二環顯
　　　現的人類容顏，諦視道成肉身（基督披上血肉體而成為人）
　　　的至高奧秘。

134.　**以圓求方**：原文"misurar lo cerchio"，指求與圓面積相等的
　　　正方形。這是自古以來都無從解答的數學難題，由古希臘人
　　　提出：設一圓形，半徑為 r。作一方形，邊長為圓形圓周率
　　　的平方根，面積與圓形相等。在這裏，但丁旨在說明，凡智
　　　無從測度神智。"misurar lo cerchio"，意大利語又叫"il
　　　problema della quadratura del circolo"，英語為"square the
　　　circle"，引申為妄圖做不可能的事情。參看 Mazzini, 618;
　　　Sayers and Reynolds, *Paradise*, 349。

137-38.　**一心要明瞭……安於其所**：意為：一心要明白，人的容顏（即

基督的容顏）何以能安處於第二個光環內。也就是說，人性何以與神性合一；基督何以既是神，又是人。參看《天堂篇》第二章四零—四五行；Mazzini, 618。但丁認為，神性和人性合而為一的現象是個公理，不言而喻，也不必論證。**安於其所**：原文"s'indova"（不定式 indovarsi），是但丁所創，源出 dove (dove 本屬副詞，在這一結構中作名詞用，是「地點」的意思)。dove 作名詞用，已有先例可援。見《天堂篇》原文第三章第八十八行；第十二章第三十行。

139. **可是……勁翮**：但丁在這裏再用翅膀意象，說明人的想像或理解有局限，無從明白道成肉身的奧秘。類似的翅膀意象，已見於《煉獄篇》第二十七章一二三行；《天堂篇》第二十五章第五十行。

140-41. **幸虧……垂手而得**：但丁的心智無從理解道成肉身的奧秘，幸虧神恩剎那間給他啓迪，讓他在直覺的視境中（「獲靈光爛然一擊」），像其他福靈一樣，得享天悅，且終於了解基督教最博大、最高深的教義（人性和神性何以能合而為一；人類的容顏，何以能與第二個光環相配而又安於其所）。由於但丁獲神恩啓迪，飛臻這智慧境界時乃能快如電閃，毫不費力（「垂手而得」）。Torraca (951) 引波拿文都拉的說法，指出基督披上血肉體如何神奇：基督是太始，也是終極；是最高，也是最低；是圓周，也是圓心；是阿爾法，也是奧梅伽；是果，也是因；是創造者，也是被造者。Singleton (*Paradiso 2*, 585)指出，向上帝朝聖的人，拉丁文稱為"viator"（「旅人」）；獲得永福的人，稱為"comprehensor"（「瞭悟者」）。但丁藉神恩之助，電光火石間由 viator 變為 comprehensor，達到了人智不能到達的奧境。

142.　**高翔的神思**：「神思」，原文爲"fantasia"，一般意漢詞典譯爲「想像」，「想像力」（見《意漢詞典》頁二九五—九六）。不過，「想像」通常指「創造意象」的能力；在但丁的《神曲》裏，"fantasia"卻指「接收意象」的能力，是智力和可感事物的中介。也就是說，"fantasia"接收了可感事物的意象，再傳給智力，讓智力去理解。爲了標示"fantasia"所指的不同功能，譯爲「神思」似乎更恰當。參看 Sapegno *Paradiso*, 429; Torraca, 951-952。「神思」而稱「高翔」，是因爲它要接收的是至高的經驗。參看《煉獄篇》第十七章第二十五行的"alta fantasia"（「高妙的神思」）。**至此再無力上攀**：但丁(*Convivio*, III, IV, 9)所說，可以解釋「神思」爲甚麼「無力上攀」："nostro intelletto, per difetto de la virtù da la quale trae quello ch'el vede, che è virtù organica, cioè la fantasia, non puote a certe cose salire (però che la fantasia nol puote aiutare, ché non ha lo di che), sì come sono le sustanze partite a material…"（「智力所視，來自神思。這一能力是有機的能力。我們的智力缺乏這一能力，就不能升到理解某些事物的境界（因爲神思力窮，不能給予幫忙），一如實體脫離了物質。」）到了這樣的至高境界，但丁已不能用言語或文字來形容親歷的經驗。

143-44.　**吾願吾志，已經／見旋於大愛**：但丁的願望和意志，已經獲上帝（「大愛」）旋動。參看阿奎那 *Summa theologica*, I-II, q. 3, a. 4, resp："Sic igitur essentia beatitudinis in actu intellectus consistit; sed ad voluntatem pertinet delectatio beatitudinem consequens…."（「因此，至福的精髓在於理智的運動；不過隨著至福而來的欣悅則屬意志的範疇。」）參看《天堂篇》

第十五章七三—七五行；《天堂篇》第二十八章一零九——一一一行。

144. **像匀轉之輪一般**：但丁要瞻視聖光、享受聖光的願望和意志已經達到，就像輪子獲得平衡，在至高的視境（認識上帝）、至高的福慧、至高的欣悅中由外來的力量旋動，和諧而均勻。

145. **那大愛……群星**：指上帝的大愛推動太陽和群星（也就是宇宙萬物）。上帝的大愛是萬愛之始，把大能傳諸所有天體，是所有天體的原動力。這行的原文為"l'amor che move il sole e l'altre stelle"，一方面與《天堂篇》第一章第一、二行的 "La gloria di colui che tutto move / per l'universo…"（「萬物的推動者，其榮耀的光亮／照徹宇宙……」）相呼應，一方面像《地獄篇》和《煉獄篇》的末行一樣，以"stelle"（「群星」）收結整行、整章，以至整篇。Bosco e Reggio (*Paradiso*, 554) 徵引 Castelli，指出這行的主題與《加拉太書》第二章第二十節相近："Vivo autem iam non ego, vivit vero in me Christus…"（「現在活著的不再是我，乃是基督在我裏面活著……」）提到《天堂篇》第三十三章時，艾略特說：「《天堂篇》末章，在我看來，是有史以來詩歌所臻的頂點；也可以說，是任何時候，詩歌可臻的極致。」("the last canto of the *Paradiso*…is to my thinking the highest point that poetry has ever reached or ever can reach…")參看 Eliot, *Selected Essays*, 251。那麼，讀完本章，《神曲》讀者已到達一切詩歌的珠穆朗瑪峰之顛，可以一覽萬山小了。

參考書目

意大利語：

（甲）但丁原著（按編者／註者／評者姓名字母序）：

Barbi, M., E.G. Parodi, F. Pellegrini, E. Pistelli, P. Rajna, E. Rostagno, e G. Vandelli. Dante Alighieri. *Le opere di Dante: testo critico della Società Dantesca Italiana*. II edizione. Firenze: Nella sede della Società, 1960.

Beneforti, Celestina, a cura di. Dante Alighieri. *Inferno: canti scelti*. Classici Italiani per Stranieri. Roma: Bonacci Editore, 1996.

———, a cura di. Dante Alighieri. *Purgatorio: canti scelti*. Classici Italiani per Stranieri. Roma: Bonacci Editore, 1996.

———, a cura di. Dante Alighieri. *Paradiso: canti scelti*. Classici Italiani per Stranieri. Roma: Bonacci Editore, 1996.

Bianchi, Enrico, con il commento di. Dante Alighieri. *La Divina Commedia*. Firenze: Casa Editrice Adriano Salani, n. d.

Bosco, Umberto, e Giovanni Reggio, a cura di. Dante Alighieri. *La Divina Commedia*. 3 vols. *1: Inferno*; *2: Purgatorio*; *3: Paradiso*. Firenze: Le Monier, 1979.

Camerini, Eugenio, a ura di. Dante Alighieri. *La Divina Commedia*. Illustrata da Gustavo Doré e dichiarata con note tratte dai migliori commenti. Milano: Casa Editrice Sonzogno, n. d.

Campi, Giuseppe, a cura di. Dante Alighieri. *Divina Commedia di Dante Alighieri*. 3 vols. *1: Inferno*; *2: Purgatorio*; *3: Paradiso*. Torino: Unione Tipografico – Editrice, 1888-1891.

Chiappelli, Fredi, a cura di. Dante Alighieri. *La Divina Commedia*. Terza edizione. Milano: U. Mursia, 1972.

Chiari, Alberto (introduzione e indice analitico di), e Giuseppina Robuschi (note di). Dante Alighieri. La *Divina Commedia*. n. p.: Bietti, 1974.

Chimenz, Siro A., a cura di. Dante Alighieri. *La Divina Commedia di Dante Alighieri*. Torino: Unione Tipografico – Editrice Torinese, n. d.

Fraticelli, Pietro, col comento di. Dante Alighieri. *La Divina Commedia*. Firenze: G. Barbera, Editore, 1892.

Garboli, Cesare, a cura di. Dante Alighieri. *La Divina Commedia, le Rime, i versi della Vita Nuova e le canzoni del Convivio*. Parnaso italiano: crestomazia della poesia italiana dalle origini al Novecento II. Quinta edizione. Torino: Giulio Einaudi Editore, 1954.

Grandgent, C. H., ed. and annotated. Dante Alighieri. *La Divina Commedia di Dante Alighieri*. Boston: D. C. Heath and Company, 1933.

Leonardi, Anna Maria Chiavacci, con il commento di. Dante Alighieri. *Commedia*. 3 vols. *1: Inferno*; *2: Purgatorio*; *3: Paradiso*. Milano: Arnoldo Mondatori, 1991-1997.

Mattalia, Daniele, a cura di. Dante Alighieri. *La Divina Commedia*. 3

vols. *1: Inferno*; *2: Purgatorio*; *3: Paradiso*. Milano: Biblioteca Universale Rizzoli, 1999.

Mazzini, Giuseppe, con un discorso di. Classici italiani. Dante Alighieri. *La Commedia*. Novissima biblioteca diretta da Ferdinando Martini. Serie I. Volume VII. Milano: Istituto Editoriale Italiano, n. d.

Momigliano, Attilio, commento di. Dante Alighieri. *La Divina Commedia*. 3 vols. *1: Inferno*; *2: Purgatorio*; *3: Paradiso*. Firenze: G. C. Sansoni – Editore, 1971.

Moore, E., a cura di. Dante Alighieri. *Le opere di Dante Alighieri*. Quinta edizione. Oxford: Nella Stamperia dell' Università, 1963.

Niccolini, Gio. Batista, et al., ed. Dante Alighieri. *La Divina Commedia*. Firenze: Felice Le Monnier e Compagni, 1837.

Pasquini, Emilio, e Antonio Quaglio, a cura di. Dante Alighieri. *Commedia*. 3 vols. *1: Inferno*; *2: Purgatorio*; *3: Paradiso*. Italia: Garzanti, 1986.

Petrocchi, Giorgio. Dante Alighieri. 5 vols. *La Commedia*. Italia: Arnoldo Mondadori Editore, 1966.

Pietrobono, Luigi, a cura di. Dante Alighieri. *La Divina Commedia*. 3 vols. *1: Inferno*; *2: Purgatorio*; *3: Paradiso*. Quarta edizione. Torino: Società Editrice Internazionale, 1983.

Porena, Manfredi, e Mario Pazzaglia, a cura di. Dante Alighieri. Classici italiani, collana diretta da Walter Binni. *Dante: opere*. Bologna: Zanichelli, 1966.

Risset, Jacqueline (prefazione a *La Divina Commedia*) e Peter Dreyer (presentazione e commenti ai disegni di Botticelli). *La Divina Commedia Dante Alighieri: Illustrazioni Sandro Botticelli*. Paris:

Diane de Selliers, Éditeur, 1996

Rossi, Vittorio, commentata da. Dante Alighieri. *La Divina Commedia: I L'Inferno*. Biblioteca classica italiana. Napoli / Geneva / Firenze / Città di Castello: Società Editrice Francesco Perrella, n. d.

Rossi, V., e S. Frascino, commentata da. Dante Alighieri. *La Divina Commedia di Dante Alighieri: Purgatorio*. Terza editione. Roma / Napoli / Città di Castello: Società Editrice Dante Alighieri, 1956.

Rossi, V, e S. Frascino, commentata da. Dante Alighieri. *La Divina Commedia di Dante Alighieri: Paradiso*. Seconda editione. Roma / Napoli / Città di Castello: Società Editrice Dante Alighieri, 1956.

Salinari, Carlo, et al., a cura di. Dante Alighieri. *La Divina Commedia*. 3 vols. *1: Inferno*; *2: Purgatorio*; *3: Paradiso*. Roma: Editori Riuniti, 1980.

Sapegno, Natalino, a cura di. Dante Alighieri. *La Divina Commedia*. 3 vols. *1: Inferno*; *2: Purgatorio*; *3: Paradiso*. Firenze: La Nuova Italia, 1997.

Steiner, Carlo, commento di. Dante Alighieri. *La Divina Commedia*. 3 vols. *1: Inferno; 2: Purgatorio; 3: Paradiso*. Torino / Milano / Padova / Bologna / Firenze / Pescara / Roma / Napoli / Bari / Palermo: G. B. Paravia & C., 1960.

Tommaseo, Niccolo. Dante Alighieri. *Commedia di Dante Alighieri*. 3 vols. *1: Inferno*; *2: Purgatorio*; *3: Paradiso*. Milano: Francesco Pagnoni, Tipografo Editore, 1869.

Torraca, Francesco, nuovamente commentata da. Dante Alighieri. *La Divina Commedia di Dante Alighieri*. Settima edizione riveduta e corretta. Milano / Genova / Roma / Napoli: Società Editrice Dante

Alighieri, 1930.

Vandelli, G., curata da. Dante Alighieri. *La Divina Commedia: riveduta nel testo e commentata da G. A. Scartazzini*. Quinta edizione. Milano: Ulrico Hoepli Editore-Libraio della Real Casa, 1907.

Venturi, P. Pompeo, a cura di. Dante Alighieri. *La Divina Commedia di Dante Alighieri*. 3 vols. *1: Inferno; 2: Purgatorio; 3: Paradiso*. Firenze: Presso Leonardo Ciardetti, 1821.

Villaroel, Giuseppe, a cura di. Dante Alighieri. *La Divina Commedia*. 3 vols. *1: Inferno*; *2: Purgatorio*; *3: Paradiso*. Milano: Arnoldo Mondadori Editore, 1985.

（乙）有關但丁生平、但丁作品的評論及工具書（按著者／編者姓名字母序；常見詞典則按書名字母序）：

Alighieri, Jacopo di Dante. *Chiose alla cantica dell'Inferno di D. Alighieri scritte da Jacopo Alighieri*, pubbli. per cura di Jarro (G. Piccini). Firenze: 1915.

Alighieri, Pietro di Dante. *Il 《Commentarium》 di Pietro Alighieri nelle redazioni Ashburnhamiana e Ottoboniana*. Trascrizione a cura di Roberto della Vedova e Maria Teresa Silvotti. Nota introduttiva di Egidio Guidubaldi. Firenze: Leo S. Olschki Editore, 1978.

——. *Petri Allegherii super Dantis ipsius genitoris Comoediam Commentarium*, a cura di V. Nannucci. Firenze, 1845.

Anonimo fiorentino. *Commento alla* Divina Commedia *d'Anonimo fiorentino del secolo XIV*. Stampato a cura di Pietro Fanfani. 3 vols. Bologna: Presso Caetano Romagnoli, 1866.

Barbero, E., compilato da. *Indice alfabetico della* Divina Commedia.

Giusta il testo curato dal Cav. G. Campi. Torino: Unione Tipografico – Editrice, 1893.

Barbi, M. *Vita di Dante*. Firenze: G. C. Sansoni Editore, 1965.

Boccaccio, Giovanni. *Il comento alla* Divina Commedia *e gli altri scritti intorno a Dante*. A cura di Domenico Guerri. 3 vols. Bari: Gius, Laterza & Figli, 1918.

——. *La vita di Dante*. Ed. Macri-Leone. Firenze, 1888.

Croce, Benedettto. *La poesia di Dante*. Bari: Gius. Laterza & Figli, 1966.

Cusatelli, Giorgio. *Dizionario Garzanti della lingua italiana*. Milano: Aldo Garzanti Editore, 1980.

D I I Dizionario Inglese-Italiano. Italiano-Inglese. In Collaborazione con Oxford University Press. Oxford / Torino: Oxford University Press / Paravia Bruno Mondadori Editore, 2001.

Enciclopedia dantesca. Ed. Umberto Bosco et al. 5 vols., appendice. Roma: Istituto della Enciclopedia Italiana, 1970-1978.

Esposito, Enzo. "Traduzioni di opere dantesche", in Umberto Parricchi, a cura di, *Dante* (Roma: De Luca Editore, 1965), 257-72.

Fallani, Giovanni. *Dante: poeta teologo*. Milano: Marzorati – Editore, 1965.

Fubini, M., e Bonora, a cura di. *Antologia della critica dantesca*. Seconda edizione. Torino: Petrini, 1966.

Getto, Giovanni, a cura di. *Letture dantesche*. Seconda edizione. 3 vols. Firenze: Sansoni, 1968-1970.

Giannantonio, Pompeo. *Dante e l'allegorismo*. Firenze: Leo S. Olschki Editore, 1969.

Macchi, Vladimiro, realizzato dal Centro Lessicografico Sansoni sotto la direzione di. *Dizionario delle lingue italiana e inglese*. I grandi dizionari Sansoni. Parte Prima: italiano-inglese. Parte Seconda: inglese-italiano. Firenze: Sansoni Editore, 1989.

Merlante, Riccardo. *Il Dizionario della Commedia di Riccardo Merlante*. Prima edizione. Bologna: Zanichelli, 1999.

Montanari, Fausto. *Il mondo di Dante*. Roma: Edindustria Editoriale, 1966.

Montanelli, Indro. *Dante e il suo secolo*. Milano: Rizzoli, 1968.

Montano, Rocco. *Storia della poesia di Dante*. 2 vols. Napoli: Quaderni di Delta, 1962.

Nardi, Bruno. "Sviluppo dell'arte e del pensiero di Dante", in *Dante*, a cura di Umberto Parricchi (Roma: De Luca Editore, 1965), 91-109.

Orlandi, Giuseppe. *Dizionario italiano-inglese. inglese-italiano*. Nuova edizione riveduta e corretta. Milano: Carlo Signorelli Editore, 1952.

Orlando, Ambrogio, a cura di. *La Commedia di Dante distribuita per materia*. Firenze: Sansoni, 1965.

Pagliaro, Antonino, a cura di. *La Divina Commedia nella critica: introduzione e saggi scelti ad uso delle scuole*. 3 vols. Messina / Firenze: Casa Editrice G. d'Anna, 1968.

Paratore, Ettore. "Dante e il mondo classico", in *Dante*, a cura di Umberto Parricchi (Roma: De Luca Editore, 1965), pp. 109-129.

Parodi, E. G. *Poesia e storia nella* Divina Commedia: *studi critici*. Nuova biblioteca di letteratura, storia ed arte diretta da Francesco

Torraca IX. Napoli: Società Anonima Editrice F. Perrella, 1920.

Parricchi, Umberto. *Dante*. Roma: De Luca Editore, 1965.

——. *Petri Allegherii super Dantis ipsius genitoris Comoediam Commentarium*, a cura di V. Nannucci. Firenze, 1845.

Petrocchi, P. *Novo dizionario scolastico della lingua italiana dell'uso e fuori d'uso*. Nova edizione riveduta da Manfredo Vanni. Milano: Garzanti Editore, 1954.

Pietrobono, Luigi. *Dal centro al cerchio: la struttura morale della Divina Commedia*. Seconda edizione. Torino: Società Editore Internazionale, 1956.

——. *Nuovi saggi danteschi*. Torino: Società Editrice Internazionale.

Prati, Angelico. *Vocabolario etimologico italiano*. Torino: Garzanti, 1951.

Ricci, Lucia Battaglia. *Dante e la tradizione letteraria medievale: una proposta per la* 《Commedia》. Bibliotechina di studi, ricerche e testi. Collezione diretta da Giorgio Varanini. II. Pisa: Giardini Editori e Stampatori, 1983.

Sanctis, Francesco de. *Lezioni e saggi su Dante*. A cura di Sergio Romagnoli. Seconda edizione riveduta. Torino: Giulio Einaudi, 1967.

Scartazzini, G. A. *Enciclopedia dantesca: dizionario critico e ragionato di quanto concerne la vita e le opere di Dante Alighieri*. 3 vols. Milano: Ulrico Hoepli, 1896.

Villani, Giovanni. *Cronica di Giovanni Villani: a miglior lezione ridotta coll' aiuto de' testi a penna*. 8 vols. Firenze: Per Il Magheri, 1823.

Zingarelli, Nocola. *Vocabolario della lingua italiana*. Settima edizione.Bologna: Nicola Zanichelli Editore, 1950.

其他外語

（甲）《神曲》譯本（按譯者姓名字母序）

（一）英語譯本

Anderson, Melville B., trans. Dante Alighieri. *The Divine Comedy of Dante Alighieri.* World Classics Series. 3 vols. *1: Inferno*; *2: Purgatorio*; *3: Paradiso.* London: Oxford University Press, 1923-1929.

Bergin, Thomas G., trans. Dante Alighieri. *The Divine Comedy.* New York: Grossman Publishers, 1969.

Bickersteth, Geoffrey L., trans. Dante Alighieri. *The Divine Comedy of Dante Alighieri.* Aberdeen: Aberdeen University Press, 1955.

Binyon, Laurence, trans. Dante Alighieri. *The Divine Comedy.* In *The Portable Dante.* Ed. Paolo Milano. New York: The Viking Press, 1947.

Carlyle-Okey-Wicksteed, trans. Dante Alighieri. *The Divine Comedy of Dante Alighieri.* New York: Vintage Books, 1959.

Cary, Henry Francis, trans. Dante Alighieri. *The Vision of Dante.* Popular Edition. London / Paris / Melbourne: Cassell & Company Limited, 1892.

——, trans. Dante Alighieri. *Purgatorio and Paradiso.* New York: South Park Books, 1988.

Ciardi, John, tran. Dante Alighieri. *The Inferno.* New York: Mentor,

1982.

——, trans. Dante Alighieri. *The Purgatorio*. New York: Mentor, 1961.

——, trans. Dante Alighieri. *The Paradiso*. New York: Mentor, 1970.

Durling, Robert M., trans. Dante Alighieri. *The Divine Comedy of Dante Alighieri*. Vol. 1: *Inferno*. New York: Oxford University Press, 1996.

Halpern, Daniel, ed. Dante Alighieri. *Dante's Inferno: Translations by Twenty Contemporary Poets*. Hopewell: Ecco Press, 1993.

Longfellow, Henry Wadsworth, trans. Dante Alighieri. *The Divine Comedy of Dante Alighieri*. 3 vols. *1: Inferno*; *2: Purgatorio*; *3: Paradiso*. London: George Routledge & Sons, Ltd.; New York: E. P. Dutton and Company; 1900.

Mandelbaum, Allen, trans. Dante Alighieri. *The Divine Comedy of Dante Alighieri: A Verse Translation*. 3 vols. *1: Inferno; 2: Purgatorio; 3: Paradiso*. New York: Bantam Books, 1980-1984.

Musa, Mark, trans. Dante Alighieri. *The Divine Comedy*. 3 vols. *1: Inferno*; *2: Purgatory*; *3: Paradise*. London: Penguin Books, 1984-1986.

Norton, Charles Eliot, trans. Dante Alighieri. *The Divine Comedy of Dante Alighieri*. Complete edition (3 vols. in one). Boston / New York / Chicago / Dallas / Atlanta / San Francisco: Houghton Mifflin, 1941.

Sayers, Dorothy L., and Barbara Reynolds. Dante Alighieri. *The Comedy of Dante Alighieri the Florentine*. 3 vols. Cantica I: *Hell*, trans. Dorothy Sayers; Cantica II: *Purgatory*, trans. Dorothy Sayers; Cantica III: *Paradise*, trans. Dorothy Sayers and Barbara

Reynolds. Harmondsworth: Penguin Books, 1949-1962.

Sinclair, John D., trans. Dante Alighieri. *The Divine Comedy*. 3 vols. *1: Inferno*; *2: Purgatorio*; *3: Paradiso*. London: 1971.

Singleton, Charles S., trans., with a commentary. Dante Alighieri. *The Divine Commedy*. 3 vols. (6 parts). *Inferno 1: Text*; *Inferno 2: Commentary*; *Purgatorio* 1: Text; *Purgatorio 2: Commentary*; *Paradiso 1: Text*; *Paradiso 2: Commentary*. Bollingen Series LXXX. Princeton, New Jersey: Princeton University Press, 1989-1991.

Sisson, C. H., trans. Dante Alighieri. *The Divine Comedy*. Oxford: Oxford University Press, 1993.

Zappulla, Elio, trans. Dante Alighieri. *Inferno*. New York: Pantheon Books, 1998.

（二）法語譯本

Fiorentino, Pier-Angelo, trans. Dante Alighieri. *La Divine Comédie de Dante Alighieri*. Traduction nouvelle accompagnée de notes. Douzième édition. Paris: Librairie Hachette et Cie, 1881.

Masseron, Alexandre, trans. Dante Alighieri. *La Divine Comédie*. 3 vols. *1: Enfer*; *2: Purgatoire*; *3: Paradis*. Avec les desins de Botticelli. n.p.: Le club français du livre, 1954.

Montor, d'Artur de, trans. Dante Alighieri. *La Divine Comédie*. n. p. : Paul Brodard: 1900.

Morel, C., ed. Dante Alighieri. *Les plus anciennes traductions françaises de la* Divine Comédie. Paris: Librairie Universitaire, 1897.

Risset, Jacqueline, trans. Dante Alighieri. *La Divine Comédie*. 3 vols. 1: *L'Enfer*; 2: *Le Purgatoire*; 3: *Le Paradis*. Paris: G. F. Flammarion, 1992.

Rivarol, trans. Dante Alighieri. *L'Enfer*. Traduction de meilleurs auteurs anciens et modernes. Paris: Librairie de la bibliothèque nationale, 1880.

（三）德語譯本

Borchardt, Rudolf, übersetzt von. Dante Alighieri. *Dantes Comedia Deutsch*. Stuttgart: Ernst Klett Verlag, 1967.

George, Stefan, übersetzt von. Dante Alighieri. *Dante göttliche Komödie*. Vierte erweiterte Auflage. Berlin: George, Bondi, 1925.

Gmelin, Hermann, übersetzt von. Dante Alighieri. *Die göttliche Komödie*. Italienisch und deutsch. 3 vols. *1: Die Hölle; 2: Der Läuterungsberg; 3: Das Paradies*. Stuttgart: Verlag von Ernst Klett, 1949.

Kannegießer, Karl Ludwig, übersetzt von. Dante Alighieri. *Die göttliche Komödie des Dante Alighieri*. 3 vols. Leipzig: Brockhaus, 1873.

Philalethes, übersetzt von. Dante Alighieri. *Dante's göttliche Komödie*. Berlin:Wilhelm Borngräber, n. d.

（四）拉丁語譯本

Serravalle, Fratris Iohannis de. Dante Alighieri. *Translatio et comentum totius libri Dantis Aldigherii*. Cum textu italico Fratris Bartholomaei a Colle nunc primum edita. Prati: Ex Officina Libraria Giachetti, Filii et Soc., 1891.

（五）西班牙語譯本

Arce, Joaquín, trans. Dante Alighieri. *La Divina Comedia*. Barcelona: Ediciones Nauta, 1968.

Crema, Edoardo, trans. Dante Alighieri. *Dante*. Colección "Aniversarios Culturales". Caracas: Universidad Central de Venezuela, 1966. （節譯）

Mitre, Bartolomé, trans. Dante Alighieri. *La Divina Comedia*. Traducción en verso. Biblioteca Mundial Sopena. Buenos Aires: Editorial Sopena, 1938.

（六）意大利威尼斯方言譯本

De Giorgi, Luigi, Ricantata in dialetto veneziano. Dante Alighieri. *La Divina Commedia di Dante Alighieri*. Parma: Studio Editoriale della Stamperia Bodoniana, 1929.

（七）意大利羅馬亞方言譯本

Soldati, Luigi, tradotta in romagnolo da. Dante Alighieri. *La Comégia (La Divina Commedia)*. Ravenna: Longo Editore, 1982.

（乙）但丁其餘作品譯本（按譯者姓名字母序）：

Cirigliano, Marc, trans. Dante Alighieri. *The Complete Lyric Poems of Dante Alighieri*. New York: The Edwin Mellen Press, 1997. （英語譯本）

Marigo, Aristide. Dante Alighieri. *De vulgari eloquentia. Opere di Dante*, Volume VI. Ridotto a miglior lezione e commentato. Firenze: Felice le Monnier, 1938. （意大利語譯本）

Reynolds, Barbara, trans. Dante Alighieri. *La Vita Nuova*. Harmondsworth: Penguin Books, 1969.（英語譯本）

Rossetti, Dante Gabriel, trans. Dante Alighieri. *The New Life*. n.p.: The National Alumni, 1907.（英語譯本）

Shaw, Prue, trans. and ed. Dante Alighieri. *Monarchia*. Cambridge: Cambridge University Press, 1995.（英語譯本）

Volpe, Angelo Camillo, trans. Dante Alighieri. *Monarchia*. Istituto di Filologia Romanza della R. Università di Roma. Studi e Testi. Modena: Società Tipografica Modenese, 1946.（意大利語譯本）

（丙）其他參考書（按著者/編者姓名字母序；常見詞典、學報則按書名字母序）：

A Dictionary of Philosophy. Ed. Jennifer Speake. London: Pan Books, 1979.

Aquinas, Thomas. *Summa contra Gentiles*. Libri quatuor. Roma: Typographia Forzanii et Socii, 1888.

——. *Summa theologica*. De Rubeis, Billuart et aliorum notis selectis ornata. Editio XXII. 5 vols. Roma: Domus Editorialis Marietti, 1940.

Augustinus, Aurelius〔Augustine, Saint〕. *Ad Marcellinum De civitate Dei contra paganos*〔*The City of God Against the Pagans*〕. With an English translation by George E. McCracken et al. 7 vols. Loeb Classical Library. London: William Heinemann; Cambridge, Massachusetts: Harvard University Press; 1957.

——. *Confessiones*〔*Confessions*〕. With an English translation by William Watts. Loeb Classical Library. London: William

Heinemann; New York: G. P. Putnam's Sons; 1919.

Baldick, Chris. *The Concise Oxford Dictionary of Literary Terms.* Oxford / New York: Oxford University Press, 1990.

Barnes, John C., and Jennifer Petrie. *Word and Drama in Dante: Essays on the* Divina Commedia. Dublin: Irish Academic Press, 1993.

Barolini, Teodolinda. *Dante's Poets: Textuality and Truth in the* Comedy. Princeton, New Jersey: Princeton University, 1984.

——. *The Undivine Comedy: Detheologizing Dante.* Princeton, New Jersey: Princeton University Press, 1992.

Benvenuto (da Imola) 〔Benevenuti de Rambaldis de Imola〕. *Comentum super Dantis Aldighierij Comoediam,* nunc primum integre in lucem editum, sumptibus Guilielmi Warren Vernon, curante Jacobo Philippo Lacaita. 5 vols. Firenze 〔Florentiae〕: Typis G. Barbèra, 1887.

Bergin Thomas G., ed. *From Time to Eternity: Essays on Dante's* Divine Comedy. New Haven: Yale University Press, 1967.

Biblia sacra. Juxta Vulgatam versionem. Rec. et brevi apparatu instruxit Robertus Weber 〔Robert Weber〕. Stuttgart: Württembergische Bibelanstalt, 1969.

Biblia sacra vulgatae edtionis, Sixti V et Clementis VIII jussu recognita atque edita. London: S. Bagster, 1890.

Biblia sacra vulgatae editionis Sixti V Pontificis Maximi jussu recognita et Clementis VIII auctoritate edita. Nova editio accuratissme emendata. Archiepiscopo parisiensi approbata. Paris: Librairie Garnier Frère, 1922.

Boethius. *De consolatione philosophiae.* Ed. Georgivs D. Smith. Libri quinqve. Londini: Burns Oates & Washbourne Ltd., 1925.

——.*La consolazione della filosofia* 〔*Philosophiae consolatio*〕. Introduzione, testo, traduzione e note a cura di Raffaello del Re. Scriptores Latini. Collana di scrittori latini ad uso accademico diretta da Antonio Traglia 8. Roma: Edizioni dell'Ateneo, 1968.

Boyde, Patrick. *Perception and Passion in Dante's* Comedy. Cambridge: Cambridge University Press, 1993.

Brower, Reuben A. *On Translation*. New York: Oxford University Press, 1966.

Cachey, Theodore J., Jr., ed. *Dante Now: Current Trends in Dante Studies*. Notre Dame / London: University of Notre Dame Press, 1995.

Caesar, Michael, ed. *Dante: The Critical Heritage 1314 (?) – 1870*. London / New York: Routledge, 1989.

Cassell, Anthony K. *Lectura Dantis Americana: Inferno I*. Philadelphia: University of Pennsylvania Press, 1989.

Cassell's German and English Dictionary. 12th ed. Ed. Harold T. Betteridge. London: Cassell and Company, 1968.

Cassell's Italian-English / English-Italian Dictionary. Prepared by Piero Rebora et al. 7th ed. London: Cassell and Company, 1967.

Cassell's Latin Dictionary: Latin-English / English Latin. By D. P. Simpson. New York: Macmillan Publishing Company, 1968.

Catford, J. C. *A Linguistic Theory of Translation: An Essay in Applied Linguistics*. London: Oxford University Press, 1965.

Chiarenza, Marguerite Mills. *The Divine Comedy: Tracing God's Art*. Boston: Twayne Publishers, 1989.

Cicero, *De officiis*. With an English translation by Walter Miller. Loeb Classical Library. New York: Macmillan Co., 1921.

Collins Mondadori Nuovo Dizionario: Inglese-Italiano. Italiano-Inglese. Glasgow / Italia: Harper Collins Publishers / Arnoldo Mondadori Editore, 1995.

Cook, Albert S., ed. *The Earliest Lives of Dante: Translated from the Italian of Giovanni Boccaccio and Lionardo Bruni Aretino.* New York: Haskell House Publishers Ltd., 1974.

Crespo, Angel. "Translating Dante's *Commedia*: *Terza Rima* or Nothing", in Di Scipio, Giuseppe, and Aldo Scaglione, ed., *The Divine Comedy and the Encyclopedia of Arts and Sciences: Acta of the International Dante Symposium, 13-16 November 1983, Hunter College, New York.* Amsterdam / Philadelphia: John Benjamins Publishing Company, 1988. pp. 373-85.

Cuddon, J. A. *The Penguin Dictionary of Literary Terms and Literary Theory.* 3rd ed. London: Penguin Books, 1992.

Cunningham, Gilbert F. *The Divine Comedy in English: A Critical Bibliography* 1782-1900. New York: Barnes & Noble, Inc., 1965.

——.*The Divine Comedy in English: A Critical Bibliography* 1901-1966. Edinburgh / London: Oliver and Boyd, 1965.

Dante Studies: With the Annual Report of the Society. CXIII. Ed. Christopher Kleinhenz. Published for The Dante Society of America, Incorporated. Cambridge, Massachusetts. Albany, New York: State University of New York Press, 1995.

Dauphiné, James. *Le cosmos de Dante.* Les classiques de l'humanisme collection publiée sous le patronage de l'Association Guillaume

Budé. Paris: Les Belles Lettres, 1984.

Deutsches Dante-Yahrbuch. 76. Band. Herausgegeben in Auftrag der Deutschen Dante-Gesellschaft E. V. von Rainer Stillers unter Mitarbeit von Thomas Brückner. Köln / Weimar / Wien: Böhlau Verlag, 2001.

Di Scipio, Giuseppe, and Aldo Scaglione, ed. *The* Divine Comedy *and the Encyclopedia of Arts and Sciences: Acta of the International Dante Symposium, 13-16 November 1983, Hunter College, New York.* Amsterdam / Philadelphia: John Benjamins Publishing Company, 1988.

Doré, Gustave. *The Doré Illustrations for Dante's* Divine Comedy: *136 Plates by Gustave Doré.* New York: Dover Publications, Inc., 1976.

Dozon, Marthe. *Mythe et symbole dans la* Divine Comédie. Biblioteca dell' 《Archivum Romanicum》. Firenze: Leo S. Olschki Editore, 1991.

Eliot, T. S. *Collected Poems: 1909-1962.* London: Faber and Faber Limited, 1963.

——. *Selected Essays.* London: Faber and Faber, 1951.

——. *On Poetry and Poets.* London: Faber and Faber, 1957.

Fay, Edward Allen. *Concordance of the* Divina Commedia. New York: Haskell House Publishers Ltd., 1969.

Foster, Kenelm, and Patrick Boyde, ed. *Cambridge Readings in Dante's Comedy.* Cambridge: Cambridge University Press, 1981.

Glare, P. G. W., ed. *Oxford Latin Dictionary.* Oxford: At the Clarendon Press, 1982.

Goethe. *Gedichte*. Herausgegeben und kommentiert von Erich Trunz. München: Verlag C. H. Beck, 1981.

Grandgent, C. H. *Dante*. London: George G. Harrap & Co., Ltd., 1920.

Haller, Robert S., trans. and ed. *Literary Criticism of Dante Alighieri*. Lincoln: University of Nebraska Press, 1973.

Horatius Flaccus, Quintus 〔Horace〕. *Ars poetica*, in *Q. Horati Flacci opera*. Recognovit brevique adnotatione critica instrvxit, Edvardvs C. Wickham, editio altera cvrante, H. W. Garrod. Oxonii: E Typographeo Clarendiano, 1901.

Iannucci, Amilcare A., ed. *Dante: Contemporary Perspectives*. Major Italian Authors. Toronto / Buffalo / London: University of Toronto Press, 1997.

Isidorus 〔Saint Isidore, Bishop of Seville〕. *Etymologiarvm sive originvm libri XX*. 2 vols. Oxonii: E Typographeo Clarendoniano, 1911.

Jacoff, Rachel, ed. *The Cambridge Companion to Dante*. Cambridge: Cambridge University Press, 1993.

Jacoff, Rachel, and William A. Stephany. *Lectura Dantis Americana: Inferno II*. Philadelphia: University of Pennsylvania Press, 1989.

Jakobson, Roman. "On Linguistic Aspects of Translation", in *On Translation*. Ed. Reuben A. Brower. New York: Oxford UP, 1966. pp. 232-39.

Jones, Peter V., and Keith C. Sidwell, *Reading Latin: Grammar, Vocabulary and Exercises*. Cambridge / New York / New Rochelle / Melbourne / Sydney: Cambridge University Press, 1986.

Juvenalis, Decimus Junius 〔Juvenal〕. *Iuvenalis satvrae; Persi Satvrae* 〔*Juvenal and Persius*〕. With an English translation by G. G. Ramsay. Loeb Classcal Library. London: William Heinemann; New York: G. P. Putnam's Sons, 1928.

Lampe, G. W. H., ed. *A Patristic Greek Lexicon.* Oxford: At the Clarendon Press, 1961.

Lewis, C. S. *A Preface to* Paradise Lost. New York: Oxford University Press, 1961.

Lewis, Charlton T., and Charles Short, revised, enlarged, and in great part rewritten. *A Latin Dictionary.* Founded on Andrews' Edition of Freund's *Latin Dictionary.* Oxford: At th Clarendon Press, 1907.

Lichem, Klaus, und Hans Joachim Simon, herausgegeben von. *Studien zu Dante und zu anderen Themen der romanischen Literaturen: Festschrift für Rudolf Palgen zu seinem 75. Geburtstag.* Graz: Universitäts-Buchdruckerei Styria, 1971.

Liddell, Henry George, and Robert Scott. Revised and augmented by Sir Henry Stuart Jones. *A Greek-English Lexicon.* With a Supplement 1968. Oxford: At the Clarendon Press, 1968.

——. *A Lexicon: Abridged from Liddell and Scott's Greek-English Lexicon.* Oxford: Oxford at the Clarendon Press, 1989.

Lucanus, Marcus Annaeus 〔Lucan〕. *Pharsalia.* With an English translation by J. D. Duff. Loeb Classical Library. Cambridge, Massachusetts: Harvard University Press, 1988.

Milton, John. *Poetical Works.* Ed. Douglas Bush. London: Oxford University Press, 1966.

Moore, Edward. *Studies in Dante: First Series: Scriptural and Classical Authors in Dante*. Oxford: At the Clarendon Press, 1896.

——. *Studies in Dante: Second Series: Miscellaneous Essays*. Oxford: At the Clarendon Press, 1899.

——. *Studies in Dante: Third Series: Miscellaneous Essays*. Oxford: At the Clarendon Press, 1903.

——. *Studies in Dante: Fourth Series: Textual Criticism of the 'Convivio' and Miscellaneous Essays*. Oxford: At the Clarendon Press, 1917.

Nova vulgata bibliorum sacrorum editio Vatican: Libreria Editrice Vaticana, 1979.

Ὅμηρος〔Homer〕. Ἰλιάς〔*The Iliad*〕. With an English Translation by A. T. Murray. 2 vols. Cambridge, Massachusetts: Harvard University Press, 1924.

——. *The Iliad*. Trans. E. V. Rieu. Harmondsworth: Penguin Books, 1950.

——. *The Iliad*. Trans. Martin Hammond. Harmondsworth: Penguin Books, 1987.

——. *The Iliad*. Trans. Robert Fagles. London: Penguin Books, 1991.

——. Ὁμήρου Ὀδύσσεια〔Homer's Odyssey〕. Ed. W. B. Stanford. 2 vols. London: Macmillan, 1967.

——. *The Odyssey*. With an English translation by A. T. Murray. 2 vols. Cambridge, Massachusetts: Harvard University Press, 1919.

——. *The Odyssey*. Trans. E. V. Rieu. Harmondsworth: Penguin Books, 1946.

Ovidius Naso, Publius〔Ovid〕. *Heroides and Amores*. With an

English translation by Grant Showerman. Loeb Classical Library. Cambridge, Massachusetts: Harvard University Press, 1971.

———. *Metamorphoses.* With an English translation by Frank Justus Miller. Revised by G. P. Goold. 3rd ed. 2 vols. Loeb Classical Library. Cambridge, Massachusetts: Harvard University Press, 1977.

Pharr, Clyde. Revised by John Wright. *Homeric Greek: A Book for Beginners.* Norman: University of Oklahoma Press, 1985.

Pierre Grimal. *A Concise Dictionary of Classical Mythology.* Cambridge: Basil Blackwell, 1990.

Plinius Secundus, Gaius 〔Pliny〕. *Naturalis historia* 〔Natural History with an English Translation by H. Rackham〕. Loeb Classical Library. London: William Heinemann Ltd.; Cambridge, Massachusetts: Harvard University Press; 1938.

Reynolds, Barbara, ed. *The Cambridge Italian Dictionary.* 2 vols. Vol. 1: Italian-English. Vol. 2: English-Italian. Cambridge: Cambridge University Press, 1962.

Ricci, Lucia Battaglia. *Dante e la tradizione letteraria medievale: una proposta per la* 《Commedia》. Bibliotechina di Studi, Ricerche e Testi. Collezione diretta da Giorgio Varanini. Pisa: Giardini Editori e Stampatori, 1983.

Saussure, Ferdinand de. *Cours de linguistique générale.* Ed. Rudolf Engler. 3 vols. Wiesbaden: Otto Harrassowitz, 1967-68.

Sayers, Dorothy L. *Further Papers on Dante.* London: Methuen & Co., Ltd., 1957.

Schult, Arthus. *Dantes* Divina Commedia *als Zeugnis der*

Tempelritter–Esoterik. Aalen: Turm-Verlag Bietigheim / Württ. 1979.

Simonelli, Maria Picchio. *Lectura Dantis Americana: Inferno III*. Philadelphia: University of Pennsylvania Press, 1993.

Singleton, Charles. *Commedia: Elements of Structure*. Dante Studies 1. Cambridge: Harvard University Press, 1954.

——. *Journey to Beatrice*. Dante Studies 2. Cambridge: Harvard University Press, 1967.

Statius, Publius Papinius. *Thebais et Achilleis*. Recognovit breviqve adnotatione critica instrvxit H. W. Garrod. Oxonii: E Typographeo Clarendoniano, 1906.

——. *Thebais et Achilleis* 〔*Thebaid. Achilleid*〕. With an English translation by J. H. Mozley. 2 vols. Cambridge, Massachusetts: Harvard University Press, 1968.

Studi danteschi. Serie diretta da Francesco Mazzoni. Vol. 66. Publicati dalla Società Dantesca Italiana. Firenze: Lettere, 2001.

Suetonius. *De vita Caesarum* 〔*The Lives of the Caesars*〕. With an English translation by J. C. Rolfe. 2 vols. Loeb Classical Library. Cambridge, Massachusetts / London, England: Harvard University Press, 1998.

The Concise Oxford Dictionary of Current English. 9th ed. Ed. Della Thompson. 1st ed. by H. W. Fowler and F. G. Fowler. Oxford: At the Clarendon Press, 1995.

The Concise Oxford French Dictionary. Compiled by Abel Chevalley and Marguerite Chevalley. Oxford: At the Clarendon Press, 1966.

The Holy Bible. Authorized King James Version. London: Collins, n. d.

The Oxford Spanish Dictionary: Spanish-English / English-Spanish. Ed. Beatriz Galimberti Jarman and Roy Russell (1st ed.); Carol Styles Carvajal and Jane Horwood (2nd ed., revised with supplements). Oxford: Oxford University Press, 2001.

The Oxford-Hachette French Dictionary: French-English. English-French. Ed. Marie-Hélène Corréard and Valerie Grundy. Oxford / New York / Toronto: Oxford University Press, 1994.

The Random House Dictionary of the English Language. Prepared by Stuart Berg Flexner et al. 2nd ed. Unabridged. 1987.

The Shorter Oxford English Dictionary on Historical Principles. Prepared by William Little et al. Oxford: Oxford at the Clarendon Press, 1970.

Toynbee, Paget. Revised by Charles S. Singleton. *A Dictionary of Proper Names and Notable Matters in the Works of Dante.* Oxford: At the Clarendon Press, 1968.

Vergilius Maro, Publius〔Virgil〕. *P. Vergili Maronis opera.* Recognovit breviqve adnotatione critica instrvxit R. A. B. Mynors. Oxonii: E Typographeo Clarendoniano, 1969.

——. *Eclogae. Georgica. Aeneis.*〔*Eclogues. Georgics. Aeneid.*〕*I-VI.* With an English translation by H. Rushton Fairclough. Revised by G. P. Goold. Cambridge, Massachusetts: Harvard University Press, 1999.

——. *Aeneis*〔*Aeneid*〕. *VII-XII.* With an English translation by H. Rushton Fairclough. Revised by G. P. Goold.Cambridge, Massachusetts: Harvard University Press, 2000.

——.*The Aeneid of Virgil: Books I-VI.* Ed. T. E. Page. London:

Macmillan, 1894.

Webster's Third New International Dictionary of the English Language Unabridged. Ed. Philip Babcock Gove et al.   Springfield, Massachusetts: G. & C. Merriam Company, Publishers, 1976.

Wöhl, Jürgen *Intertextualität und Gedächtnisstiftung: Die Divina Commedia Dante Alighieris bei Peter Weiss und Pier Paolo Pasolini.* Frankfurt am Main / Berlin / Bern / New York / Paris / Wien: Peter Lang, 1997.

Wong, Laurence 〔Huang Guobin〕. "The Translation of Poetry". *Translation Quarterly.* Nos. 3 & 4 (December 1997): 1-40.

——. "Translating Garcilaso de la Vega into Chinese: With Reference to His 'Égloga Primera'". *Translation Quarterly.* Nos. 21 & 22 (December 2001): 11-33.

Woodhouse, S. C., compiled. *English-Greek Dictionary: A Vocabulary of the Attic Language.* London: Routledge & Kegan Paul, 1932.

Wordsworth, Iohannes, and Henricus Iulianus White, ed. *Nouum Testamentum Latine: Secundum Editionem Sancti Hieronymi Ad Codicum Manuscriptorum Fidem.* Oxonii: E Typographeo Clarendoniano, 1911.

漢語（按作者／編者姓名漢語拼音序；常見的參考書、工具書按書名漢語拼音序）

（甲）《神曲》漢譯本（按譯者姓名漢語拼音序）：

黃文捷譯，但丁著，《神曲》，三冊，《地獄篇》，《煉獄篇》，《天堂篇》，廣州：花城出版社，二零零零年七月第一版。

田德望譯，但丁著，《神曲》，二冊，《地獄篇》，《煉獄篇》，
　　北京：人民文學出版社，一九九零年——一九九七年。

王維克譯，但丁著，《神曲》，北京：人民文學出版社，一九八零
　　年北京第二版。

朱維基譯，但丁著，《神曲》，三冊，《地獄篇》，《煉獄篇》，
　　《天堂篇》，上海：上海譯文出版社，一九八四年二月第一版。

（乙）參考書、工具書（按著者／編者姓名漢語拼音序；常見的參考書、工具書按書名漢語拼音序）：

《辭海》，一九六五年新編本，香港：中華書局香港分局，一九六
　　五年四月上海第一版。

《法漢詞典》，《法漢詞典》編寫組編，上海：上海譯文出版社，
　　一九七九年十月第一版。

《漢語大詞典》（海外版），羅竹風主編，第一——十二卷，香港／
　　上海：三聯書店香港分店／上海辭書出版社，一九八七年一月
　　香港第一版。

《漢語大字典》，漢語大字典編輯委員會編，武漢：湖北辭書出版
　　社，一九八八年。

黃國彬，《微茫秒忽》，香港：天琴出版社，一九九三年十二月。

黃國彬，《文學的欣賞》，台北：遠東圖書公司，一九八六年。

黃國彬，《語言與翻譯》，台北：九歌出版社，二零零一年十月。

《基督教詞典》，《基督教詞典》編寫組編，北京：北京語言學院
　　出版社，一九九四年九月第一版。

劉涌泉，趙世開編，《英漢語言學詞彙》，北京：中國社會科學出
　　版社，一九七九年。

陸谷孫主編，《英漢大詞典》，上、下卷，上海：上海譯文出版社，

一九八九年八月第一版。

繆鑫正等編，《英漢中外地名詞彙》，香港：商務印書館，一九七七年十一月初版。

秦似編著，《現代詩韻》，南寧：廣西人民出版社，一九八七年。

《聖經》，思高聖經學會譯釋，香港：思高聖經學會，一九六八年。

《聖經》，新標點和合本，香港：聯合聖經公會，一九九六年。

《聖經次經》，趙沛林，張鈞，殷耀譯，長春：時代文藝出版社，一九九五年十月第一版。

《世界地圖册》，地圖出版社編制，北京：地圖出版社，一九七二年七月第二版。

《世界歷史詞典》，《世界歷史詞典》編輯委員會編（主編：靳文翰，郭聖銘，孫道天），上海：上海辭書出版社，一九八五年十二月第一版。

蘇軾，《蘇軾詩集》，全八册，〔清〕王文誥輯註，中國古典文學基本叢書，北京：中華書局，一九八二年二月第一版。

《外國地名譯名手册》，中國地名委員會編，北京：商務印書館，一九八三年九月第一版。

《外國神話傳說大詞典》，外國神話傳說大詞典編寫組編，北京：中國國際廣播出版社，一九八九年十二月第一版。

王昌祉編，《天主教教義詞彙》，台中：光啓出版社，一九六一年七月初版。

王毓華編著，《基督教詞語英漢漢英對照手册》，北京：宗教文化出版社，一九九七年一月第一版。

《希臘羅馬神話詞典》，〔美〕J.E.齊默爾曼著，張霖欣編譯，王曾選審校，西安：陝西人民出版社，一九八七年三月第一版。

《現代漢語詞典》，修訂第三版，中國社會科學院語言研究所詞典

編輯室編，北京：商務印書館，一九九六年七月。

《現代漢語詞典》（繁體字版），中國社會科學院語言研究所詞典編輯室編，香港：商務印書館(香港)有限公司，二零零一年七月第一版。

嘯聲編，《<神曲>插圖集》，上海：上海人民美術出版社，一九九四年十月第一版。

辛華編，《德語姓名譯名手冊》，北京：商務印書館，一九七三年二月第一版。

辛華編，《西班牙語姓名譯名手冊》，修訂第二版，北京：商務印書館，一九七三年五月。

辛華編，《意大利姓名譯名手冊》，北京：商務印書館，一九八一年十月第一版。

辛華編，《英語姓名譯名手冊》，修訂第二版，北京：商務印書館，一九七三年七月。

《新西漢詞典》，北京外國語學院西班牙語系《新西漢詞典》組編，北京：商務印書館，一九八二年三月第一版。

《新英漢詞典》，《新英漢詞典》編寫組編，香港：三聯書店，一九七四年。

許邦信，《英漢天文學詞彙》，第二版，北京：科學出版社，一九八六年。

葉叔華主編，《簡明天文學詞典》，上海：上海辭書出版社，一九八六年十二月第一版。

《意漢詞典》，北京外國語學院《意漢詞典》組編，北京：商務印書館，一九八五年八月第一版。

《英漢哲學術語詞典》，中國社會科學院哲學研究所《哲學譯叢》編輯部編，〔出版地點未列〕：中共中央黨校出版社，一九九

一年十二月第一版。

《英華大詞典》，修訂第二版，鄭易里等編，北京・香港：商務印書館，一九八四年六月。

《中國大百科全書・天文學》，中國大百科全書出版社編輯部編，北京・上海：中國大百科全書出版社，一九八零年十二月第一版。

《中國大百科全書・外國文學 I》，中國大百科全書出版社編輯部編，北京・上海：中國大百科全書出版社，一九八二年五月第一版。

《中國大百科全書・外國文學 II》，中國大百科全書出版社編輯部編，北京・上海：中國大百科全書出版社，一九八二年十月第一版。

《宗教詞典》，任繼愈主編，上海：上海辭書出版社，一九八一年十二月第一版。

九 歌 譯 叢 9 5 2

神曲Ⅲ：天堂篇（全三冊）
La Divina Commedia: Paradiso

國家圖書館出版品預行編目 (CIP) 資料

神曲 . Ⅲ，天堂篇 / 但丁‧阿利格耶里 (Dante Alighieri) 著；黃國
彬譯註 . -- 增訂新版 . -- 臺北市：九歌，2020.07
面； 公分 . -- (九歌譯叢)
譯自：La Divina Commedia: Paradiso
ISBN 978-986-450-300-1(平裝)

877.51   109007942

著　　　者──但丁‧阿利格耶里（Dante Alighieri）
譯 註 者──黃國彬
插　　　畫──古斯塔夫‧多雷（Gustave Doré）
創 辦 人──蔡文甫
發 行 人──蔡澤玉
出　　　版──九歌出版社有限公司
　　　　　　臺北市八德路 3 段 12 巷 57 弄 40 號
　　　　　　電話／ 02-25776564‧傳真／ 02-25789205
　　　　　　郵政劃撥／ 0112295-1

九歌文學網　www.chiuko.com.tw

印　　　刷──晨捷印製股份有限公司
法律顧問──龍躍天律師‧蕭雄淋律師‧董安丹律師
初　　　版──2003 年 9 月
增訂新版──2020 年 7 月
新版 2 印──2022 年 7 月
定　　　價──550 元
書　　　號──0130057
Ｉ Ｓ Ｂ Ｎ──978-986-450-300-1